KNAUR

Über die Autorin:
Annette Dutton, 1965 in Deutschland geboren, studierte Geisteswissenschaften in Mainz. Seither arbeitet sie als Fernsehproducerin und Autorin, zuletzt für ein Australien-Special der Wissenschaftsserie »Galileo« sowie die zweiteilige Australien-Reportage »Der Zug der Träume«. Ihre Romane wurden von Presse und Leserinnen begeistert aufgenommen, »Die verbotene Geschichte« war ein SPIEGEL-Bestseller. Annette Dutton lebt mit ihrem Mann John und Sohn Oscar in Australien.
Mehr über die Autorin unter: www.annettedutton.net.au

Annette Dutton

Das Geheimnis jenes Tages

Roman

KNAUR

Besuchen Sie uns im Internet:
www.knaur.de

Wenn Ihnen dieser Roman gefallen hat und Sie auf der Suche sind nach ähnlichen Büchern, schreiben Sie uns unter Angabe des Titels »Das Geheimnis jenes Tages« an: frauen@droemer-knaur.de

FSC
www.fsc.org
MIX
Papier aus verantwortungsvollen Quellen
FSC® C083411

Originalausgabe September 2015
Knaur Taschenbuch

Redaktion: Franz Leipold
Illustration: Michaela Lichtblau / Imme Schmidt
Umschlaggestaltung: ZERO Werbeagentur, München
Umschlagabbildung: © Jill Battaglia / Trevillion Images
Satz: Adobe InDesign im Verlag
Druck und Bindung: CPI books GmbH, Leck
ISBN 978-3-426-51703-1

2 4 5 3 1

Prolog
Salzkammergut, 1984

Es passierte 1984 während der Osterferien. Vanessa und ich fuhren zusammen auf eine Skifreizeit ins Salzkammergut. Ich war nicht unbedingt scharf darauf, die Ferien zusammen mit meiner jüngeren Schwester zu verbringen. Genau genommen, wehrte ich mich mit Händen und Füßen. Ich war sechzehn Jahre alt, frisch verliebt, und der Gedanke, meinen Freund vierzehn Tage nicht zu sehen, erschien mir unerträglich. Aber Vanessa hatte so lange herumgequengelt, bis mein Vater endlich zustimmte – natürlich nur unter der Voraussetzung, dass ich sie begleitete. Vanessa war erst im März vierzehn geworden. Sie litt unter ziemlich heftigen Asthmaattacken, und mein Vater wollte sich nicht darauf verlassen, dass die Betreuer auch wirklich kontrollierten, ob sie immer ihr Spray dabeihatte.

Als es mit dem Zug losgehen sollte, muss ich der übellaunigste Teenie gewesen sein, den man sich vorstellen konnte. Auf dem Bahnsteig wich ich dem Abschiedskuss meines Vaters aus und stieg ein, ohne ein Wort zu sagen. Ich hielt mir sogar die Ohren zu, um nicht hören zu müssen, was mir mein Vater noch hinterherrief. Im Abteil nahm ich meinen Rucksack ab, bugsierte ihn unter einigen Anstrengungen ins Gepäckfach und ließ mich auf meinen Sitz fallen. Verstohlen schaute ich durchs Fenster. Vater drückte Vanessa fest an sich und küsste sie auf die Stirn. Seit dem Tod unserer Mutter hing er noch mehr an uns als früher. Erst als die Trillerpfeife des Schaffners ertönte, löste er seine Umarmung und schob meine Schwester zur Wagentür. Dabei redete er ständig auf sie ein. Wahrscheinlich, um sie zu beruhigen.

Das dumpfe Geräusch sich schließender Türen ließ mich schlucken. Ich fühlte mich nun richtig mies, ohne ein Wort des Abschieds losgefahren zu sein.

Der Zug setzte sich mit einem Ruck in Bewegung. Vanessa trat in das Abteil. Mit dem Handrücken wischte sie sich die Tränen von der Wange. Ich verkniff mir die Frage, weshalb sie rumheulte, obwohl sie es doch war, die unbedingt an dieser dämlichen Skifreizeit teilnehmen wollte.

Ohne den Rucksack abzunehmen, setzte sich Vanessa mir gegenüber, und wir blickten beide aus dem Fenster. Vater lief neben uns her, klopfte zum Abschied an die Scheibe und blieb erst stehen, als der Zug an Fahrt aufnahm. Während Vanessa ihm mit beiden Händen zuwinkte, hob ich nur kurz die Hand zum Gruß.

Die Abteiltür wurde aufgerissen, und zwei schwatzende Mädchen gesellten sich zu uns. Vanessa kannte beide vom Kinderchor und wurde gleich kreischend begrüßt.

Ich schloss kurz die Augen und lehnte mich tief in meinen Sitz zurück. Das konnte ja heiter werden. Immerhin würde Vanessa nicht ständig an meinem Rockzipfel hängen. Ich griff nach dem Walkman in meiner Parkatasche und drückte auf die Playtaste. Ein *mixed tape,* das Thomas extra für mich aufgenommen hatte. Ich wollte mich gerade meinem Herzschmerz hingeben, als mir jemand den Kopfhörer wegriss. Ich sah auf und traute meinen Augen nicht. Es war Thomas. Um mich zu überraschen, hatte er sich hinter meinem Rücken ebenfalls zur Skifreizeit angemeldet. Er zog mich fest an sich, und wir küssten uns leidenschaftlich. Meine Schwester und ihre Freundinnen verstummten augenblicklich und starrten uns neugierig an. Sollten sie doch glotzen! Vierzehn Tage mit Thomas, Tag und Nacht! Die vermeintlich trübseligsten Osterferien *ever* würden die beste Zeit meines Lebens werden.

Jedenfalls dachte ich das damals.

Am dritten Tag nach unserer Ankunft im Jugendgästehaus unternahmen wir neben den Abfahrten einen »Fitnessausflug«, wie unser Gruppenleiter die anstrengende Wanderung zum Sarstein nannte. Als Nächstes stand der über 2000 m hohe Krippenstein, zu dem auch eine Seilbahn hochfuhr, auf unserem Plan. Am folgenden Morgen sollte es losgehen.

Nach dem Aufstehen verriet mir ein Blick aus dem Fenster, dass es über Nacht geschneit hatte. Beim Frühstück kam es zu einem überraschenden Streit zwischen dem Herbergsvater und unserem Gruppenleiter Peter Langen, der an jenem Morgen zufällig mit Thomas und mir am Tisch saß.

»Ich an Ihrer Stelle würde mir die Tour gut überlegen. Zu viel Schnee. Überhaupt kann das Wetter im April rasch umschlagen«, warnte der Herbergsvater und hob mahnend den Zeigefinger. Langen bügelte ihn daraufhin ziemlich unwirsch ab.

»Mischen Sie sich nicht in meine Angelegenheiten!«, brummte er misslaunig.

Es war Gründonnerstag, der 19. April. Kurz nach sieben Uhr marschierten wir los. Wir verließen das Gästehaus, eingemummt in Nylon-Winterjacken, Skihosen und Wanderschuhen. Von Natur aus um einiges dünner als ich, fror Vanessa leicht. Auf meine Bitte hin hatte sie daher noch schnell ein zweites Paar Strümpfe angezogen. Ich gab ihr meinen Lippenbalsam, und sie trug ihn dick auf.

Der Schnee lag hoch. Unser Weg begann östlich der Herberge und schlängelte sich dann zwischen den Bäumen hindurch aufwärts Richtung Berg. Schon bald versanken unsere Stiefel im Neuschnee. Wir stapften langsam, doch stetig voran. Unser Atem kondensierte zu dampfenden Wölkchen. Der Schnee hatte sich in Regen verwandelt. Trotzdem ließ mich Thomas, der noch nie in den Bergen gewesen war, unser unwirtliches Wanderziel mit anderen Augen sehen. Im Gegensatz zu mir störte ihn der zunehmend peitschende Regen überhaupt nicht.

»Magisch«, sagte er mehrmals wie zu sich selbst, den Blick fest auf den Berg geheftet. Er drückte meine Hand.

Gegen halb zehn Uhr erreichte unsere Gruppe die Schönbergalm, die Mittelstation zwischen Sektion I und II der Krippensteinseilbahn. Unsere Jacken waren mittlerweile völlig durchnässt. Langen saß mit den Betreuern zusammen, und gemeinsam berieten sie die Lage. Die beiden jungen Männer hörten ihm aufmerksam zu und nickten.

Die Hüttenwirtin brachte uns Tee. Als sie erfuhr, dass wir noch weitergehen wollten, schlug sie die Hände über dem Kopf zusammen und beschwor uns, mit der Seilbahn ins Tal zurückzufahren. Wir Älteren lachten. Die rundliche Frau wirkte in ihrer Dramatik wie eine Laiendarstellerin aus dem Volkstheater.

»Euch kleben ja die nassen Kleider am Leib«, rief sie noch aus.

»Dann müssen sie sich eben warm laufen«, antwortete Langen arrogant und gab das Zeichen zum Aufbruch. Wenige Minuten später marschierten wir weiter.

Plötzlich stieg dichter Nebel auf, und keine zehn Minuten später verwandelte sich der Regen wieder in dichtes Schneegestöber. Man konnte kaum fünfzig Meter weit sehen. Zwei Arbeiter der Materialseilbahn, die von ihrem Baustellenstützpunkt zurückkehrten, begegneten uns. Sie sprachen einen unserer Betreuer an: »Kehren Sie bloß um! Da zieht ein Unwetter auf! Wir fahren auch zurück ins Tal.« Doch Langen entschied sich für den Weitermarsch. Einer der Betreuer trat neben ihn.

»Vielleicht ist es doch besser, wenn wir umkehren. Das Wetter …« Doch Langen ließ ihn gar nicht erst ausreden.

»Wir haben einen Kompass«, unterbrach er den Jüngeren, »und ich kenne die Wettervorhersage.« Er zeigte auf eine im Wind schwankende Gondel, die an uns vorbeifuhr. »Die Seilbahn fährt ja auch noch rauf. So schlimm wird es also nicht sein«, erklärte er fast fröhlich, und die Gruppe setzte ihren Weg fort.

»Die fährt bei diesem Wetter garantiert nicht mehr lange«, riefen uns die Arbeiter hinterher.

Es lag sicherlich nicht nur an der Kälte, dass mir ein Schauder über den Rücken lief. Zum dritten Mal hatte man uns jetzt gewarnt.

Oben am Dachstein wütete bereits der Schneesturm, aber das wussten wir nicht. Die hohen Felswände, die das Tal umrahmten, waren nie ganz außer Sicht und gaben uns das Gefühl, zu wissen, wo wir uns befanden.

Der im Neuschnee nur schwer erkennbare Pfad führte nun einen steileren Hang hinauf, und wir mussten aufpassen, wohin wir traten. Der Wald war lichter geworden. Ich bemerkte, wie Vanessa, die mit ihren Freundinnen vor mir herging, in der eisigen Zugluft schlotterte, doch sie beschwerte sich nicht. Die Mädchen schnatterten längst nicht mehr. Jede hielt, so gut es ging, ihren hochgestellten Jackenkragen zu, und schweigend stiegen sie hintereinander den schmaler werdenden Pfad hinauf. Ich drehte mich um, weil ich sehen wollte, ob noch jemand hinter uns ging, war aber nicht sonderlich überrascht, die Letzte der Gruppe zu sein. Thomas und ich waren immer wieder mal kurz stehen geblieben, um uns zu umarmen und zu küssen. So langsam wie wir kamen nur noch meine Schwester und ihre Chormädchen voran.

Der Wind wehte stärker, pfiff uns um die Ohren, und nun begann auch ich, heftig zu zittern. Ich ging dicht hinter Thomas. Schließlich zog ich mir die Wollmütze tiefer ins Gesicht. Keiner von uns wusste, wie lange wir noch durchhalten mussten, bis wir am Ziel waren. Zu diesem Zeitpunkt fragte ich mich das erste Mal, ob es nicht besser wäre, umzukehren.

Vanessas Freundinnen warteten am Wegesrand und riefen nach mir, bis ich zu ihnen aufgeschlossen hatte. Sie hatten meine Schwester zu beiden Seiten untergehakt. Vanessa hustete und keuchte abwechselnd so stark, dass ihre Knie nachgaben. Ich griff nach dem Spray in meiner Jackentasche und schob ihr das Mundstück zwischen die Lippen. Sie drückte fester als nötig auf den kleinen Behälter, um die erlösende Dosierung freizugeben, die sie sofort tief einatmete. Sie kniete jetzt im Schnee, ihre Freundinnen hockten neben ihr.

Als das Medikament zu wirken begann und Vanessa sich einigermaßen beruhigt hatte, zog ich sie hoch und umarmte sie. »Was ist mit deinem Spray? Du hast es doch nicht etwa vergessen?«

Sie schüttelte den Kopf und öffnete ihre andere, zur Faust geballte Hand; darin lag der gleiche graue Inhalierer wie der, den ich gerade gezückt hatte.

»Leer«, erklärte sie. »Hab den falschen mitgenommen.« Ehe ich sie ausschimpfen konnte, mahnte Thomas uns zum Weitergehen.

»Wir sind zurückgefallen«, sagte er. Ich sah mich um. Die anderen waren weder zu sehen noch zu hören.

»Beeilt euch!«, forderte ich Vanessas Freundinnen auf. »Dann holt ihr sie bestimmt bald ein. Sagt ihnen, dass wir wegen Vanessa langsam machen müssen.« Die Mädchen blickten einander besorgt an, liefen aber schließlich los. »Bittet Langen, dass er uns entgegenkommen soll. Ich weiß nicht, wie lange Vanessa durchhält«, rief ich ihnen hinterher. Es dauerte keine drei Minuten, und die beiden Gestalten waren im Nebel verschwunden.

Dichtes Schneetreiben hatte eingesetzt. Der schneidende Wind drang in heftigen Böen durch unsere Kleidung wie der eisige Atem einer bösen Gottheit. Wir rückten näher zusammen, hielten einander fest. Ich bibberte vor Kälte, spürte aber auch ein schmales Rinnsal Schweiß den Rücken hinunterlaufen. Ich sah Thomas an, dann Vanessa und konnte in ihren Augen erkennen, was ich selbst empfand.

Angst. Eine Scheißangst.

Wir schwiegen und warteten auf die Rückkehr der anderen. Warum sollten wir uns den Hang hinaufquälen, wenn die Gruppe ohnehin bald bei uns sein würde und wir dann gemeinsam zur Alm zurückwanderten?

Schneebeladene Tannenwipfel, scharfkantige Steilhänge. Das Gebirge wirkte fremd auf mich, feindlich. Dabei hatte mich Vater fast jedes Jahr zum Wandern in die Berge mitgenommen.

Plötzlich flaute der Sturm ab, es wurde still. Nur der Wildbach weit unter uns, den wir im Sturm nicht hatten hören können, rauschte leise. Eine unwirkliche Ruhe breitete sich über den Hang aus wie eine tropfenschwere Decke. Das dumpfe Klatschen eines Schneebrockens, der sich von einem Ast löste, ließ uns zusammenfahren. Es roch nach Moos und Tannennadeln. Der nasse Schnee kitzelte mich in der Nase. Vanessa sprach schließlich aus, was wir alle dachten: »Wann kommen sie endlich? Sie kommen doch, oder nicht?«

Ich nahm Vanessas Hand, suchte Thomas' Blick.

»Natürlich kommen sie, aber vielleicht sollten wir ihnen ein paar Schritte entgegengehen. Das Wetter scheint ja besser zu werden.« Ich sah auf meine Uhr. Schon Viertel vor vier. Ich sah Thomas an: »Sollen wir nicht lieber runter zur Alm? Das könnten wir schaffen, bevor es dunkel wird, und bergab ist es auch einfacher für Vanessa.«

Thomas nagte an seiner Unterlippe. Er überlegte, dann sah er mir ernst ins Gesicht. So kannte ich ihn nicht.

»Aber was, wenn sie schon ganz nah sind? Sie denken, sie finden uns hier, und wir sind dann nicht da?«, fragte er. Ich atmete hörbar aus. Er hatte recht. Die Gruppe durfte keine Zeit verschwenden, um nach uns zu suchen.

Vanessa rieb sich mit beiden Händen übers Gesicht.

»Ich habe eine Idee. Thomas geht den Pfad hinauf, und du gehst gleichzeitig hinunter zur Alm und gibst dort Bescheid, wo wir sind und dass wir die Gruppe verloren haben.«

»Und was ist mit dir? Du willst doch nicht etwa allein hier bleiben?«, fragte ich ungläubig.

»Nadine hat vollkommen recht«, mischte sich Thomas ein, »du kannst hier nicht alleine bleiben. Du gehst mit ihr. Was meinst du, Nadine?«

Ich nickte gedankenverloren. Mir war nicht wohl dabei, mich von Thomas zu trennen, aber nur so erhöhten wir unsere Chancen, Hilfe zu finden. Ich sah meine Schwester an.

»Also gut. Gehen wir.« Ich umarmte Thomas und sah ihm weinend eine Weile hinterher, bis er zwischen den Tannen verschwunden war. Ich schluckte schwer und spürte die Angst wie eine bleierne Faust im Magen. »Los jetzt!«, befahl ich meiner Schwester. Ich drehte mich talwärts und ging entschlossen voran.

Die Wetterbesserung sollte nicht lange anhalten. Wieder trieben mächtige Regenwolken über den Himmel – und allmählich wurde es dunkel. Die Schatten des Berges wurden immer undurchdringlicher und länger. Wie ein Sargdeckel, der sich langsam auf das kalte Tal herabsenkte. Vanessa berührte meine Schulter. Ich wandte mich zu ihr um.

»Ich kann nicht mehr«, sagte sie und klang so schwach, dass ich erschrak.

»Dann machen wir eine kurze Pause.«

»Nein, du gehst weiter, und ich warte hier. Auf dich oder auf Thomas.«

Ich versuchte, sie zum Weitergehen zu bewegen, aber ich sah selbst, dass sie dazu keine Kraft mehr hatte. Verzweifelt blickte ich in den grauen Himmel, dann den Berg hinauf. Wo waren die anderen, wo war Thomas? Panik überwältigte mich. Vanessa und ich, wir waren ganz allein auf diesem gottverdammten Berg. Der Sturm hatte nur eine Pause gemacht, um neue Kraft zu tanken. Heftige Böen peitschten mir den Schneeregen ins Gesicht wie schmerzhafte Ohrfeigen. Die Alm konnte ich im eintönigen Grau noch immer nicht ausmachen, doch ich sah wieder die Gondeln, die dorthin und danach weiter ins Tal fuhren. Sie fuhren! Ich sprang auf, kreuzte immer wieder wie verrückt die Arme über meinem Kopf, in der Hoffnung, einen Passagier auf uns aufmerksam zu machen. Es dauerte einige Minuten, ehe ich begriff, dass ich nur meine Energie verschwendete. Niemand kam herauf, niemand fuhr hinunter. Die Gondeln waren leer.

Ich beschloss, Vanessas Vorschlag zu folgen. Ich führte sie zu einer hohen Tanne, die ganz nahe am Weg stand. Hinter dem Baum bot eine Felswand Schutz.

»Ich bin bald wieder da. Wenn Thomas zuerst bei dir ist, gib ihm einen Kuss von mir.« Ich fasste in die Innentasche meiner Jacke. »Hier. Kaubonbons. Aber nicht alle auf einmal, hörst du? Den Inhalierer hast du, ja?« Vanessa nickte, setzte sich unter die Tanne und lehnte sich mit dem Rücken gegen den Stamm.

»Danke.«

Mir schossen die Tränen in die Augen, als ich sie zum Abschied umarmte. »Ich komme wieder, bevor es dunkel ist.«

Alles war still, bis auf den Wind, der immer lauter heulte. Es hatte wieder zu schneien begonnen. Plötzlich zog auch noch Nebel auf, und ehe ich wusste, wie mir geschah, fand ich mich in einer unwirklichen Welt wieder. Einzig die Tannen, die wie Gespenster aufragten, und die dicken Flocken, die mich umwirbelten, leisteten mir Gesellschaft.

Dann prasselte heftiger Regen auf den wieder dichter werdenden Wald nieder. Zunächst bewegte ich mich im Schutz der Bäume, aber sobald der Weg über eine Lichtung führte, trommelten die Tropfen wie Dutzende kleiner Nadeln auf meinen Schädel. Ich erkannte den Pfad nicht mehr; bald würde es vollständig dunkel sein. Ich weinte nun laut, stolperte aber dennoch weiter vorwärts. Ich hatte meiner Schwester versprochen, so schnell wie möglich zurückzukommen. Ich wollte Thomas wiedersehen. Ich wollte leben.

Auf einmal hörte ich Hunde bellen.

»Hier, hierher!«, schrie ich wie wild, doch der Wind schluckte jedes meiner Worte.

Die Schatten des Berges hatten sich nun vollständig über das Tal gelegt. Es war finster, alles um mich herum verschmolz mit dem schwarzen Gebirge. Ein Rabe krächzte über meinem Kopf, ehe er mit kräftigen Flügelschlägen davonflog, und mein Herz krampfte sich zusammen.

Durch den Schneeregen hindurch sah ich plötzlich Lichter blinken. In Fetzen drang der schrille Ton von Sirenen an mein Ohr. Sie suchten uns! Durch die Wolken brach hier und da das Licht eines Suchscheinwerfers, der das Profil des Gebirgspasses für den Bruchteil einer Sekunde grell ausleuchtete. Mit dem Surren eines übergroßen Insekts erhob sich ein Hubschrauber.

»Hierher, hier!«, schrie ich aus der Dunkelheit heraus, als würde es irgendeinen Unterschied machen. Der Wind hatte so stark aufgefrischt, dass die Bäume schwankten. Ich wimmerte, konnte kaum noch atmen. *Sie suchen uns*, sagte ich mir. *Sie suchen uns, und sie werden uns finden.* Das Hundegebell wurde lauter, und ich sah nun Lichtstreifen, die von den Taschenlampen der Suchmannschaft stammen mussten. Dem Geräusch nach zu urteilen, entfernte sich der Hubschrauber wieder. Ich wusste nicht mehr, was ich denken sollte, und fing an zu beten. Das hatte ich zuletzt getan, als meine Mutter im Sterben lag. Genutzt hatte es nichts. Ich war müde, unendlich müde, und legte mich auf die Seite in den Schnee. Ausruhen, nur für ein paar Minuten, sagte ich mir.

Ich wusste erst nicht, wo ich war. Jemand fasste mich an der Schulter und redete auf mich ein. Ich schlug die Augen auf und blinzelte in den Strahl einer Taschenlampe. Dann sprudelten die Worte nur so aus mir heraus, Vanessa und Thomas und dass wir gleich losmussten, um sie zu finden. Man legte mir eine silberne Decke um die Schultern, flößte mir heißen Tee ein und verfrachtete mich in einen Hubschrauber.

Ich musste wieder eingeschlafen sein, denn als ich die Augen aufschlug, sah ich Thomas' Gesicht über mir.

»Nadine«, flüsterte er und strich mir mit dem Handrücken zart über die Wange.

»Wo bin ich? Was ist passiert?«, fragte ich und blickte mich um. Ich lag in einem Krankenhauszimmer, und erst allmählich dämmerte mir wieder, was geschehen war. Ich war in Sicherheit. Thomas offenbar auch. Ich legte meinen Arm um seinen Hals und zog ihn zu mir herunter. »Wir haben es geschafft«, hauchte ich in sein Ohr. Thomas strich mir übers Haar und sagte nichts. »Wo sind die anderen? Wo ist Vanessa?« Thomas legte sein Gesicht in die Mulde zwischen meiner Schulter und meinem Nacken. Ich spürte, wie Tränen meine Haut benetzten. Seine Tränen. »Sieh mich an!«, forderte ich ihn auf. »Wo ist Vanessa?« Ich stemmte mich mit zitternden Armen im Krankenbett auf, bis ich Thomas direkt in die Augen sehen konnte. »Sag es mir, jetzt!«

Thomas griff nach meinen Händen. Er schluckte, und ich sah, wie sich sein Adamsapfel bewegte.

»Ich habe es tatsächlich bis zur Gruppe geschafft und Langen überzeugt, dass sie umkehren müssen. Doch dann schneite es immer stärker, und wir fanden den Weg nicht mehr. Der Kompass war auch keine Hilfe. Gott sei Dank hat uns die Bergwacht gefunden, dich dann ja auch, aber

Vanessa ...« Er senkte den Blick. Ich fasste ihn bei den Armen und schüttelte ihn.

»Vanessa? Was ist mit Vanessa?«

Thomas atmete hörbar aus. »Sie haben sie noch nicht gefunden.«

Ich ließ entsetzt los: »Aber ich kann die Stelle beschreiben. Ich muss sofort mit jemandem von der Bergwacht reden. Jetzt!«

Thomas drückte einen Knopf, und wenig später erschien eine Schwester. Ich tobte. Mir ging es gut, ich musste nur jemandem sagen, wo sie Vanessa finden konnten!

Es schien eine Ewigkeit zu dauern, doch dann tauchte endlich mein Vater auf, mit ihm zwei Leute von der Bergwacht und im Schlepptau ein Pfarrer. Thomas stand auf, um Platz für meinen Vater zu machen. Dieser zitterte, als er mich in den Arm nahm, doch ich wehrte ihn ab. Wir mussten Vanessa finden. Dringend!

Mein Vater räusperte sich. »Nadine, du liegst schon seit 36 Stunden in der Klinik.«

»36 Stunden? Und was ist mit Vanessa?«

»Sie haben sie nicht finden können.«

Ich sah meinen Vater ungläubig an. »Aber das kann doch gar nicht sein.«

Er biss sich auf die Unterlippe. »Sie hatte sich in eine Art Mulde geflüchtet und mit Latschenzweigen zugedeckt.«

»Wo ist sie jetzt? Ich will sie sehen!«

»Ich weiß es nicht. Sie war nicht mehr da.« Mein Vater schüttelte den Kopf, Tränen liefen ihm über die Wangen, seine Lippen bebten. So hatte ich ihn zuletzt beim Tod meiner Mutter erlebt. Ich wusste nicht, was ich tun sollte.

Thomas, der die ganze Zeit über in der Ecke gestanden hatte, setzte sich leise aufs Bett neben meinen Vater und legte den Arm um ihn. Ich starrte nur vor mich hin.

»Vanessa ist wahrscheinlich tot«, hörte ich meinen Vater wie aus weiter Ferne sagen, »die Bergrettung glaubt nicht, dass jemand so lange in der Kälte überleben kann.«

»Tot?«

»Ja, erfroren.«

Ich heulte auf wie ein verwundetes Tier, und als Thomas mich in den Arm nehmen wollte, schlug ich ihm ins Gesicht. Er ließ es wortlos geschehen, hielt sich nicht einmal die Wange. Mein Vater saß nur mit hängenden Armen da, den Blick auf den Linoleumboden gerichtet. Der Pfarrer trat auf mich zu, griff nach meiner Hand, doch ich schüttelte ihn ab.

»Verpissen Sie sich! Verpisst euch alle!«

Die drei tauschten Blicke. Ich drückte mein Gesicht ins Kissen und schluchzte hemmungslos. Dann hörte ich Schritte und eine Tür, die sich hinter ihnen schloss. Doch Thomas kam zu mir zurück.

»Sie sind weg.«

Er legte sich neben mich aufs Bett und hielt mich fest.

Drei Tage nachdem ich im Krankenhaus aufgewacht war, fand man meine Schwester. Mit entsprechender Kleidung hätte sie vielleicht in ihrer Schneemulde ausharren und so lange überleben können.

Ich fragte einen Assistenzarzt im Krankenhaus, was passiert, wenn jemand erfriert. Der Typ war neu hier und wusste nicht, dass ich die Schwester der Toten war, die bei den Einheimischen und in der Presse gerade für Wirbel sorgte.

»Bei einer Erfrierung«, sagte er, »ziehen sich zuerst die Kapillaren zusammen, das sind die Haargefäße unter der Haut. Auf Dauer führt das zu Schmerzen durch eine Mangelversorgung. Der Schmerz zieht hoch, von den Händen über die Ellbogen hinauf in die Schultern. Gleichzeitig zieht ein Schmerz von den Füßen über die Knie bis zur Hüfte. Die Haut kühlt ab, aber die Organe können noch warm sein und weiterarbeiten. Kurz vor dem Tod beginnt der Körper, die unwichtigeren Organe abzuschalten, um Herz, Lunge, Gehirn und einen Teil der Leber weiter am Leben zu erhalten. Bei 29 Grad erweitern sich die Blutgefäße schlagartig. Woran das liegt, weiß ich nicht, aber vielleicht ist es ein letzter Versuch, dem Körper nochmals Wärme zuzuführen. Das Blut fließt zurück in die unterkühlten Arme und Beine, den Betroffenen wird warm, und sie beginnen, sich zu entkleiden. Deshalb werden Erfrorene manchmal halb nackt oder nackt gefunden, falls sie nicht schon vor diesem Stadium eingeschlafen sind – wie die Tote nahe der Schönbergalm. Die hatte sich ja auch obenrum alles vom Leib gerissen, und die Bergwacht fand sie kniend mit dem Gesicht im Schnee.« Seine letzten Sätze rissen mir beinahe das Herz aus dem Leib, obwohl ich bereits wusste, wie meine Schwester umgekommen war.

»Tut es weh, so zu sterben?«

Er zuckte mit den Schultern. »Das Sterben nicht, aber der Weg bis dahin schon.«

Siebenlehn, 1842

Es war Herbst. Wie jedes Jahr um diese Zeit ging die einundzwanzigjährige Amalie mit ihrer Mutter in den Zellwald, um Pilze zu suchen.

»Nur Pfifferlinge und Steinpilze!«, sagte ihre Mutter warnend, »und zeig sie mir, bevor du sie in den Korb legst; man kann sich sonst schnell den Tod nach Hause tragen. Pass auf, wenn du Arnikablumen oder Baldrian findest, die nehmen wir auch mit.«

Wenig später waren sie bereits tief in den Wald vorgedrungen. Die weißhaarige Frau bückte sich mit fast jugendlichem Eifer, um aus dem grünen Moos die gelben Schwämme zu pflücken, und Amalie legte den gleichen Einsatz an den Tag. So stiegen sie gemächlich den Hügel hinauf. Oben angekommen, fiel der Blick des Mädchens auf den beschaulichen Waldbach, der gluckernd die Steine in seinem Bett umfloss. Wie viele Kiesel er wohl über die Jahre auf diese Weise glatt geschliffen hatte?, dachte Amalie.

Von hier oben entdeckten Mutter und Tochter einen jungen Mann am Flussufer. Er lag auf der Seite, das Gesicht ihnen zugewandt, war aber offenbar mit irgendeiner Sache im Gras zu beschäftigt, um Amalie und ihre Mutter

Cordel zu bemerken. Selbst aus der Entfernung fiel Amalie auf, dass er gut gekleidet war. Vorsichtig tat sie einen Schritt nach vorne. Das braune gewellte Haar fiel ihm in die Stirn, als er den Kopf noch weiter vornüberbeugte. Sie schaute ihre Mutter fragend an. Was machte er da nur? Cordel zuckte mit den Schultern und stellte sich neben ihre Tochter, um ebenfalls einen guten Blick auf den Fremden zu erhaschen. In der linken Hand hielt er etwas, das er durch ein großes Augenglas aufmerksam betrachtete. Plötzlich hob er den Kopf. Die beiden traten erschrocken zurück, doch Amalie hatte noch sehen können, dass er ein feines, blasses Gesicht hatte. Er schien sie nicht bemerkt zu haben. Neugierig geworden, wagte sie sich erneut vor; dabei verbarg sie sich hinter einer Tanne, und nur ihr Kopf lugte hervor. Neben dem Mann lagen eine grüne Blechkapsel und ein Strohhut im satten Gras. Am nächsten Stamm lehnte ein langer Stock, an dem ein Beutel befestigt war. Amalie drehte sich zu ihrer Mutter um und bedeutete ihr mit einer raschen Geste näher zu kommen. Der Fremde musste Herr Dietrich sein, der Zauberer und Hexenmeister, von dem die alte Krummbiegel erst gestern so wunderliche Dinge erzählt hatte. Es hieß, er hätte seine Stellung als Apotheker aufgegeben, um sich ganz dem Studium der Pflanzenwelt zu widmen. Er lebte zur Miete im Forsthof, angeblich, weil er dort genügend Platz für seine Sammlungen hatte, von deren Verkauf er seinen Lebensunterhalt zu bestreiten erhoffte. Er sah ganz anders aus als die Bauern aus dem sächsischen Siebenlehn. So zart, so fein. Ein gelehrter Mann, der mehr wusste als alle Männer von Siebenlehn zusammen.

Amaliens Herz schlug schneller. Diese Begegnung war aufregend. Was könnte er ihr nicht alles beibringen, sollte sie ihn je kennenlernen! Plötzlich griff er nach seinem Hut, und sein Blick fiel auf die halb verborgenen Frauengestalten. Er stand auf, klopfte sich die Hosen ab und kam langsam auf sie zu. Amalie war tiefrot angelaufen.

»Was sollen wir denn jetzt tun?«, flüsterte sie ihrer Mutter zu. Die zuckte mit den Schultern.

»Na, was schon? Wir gehen ihm entgegen. Komm!« Sie zog die Tochter am Ärmel, und beide traten sie aus dem Schatten. Der junge Herr war inzwischen auf dem Hügel angelangt, doch anstatt sich vorzustellen, warf er als Erstes einen Blick in Amaliens Korb. Er rieb sich die schlanken Hände.

»Sieh an, was haben wir denn da?«, fragte er genüsslich, den Blick noch immer auf den Korbinhalt geheftet. »*Arnica montana* und *Valeriana officinalis*? Hoffentlich haben Sie noch einige für mich stehen lassen.« Er lachte, hob den Kopf und sah Amalie unvermittelt in die Augen. Sie blickte verschämt zur Seite.

»Was hat er außer *Arnika* noch gesagt?«, zischte ihr die Mutter ins Ohr, während er jede einzelne ihrer gesammelten Pflanzen in die Hand nahm und ausgiebig begutachtete. Amalie wusste es nicht. War das etwa einer jener Zaubersprüche gewesen, von denen die alte Krummbiegel gesprochen hatte? Als er sie abwartend anschaute, antwortete Cordel schließlich: »Nein, nein, wir haben sie nicht alle abgepflückt. Hier, wollen Sie die haben? Wir finden wieder welche.« Mit ausgestrecktem Arm ging sie auf den Herrn zu, und Malchen, wie sie ihre Tochter meist nannte, folgte ihr. »Nehmen Sie!«, forderte Cordel ihn auf und hielt ihm einen Strauß hin, den sie noch nicht in ihren Korb gelegt hatte.

»Was soll ich denn damit?«, fragte der Herr und klang ein wenig hochmütig. »Die Blumen wurden ja ganz ohne Sinn und Verstand gepflückt. Gedankenlos abgerissen, ohne Wurzelblätter. Was wollen Sie damit? Ein hübscher Strauß ist es ja auch nicht gerade.«

Cordel zog die Hand mit den verschmähten Blumen zurück.

»Wozu brauche ich denn Wurzelblätter?«, antwortete sie in gekränktem Ton. »Ich setz die Blumen mit Spiritus an. Arnika ist gut gegen das Reißen, und den Baldrian trockne ich zu Tee. Ich hab schon manchem damit gutgetan.«

»Soso«, antwortete der Herr, »haben Sie denn noch mehr Kräuter da?« Er zeigte auf Cordels Korb, der neben ihr auf dem Boden stand.

»Nur Pilze«, antwortete Cordel knapp. Sie klang noch immer beleidigt.

»Na, dann nehmen Sie sich in Acht! Kennen Sie sich denn damit aus?«

»Wir sammeln nur Pfifferlinge und Steinpilze.«

»Es gibt hier noch andere essbare Sorten, aber Sie müssen sich sicher sein.«

»Na, ich nehme immer eine Zwiebel oder …«, hob Cordel an.

»Oder einen silbernen Löffel«, fiel der Herr Amaliens Mutter ins Wort. »Das ist ja alles Unsinn und Aberglaube! Wissen, Wissen und nochmals Wissen, das allein schützt vor Irrtum und damit vor dem Tod!«

Der junge Mann rückte die Kapsel zurecht, die über seinem Rücken hing, ergriff seinen Stock samt Beutel und zog die Augenbrauen hoch. »Ich weiß aber, wo diese Pilze stehen. Dort gibt es so viele, eine ganze Trage könnten Sie damit füllen. Kommen Sie, ich zeige Ihnen die Stelle.« Als die beiden zögerten, stemmte er die Hände in die Seiten und legte den Kopf schief. »Sie trauen mir wohl nicht? Kommen Sie, ich werde Sie nicht enttäuschen! Also, vorwärts!«

Amalie war schon im Begriff, ihm zu folgen, doch die Mutter hielt sie zurück.

»Nein, nein. Ich zweifle nicht an Ihrer Kenntnis, denn wir können uns ja denken, wer Sie sind. Sie sind der Herr Dietrich, der bei der Krummbiegel oben wohnt«, wehrte Cordel ab.

Wilhelm Dietrich lachte auf. »Die Krummbiegel hat Ihnen von mir erzählt? Na, da hätte ich gerne zugehört.« Als vertraue er dem Mädchen mehr als Cordel, wandte er sich plötzlich an Malchen: »Was hat die Alte denn von mir gesagt? Ich wär ein Hexenmeister und so weiter? Ach, ich kenn doch ihr Geschwätz. Ich lach mich noch halb tot dabei.« Er schüttelte den Kopf und lachte so laut, als hörte er die Krummbiegel gerade reden.

Malchen wagte einen scheuen Blick. Mein Gott, sah er gut aus! Das hatte die Krummbiegel nicht erwähnt. Das Gesicht vornehm, die blauen Augen groß und klug. Wenn er sprach, hatte er ein lebhaftes Mienenspiel. Wie gern sie ihn ansah! Sie fühlte ein Ziehen in der Bauchgegend. Gar nicht einmal unangenehm, nur ungewohnt und seltsam. Aber ein bisschen Furcht hatte sie auch vor ihm. Das hing wohl mit dem großen Respekt zusammen, den sie vom ersten Moment an in seiner Nähe empfunden hatte. Nur vorm Pastor hatte sie ähnlichen Respekt. Die jungen Burschen aus dem Dorf machten sie jedenfalls nicht verlegen und ließen sie auch nicht besonders schüchtern werden.

Die beiden Frauen folgten ihm schließlich. Herr Dietrich führte sie auf merkwürdigen Pfaden durch den Wald. Zwischen dürren Zweigen, die mit lang herabhängenden grauen Flechten bewachsen waren, mussten sie sich hindurcharbeiten. Unter ihnen lag ein elastischer Teppich aus dunklem Moos, der sich endlos ausdehnte. Aber der Blick reichte nicht weit; ständig mussten sie Geäst auseinanderbiegen, und dabei kamen ihnen dauernd Spinnweben vors Gesicht, so dass Amalie abwehrend die Hände nach vorne streckte. Manchmal erhob sich ein Pilz aus dem einfarbigen Moosgrün, der sich durch seine dunklere Färbung abhob. Einmal blieb Amalie stehen und zeigte darauf.

»Den lassen wir, es ist nur ein Habichtsschwamm. Nur weiter!«, befahl Herr Dietrich, und die Frauen gehorchten.

Endlich war der Spuk vorbei. Amalie atmete auf und sah sich um. Eine weite Lichtung mit zahlreichen Baumstümpfen breitete sich vor ihnen aus. Durch den plötzlichen Gegensatz wirkte dieser Ort außergewöhnlich. Keine Flechten mehr, sondern smaragdgrünes, glänzendes Moos, dazwischen schwankende Gräser, und tatsächlich … so viele Pilze! Es war, als hätte sie eine höhere Macht aus einem riesigen Korb über die Lichtung geschüttet. Nicht nur, dass sie auf der flachen Ebene wuchsen, nein, auch die Baumstümpfe zeigten eine Fülle von

Schwämmen in fast allen Farben. Die Sonne warf spielende Lichter auf das kurze Gestrüpp, das hier und da den Boden der Lichtung bedeckte. Wieder blickte Amalie verstohlen nach dem Fremden. Herr Dietrich sah so glücklich aus! Sein Gesicht hatte beinahe einen verklärten Ausdruck. Er machte eine einladende Handbewegung, als sei er hier der Herr und böte das, was sich hier fand, gnädigst zum gefälligen Gebrauch an.

»Sehen Sie? Dieser Anblick war die kleine Unbequemlichkeit durch das Dickicht doch wohl wert! Sammeln Sie, aber zeigen Sie mir alles, bevor Sie es in den Korb legen, denn hier wächst Gut und Böse friedlich nebeneinander.« Er bückte sich, und Amalie, die wie gebannt an seiner Seite blieb, sah mit Staunen, wie er mit zarter Sorgfalt ein kleines Etwas aus dem Boden löste, es auf seine flache Hand legte und mit glücklichem Ausdruck betrachtete.

»Sag bloß, du bist auch hier?«, fragte er mit freudiger Stimme. Er sah Amaliens Blick und hielt ihr die offene Hand hin: »Sehen Sie nur, ein Erdstern.«

»Ach, wie hübsch!«, rief Amalie aus. »Ein Erdstern? Den habe ich noch nie gesehen!«

»Die Menschen haben Augen und sehen doch nichts – nichts außer ihrem kleinlichen, eitlen Kram. Aber hier ist es schön, nicht? Schauen Sie hier zwischen Moos und Gras die kleinen blauen Glockenblumen und das zierliche weiße Hungerblümchen? Und dort, diese dicke Spinne, wie sich ihr feines Netz wie ein duftiger Schleier über das Ganze legt?«

Dietrich kniete am Stamm nieder, holte sein Augenglas hervor und betrachtete interessiert jede Einzelheit. Er schien seine Damengesellschaft bereits vergessen zu haben, so sehr hatte er sich in die kleine Wunderwelt vertieft. Doch die beiden Frauen standen nur staunend da und beobachteten ihn. Er blickte auf und rief: »Aber so sammeln Sie doch! Hier, hier, Hallimasch, nicht der hellgelbe, sondern dieser bräunliche. Es sieht aus wie mit feinem Zimt bestreut. Wenn Sie sich dieses Kennzeichen merken, können Sie ihn gar nicht mit dem Schwefelkopf verwechseln. Lassen Sie diesen schwarzen Einsamen hier nur stehen, das ist die Totentrompete und nicht essbar. Aber diese Kapuziner und die Schmerlinge nehmen Sie ja mit, die sind gut.«

Malchen brachte noch einen schönen, festen Pilz und fragte schüchtern: »Das ist doch ein Steinpilz?«

Dietrich nahm ihn ihr aus der Hand, drehte ihn um, zog sein Taschenmesser hervor und schnitt ihn an.

»Passen Sie auf!«, sagte er. Mit einem Ausruf des Staunens trat sie einen Schritt zurück. Die soeben noch helle Fläche des angeschnittenen Pilzes färbte sich dunkel, und diese Färbung schien sich sogar zu vertiefen. War das seine Magierhand, die diesen Schatten auf den Pilz zauberte?

»Das ist *Boletus satanas*, ein ganz gefährlicher Mordgeselle! Achten Sie auf das hübsche rote Polster unter dem Hut. Und wo Sie ihn finden, da rotten Sie ihn aus. Ein kleines Stück davon kann eine ganze Familie verderben.« Er zertrat den Pilz.

Solange die drei im Wald waren, kamen sie nur langsam vorwärts, denn jede Art von Gewächs und jeder Laut nahmen Wilhelm Dietrichs Interesse in Anspruch, aber schließlich hatten sie den Wald hinter sich gelassen. Cordel setzte den von Pilzen schweren Korb ab. Zögerlich wandte sie sich an ihren Begleiter: »Herr Dietrich, Ihnen haben wir all die vielen Pilze zu verdanken. Da müssten Sie die doch eigentlich mit uns essen.« Dietrich schien einen Augenblick zu überlegen.

»Warum nicht? Aber ich weiß gar nicht, wer Sie sind. Wohin soll ich denn kommen?«

»Wir wohnen in der Niederstadt, ungefähr das letzte Haus, wenn Sie Richtung Muldental gehen. Beutler Nelle, das sind wir. Jedes Kind kennt uns. Im Fenster liegen bunte Bälle, lederne Puppen und dergleichen. Das ist unser Geschäft. Sie können uns nicht verfehlen.« Dietrich schaute Amalie an, als er Cordel antwortete.

»Gut. Wenn es Ihnen recht ist, komme ich morgen Abend.«

Als Amalie im Bett lag, dachte sie an den kommenden Abend. Mit fieberhafter Erregung malte sie sich das Wiedersehen mit Herrn Dietrich aus. Vor allen Dingen aber durchlebte sie noch einmal den heutigen Nachmittag. Welch ein Erlebnis! Ein bis dahin unbekanntes Glücksgefühl durchströmte ihre Seele, während sie sich stets aufs Neue jedes Wort, jeden Blick und jede Geste ins Gedächtnis zurückrief. Alles war so märchenhaft, so verklärt gewesen. Der warme Klang seiner Stimme, die klugen blauen Augen, der verzauberte Wald.

Da fiel ihr die Krummbiegel wieder ein, was hatte die noch gesagt? »Warte nur, wenn der dich ansieht! Der kann dich mit einem Blick verhexen, und du kommst nicht wieder los von ihm! Dann musst du dein Leben lang Molche und Drachen durch die Welt schleppen!« Hach, was sich die Krummbiegel so alles ausdachte. Als ob das etwas Schlimmes wäre! Im Gegenteil: Ein unbeschreibliches Glück müsste es doch sein, immer mit diesem Mann zusammen zu sein. Wenn sie vor die Wahl gestellt würde, sie würde jubeln: Her mit der Bürde!

Was hatte er genau gesagt, als er den Erdstern vom Boden löste? *Sie haben Augen und sehen nichts.* Wie recht er hatte! Die Leute waren blind – sie selbst eingeschlossen. Bis heute hatte sie nicht einmal geahnt, dass es auch auf der Erde Sterne gab.

Wie unermesslich reich musste Herrn Dietrichs Leben sein! Die Krummbiegel hatte ihn bettelarm genannt. Na und? Was wusste die denn schon? Ja, er mochte vielleicht nicht so viel Geld haben wie andere, aber dafür besaß er einen Reichtum, von dem die verbitterte Alte keine Ahnung hatte. Freilich, was verstand die schon von der wundersamen Pflanzenwelt?

Morgen schon sollte sie ihn wiedersehen. Morgen, morgen!

Endlich schlief Amalie ein, und im Traum hörte sie seine Stimme. *Erdstern, Totentrompete, Satanspilz*, und sie sah die Pilze nebeneinander, wie sie wuchsen. Doch der Erdstern behielt die Oberhand über die anderen. Er wurde größer und immer größer, Dietrich pflückte ihn, konnte ihn aber nicht in der Hand halten, so groß wurde er, bis er leuchtend hell den ganzen Wald durchstrahlte.

Wilhelm Dietrich war tatsächlich zum Abendessen in ihrem bescheidenen Heim aufgetaucht, und auf diesen einen Abend folgten weitere Besuche. Zunächst wandte er sich vorwiegend an Cordel, ließ sich ihre getrockneten Teebündel, Umschläge und Salben zeigen und gab ihr bei dem einen und anderen Kraut bereitwillig Auskunft.

Gottlieb schimpfte mit seiner Frau: »Was hast du uns da eingebrockt? Gelegenheit macht Diebe, und Umgang bringt Liebe! Siehst du denn nicht, wie das Mädchen nur noch Augen für den merkwürdigen Mann hat?«

Ganz allmählich, es ergab sich im Verlauf mehrerer Wochen, wandte sich Wilhelm Dietrich an Malchen, wenn er über die Pflanzen sprach. Sie saß mit glühenden Wangen da und strengte alle Kräfte an, um zu verstehen, was er ihr sagte. Bücher brachte er ihr mit, auch Pilzbücher, mit bunten Bildern, die er ihr erklärte, wobei er umständlich die Ähnlichkeiten und Unterschiede aufzeigte. Oft ließ er eines der Bücher da und stellte ihr Aufgaben. Wenn er wiederkam, prüfte er ihr Wissen. Welches Glück, wenn er mit ihr zufrieden war!

Ihrer Mutter ging das allmählich reichlich weit, und sie fragte eines Abends: »Gibt es denn wirklich so viele Pilze?«

»Ja«, antwortete Wilhelm Dietrich trocken, »es gibt an die sechstausend Arten.« Da schlug ihre Mutter entsetzt die Hände ineinander.

»Aber Herr Dietrich, nein, Sie halten uns zum Besten«, protestierte ihr Vater, »und wenn wirklich so viel Zeugs im Wald steht, so geht das uns nichts an.«

Wilhelm Dietrich schien den Hinweis, dass es nun genug sei mit seinen Besuchen, nicht verstehen zu wollen.

»Nur noch einige wichtige Familien«, entgegnete er lächelnd, »dann hören wir ganz gewiss auf.«

Malchen sah ängstlich zu ihm auf, sagte aber nichts. Bald danach leuchtete sie Dietrich hinaus. Beim Gutenachtsagen drückte er ihr einen winzigen Streifen Papier in die Hand, den sie verwirrt in ihr Ledertäschchen schob. Erst in ihrer Kammer holte sie den kostbaren Streifen mit fieberhafter Erregung hervor und las: »Dein Herz sei mein Herz!«

Ja, mein Herz *ist* dein Herz!, jubelte sie innerlich.

Ein halbes Jahr später heirateten sie, und Amalie zog zu Wilhelm auf den Forsthof, wo er eine große Wohnung vom alten Ehepaar Clausen gemietet hatte. Darin richtete sich das Paar voller Eifer für die gemeinsame Arbeit ein. Hohe Gestelle für Herbarien bedeckten alle Wände bis hinauf zur Decke. In der großen Nebenstube standen die Schränke, zum Teil schon gefüllt mit Büchern, Mineralien, Insekten, Amphibien, Muscheln und Samen.

Bei schönem Wetter ging das junge Paar gleich nach der Morgensuppe auf die Wanderschaft. Es lag stets ein Plan vor, was gesammelt werden sollte. Doch auf Schritt und Tritt bot sich eine unerwartete Gelegenheit zu Erklärungen und Belehrungen nach der anderen. Wilhelm machte es aufrichtige Freude, seine begeisterte und begabte Frau in allen Dingen zu bilden und ihr Interesse für die Naturwissenschaft zu vertiefen.

»Die Hauptsache ist«, sagte er, »dass du deine Sinne schärfst. Sieh und höre, nein, *lausche!* Nicht nur dein Auge und Ohr, deine Seele muss vernehmen, was die Natur uns offenbaren will. Gib dich ihrem Zauber hin! Deine Seele muss sich weiten. Das Untersuchen, Trennen und Zählen kommt zuletzt! Wenn du erst die Natur liebst und erkennst, so begehrst du keine lauten Freuden, keine äußeren Dinge, auf die andere Menschen Wert legen. Du fühlst dich dann nie allein, denn jeder Feldweg zeigt dir liebe Bekannte.«

Wilhelm Dietrich setzte sich mit seiner jungen Frau ins Gras, pflückte eine Blume und lehrte sie, diese Pflanze genau zu betrachten und zu beschreiben. Er brachte ihr die botanischen Bezeichnungen bei, ließ sie sich an dem Duft erfreuen und ging dann vorsichtig an das Trennen und Zerlegen. Zart löste er den Kelch von der Blumenkrone und zeigte Malchen Stempel und Staubfäden. So brachte er ihr das Linnésche System bei.

Ja, das waren reiche, wohlige Tage für Amalie! Die Liebe war die beste Lehrmeisterin. Wie klein fühlte sie sich diesem wunderbaren Mann gegenüber; demütig bat sie ihn um Geduld, wenn sie anfangs die Klassen und Ordnungen durcheinanderwarf. Wilhelm fand aber keinen Grund zur Ungeduld, im Gegenteil: Er war erstaunt über ihr Gedächtnis und ihre schnelle Auffassungsgabe.

Es überraschte Amalie selbst, mit welchem Eifer sie beim Sammeln zugange war. Kein Berg war ihr zu hoch oder zu steil, keine Wiese zu sumpfig, kein Graben zu breit und kein Bach zu tief. Flink flogen Schuhe und Strümpfe von den Füßen, wenn die begehrte Pflanze vom jenseitigen Ufer geholt werden sollte. Hindernisse überwand sie lachend. Dietrich gab ihr allerlei Kosenamen; bald war sie seine Gemse, bald sein Adler oder sogar sein Maulwurf, wenn sie unermüdlich tief in die Erde grub, um die oft wunderbar geformten Wurzeln herauszuholen.

Mit anderen Menschen mochten beide nichts zu tun haben. Nur wenn sie jemanden mit einer Krankheit oder einem Leiden trafen, blieb Wilhelm freundlich stehen, ließ sich geduldig die Geschichte erzählen und gab dann seinen Rat, so dass bald die Rede ging, Herr Dietrich könne wirksamer helfen als der beste Doktor. Auch hierbei hörte Amalie aufmerksam zu und lernte.

Kamen die beiden von solchen Wanderungen schwer beladen, schmutzig und erschöpft nach Hause, dann erwartete sie stets ein gedeckter Tisch. Amaliens Mutter setzte ihnen eine Suppe oder einen Brei vor. Wenn Cordel dann meinte, nun sei es doch für heute genug mit der Botanik, dann lachten die beiden nur.

Im nächsten Jahr erwarteten die Dietrichs ein Kind. Wilhelm selbst sprach nur noch von seinem künftigen Sohn. »Ich selbst werde seine Ausbildung in die Hand nehmen. Ich will ihn früh auf weite Reisen mitnehmen, damit er abgehärtet wird, denn er muss später weit hinaus in die Ferne, in noch unerforschte Länder; er soll neue Arten finden, die den Namen *Dietrich* tragen werden. Und *Gottlieb* muss er heißen.«

»Ach, Wilhelm«, seufzte Amalie, »deinetwegen will ich hoffen, dass es ein Junge wird.«

»Natürlich wird es ein Junge«, behauptete er zuversichtlich. Amaliens Mutter schüttelte den Kopf. Und das wollte ein Naturforscher sein!

Nicht lange danach, an einem regnerischen Märztag, war es so weit. Cordel steckte den Kopf zur Tür herein.

»Ein sehr kleines Mädchen!«, rief sie in Wilhelms Arbeitszimmer hinein und verschwand gleich wieder.

Nur ein Mädchen? Ein sehr kleines noch dazu? Welch eine Enttäuschung! Er beugte sich wieder über seine Arbeit.

Das Kind war zu früh zur Welt gekommen. Mutter und Tochter schwebten wochenlang in Lebensgefahr. Cordel hatte Tag und Nacht keine Ruhe. Doch endlich waren die beiden über dem Berg. Das Kind wurde auf den Namen Charitas Concordia Sophie getauft. Unter der liebevollen, fürsorglichen Obhut der Großmutter wuchs das Mädchen heran. Die gute Cordel hatte es die meiste Zeit um sich, so dass sich Amalie ganz ihrer Arbeit widmen konnte. Cordel erzählte dem lebhaften Kind die biblischen Geschichten und lehrte es, morgens und abends zu beten. Sie spielte und scherzte aber auch mit ihm. Doch eines Tages, als die kleine Charitas gerade mal vier Jahre alt war, starb die Großmutter ganz plötzlich.

Hörsaal des Anthropologischen Instituts Leipzig, 2009

Nadine Weber warf einen Blick auf ihre Armbanduhr, während sie das Pultmikrophon ausrichtete. Noch zehn Minuten bis zum Ende ihrer Vorlesung. Sie räusperte sich. Das Thema ging ihr an die Nieren, viel stärker als andere, die mit ihrem Beruf als Anthropologin zu tun hatten; daher hatte sie auch ihre Tochter gebeten, ihr an diesem Vormittag zuzuhören. Falls Alina überhaupt erschienen war, saß sie entweder ganz oben oder irgendwo zwischen den anderen Studenten, die keinen freien Platz mehr in den Reihen hatten ergattern können und mit dem Treppenaufgang des Auditoriums vorliebnehmen mussten.

Nadine kratzte sich am Hinterkopf, hob den Blick von ihrem Manuskript und schaute ins Auditorium.

»1866/67 schickte Amalie Dietrich zwei Schädel und einen Unterkiefer aus Gladstone und Rockhampton nach Hamburg. 1870/71 folgten acht Skelette aus Bowen. Es lässt sich anhand der heute zur Verfügung stehenden Quellen nicht mehr zuverlässig rekonstruieren, wie sie an die Gebeine gelangt ist. Über den möglichen Erwerb gibt es nur eine Erinnerung von Sokolowsky, damals wissenschaftlicher Assistent am Zoo Hagenbeck. 1932 berichtete er, einmal mit Amalie Dietrich über die Sammlungsstücke geplaudert zu haben. Zitat Sokolowsky: *Es ist ihr nicht immer leicht geworden, Skelette und Schädel von Eingeborenen zu erwerben. Die Australneger trieben damals einen lebhaften Ahnenkult und stellten die Schädel ihrer Vorfahren auf Bambusstellagen, von denen sie regelrecht gemopst werden mussten, wenn man sie erwerben wollte.* Zitat Ende.«

Ein leichtes Raunen ging durch die Reihen der Studenten. Einige schüttelten den Kopf. Nadine wartete, bis wieder Ruhe im Hörsaal eingekehrt war, und fuhr dann mit ihrem Vortrag fort:

»Amalie Dietrich arbeitete und lebte in einem Teil Queenslands fernab jeglicher Zivilisation. In einer Region, die man vor allem für Einwanderer geöffnet hatte, darunter zahlreiche Deutsche, in der aber auch Goldsucher und Glücksritter unterwegs waren. Die Siedler gerieten vielfach in Konflikt mit den dort lebenden Aborigines. Für unseren Forschungsbereich ist es wichtig zu wissen, dass die Tötung von Aborigines damals nicht als Straftat betrachtet wurde. Immer wieder kam es zu Massakern an den Ureinwohnern. Oft wurden die getöteten Aborigines von sogenannten Knochensammlern ausgeschlachtet, die deren Gebeine an wissenschaftliche Gesellschaften, Museen und Sammler in Europa verkauften. In Australien kennt man Amalie Dietrich als ›Angel of Black Death‹. Sie gilt als erbarmungslose Frau, die nicht zögerte, Aborigines ermorden zu lassen, wenn ihr reicher Auftraggeber Godeffroy mal wieder dringend nach neuen Skeletten verlangte.

Beweise dafür gibt es allerdings nicht. Es ist bezeichnend für die geringe Wertschätzung von Frauen in den Wissenschaften der damaligen Zeit, dass keinem Mann, der im gleichen Auftrag wie Amalie Dietrich unterwegs war, jemals ein solches Etikett verpasst worden ist. Vermutlich hat sie, genau wie die meisten ihrer männlichen Kollegen auch, die Skelette aus Bowen über die sogenannten *Bone Hunters* beschafft. Genaues wissen wir nicht. Doch als sicher ist anzunehmen, dass die Überreste, die sie an Godeffroys Museum nach Hamburg schickte, Angehörigen der Birri Gubba zuzurechnen sind, also den ursprünglichen Bewohnern des Gebietes von Bowen.

In den frühen Morgenstunden des 4. Dezember 1943 verbrannten die meisten anthropologischen Belegstücke aus dem Museum Godeffroy. Ein einziger Schädel aus Amalie Dietrichs Sammlung hat das Feuer jedoch unbeschadet überstanden.«

Nadine nahm ihre Brille ab und legte sie vor sich aufs Podium.

»Nach jahrelangen Verhandlungen unseres Instituts mit den zuständigen Behörden in Australien ist es mir eine große Freude, Ihnen ankündigen zu dürfen, dass mir die Ehre zuteilwerden wird, anerkanntermaßen unrechtmäßig erworbene *Human Remains* in ihr Ursprungsland zurückzubringen.« Ein Lächeln huschte über ihr Gesicht, als die Studenten applaudierten.

»Wurde auch Zeit«, hörte sie jemanden aus den vorderen Reihen skandieren.

»Bringt die Toten nach Hause!«, fiel ein anderer Student ein.

Nadine hob die Hände zum Zeichen, dass sie weiterreden wollte. »Die Übergabe hat mehr als alles andere symbolischen Charakter. Die Gebeine stehen für ein dunkles Kapitel deutscher und australischer Geschichte.« Sie warf erneut einen Blick auf die Uhr. Zeit, zum Ende zu kommen. »Bei der Rückerstattung solcher sterblichen Überreste stellt sich jedoch eine Reihe von Fragen an den Sender, aber auch an die Empfänger: Wie werden die Knochen übergeben und transportiert? Wie werden sie für die Reise verpackt? Sind sie als Artefakte oder als Teile von Toten zu behandeln? Wie erlangen sie ihren Status als Ahnen zurück, und welche rituellen Reinigungen sind möglicherweise erforderlich? Unser Institut hat fast zwei Jahre lang mit der verantwortlichen australischen Behörde verhandelt, bis wir uns auf die Rückgabemodalitäten einigen konnten. Kommende Woche werde ich nach Bowen fliegen, um dem lokalen Stamm der Birri Gubba den einzigen noch existenten Schädel zu überbringen, der aus der Sammlung Amalie Dietrich stammt. Es ist das erste Rückgabeprojekt zwischen Deutschland und Australien überhaupt, und ich hoffe, dass noch viele weitere folgen werden – auch wenn diese Aktion aus unterschiedlichen Gründen nicht von allen Teilen des Instituts mitgetragen wird. Ich danke Ihnen für Ihre Aufmerksamkeit.« Ein Blick auf die Uhr verriet ihr, dass sie die Vorlesung um gut acht Minuten überzogen hatte. Unzufrieden verzog Nadine den Mundwinkel. Kein gutes Timing.

Knöchel trommelten anerkennend auf Tische, einige Studenten klatschten. Nadine setzte ihre Brille wieder auf und schob ihre Papiere zusammen. Ihr Blick schweifte suchend durch die Reihen, doch auch mit Brille konnte sie ihre Tochter nicht finden. Enttäuscht packte sie ihre Sachen zusammen und verließ das Podium. Am Ausgang überraschte sie ihr Chef, Professor Georg Harke. Auf diese Begegnung hätte sie gern verzichtet.

»War das wirklich notwendig, unseren internen Konflikt unter die Studenten zu tragen? Sie beschädigen damit das Ansehen des Instituts. Ist Ihnen das denn nicht bewusst? Wir hatten doch alles besprochen. Nach außen hin vertreten wir eine gemeinsame Linie.«

»Spionieren Sie mir etwa nach?« Nadine klang aufrichtig empört. »Und was heißt überhaupt gemeinsame Linie? Sie sind dagegen, dass das Cranium nach Australien zurückgebracht wird. Das ist Ihre Linie, nicht meine.« Harke öffnete den Mund, um etwas zu entgegnen, doch Nadine hob abwehrend die Hand. »Wegen der Fördergelder haben Sie sich entschlossen, einen wesentlichen Teil unsere Geschichte unter den Teppich zu kehren. Tut mir leid, ich mache da nicht mit. Das habe ich Ihnen und dem Kollegium gegenüber bereits mehrfach so geäußert.« Sie wandte sich zum Gehen, doch der Professor hielt sie am Ellbogen fest.

»Ihre Leidenschaft für die Sache in allen Ehren. Ich kann mir vorstellen, dass Ihr Feuer bei den Studenten gut ankommt. Aber Sie sind Teil des Instituts und damit zu einer gewissen Konformität und Loyalität verpflichtet.«

Nadine verlagerte ungeduldig ihr Gewicht von einem Fuß auf den anderen. »Ich kann mich nicht entsinnen, um dieses Gespräch gebeten zu haben. Von mir aus können wir es hier und jetzt beenden.«

»Ich bitte Sie nur um eins: Kann ich mich darauf verlassen, dass Sie in Australien nicht für böse Überraschungen sorgen? Es wird deutsche Presse anwesend sein, und wir können uns während der Budgetverhandlungen einfach keine negative Berichterstattung leisten.« Er sah sie eindringlich an.

Nadine machte sich los. »Sie glauben doch nicht im Ernst, dass ich wegen irgendwelcher Forschungsgelder meine Überzeugungen über Bord werfe?«

»Und was ist mit Ihrer Karriere? Ist die Ihnen ebenso gleichgültig?«

»Wollen Sie mir etwa drohen? Ich kann auch an einer anderen Uni unterkommen, falls Sie das meinen.«

»Seien Sie sich da nur nicht zu sicher.«

Nadine kochte innerlich vor Wut, doch sie bezwang sich und ließ ihn wortlos stehen. Sie musste sich ohnehin beeilen, wenn sie vor ihrem Abflug noch alles rechtzeitig erledigen wollte. Wütend klackerten ihre Absätze den gefliesten Flur hinunter. Sie spürte die Blicke ihres Chefs im Rücken.

Siebenlehn, 1848

Wilhelm Dietrich hielt in allem peinlichste Ordnung; das galt besonders für seine Sammlungen. An den Büchsen, in denen er Samen oder verschiedene Harzarten aufbewahrte, saß jedes Schleifchen, wie es sollte. Und wie ordentlich sah es erst in seinen Schränken aus! Wie ein Regiment Soldaten marschierten die tausenderlei Insekten in den Kästen daher. Und die dazu geschriebenen Erläuterungen über Fundort, Lebensweise und Eigentümlichkeiten legten Zeugnis dafür ab, wie eingehend Dietrich auch noch das Unscheinbarste dieser Geschöpfe beobachtet hatte. Wie viel Ausdauer, Geduld, Fleiß und Geschicklichkeit erforderten allein die Insekten! Je kleiner sie waren, umso sorgsamer mussten sie behandelt werden. Ein einziger Bruch der Beinchen oder Fühler machte ein präpariertes Tier wertlos.

Auch in diese mühsame, zeitraubende Beschäftigung hatte sich Amalie eingearbeitet. Es dauerte nicht lange, bis ihre Finger selbst die feinsten Aufgaben bewältigten. Welches Glücksgefühl durchströmte sie, wenn Dietrich sie lobte. Ihr Blick leuchtete dann, und jede Aufgabe erschien ihr leicht.

So war es zumindest gewesen, aber nun war Malchens geliebte Mutter tot. Und damit kamen Pflichten auf Amalie zu, an denen sie verzweifelte. Nur zwei Hände fehlten, aber welche Veränderung brachte diese Lücke in den kleinen Hausstand. Sechs Jahre hatte sie ausschließlich ihrem Mann bei seiner Arbeit geholfen, und sie wusste fast nichts über das, was ihre Mutter für sie übernommen hatte. Schon gar nichts über Kindererziehung.

Auch nach dem schmerzlichen Tod der Mutter war sie schon morgens früh bei den Sammlungen und vergaß völlig die Zeit, bis ihr Mann mit dem Kind erschien.

»Ach«, rief sie dann erschrocken, »ihr wollt doch nicht etwa schon essen? Wie spät ist es denn? Schon eins?« Hastig richtete sie dann ein schlichtes Mahl aus Dickmilch und Schwarzbrotkrümeln. »Nicht wahr, Wilhelm, du bist doch zufrieden damit?« Die Antwort klang nicht zustimmend, und Amalie wunderte sich. Hatte doch ihre Mutter immer wieder geäußert, wie anspruchslos ihr Ehemann sei.

Amalie konnte nachts nicht schlafen, weil sie sich daran zu erinnern versuchte, was sie denn in all den Jahren bloß gegessen hatten. Hirsebrei, Kartoffelklöße, Kartoffelbrei und Hering, Speck, Brotsuppe – ja, wenn sie nur wüsste, wie all diese Gerichte gekocht wurden. Und alles kostete so viel Geld. Manchmal ging sie in der Dämmerung zum früheren Kantor-Klärchen, die jetzt Frau Nagel hieß, und fragte sie um Rat. Die Mädchen kannten sich aus der Schule, doch Freundinnen waren sie erst durch das gemeinsame Spielen auf der Straße geworden. Eine Stunde war ihnen täglich am Nachmittag vor der Dämmerung erlaubt gewesen, dann mussten sie beide nach Hause, bevor es dunkel wurde.

»Na«, meinte das erwachsene Klärchen am Ende, »du hast nun einen Mann und ein Kind, damit musst du eben zu Rande kommen. Das müssen andere auch.«

»Freilich«, erwiderte Amalie nachdenklich, »du hast ganz recht, andere müssen es auch.«

»Seit deine Mutter tot ist«, meinte Wilhelm eines Tages, »finde ich mich nicht mehr zurecht. Kannst du mir einen Kragen geben? Ich weiß nicht, wo sie sind.«

Ja, wo im Himmel waren denn nur die Kragen? Einmal hatte Amalie sie schon gesehen, aber sie hatte vergessen, wo. Nach langem Suchen fand sie endlich noch einen sauberen Kragen. Da sah sie ein, dass sie in den nächsten Tagen wohl waschen und plätten musste. Doch als Amalie am Plättbrett stand, lief das Kind auf den Topf mit dem siedend heißen Wasser zu, den sie eben auf die Diele gestellt hatte. Mit einem Ruck riss sie die Kleine weg, aber der Augenblick genügte: Mit einem deutlichen braunen Fleck hatte sich die Form des Plätteisens auf dem breiten Kragen abgedrückt. Amalie nahm Wasser und darin aufgelöste Stärke, aber es war alles vergeblich: Der Brandfleck blieb.

»Ach«, jammerte sie, »so viel Zeit habe ich mit dem dummen Lappen vertrödelt. Was hätte ich stattdessen alles für die Sammlungen tun können!«

»Wo bleibst du?«, rief Wilhelm. »Hast du vergessen, dass du die Pflanzen aus der kleinen Presse umlegen solltest? Sie müssen heute noch in die Mittelpresse. Und was ist denn das? Hast du das Papier denn gestern gar nicht getrocknet? Das ist doch deine Aufgabe!«

»Ich weiß, ich weiß«, sagte Amalie und klang gehetzt, »aber sieh mal, was mir passiert ist.« Sie legte den im Ärger zusammengeknüllten Kragen vor Wilhelm hin und erwartete, dass er den Unfall als nebensächlich behandeln würde, aber sie irrte sich. Entschiedener Unwille überzog sein Gesicht.

»Du weißt doch, wer mir diesen Kragen genäht hat, oder? Es war das letzte Geschenk meiner guten Tante. Wie kann etwas, das mir lieb ist, dir so gleichgültig sein? Deine Mutter ging sorgsam mit den Dingen um, die ihr anvertraut waren«, sagte er verstimmt.

»Ja, aber Mutter nahmen diese Dinge auch ganz in Anspruch. Ich soll dir mit den Pflanzen helfen.«

»Natürlich muss ich Hilfe bei den Sammlungen haben.«

»Das sehe ich ein, aber ich kann nicht für beides verantwortlich sein.«

»Und was stellst du dir vor?«

»Wir müssen uns eine Hilfe suchen, die den Hausstand besorgt. Es kann ja eine sein, die wenig verlangt.«

»Gut«, sagte Wilhelm, »mir ist auch am liebsten, ich behalte dich für mich, wie bisher. Dafür hast du Talent. Wie du dich im Hausstand anstellst, sieht man ja.«

Die letzte Bemerkung überhörte Amalie; sie war glücklich, dass sie wieder die gewohnte Arbeit aufnehmen sollte, und freute sich auf die künftige Unterstützung.

Pauline Wallfahrt war Waise, sie lebte bei einer Tante. Der Lohn, sagte die Botenfrau, spiele weiter keine Rolle. Das Mädchen wolle sich nur nicht binden, sondern sein Kommen vorläufig als eine Art Besuch oder Probezeit aufgefasst wissen. Passte es nicht, könnte Pauline so jederzeit ungehindert wieder gehen. Dasselbe Recht stünde den Dietrichs zu.

Bequemer konnte es nicht sein, und hocherfreut erklärte sich Amalie mit allem einverstanden. Besonders gut gefiel ihr die Möglichkeit, das junge Mädchen schnell wieder loswerden zu können, falls sie nicht zueinanderpassten. Auch wenn sie sich einerseits eine Hilfe wünschte, so hatte sie andererseits große Angst davor. Wie sollte sie Anweisungen geben für Dinge, von denen sie selbst so wenig verstand?

Und dann erschien Pauline. Sie war außergewöhnlich hübsch und betrachtete die kleine, unscheinbare Amalie mit einer gewissen Herablassung. Das hübsche, frische Gesicht mit dem feinen Näschen und den großen blauen Augen wurde von einer Fülle rötlich blonder Haare wie von einem Heiligenschein umstrahlt. Die langen Locken glitzerten wie gesponnenes Gold.

Schüchtern und unsicher führte Amalie die Hilfe in den kleinen Hausstand ein, wurde rot und verlegen, während sie Pauline die Kisten mit den Kleidern und der Wäsche zeigte. Wie sollte sie diesem mit allem Reichtum der Natur gesegneten Kind beibringen, dass in diesem Hause äußerste Sparsamkeit geboten war? Sie entschuldigte sich, dass die Schränke für die Sammlungen gebraucht wurden. Und ganz hilflos fühlte sie sich, wenn sie das hochmütige Lächeln des Mädchens sah, den überlegenen Ton in seiner Stimme hörte.

Mit ihren Aufgaben im Haushalt war Pauline schnell fertig, und dann erbot sie sich, bei der beruflichen Arbeit zu helfen. Wilhelm war jedes Mal sichtlich erfreut, wenn sie sich im Arbeitszimmer blicken ließ. Nicht so Amalie. Paulines Auffassung von der Natur war oberflächlich. Sie zeigte bei den Arbeiten nicht den geringsten Ernst, und gerade auf diesem Gebiet verstand Amalie keinen Spaß. Sie schaute dem Mädchen scharf auf die Finger, und so entflammte ein Kampf, den vorläufig nur die beiden Frauen als solchen empfanden.

Von Tag zu Tag wurde Pauline dreister. Sie wusste alles, woran es Amalie fehlte, in ein grelles Licht zu rücken, dagegen all das, was diese leistete, klein und lächerlich zu machen. Sie verstand es, sich in alle Arbeiten hineinzudrängen, bei deren Ausführung Amalie bereits große Fertigkeit an den Tag gelegt hatte. Spöttisch lächelnd, stellte sie sich neben Amalie, als diese einen Papierbogen voller Käfer vor sich liegen hatte.

»Das könnte ich viel schneller tun«, erklärte sie herausfordernd. »Darf ich mal probieren?«, wandte sie sich mit einem schmeichelnden Lächeln an Wilhelm.

»Wirst du auch sehr vorsichtig sein?«

Da griff Pauline schon nach den Käfern. Ärgerlich beobachtete Amalie die Arbeit der anderen, dann rief sie empört: »Das ist ja nicht mit anzusehen! Du brichst ihnen ja Beine und Fühler ab. Wilhelm, richte ihr doch eine Papparbeit ein! Da kann sie keinen Schaden anrichten.«

»Ach«, antwortete Pauline spöttisch, »so viel Aufhebens um ein winziges Käferlein.«

»Kannst du nicht ernsthaft bleiben?«, fragte Wilhelm tadelnd. »Meine Frau hat dir doch gesagt, dass der Käfer wertlos ist, wenn du ihn beschädigst.«

»Lernt man denn diese kniffligen Dinge etwa alle an einem Tag?«, fragte Pauline und sah Wilhelm mit unschuldiger Miene an. »Können andere das lernen, dann kann ich das auch. Was meinen Sie, Herr Dietrich?«

Wenige Tage darauf hörte Amalie in einer der oberen Kammern ein klägliches Weinen. Sie eilte hinauf und fand ihre Tochter, die blutend an einer Kiste lehnte. Pauline stand mit verschränkten Armen daneben.

»Was ist mit dem Kind?«, fragte Amalie aufgeregt. »Hast du Charitas etwa geschlagen?«

»Ich hab sie nur geschubst, da ist sie mit der Stirn gegen die Kiste gefallen. Die wird noch so manchen Schubs im Leben kriegen.«

Amalie, die ihre Tochter tröstend im Arm hielt, war vor Zorn rot angelaufen. »Aber nicht von dir. Das Maß ist voll. Ich will dich hier nicht mehr sehen. Pack deine Sachen und verschwinde!«

»Herr Dietrich wird mich bei seinen Arbeiten brauchen.«

»Darüber mach dir mal keine Sorgen! Ich werde dich schon ersetzen.«

Wilhelm war nicht sehr angetan von Paulines Rausschmiss. »Hättest du nicht als Strafe ihren Lohn kürzen können? Was hat sie dem Kind denn schon angetan? Es war doch nur ein kleiner Stupser, ein Missgeschick! Du verweichlichst Charitas und machst es damit nur noch schwerer für uns, sie am Ort unterzubringen, wenn wir unterwegs sind. Wie eine kleine Prinzessin behandelst du sie! So etwas spricht sich herum. Jetzt stehen wir ohne Haushaltshilfe da. Das hast du nun von deiner impulsiven

Art! Ein weinerliches Kind, das keiner will, und einen Haushalt, den du nun allein bestreiten musst. Da kann man ja nur von Herzen gratulieren.« Er wandte sich ab und ging in sein Arbeitszimmer.

Amalie war der sarkastische Ton nicht entgangen, und sie fragte sich, ob er überhaupt etwas für seine Tochter empfand. Anders als Pauline hatte er Charitas kein einziges Mal verteidigt. Dabei war sie doch noch ein Kind.

* * *

»Es ist einfach unglaublich«, sagte Wilhelm, nachdem Pauline das Haus verlassen hatte, »weder die aus Hannover noch die aus Berlin schicken das Geld für die georderten Herbarien. Und der noch ausstehende Lohn für diese Haushaltshilfe hat ein zusätzliches Loch in die Kasse gerissen. Hätte man damit nicht warten können?«

»Nein, konnte man nicht!«, erwiderte Amalie hart.

»Jedenfalls bleibt mir nichts anderes übrig, als selbst nach Berlin zu reisen, um mein Geld einzufordern.«

Amalie drehte sich überrascht um. »Ist das dein Ernst? Du kannst deswegen doch nicht gleich nach Berlin aufbrechen. Wir können doch unmöglich jedes Mal unser Geld persönlich abholen.«

Wilhelm schüttelte gereizt den Kopf: »Wenn ich nach Berlin reise, hole ich nicht nur das Geld, ich nehme auch gleich neue Bestellungen an.«

»Wilhelm, bitte, bleib!«

»Wir können es uns nicht leisten, dass ich bleibe. Ich muss nach Berlin, wenn wir unser Geld bekommen wollen. Siehst du das denn nicht ein? Lass uns lieber überlegen, was während meiner Abwesenheit zu tun ist. Kannst du selbständig eine Sammlung Giftpflanzen herrichten? Das ist nicht einfach, denn das Zeug schleicht sich in fast alle Klassen. Du hast Platz, alle Arbeitstische stehen dir zur Verfügung. Such die Etiketten schon mal aus, kleb sie aber noch nicht fest, ich möchte sie vorher sehen, damit mir keine falsche Bestimmung unterkommt. Mach du mal, mein Malchen!« Er zwickte sie zärtlich in die Wange.

Amaliens Augen begannen zu leuchten. »Glaubst du denn wirklich, dass ich das ohne dich fertigbringe?«

»Das möchte ich ja gerade herausfinden. Es bringt dich einen großen Schritt vorwärts, wenn du ohne mich arbeiten kannst.«

Wilhelm traf seine Vorbereitungen und reiste ab. Amalie ging mit Eifer an ihre Aufgabe. Sie stand vor den hohen Gestellen und studierte die Etiketten, dann stellte sie das Material zusammen. Sorgsam suchte sie in den Pflanzenvorräten nach möglichst schönen vollständigen Exemplaren. Mit Geschick und Geschmack ordnete sie jede einzelne Pflanze. Der schlanke Blütenstengel wurde durch kräftige Wurzelblätter ergänzt und vervollständigt, und soweit es der Charakter der Pflanze erforderte, fügte sie Knospen und Samen hinzu. Sie ordnete alles so lange, bis das Ganze ein möglichst gefälliges und vollständiges Bild bot. Oft stand sie auf, trat ein paar Schritte zurück und ließ das Bild aus der Ferne auf sich wirken. Dabei glitt hin und wieder ein Lächeln über ihr Gesicht, wenn die Erinnerung kam, wo und wann sie die Pflanze gesammelt hatte. Erst wenn sie ganz zufrieden war, befestigte sie die

Pflanze mit gummierten Streifen. Sie empfand keine Einsamkeit, sondern vertiefte sich mit voller Hingabe in ihre Arbeit. Nun aber kam Charitas und zupfte zaghaft an ihrem Ärmel.

»Na«, sagte Amalie freundlich, »dich hatte ich ja ganz vergessen! Was willst du denn?«

Das Kind zeigte auf die Trittleiter. »Darf ich damit spielen?«

Ihre Mutter lächelte und sagte: »Nur wenn es kein Unglück gibt und das kleine Mädchen nicht mitsamt der großen Leiter umfällt.«

Das Kind schüttelte ernsthaft den Kopf und machte sich daran, die Leiter ins andere Zimmer zu schieben.

»Wo willst du denn hin?«, fragte Amalie und sah ihrer Tochter hinterher.

»In die andere Stube, zu den Tieren.«

»Aber dass du mir nichts anfasst! Denk an Vater!«

Amalie arbeitete weiter. Das Mädchen war eine Weile still, plötzlich aber kam sie vergnügt angelaufen. Charitas hatte sich eine der Botanisierungskapseln über die Schulter gehängt. Der Riemen war so lang, dass die Kapsel fast den Boden berührte.

»Mutter«, rief sie, »ich bin jetzt der Postbote, und in meiner Tasche hier habe ich einen Brief. Jetzt klopf ich bei dir an, und da musst du *herein* sagen!«

»So? Na, dann klopf du nur! Herein!«

Die Kleine öffnete mit drolliger Wichtigkeit die Kapsel. »Guten Morgen, Herr Dietrich, hier habe ich einen Brief für Sie.«

»Ich danke Ihnen. Bin ich etwas schuldig?«

»Nein, ist frankiert.« Das Kind hielt ihrer Mutter einen Brief hin.

»Woher hast du den denn?«

»Mutter!« Die Kleine stampfte ärgerlich mit dem Fuß auf. »Ich bin doch der Postbote.«

Amalie wollte den Brief schon beiseitelegen, da fiel ihr Blick auf die Handschrift, und sie fragte nochmals, aber jetzt hart und streng: »Woher hast du den Brief?«

»Der war in der Schlafstube, in Vaters Rock. Nicht böse sein! Ich tu's auch nicht wieder!«

Die Kleine steckte weinend das Gesicht in den Rock der Mutter. Amalie öffnete den Umschlag und nahm den Brief heraus. Sie faltete den Bogen auseinander, strich ihn glatt und begann zu lesen. Als sie damit fertig war, legte sie den Brief auf den Tisch. Gedankenverloren fuhr sie ihrer Tochter über den Kopf. Es war, als wäre ihr das Herz gefroren.

»Geh zu Klärchen und frag, ob du heute dableiben kannst.«

»Ach nein, bitte nicht, Mutter!«

»Geh! Klärchen freut sich immer so, wenn sie dich sieht. Das weißt du doch, und sie kocht dir bestimmt eine Kartoffelsuppe, wenn du artig bist. Die magst du doch so sehr.« Sie küsste ihre Tochter auf den Scheitel und schob die Kleine dann behutsam von sich. Widerwillig gehorchte Charitas und machte sich leise weinend auf den Weg.

Amalie stand auf. In ihrem Kopf rauschte es mit einem Mal so bedrohlich, als stürzten brausende Wassermassen auf sie zu. Also deshalb die Reise nach Berlin! Ein wilder Schmerz schüttelte sie. Wilhelm hatte eine Affäre mit Pauline, wenn sie dem Brief Glauben schenken durfte. Und warum sollte sie daran zweifeln, wo doch Paulines Brief an ihn gerichtet war und sie darin unmissverständlich zärtliche Worte fand? Offenbar hatten die beiden bereits wenige Wochen nach Paulines Anstellung in ihrem Haushalt zueinandergefunden. Sie sehne sich nach ihm, schrieb Pauline, und er möge doch so bald wie möglich unter einem Vorwand aufbrechen, damit sie ihn endlich wieder in ihre Arme schließen könne. Amaliens Blick fiel auf die Arbeit.

»Giftpflanzen«, sagte sie verächtlich, »ja, die finden sich tatsächlich in allen Klassen!« Zitternd fuhr ihre Hand über die schön geordneten Exemplare. Was sollte sie tun? Welche Möglichkeiten hatte sie schon? Sie musste mit jemandem sprechen. Klärchen!

Wie im Fieber holte Amalie zu ihrer Tochter auf und strich ihr entschuldigend über den Kopf. Seltsamerweise kam ihnen die Freundin schon entgegen.

»Ich wollte gerade zu dir«, rief sie Amalie aus der Ferne zu. »Hast du den Postboten nicht getroffen? Er hat einen Brief für dich, fünf große Siegel waren hinten drauf, ein Geldbrief. Willst du nicht gleich zu ihm? Dann lass das Kind nur so lange hier.«

Ohne viele Worte tat Amalie, wie Klärchen ihr geraten hatte. Das Schreiben enthielt tatsächlich das erwartete Geld aus Berlin, volle 53 Taler. War das Zufall oder Vorsehung? Dankbar presste Amalie den Umschlag an die Brust. Das Geld gab ihr die Freiheit, eine Entscheidung zu treffen. Sie müsste nicht warten, bis Dietrich zurückkäme. Mit dem Geld könnte sie Siebenlehn und dem Forsthof den Rücken kehren. Was würde Dietrich für Augen machen, wenn er sie bei seiner Rückkehr nicht mehr anträfe! Amalie lief den Weg zurück zu Klärchen, um ihre Tochter wieder abzuholen. Sie würde die Hälfte der Taler Dietrich überlassen und den Rest behalten, um mit Charitas für eine Weile von hier zu verschwinden. Ja, sie wollte nach Siebenbürgen reisen, zu ihrem Bruder, der es dort gut getroffen und sie schon mehrmals zu sich und seiner Frau eingeladen hatte.

Wilhelm und Pauline! Das Herz wollte Amalie aus der Brust springen! Es hatte also durchaus seinen Grund gehabt, weshalb sie von Anfang an auf die engelsgleiche Gestalt eifersüchtig gewesen war. Sie hatte sich nicht geirrt. Das verdorbene Mädchen hatte es auf ihren Mann abgesehen, und der hatte offenbar nicht lange gezögert, bis er Paulines Schmeicheleien nachgab. Deshalb also hatte er sich nachts nicht mehr zu ihr gelegt, obwohl er doch unbedingt noch einen Sohn hatte zeugen wollen. Den würde ihm nun wohl die hübsche Pauline schenken!

Der Schmerz schnürte Amalie die Kehle fest zu. Fort, sie wollte nur noch weg. Je weiter, desto besser. Hier in seiner Wohnung, im Forsthof, umgeben von seiner Arbeit und seinen Sammlungen, würde sie keinen klaren Gedanken fassen können. Dabei musste sie in den kommenden Tagen und Wochen mit kaltem Verstand überlegen, wie ihre und Charitas' Zukunft aussehen sollte.

Amalie musste einen abwesenden Eindruck auf die Freundin gemacht haben.

»Was ist los?«, fragte Klärchen besorgt. »Wie siehst du denn aus?«

»Charitas und ich, wir müssen für eine Weile fort.«

»Wohin denn? Etwa ohne Wilhelm?«

Amalie sah die Freundin an und presste die Lippen zusammen. »Danke, Klärchen. Für alles.«

Leipzig, 2009

Nadine bemühte sich nach außen hin um Gleichmut. Omm, sagte sie sich im Stillen, um die Spannungen auszuhalten, die zwischen ihr, Alina und Thomas greifbar waren. Verstohlen blickte sie zu ihrer Jugendliebe hinüber, und wieder einmal beneidete sie diesen Mann um seinen gelassenen Umgang mit ihrer gemeinsamen Tochter. Woher hatte er nur diese Engelsgeduld?

Als sie von Thomas schwanger wurde, waren sie beide schon längst kein Paar mehr. Nadine hatte nur wenige Monate nach dem Tod ihrer Schwester Schluss mit ihm gemacht. Sie fühlte sich schuldig an Vanessas Tod. Hätte sie besser auf ihre Schwester aufgepasst, wäre Vanessa vielleicht noch am Leben. Stattdessen hatte sie damals in den Bergen nur Augen für Thomas gehabt. Nach der Trennung sahen sie einander noch hin und wieder, was hauptsächlich Thomas' Hartnäckigkeit geschuldet war. Er besuchte Nadine manchmal in Berlin, wo sie ein Studium begonnen hatte. Als Nadine ihm von ihrer Schwangerschaft erzählte, bestand er darauf, eine Rolle im Leben seines Kindes zu spielen. Nadine war darüber nicht sonderlich erfreut, doch seine Beharrlichkeit zahlte sich aus. Mit der Zeit gehörte Thomas einfach zu ihnen. Als Alinas Vater war er Teil der Familie, auch wenn sie nicht zusammenlebten. Im Laufe der Jahre kam es jedoch immer wieder zu großen Spannungen zwischen den dreien. Doch in welcher Familie gab es die nicht?

Thomas nahm die Abfahrt zur Bundesstraße, die zum Flughafen führte, und sah dabei in den Rückspiegel, suchte den Blick seiner heranwachsenden Tochter.

»Also, Alina, was hast du vor, wenn du dich in Bowen von deiner Mutter verabschiedet hast?« Er klang leichthin, so als wäre es das Natürlichste auf der Welt, seine achtzehnjährige Tochter für ein ganzes Jahr auf die andere Seite der Erde zu schicken. Nadine legte den Kopf schief und kratzte sich am Hals, um nicht in dieses Gespräch einzusteigen. Sie hatte es Thomas versprochen. Sie und ihre Tochter waren seit Alinas Pubertät wie Feuer und Eis. Auf dem Rücksitz hörte sie ihre Tochter laut aufseufzen.

»Das hab ich dir doch schon tausendmal erzählt. Ich bleibe die ersten drei Tage bei Mama und fliege dann nach Cairns, um mich dort mit Sari zu treffen. Dann schauen wir mal. Vielleicht zuerst ein bisschen jobben, danach Strand oder so.«

»Okay, okay«, sagte Thomas beschwichtigend und drehte sich kurz zu seiner Tochter um. »Willst du wirklich ein ganzes Jahr dort bleiben?«

Alina verdrehte genervt die Augen. »Das ist der Plan. Leidest du schon an Alzheimer?«

»Ich werde dich nur schrecklich vermissen, das ist alles. Das wird doch noch erlaubt sein, oder?«

Sie grinste versöhnlich. »Klar, Dad. Ich werd dich auch vermissen. Manchmal. Vielleicht.«

Nachdem Nadine und Alina eingecheckt hatten, lud Thomas die beiden noch auf einen Kaffee ein. Alina kippte ihren Macchiato in einem Zug runter und entschuldigte sich dann, um sich in der Buchhandlung nach Zeitschriften umzusehen. Thomas wirkte müde. Er fuhr sich mit beiden Händen übers Gesicht und streckte die Beine unter dem Tisch aus.

»Weißt du mittlerweile, wie lange du bleiben wirst?«, fragte er Nadine.

Sie zuckte mit den Schultern.

»Zwei Wochen, zumindest habe ich den Rückflug so gebucht, aber wer weiß? Wenn meinem Chef noch etwas einfällt, was ich in Australien erledigen oder anleiern könnte, wird er bestimmt nicht zögern, mich das wissen zu lassen. Ich glaube nicht, dass er momentan besonderen Wert auf meine Anwesenheit im Institut legt.«

Thomas nickte. »Ich nehme an, euer Verhältnis hat sich in den letzten Wochen nicht sonderlich gebessert?«

»Zwischen mir und Harke? Nein. Jetzt lauert er mir sogar schon während meiner Vorlesungen auf.« Thomas lachte, und Nadine schaute ihn konsterniert an. »Was ist daran so komisch?«

Thomas winkte ab. »Nichts natürlich.«

Nadine lächelte ihn matt an. »Ich bin wohl auch nicht ganz unschuldig an der Situation.«

»Damit meinst du doch sicherlich nicht dein lebhaftes Temperament?«, fragt er mit ironischem Unterton.

»Mach dich ruhig lustig über mich.«

»Tu ich doch gar nicht. Ich mag deine Art. Meistens jedenfalls. O Gott, ich rede schon wie unsere Tochter.«

Nadine lächelte, hob gleichzeitig resigniert die Schultern. »Thomas, ich weiß nicht, ob ich im Institut noch eine Perspektive habe. Ich bin diese Grabenkämpfe so leid. Vielleicht sollte ich mir eine neue Stelle suchen.«

»Tu das bloß nicht! Dann hätte Harke doch erreicht, was er wollte. Es ist bestimmt eine gute Idee, dass du für ein paar Wochen weg vom Schirm bist. Vielleicht hat sich nach der Rückgabe alles wieder ein bisschen beruhigt. Bitte lass dich nicht kleinkriegen, versprichst du mir das?«

Sie hob den Kopf. »Du hast recht. Ich bin einfach fürchterlich erschöpft. Das ist alles.«

»Du schaffst das schon.« Er atmete aus. »Dann wechsle ich mal ungeschickt das Thema. Ich werde diese Sorgen um Alina einfach nicht los. Wir hätten ihr diesen Trip ausreden müssen. Sie ist noch so jung, so unreif.«

Nadine verschränkte abwehrend die Arme vor der Brust. »Ich bitte dich, Thomas! Dieses Thema haben wir doch nun wirklich bis zum Erbrechen durchgekaut. Ich bin auch nicht gerade happy über ihre Australienreise, aber jetzt ist es nun einmal so, wie es ist. Wir müssen ihr einfach vertrauen.«

»Das hast du schön gesagt, aber es beruhigt mich nicht die Bohne.«

»Ich verstehe nicht, warum du ausgerechnet jetzt wieder davon anfängst. Wenn du nicht willst, dass sie fliegt, hättest du ihr das in aller Deutlichkeit sagen müssen. Vor Wochen schon. Jetzt ist es eindeutig zu spät.« Sie hing sich ihre Handtasche über die Schulter und stand auf. »Alina ist auch deine Verantwortung. Du hättest dich früher um sie kümmern müssen. Viel früher.« Sie machte Anstalten, zu gehen.

Thomas sprang jetzt ebenfalls auf. »Ich will mich ja um Alina kümmern, aber du lässt mich nicht. Du willst doch gar nicht, dass ich eine enge Bindung zu ihr aufbaue. Oder zu dir.« Bei seiner letzten Bemerkung zuckte Nadine zusammen, drehte sich aber nicht mehr zu ihm um. »Und ich weiß auch, warum. Es geht um deine Schwester. Du glaubst noch immer, dass ich eine Mitschuld am Tod von Vanessa trage – weil ich dich abgelenkt habe, als du auf deine Schwester aufpassen solltest. Dabei war Langen schuld. Er war der Erwachsene, er hatte die Verantwortung. Woher hätten wir Jugendliche wissen sollen, dass er einen an der Klatsche hatte und niemals diesen Job als Bergführer hätte ausüben dürfen? Wir waren die Opfer und nicht Täter, verstehst du? Das hat das Gericht auch so bestätigt und Langen wegen fahrlässiger Tötung verurteilt. Warum will das denn noch immer nicht in deinen Kopf, Nadine? Dass wir nach all den Jahren immer noch darüber streiten müssen!«

Nadine hob die Hand und bedeutete ihm, dass er aufhören solle. Alina kam ihnen entgegen, wedelte fröhlich mit den Zeitschriften.

»Wollen wir? Ich kann es kaum noch erwarten!«

Der Abspann von »Avatar« lief über den winzigen Bildschirm in der Rückenlehne ihres Vordersitzes. Nadine drückte auf den roten Knopf der Fernbedienung und legte ihre Hand auf Alinas Oberschenkel. »Und? Hat dir der Film gefallen?«

»Ja klar, sonst hätte ich ihn mir bestimmt kein zweites Mal angeschaut.« Nadine hob die Brauen. Wieder einmal wurde ihr schmerzlich bewusst, wie wenig sie von ihrer Tochter wusste.

»Sicher«, wiederholte sie und stellte ihre Lehne zurück. Noch neun Stunden bis Brisbane. Dort würden sie eine Nacht im Flughafenhotel verbringen, bevor sie mit einer regionalen Linie ins rund tausend Kilometer entfernte Bowen flogen.

»Sollen wir uns einen Sekt bestellen?«, schlug Nadine vor.

Alina sah ihre Mutter an, als hätte sie nicht mehr alle beieinander.

»Sekt? Gibt es einen Grund, zu feiern?« Alina nahm ihre Kopfhörer ab und verstaute sie im Netz vor sich.

»Na ja, soweit ich mich erinnere, ist diese Reise nach Australien die längste, die wir zwei jemals zusammen unternommen haben. Das ist doch eine kleine Feier wert, meinst du nicht?«

Alina lehnte sich ebenfalls zurück. »Wenn du meinst.«

»Ja, meine ich.« Nadine drückte die Service-Taste in ihrer Armlehne und schloss die Augen, nachdem sie beim Steward zwei Gläser Sekt bestellt hatte. Manchmal befiel sie die Angst, dass sie irgendwann gar nicht mehr zu ihrer Tochter durchdringen würde. So wie sie als Teenager ihren Vater emotional nicht mehr an sich herangelassen hatte. Vielleicht würden sich die Dinge zwischen ihnen, wenn sie als Mutter die Initiative ergriff und im guten Sinn nicht lockerließ, doch noch zum Besseren wenden. Alina befand sich mittlerweile am besseren Ende der Pubertät. Ging es mit ihnen danach wieder aufwärts? Könnte sich vielleicht zwischen ihnen sogar ein freundschaftliches Verhältnis entwickeln, wie sie es von anderen Müttern gehört hatte und worum sie diese schrecklich beneidete?

Leider war viel zu viel schiefgelaufen, und zwar nicht nur zwischen ihr und Alina, sondern auch zwischen ihr und Thomas. Ein Kind bekam diese Misstöne zwischen seinen Eltern natürlich mit, auch wenn es nichts dazu sagte. Kinder hatten feinfühlige Antennen.

Nach dem tragischen Tod von Nadines Schwester war nichts mehr normal gewesen. Nadine hatte sich selbst gehasst, ihren Vater … und Thomas. Sie alle drei hatten ihrer Ansicht nach Schuld am Tod ihrer Schwester. Sie selbst, weil sie Vanessa allein gelassen hatte, weil sie ihrer Verantwortung als ältere Schwester nicht nachgekommen war und sich mehr um ihren neuen Freund als um ihre asthmakranke Schwester gekümmert hatte. Dabei hatte sie es ihrem Vater versprochen.

Wieso hatte er ihr diese große Verantwortung bloß übertragen? Weil ihre kleine Schwester ihn im Griff hatte. Und genau diese Art Vanessas hatte Nadine nie leiden können. Ihre kleine Schwester war ein berechnendes Ding gewesen, das nur zu genau wusste, wie sie den Vater um den Finger wickeln konnte. Es klappte immer. So auch bei diesem verfluchten Skiurlaub.

Was sie selbst anbelangte, so hatte Nadine immer das Gefühl gehabt, sich dem Vater gegenüber intellektuell beweisen zu müssen. Gute Noten in der Schule und in der Uni; alles, um ihm zu gefallen. Vanessa hingegen brauchte ihn nur süß anzulächeln.

»Ihr Sekt.« Der Steward öffnete die kleinen Flaschen und stellte sie zusammen mit zwei Plastikgläsern, Servietten und jeweils einer Packung Erdnüsse auf ihren Tischchen ab. Nadine bedankte sich und schenkte ein, dann reichte sie eines der Gläser ihrer Tochter und stieß mit ihr an.

»Auf Australien!«, sagte sie und bemühte sich, enthusiastisch zu klingen.

»Auf Australien!«, antwortete Alina und setzte sich gleich wieder die Kopfhörer auf, um sich den nächsten Film reinzuziehen. Nadine lehnte sich mit einem Seufzer zurück. Zu sehr ähnelte Alinas Verhalten ihrem eigenen, damals. Was auch immer ihr Vater versuchte, es war vergebens gewesen. Sie hatte sich von ihm abgewandt. Vor zwei Jahren war er gestorben, und der Gedanke daran trieb Nadine heute noch die Tränen in die Augen. Wie hatte sie nur zulassen können, dass sie bis zuletzt unversöhnt geblieben waren? Wann hatte er es aufgegeben, ihre dumme und sture Haltung zu bekämpfen? Wäre es als Vater nicht seine Pflicht gewesen, dafür zu sorgen, dass sie trotz allem eine Familie blieben? Nadine wagte einen verstohlenen Blick auf ihre Tochter.

Siebenlehn, 1849

Es war ein ähnlich trüber Novembermorgen wie vor einem Jahr, als Amalie mit klopfendem Herzen, ihre Tochter an der Hand, den Hügel zum Forsthof hinaufstieg. Genau wie früher saß Wilhelm an seinem Arbeitstisch. Er war sprachlos vor Staunen, als die beiden plötzlich eintraten. Nach einem unbehaglichen Moment des Schweigens gab sich Amalie einen Ruck.

»Wilhelm, da sind wir wieder!«

Ihr Mann schien nicht recht zu fassen, wen er da vor sich sah. Aus seinem schlichten Malchen war eine feine Dame geworden, bekleidet mit Hut und Schleier und einem teuren Wintermantel. Noch immer musterte er sie schweigend, den Mund halb offen. Ihre ganze Haltung machte den Eindruck, als sei sie größer geworden. Endlich glitt sein Blick zum Kind. Er legte Charitas die Hand auf den Scheitel, als wolle er sich vergewissern, wie sehr sie in dem einen Jahr ihrer Abwesenheit gewachsen war.

»Wilhelm«, sagte Amalie, »ich habe viele neue Erfahrungen gemacht, seit ich Siebenlehn verlassen habe. Ich bin ruhiger geworden, und ich denke heute über manches anders als noch vor einem Jahr. Vielleicht war ich zu überbordend in meinen Gefühlen, als ich einfach auf und davon bin und Siebenlehn hinter mir gelassen habe. Du hast mir sehr weh getan, und es schmerzt noch immer. Aber mittlerweile weiß ich, dass eine erwachsene Frau überlegter und reifer handeln sollte. Ich bin erwachsen. Ich bin deine Frau, Wilhelm. Willst du es noch einmal mit mir versuchen? Darf ich bleiben?«

»Du?«, war das erste Wort, das er an sie richtete, und es wurde von einem Stirnrunzeln begleitet. Sein Blick überflog Amaliens Gestalt zum wiederholten Male. »Du bist es, aber du bist mir so ganz neu und unvertraut. Wie eine Dame siehst du aus. Und du willst auf Reisen die Sammlungen tragen? Doch sicherlich nicht!«

»Mein Bruder hat auf dieser Kleidung bestanden, aber mir liegt daran nichts. Ich lege alles in die grüne Truhe und ziehe nichts davon wieder an. Ich will geduldig warten, bis bessere Zeiten für uns kommen. Also: Willst du es noch einmal mit mir versuchen?«

Zögernd nahm Wilhelm Amaliens Hand.

Auf dem Forsthof wurde wieder emsig gearbeitet. Im Frühling fand Wilhelm, dass es für Amalie und ihn an der Zeit wäre, zusammen eine Reise zu unternehmen. Je näher jedoch der Zeitpunkt der Abreise heranrückte, desto schwerer bedrückte Amalie die Sorge um ihre Tochter. Ursprünglich hätte Charitas bei Klärchen unterkommen sollen, doch ihre Freundin hatte plötzlich nach Leipzig reisen müssen, um ihren kranken Onkel zu versorgen. Wer sollte sich nun um Charitas kümmern, wenn ihre Eltern fort waren?

Als Amalie im Laden am Markt einkaufte, klagte sie Frau Hänel ihre Sorge.

»Nun«, meinte die Händlerin, »als mein Töchterchen vor Jahren von Krämpfen befallen wurde und der Doktor über Land war, holte ich Ihren Mann. Und was er verschrieb, hat geholfen. Mein halbes Vermögen hätte ich ihm damals geben mögen, aber er wies alles zurück. Also, liebe Frau Dietrich, bringen Sie das Kind nur zu mir, wenn es so weit ist. Viel Federlesens wird wegen ihr nicht gemacht, aber ich werde schon mit ihr zurechtkommen. Die Frau des Diakons, bei der ich als Kind war, ist zu mir auch streng gewesen und hat an Schlägen nicht gespart. Das tut dem Menschen gut.«

Amalie zuckte schmerzlich zusammen. Eigentlich musste sie ja dankbar sein und konnte der fremden Frau keine Anweisung geben, wie sie ihr Kind behandelt wissen wollte. Mit einem zaghaften Lächeln nahm sie das Angebot an.

Am Tag vor der Abreise packte Amalie ein paar Sachen in ein Bündel, nahm Charitas an der Hand und ging mit ihr zur Kaufmannsfrau.

»Sie schläft bei der Magd«, erklärte Frau Hänel, »tragen Sie die Sachen nur gleich dorthin.«

Amalie stieg mit Charitas in das dürftige Kämmerchen hinauf, dessen Fenster auf einen winzigen Hof führte. Hier ermahnte sie Charitas eindringlich, ja nichts anzurühren von all den schönen Dingen, die sie hier sehen würde, und immer gehorsam und freundlich zu sein. Mit weit geöffneten Augen, die sich während der Ermahnungen der Mutter mit Tränen füllten, versprach Charitas alles, was Amalie verlangte. Sie durfte mit hinuntergehen und sich in der Wohnstube von der Mutter verabschieden. Frau Hänel war im Laden, doch in der Ecke saß die Magd Christel und nähte grobe Säcke. Amalie riss sich von ihrem Kind los, verabschiedete sich von Frau Hänel und verließ das Haus: mitten auf dem Marktplatz blieb sie plötzlich stehen und drehte sich um. Sie sah, wie Charitas offenbar drauf und dran war, mit allen guten Vorsätzen, ruhig und artig zu sein, zu brechen. Tatsächlich öffnete die Kleine das Fenster und schrie ihr so schmerzlich hinterher, dass wenig später Frau Hänel drohend im Fensterrahmen auftauchte. Starr vor Schreck sah Amalie, wie es den kleinen Körper ihres Kindes schüttelte. Für einen Augenblick erwog sie, umzukehren und ihre Tochter mit sich zu nehmen, gleichgültig, was Wilhelm davon hielt.

Doch dann atmete Amalie tief ein und senkte den Blick. Sie hatte keine andere Wahl, als Charitas bei den Hänels zu lassen.

Charitas' Rufen hörte auf. Wie gern hätte Amalie sich ein letztes Mal nach ihrer Tochter umgesehen, aber dann wäre sie vielleicht schwach geworden. Es gab keinen anderen Weg. Sie musste los. Ohne das Geld, das ihnen diese Reise hoffentlich einbringen würde, wären sie verloren.

Schweren Herzens wandte Amalie den Blick nach vorn und ging nach Hause.

Am nächsten Tag hob sie den hoch bepackten Korb auf den Rücken. Der Körper trug die schwere Last, während das Herz den Schmerz über die Trennung von ihrem Kind verkraften musste. Die Reise zu Fuß führte sie durch Thüringen, Hessen, Westfalen bis nach Köln am Rhein. In den Städten suchten sie höhere Lehranstalten, Schulen, Gelehrte und Apotheken auf; jede Stätte, wo man sich für Naturwissenschaften interessierte.

Zunächst sprach immer nur Wilhelm. Amalie hielt sich still im Hintergrund, hörte aber wie gebannt zu. Gemeinsam besuchten sie in jeder Stadt Bildergalerien, Museen, alte Häuser und Kirchen. In Münster bestaunte Amalie den St.-Paulus-Dom. Besonders angetan war sie gar nicht einmal soſehr von der Kathedrale selbst und ihren christlichen Kunstwerken – Ähnliches hatte sie schon in Leipzig gesehen – als vielmehr vom sogenannten »Kachelzimmer«, wie der bischöfliche Gartensaal im Volksmund genannt wurde. Der Raum war vom Boden bis zur Decke mit wunderschönen blau-weißen Fliesen getäfelt. Wie herrlich musste es für den Bischof sein, sich am Nachmittag hierher zurückzuziehen und nach »hintenraus« in den friedlich daliegenden Garten zu schauen. Wilhelm schalt sie dafür, dass sie so viel Zeit auf einen unbelebten Raum verschwendete. War da nicht das Studium der astronomischen Uhr mit ihrem 24-Stunden-Zifferblatt wesentlich interessanter? Recht hatte er ja, das musste Amalie zugeben, aber sie genoss auch die Abwechslung, sich einmal in den Anblick von etwas Schönem zu versenken, ohne gleich über seine Bedeutung belehrt zu werden. Natürlich war sie dankbar für Wilhelms Unterweisungen und interessierte sich ansonsten für fast alles, was er über die Natur zu sagen hatte. Und doch stellte sie fest, dass es da eben auch manch anderes gab, außerhalb Wilhelms Interessen, was sich ihr ohne langwierige Erklärung aus der reinen Anschauung erschloss und ihre Seele seltsam leicht werden ließ. Wenn Wilhelm dann mit ihr schimpfte, dass sie ihre Zeit sinnlos vergeude, wenn sie in den Museen manchmal die Bildergalerien den wissenschaftlichen Ausstellungen vorzog, fühlte sie sich gleich schuldig. Es brauchte schließlich keine entrückte Seele, um einen vollen Korb bei Wind und Wetter auf dem Rücken zu tragen, sondern einen eisernen Willen und eine Menge Kraft. Sie schliefen in den billigsten Unterkünften, und wenn das Wetter nicht zu garstig war, auch draußen, auf einer Weide oder im Wald. Es gab Tage, da hatten sie so gut wie gar nichts zu essen. Dann blieben sie so lange in einer Stadt, bis sie eine der Sammlungen verkauft hatten. Sie suchten sich eine billige Einkehr, wo sie sich selbst und ihre Kleider waschen konnten, um bei den Gelehrten einen einigermaßen ordentlichen Eindruck zu machen. Ihre Armut ließ sich dennoch nicht verbergen. Amalie erkannte es daran, wie die Herrschaften sie aus dem Augenwinkel musterten, und sie versuchte, ihre durchgelaufenen und abgewetzten Schuhe unter ihrem fadenscheinigen Kleid zu verbergen. Sobald Wilhelm jedoch die Gelegenheit zum Reden erhielt, zählte der erste Eindruck nicht länger, denn er wusste durch seine Kenntnisse und seine Ausdrucksweise zu beeindrucken. Meist dauerte es dann nur ein oder zwei Tage, ehe sie einen Apotheker oder einen der Herren Akademiker von der Qualität ihrer Arbeit überzeugen konnten und dieser ihnen eine Dublette abkaufte. Das war genug, um die Reise fortzusetzen, die Amalie mit jeder weiteren Woche mehr belastete. Nach fünf Wochen schmerzte ihr Rücken selbst dann, wenn sie den Tragkorb abgelegt hatte, und einige Tage lang konnte sie sich gar nicht mehr bücken. Wilhelm sprach ihr gut zu, tröstete sie mit einem spontanen Vortrag über die lokalen Moose, doch ihr den Korb für eine Weile abzunehmen, das bot er ihr nicht an. Immerhin ging er auf ihren Tagesreisen meist voraus, um sie zu warnen, wenn Gefahr im Verzug war. Lose Steine oder knorrige Wurzeln, die sie ins Straucheln bringen könnten. Einmal verstauchte Amalie sich bei einem solchen Sturz den Knöchel und musste für zwei Tage liegen, obwohl es Wilhelm ganz und gar nicht gefiel. Da es aber gleichzeitig wie aus Kübeln schüttete, ergab er sich schwer seufzend in sein Schicksal.

Die Reise dauerte siebzehn Wochen. Wieder auf dem Heimweg war Amalie stark abgemagert und ging mit krummem Rücken. Doch dies alles zählte nicht länger, als sie endlich ihr Kind wieder zu sich holen durfte.

Bowen, Queensland, Australien, 2009

Sichtbar erschöpft vom langen Flug nach Australien, übergab Nadine, wie geplant, den Schädel noch am Flughafen in einem zweckmäßig eingerichteten Raum an David Bowaltarlai, den Stammesältesten. Zusammen mit seinen Begleitern wollte er zunächst einige Minuten ungestört mit dem sorgfältig in Styropor verpackten Schädel verbringen. Die australische Hitze fühlte sich im Vergleich zu den winterlichen Temperaturen in Deutschland geradezu unwirklich an; dazu kamen die Auswirkungen des Jetlags und die Erwartungen, die man gleich nach dem Verlassen des Zolls an sie stellte – Nadine wurde leicht schwindlig. Falls Alina ähnlich zumute war, ließ sie es sich nicht anmerken.

Mutter und Tochter machten sich im Waschraum des kleinen Flughafens frisch, anschließend tranken sie eine Limonade an der Bar. Nach einer halben Stunde tauchten die Stammesmänner wieder auf und stellten sich gemeinsam mit Nadine der Presse, die von der Universität vorab über die Rückbringung des Schädels informiert worden war. Nadine sprach vom Versagen vorangegangener Generationen von Wissenschaftlern, die religiöse Bedeutung der menschlichen Überreste für die Aborigines anzuerkennen. Mit dieser ersten Rückgabe aus Deutschland wolle man ein Zeichen des Respekts setzen. Sie persönlich hoffe, dass dies nur ein Anfang sei und weitere Überführungen in naher Zukunft folgen würden. Doch bei diesem sensiblen Thema brauche es Geduld und gegenseitiges Verständnis. Der Stammesälteste bedankte sich bei der Professorin für das »große spirituelle Geschenk« der Universität Leipzig an das Volk der Birri Gubba. Daraufhin fuhr er mit ruhiger Stimme fort, vom Kontinuum der Ahnenreihe und der Schöpfung, vom Leben, Tod und von der Rückkehr zum Reich der Geister zu sprechen. Einige der anwesenden Journalisten – darunter auch Deutsche – und der zahlreich erschienenen Vertreter der Stadt Bowen zeigten sich bewegt. Der Reporter des *Berliner Morgenboten* gestand Nadine beim anschließenden Empfang im Gemeindehaus von Bowen, dass er zuvor nur eine vage Vorstellung davon gehabt hätte, weshalb man ihn wegen eines Schädels ans andere Ende der Welt schickte.

»Der Rückgabe des Birri-Gubba-Schädels sind Jahre zäher Verhandlungen vorausgegangen, und nicht jeder in Deutschland ist glücklich über den Ausgang. Das können Sie gern so schreiben. Was diese Menschen verlangen«, hatte Nadine ihn aufgeklärt, »ist die Kontrolle über ihre eigene Geschichte; dafür kämpfen sie.«

Nach der Pressekonferenz fuhren Nadine und Alina nach Bowen, wo für den frühen Abend eine offizielle Zeremonie geplant war. Nadine wollte sich bis dahin im Hotel ausruhen und ein letztes Mal ihre Rede durchgehen. Wie selbstverständlich war sie davon ausgegangen, dass ihre Tochter sie zu der Feier begleiten würde; daher konnte sie ihre Enttäuschung nur schlecht verbergen, als Alina ihr mitteilte, sie wolle stattdessen lieber die lokale Backpackerszene erkunden. Nadine hatte sich gerade erst auf dem Bett ausgestreckt. Jetzt setzte sie sich auf.

»Alina, bitte, das kannst du nicht machen! Man erwartet, dass du an meiner Seite erscheinst. Interessiert dich das alles denn gar nicht? Du willst ein Jahr in diesem Land verbringen, und die Geschichte seiner Urbevölkerung ist dir gleichgültig?«

»Wer hat denn gesagt, dass mich diese Leute nicht interessieren? Diese Sache mit dem Schädel aber ist dein Ding. Ich hab noch genügend andere Gelegenheiten, um mehr über die Aborigines zu erfahren. Auf meine Weise.«

»Die indigene Bevölkerung Australiens.«

»Wie bitte?«, fragte Alina.

»Es heißt nicht *Aborigines*, sondern *indigene Bevölkerung*.«

»Alles klar«, antwortete Alina entnervt. »Hör zu, Ma, ich bin müde und will mit ein paar anderen Backpackern ein bisschen chillen. Hast du ein Problem damit?« Ihre Tochter trug Hot Pants und ein eng anliegendes Top. Während sie mit ihrer Mutter sprach, schlang sie ihr langes Haar zu einem lässigen Knoten. Nadine stand auf, als ihre Tochter auf die Tür zusteuerte.

»Was ist nur los mir dir? In drei Tagen siehst du mich für ein ganzes Jahr nicht mehr, aber anscheinend ist das noch nicht früh genug.«

»Reg dich doch nicht gleich wieder so auf! Ich bin genau wie du hundemüde und hab einfach keine Lust auf Händeschütteln. Ich will lieber die Gegend erkunden. Was ist daran so verkehrt?«

Nadine legte ihre Stirn in die Hände.

»Nichts, nehme ich an«, seufzte sie und hörte sich resigniert an. »Ich hab wahnsinnige Kopfschmerzen. Sehe ich dich wenigstens zum Abendessen?«

»Weiß ich noch nicht. Soll ich dir Aspirin besorgen?«

»Nein. Schon gut. Ich hab welche.«

Alina zog wortlos die Tür hinter sich zu, und Nadine stand auf, um zwei Tabletten einzunehmen. Wieso kam sie nicht an Alina heran? War es schon immer so gewesen? Oder war ihre Beziehung erst durch ein bestimmtes Ereignis den Bach runtergegangen, und sie konnte sich nur nicht mehr daran erinnern? Hatte Thomas recht, war es wirklich ihre Schuld, dass Alina sich von ihnen beiden immer weiter entfernte? Weil sie als Mutter versagt hatte? Sich auf tiefergehende Gefühle nicht einließ? Erschöpft legte Nadine sich wieder hin und wischte sich mit dem Unterarm den Schweiß aus dem Gesicht. Die Klimaanlage funktionierte nicht richtig, der Deckenventilator verquirlte nur lautstark die stickige Luft.

Siebenlehn, 1855

Als das nächste Mal Reisepläne entworfen wurden, dachte Amalie angstvoll an ihren wunden Rücken, und sie machte Wilhelm den Vorschlag, einen Hund samt Wagen anzuschaffen. Das Ziehen, so hoffte sie, sei vielleicht noch eher auszuhalten als das schwere Tragen. Der Hund allein würde den hoch bepackten Wagen nicht ziehen können, sie würde noch immer mit anpacken müssen, aber eine Erleichterung wäre das neue Arrangement allemal. Sie hatten während der letzten Tour gutes Geld verdient, Dietrich hatte nichts gegen ihren Plan einzuwenden.

Hund und Wagen samt Zugriemen sowohl für das Tier als auch für Amalie wurden gekauft, doch ein Heim für das Kind war leider nicht so leicht zu finden. Zu Frau Hänel konnte die Kleine diesmal nicht. Die hatte kürzlich einen Porzellanmaler geehelicht, der vier Kinder mit in die Ehe brachte; mit denen hatte sie genug zu tun.

»Da siehst du«, sagte Dietrich, »was für eine Last das Mädchen ist. Es ist ein Unglück, dass es kein Junge, kein kleiner Gottlieb Dietrich geworden ist. Den würden wir jetzt einfach mitnehmen.«

Last! Mit Entsetzen hörte Amalie dieses Wort aus dem Mund ihres Mannes. Charitas war ihm nur eine Bürde, ein Hindernis, nichts weiter. Ihr Wohlergehen scherte ihn nicht.

Amalie hatte es sich nie so recht eingestehen wollen, doch aus welchem Grund sollte sie sich noch länger etwas vormachen: Charitas war ihm gleichgültig.

»Sollte ich den etwa auch noch tragen? Oder dachtest du, der Hund würde ihn ziehen?«, fragte Amalie scharf.

»Ach was! Der müsste natürlich laufen, den würde ich früh genug in alles einführen, der wäre uns doch eine Freude. Tüchtig abhärten täte ich den Jungen.«

»Wann findest du dich endlich damit ab, dass du eine Tochter hast?«, erwiderte Amalie, und ihre Stimme bebte vor Zorn.

Der Sattler Haubold aus der Niederstadt kam vorbei. Er brachte den breiten Riemen zum Ziehen für Amalie und das Hundegeschirr für Hektor. Während das Geld zusammengezählt wurde, sah sich der Mann in den vollgestopften Räumen neugierig um und fragte schließlich, ob man denn schon reisefertig sei.

»Bis auf das Kind«, flüsterte Amalie und schluckte trocken, »wir wissen noch gar nicht, wohin mit ihr.«

»Nun«, erwiderte der Sattler nach einer Weile, »wenn Sie ein gutes Kostgeld geben, dann nehme ich sie. Sie könnte mir ein bisschen zur Hand gehen.«

»Gutes Kostgeld?«, rief Amalie. »Wenn wir das zahlen könnten, hätten wir sie längst untergebracht.«

»Sie soll zu Leuten«, mischte sich nun Wilhelm ein, »bei denen sie's nicht schlecht hat, denen es aber weiter nicht aufs Geld ankommt.«

Dem Sattler schien diese Bemerkung Spaß zu bereiten, er schlug sich mit der Hand aufs Knie.

»Das lass ich mir gefallen. Nichts geben wollen, aber die Kleine soll es recht gut haben.« Er lachte laut und wollte scheinbar gar nicht mehr damit aufhören.

Das Ehepaar tauschte Blicke miteinander. Amalie machte Anstalten, das Zimmer zu verlassen, als sich der Sattler plötzlich beruhigte.

»Na, ich will Ihnen mal was sagen: Wir haben selbst keine Kinder, das Mädchen wäre eine Abwechslung. Wir können es ja mal versuchen. Sie braucht wohl nicht viel, und sie kann für mich Botengänge erledigen und hier und da aushelfen. Wie alt ist sie denn?«

»Sie ist sieben Jahre alt und in der Vorschule«, sagte Amalie, die sich überrascht von seiner Rede wieder zu ihm umgedreht hatte.

Der Sattler nickte und erklärte sich bereit, später noch mit dem Schiebbock zu kommen und Kind und Zeug in die Niederstadt zu holen.

Charitas weinte bitterlich. Amalie unterdrückte ihre Tränen, um ihre Tochter nicht noch mehr aufzuwühlen. Wie immer, wenn es an den Abschied von seiner Tochter ging, verschwendete ihr Vater keine Gefühle. Falls er bewegt war, zeigte er es jedenfalls nicht. Wilhelm Dietrich setzte sein Kind auf den Schiebbock, winkte ihm zu und machte sich gleich auf den Weg zurück ins Haus. Amalie sah ihm kopfschüttelnd hinterher. Wie konnte ein Vater nur so herzlos sein? Sie selbst musste sich zusammennehmen. Es war höchste Zeit, aufzubrechen. Amalie geleitete Charitas und den Sattler bis an die kleine Forsthofpforte. Durch den gewölbten Torbogen sah sie sehnsuchtsvoll der wunderlichen Fuhre hinterher, bis sie ihren Blicken entschwand.

Als es Abend war und alles im Hundekarren untergebracht war, fasste sich Amalie ein Herz und eilte doch noch schnell in die Niederstadt. Sie wollte ihr Kind ein letztes Mal sehen.

Der Sattler selbst war nicht daheim, Amalie traf seine Mutter am Spinnrad, seine Frau in der Küche. Charitas schlief glücklicherweise, so würde sich der schmerzvolle Abschied nicht wiederholen. Die Frau öffnete Amalie die Tür zur Werkstatt. Dort, zwischen dem Ofen und der Wand, war ein schmaler Gang. Hier hatte die Sattlerin Stroh auf den Dielen ausgebreitet, auf dem Charitas schlief, zugedeckt mit der schönen Daunendecke ihrer Großmutter, Amaliens verstorbener Mutter. Der kleine Raum war mit allerlei Lederwaren vollgestopft. Hinzu kamen große Haufen von Ross- und Kuhhaar. Alles zusammen machte die Luft stickig und ungesund, so dass Amalie mit tiefem Kummer auf die kleine Gestalt herabsah. Sollte sie ihre Tochter nicht einfach nehmen und mit ihr fliehen? Aber wohin?

Die Frau des Sattlers machte einen ängstlichen, verschüchterten Eindruck; sie horchte ständig, ob in der Stube nebenan auch die Spindel in Bewegung blieb, dann legte sie ihre Hand auf Amaliens Arm und flüsterte: »Was mir möglich ist, will ich tun, aber ich hab's selbst nicht gut bei meinem Mann und seiner Mutter. Die beiden sind recht garstig.«

Das auch noch!, dachte Amalie. Sie sah sich wieder bei ihrem wohlhabenden Bruder, hörte die eindringliche Bitte seiner kinderlosen Frau bei der Verabschiedung: *Lass Charitas bei uns. Hier hat sie es gut, hier wird sie nie Not leiden!* Charitas in ihrem feinen Kleidchen hatte sich damals schüchtern hinter dem Rücken ihrer Mutter versteckt. Das Mädchen mochte seine Tante nicht sonderlich und fürchtete wohl, ihre Mutter könnte auf deren Vorschlag eingehen. Amalie bedankte sich höflich für das Angebot, lehnte jedoch entschlossen ab. Ihr Bruder sah sie vorwurfsvoll an, als seine Gattin sich umdrehte, um leise in ihr Taschentuch zu schluchzen. Hätte sie anders handeln sollen? Wäre es für alle besser gewesen, wenn sie Charitas aufgegeben hätte?

Bowen, Queensland, Australien, 2009

Die auffallendsten Merkmale der Zeremonie im Gemeindehaus waren der versöhnliche Ton und die ausdrückliche Wertschätzung gegenüber Deutschland. Die einzige Kritik an der anthropologischen Wissenschaft und ihren fragwürdigen Beschaffungsmethoden kam von Nadine selbst.

Begonnen wurde mit einer Rauchzeremonie, danach begrüßte der Stammesälteste, der den Schädel schon am Flughafen in Empfang genommen hatte, Nadine herzlich und bedankte sich mehrfach für ihre Mühe, so dass es ihr schon fast peinlich war: »Als der Gott der Traumzeit zu unserem Volk sprach, gab er ihnen das Wissen und die Weisheit über die Dinge, die kommen würden, und wir geben es weiter, indem wir unsere Kinder dieses Wissen lehren. Denn nur wer weiß, wo er herkommt und wo er hingehört, ist stark – was auch immer kommen mag. Wenn wir heute nach Hause gehen, wird dieser Vorfahre, den Sie uns heute aus Deutschland zurückgebracht haben, seinen rechten Platz wiederfinden. Er gehört hierher, das Land hat ihn gerufen. Sein Geist hat lange warten müssen, doch nie hat er die Hoffnung aufgegeben. Wir nehmen ihn mit, zu unseren jungen Leuten, die seine Ankunft ersehnen, um von ihm zu lernen, und er wird bei ihnen bleiben, für immer. Danke, dass Sie ihn auf seiner langen Reise zurückbegleitet haben! Leite uns, großer Geist, und führe uns von allen vier Enden der Erde zusammen! Gib uns die Kraft, wie Brüder und Schwestern zusammenzustehen! Auf dass wir die Schande vergangener Zeiten hinter uns lassen mögen und gemeinsam einem neuen Tag entgegengehen können.«

Nach dem offiziellen Teil der Feier blieb Nadine noch auf ein Glas Wein, dann verabschiedete sie sich unter dem Vorwand, vom langen Flug todmüde zu sein. Das war nicht einmal gelogen, doch der eigentliche Grund ihres Rückzugs lag in der Rede des Stammesältesten, die sie wie ein Pfeil ins Herz getroffen hatte. Immer wieder stand dieses schreckliche Bild vor ihren Augen: Sie sah ihre Schwester vor sich, wie sie drei Tage lang, halb nackt, mit dem Gesicht vornüber im Schnee gelegen hatte, bevor man sie fand. Sie hatte ihre Schwester nicht nach Hause geführt, sondern allein in der Kälte zurückgelassen. Dieses Bild ihres einsamen, verzweifelten Sterbens hatte sich tief in Nadines Inneres eingebrannt, und ein glühend heißes Gefühl von Schuld und Trauer überkam sie jedes Mal, wenn sie daran dachte.

Siebenlehn, 1855

Am nächsten Morgen spannte Amalie sich und den Hund vor den Wagen. Wenn es den Berg hinaufging, schob Wilhelm. Da Amalie jedoch vorne lief, trug sie wiederum die Hauptlast, und statt des Rückens wurden nun Brust und Schulter wund. Dennoch ging es vorwärts. Die Dietrichs durchquerten die Lausitz, gelangten nach Böhmen und von dort durch ganz Schlesien bis nach Krakau. Es war ein harter, kalter Winter. Solange sie über die Mittel verfügten, in einer billigen Herberge zu übernachten, war es nicht so schlimm, doch Wilhelm verlor fast den Mut, denn überall klagten die Leute über schlechte Zeiten, und so wurden nur wenige Bestellungen aufgegeben. Es blieb dadurch auch keine Zeit mehr für Bildung. Sich in die Schönheit eines Gemäldes zu vertiefen, ohne Absicht die Straßen einer noch unbekannten Stadt zu durchstreifen: undenkbar. Jede Minute musste für Geschäftsanbahnung genutzt werden, auch wenn am Ende nichts dabei herauskam. Wilhelm redete sich mitunter bei den Apothekern und den Gelehrten schier den Mund fusselig, und doch wurde nichts bestellt. Manchmal war er so verzweifelt, dass er gar nicht mehr aus dem warmen Bett wollte und Amalie wohl oder übel die Verkaufsgespräche übernehmen musste. Es kostete sie nur wenig Überwindung, wusste sie doch aus langer Erfahrung, was sie zu sagen hatte. Schwieriger gestaltete sich da schon, überhaupt erst vorgelassen zu werden. Diejenigen, die sie bereits kannten, öffneten ihr sofort die Tür. Doch es brauchte ihren ganzen Schneid, um neue Kundschaft zu werben. Sie bemerkte die zweifelnden Blicke, wenn man ihr die Tür öffnete. Augenpaare, die ihre Abneigung erst gar nicht verhehlten. Eine Frau, noch dazu in verschlissenen Kleidern, was konnte man da schon erwarten? Doch sobald Amalie die Gelegenheit bekam, über ihre Arbeit zu sprechen, wandelten sich die Blicke der Verachtung in schiere Bewunderung!

Vier Monate wanderten Amalie und Wilhelm. Vollkommen ermüdet und mutlos kehrten sie endlich zurück. Viel hatte ihnen die entbehrungsvolle Reise nicht eingebracht, aber es war besser als nichts.

Der erste Weg zu Hause führte Amalie in die Niederstadt, doch Charitas war in der Vorschule; man würde sie zum Forsthof schicken, sobald sie käme.

Und als endlich die eiligen Kinderschritte die Treppe heraufstürmten, fielen sich Mutter und Kind schluchzend in die Arme, und Charitas rief erregt: »Ich will den Haubold nie wiedersehen! Nie, nie! Ich will in meinem ganzen Leben nie wieder zu fremden, garstigen Leuten!«

Das Ehepaar sichtete die magere Ausbeute. Wilhelm führte über alles genau Buch und stellte Verzeichnisse auf. Vor allen Dingen wurden im Winter auch Papparbeiten angefertigt. Das Zuschneiden der Pflanzenmappen und der niedlichen Kästen für Erdarten und Mineralien besorgte Wilhelm, das Pappen lernte Amalie.

Er hielt sie an, beim Herrichten der Pflanzen noch feinfühliger vorzugehen, als sie es ohnehin schon tat. Weitere Verluste durch falsches Präparieren könnten sie finanziell nicht verschmerzen, drohte er und zeigte seiner Frau, worauf sie genau achten müsse: dass die Pflanze auf dem Papier möglichst ihre natürliche Lage einnimmt, dass ein Zweig, der sich rankt, nicht gerade gelegt werden darf, dass eine Blume, die an ihrem Standort den Kopf senkt, ihn auch als Präparat senken muss. Wenn sie es verkehrt machte, gab sich Wilhelm erstaunt: »Das ist doch eine ganz gewöhnliche Blume, siehst du denn noch immer nichts, wenn du durch die Felder gehst?« Selbst die schwierigsten Pflanzen musste Amalie in die Pappen einlegen. Bei spröden Zweigen nahm sie ein feines Federmesser, um die Rinde vom Holz zu lösen. Wie sorgfältig musste das gemacht werden, wie viel Geduld gehörte dazu! Dabei war ausgerechnet diese Tugend Amalies größte Schwäche, und einmal, während der Präparation einer besonders widerspenstigen Blume, stand sie kurz davor, die Pappe samt Pflanze auf den Boden zu werfen und zu zertreten.

Siebenlehn, den 10. Juli 1858

Mein lieber Bruder Karl!

Seit einigen Tagen bin ich allein. Wilhelm macht eine Reise nach Polen und hat den Donath zum Tragen der Sachen mitgenommen. Kannst Du Dich noch an ihn erinnern? Er ist der Sohn der Müllerin aus zweiter Ehe. Wir haben manchmal mit ihm gespielt, wenn er uns ein Stück frisch gebackenes Brot mitgebracht hat. Wilhelm will viel sammeln, sagt er, doch kommt es ihm diesmal hauptsächlich auf weiße Maikäfer an. Donath ist zuverlässig und von der Aufgabe begeistert. Er will auch gar nicht viel Geld für seine Mühe und läuft Wilhelm ehrerbietig auf Schritt und Tritt nach. Wie glücklich wird Donath sein, dass er Wilhelm so lange ganz für sich allein hat. Schade, dass seine Mutter ihn nur so selten freigibt. Er wäre eine echte Entlastung für mich, und ein breiteres Kreuz hat er auch! Ich bin ebenso glücklich, dass ich endlich einmal mein armes Kind ganz für mich allein habe und dass ich neben dem Sammeln in Ruhe meine Wirtschaft in Ordnung bringen kann.

Heute kam Dein Brief, der mich sehr aufgeregt hat. Du fragst so viel und machst mir so bittere Vorwürfe, weil ich euch Charitas nicht gelassen habe. Lieber Karl, trotz all der Missverständnisse habe ich doch immer Deine brüderliche Liebe gefühlt. Deine Fürsorge werde ich Dir nie vergessen. Ich danke Dir sehr für Dein Angebot, mich und die Kleine erneut aufzunehmen. Sieh, jedes Mal, wenn ich Charitas in fremde Hände geben muss, frage ich mich wieder und wieder: Was ist meine erste Pflicht? Soll ich meinem Mann die Gehilfin oder meinem Kind die Mutter sein?

Aber wie auch mein Herz entscheiden mag, die Verhältnisse fragen eh nicht danach. Wilhelm und ich müssen reisen, weil dies notwendig mit seinem Beruf zusammenhängt. Das wusste ich, als ich zu ihm zurückgekehrt bin. Und ich wusste auch, dass ich die Ausrüstung und unsere Exponate durch die Lande würde schleppen müssen. Du fragst jetzt sicherlich ganz erzürnt, weshalb denn nicht Wilhelm die Lasten übernimmt, wenn nun schon getragen werden muss? Ach Karl, habe ich dir denn nicht oft genug erklärt, dass Wilhelm ein gelehrter, feiner Herr ist, der einen zarten Körper hat? Er kann es eben nicht. Aber ich, ich kann es! Als ich bei euch in Siebenbürgen den Entschluss zur Rückkehr gefasst habe, war ich bereit, alles auf mich zu nehmen. Wilhelm hat mir nichts aufgebürdet, nichts von mir verlangt. Ich habe mich freiwillig angeboten.

Bei unserer ersten Reise scheuerte mir der Korb mit der Zeit den Rücken wund, und deshalb machte ich den Vorschlag, es mit Wagen und Hund zu versuchen. Der Wagen bietet den Vorteil, dass wir viel mehr unterbringen können als im Korb, aber es ist auch ein schwerfälliges Vorwärtskommen, selbst wenn Wilhelm dann und wann schiebt. Der äußere Mensch darbt auf unseren Reisen, das gebe ich zu, nicht aber der inwendige. Lieber Karl, was erlebe ich alles! Bücher könnte ich damit füllen, wollte ich dir die Eindrücke schildern, die die verschiedenen Länder in meiner Seele zurücklassen, oder wollte ich dir die Gespräche wiedergeben, an denen ich teilnehmen darf. Zwar gehe ich jedes Mal mit einem gewissen Zagen zu den gelehrten Herren, denn meine äußere Erscheinung passt nicht recht in vornehme Häuslichkeiten. Was würde deine Frau wohl sagen, wenn sie mich in meinem alten Arbeitskleid sähe? Ich mag mich manchmal selbst kaum anschauen. Wenn ich dann aber meinen Namen nenne und die Botanik ins Feld führe, dann werden die Herren mit einem Mal aufmerksam, und bald ist mein dürftiges Äußeres vergessen. Man begegnet mir in den gebildeten Ständen überall mit großer Achtung. Nicht selten werde ich mit der Familie bekannt gemacht, und oft wird noch dieser oder jener Professor dazugeholt. Ich freue mich, dass ich meine Beobachtungen der Natur anderen mitteilen kann. Es wird dann auch gekauft, bestellt und getauscht. Und ein so anregendes Zusammensein entschädigt mich jenseits des Materiellen für die kommenden Strapazen.

Ich bin nun so weit, dass ich schon ganz selbständig reisen kann, und da ist es mir lieb, ein lebendes Wesen an der Seite zu haben. An meinem Hektor habe ich einen guten, treuen Reisegefährten gefunden. Auf den langen, einsamen Wanderungen habe ich mir angewöhnt, mit dem Hund zu sprechen, als wäre er ein Mensch. Wenn wir uns stundenlang ohne Pause abgeplagt haben, steht er manchmal still und sieht mich keuchend mit herausgestreckter Zunge vorwurfsvoll an. Er tut mir dann so bitter leid, während ich ihm das Fell streichele. Dann rede ich ihm gut zu: »Hektor, ich habe auch Hunger und Durst, ich bin auch müde, aber es nützt nichts, wenn wir beide hier stehen. Meinst du nicht, wir sollten lieber weiter? Komm, mein alter Kerl, zieh an!«
Er sieht mich dann so klug an, in seinem feuchten Blick liegt so viel guter Wille, und unverdrossen ziehen wir gemeinschaftlich unsere Last weiter.

Es ist tatsächlich vorteilhafter, wenn ich allein reise und Wilhelm zu Hause arbeitet. Natürlich fehle ich dann daheim. Meine liebe Freundin Klärchen sieht aber manchmal nach dem Rechten. Auch wenn mein Gemahl weiter keine großen Ansprüche stellt, so kann er sich als gebildeter Herr in der Natur doch nicht so gut behelfen, wie ich das kann. Daraus mache ich ihm keinen Vorwurf, Gott bewahre! Wilhelm ist in dem Alter, da muss er nachts ein Bett haben, und mir ist's einerlei, wo ich schlafe. Ich bin abends immer so müde, dass ich gerade so gut auf einer Schütte Stroh schlafe wie in dem weichsten Bett.

Denk nur, vorigen Sommer hab ich ganz allein eine Wanderung in die Salzburger Alpen unternommen. Wilhelm hatte recht. Man lernt beim Wandern ganz anders, als wenn man sich in den Dampfwagen setzt und durch die Länder saust. Nicht nur das Leben der Tier- und Pflanzenwelt erschließt sich dabei besser, nein, auch Land und Leute.
Die Salzburger Reise machte ich mit dem Tragkorb, weil es für Hund und Karren zu steil war. In Salzburg ließ ich mir an den Alpenstock ein Schmetterlingsnetz machen. Uns fehlte in den Sammlungen ein bestimmter Schmetterling, den ich in den Alpen suchen sollte. Da ich ihn nicht kannte, zeigte Wilhelm mir sein Bild in einem Buch und las die Beschreibung vor. Ich musste alles wiederholen, bis ich es fehlerfrei aufsagen konnte. Da der Apollo, so heißt der Schmetterling, besonders auf dem Untersberg vorkommen soll, kletterte ich dort hinauf. Ich blieb viel länger oben als vorher geplant, aber ich brachte auch eine reiche Ausbeute an seltenen Alpenpflanzen mit und konnte viele der gewünschten Schmetterlinge fangen. Wie viele erhebende, großartige Eindrücke habe ich auf dieser Reise gewonnen! Beschreiben kann ich Dir das alles nicht. Aber wenn mir die wunderbare Welt zu Füßen liegt, mache ich mir Vorwürfe wegen all der kleinlichen Sorgen, die mich so oft beunruhigen.
Wenn ich in gebirgigen Wäldern sammle, sehe ich oft mit Staunen, wie manche Bäume, besonders Birken und Tannen, ohne ein Krümchen Erdreich in die Höhe wachsen. Mit ihren Wurzeln klammern sie sich fest an

ein kahles Felsstück. Ich sehe sie an und frage im Stillen: »Wovon nährt ihr euch? Man sieht euch das Darben nicht einmal an. Ihr zeigt mir, dass man trotz eines kargen Nährbodens gedeihen kann.«
Meine Stimmungen wechseln wie das Wetter. Peitscht der Regen und geht es mit dem schweren Wagen bergan, dann beneide ich sogar den Steinklopfer auf der Straße. »Der weiß wenigstens, dass er zur rechten Zeit sein Essen kriegt und wo er heute Abend schlafen wird«, klage ich Hektor mein Leid. Und der Hund sieht mich dann beinahe verständnisvoll an, und manchmal bellt er zustimmend. Komme ich aber von den Professoren, dann fühle ich mich reich und glücklich und sage zu Hektor: »Haben wir es nicht gut, dass wir im Sonnenschein wandern und alles bewundern dürfen?«
In Marburg bat mich neulich ein Professor, doch mit ihm und seinen Studenten eine Exkursion in die Umgebung zu machen, um ihnen die richtige Methode des Sammelns zu zeigen. Das traute ich mir leider nicht zu. Ich kann wohl einen Einzelnen anleiten, aber eine ganze Schar? Wilhelm hat darin Übung. Manchmal kommen die Lehrer mit ihren Seminaristen oder die Professoren mit ihren Studenten von der Forstakademie; denen hält Wilhelm Vorträge und begleitet sie in den Zeller Wald, und da wird unter seiner Anleitung fleißig gesammelt. Von den adligen Gütern im weiten Umkreis kommen die jungen Hauslehrer und nehmen Stunden bei Wilhelm. Es wurden ihm sogar Angebote von Schulen und Museen gemacht. Wie würde ich mir wünschen, dass er eine derartige Stelle

annähme, er tut es aber nicht. »Meinetwegen nur Schwarzbrot, aber die Freiheit«, sagt er stolz. Wie findest Du das, mein lieber Karl?

Ich fühle mich Dir noch immer sehr verbunden durch die gemeinsame Jugend in unserem Elternhaus. Ach, das kleine Häuschen! Mir ist, als ob Jahrhunderte vergangen sind, seit unsere gute, kluge Mutter in ihrer stillen Weise darin schaltete. Wenn ich daran vorbeikomme, möchte ich bitterlich weinen. Es gehört uns ja schon lange nicht mehr. Es schmerzt mich noch immer, dass Du es verkaufen musstest, um die Schulden unseres Vaters zu begleichen! Wie froh ich bin, dass wenigstens einer in unserer Familie es zu einem gewissen Wohlstand gebracht hat. Ich war sehr beeindruckt, zu sehen, wie Dein Geschäft mit den feinen Lederwaren floriert! Es liegen Welten zwischen Vaters schlichtem Beutlerladen mit seinen groben Ledersachen, die den Gestank des Gerbens nie ganz loswurden, und den kalbsledernen hauchdünnen Handschuhen, die in Deinem Schaufenster auf allerliebste Weise drapiert und den Damen dargeboten werden. Wie viel hab ich gekämpft und gelitten, seit ich das Elternhaus verließ! Wie viel habe ich gelernt und wie viel von der Welt gesehen! Ein Zurück gibt es nicht.
Und mein lieber Karl, es gibt auch keine Rückkehr zu Dir, obwohl ich weiß, dass ich bei Euch in bequemen und geschützten Verhältnissen leben könnte.
Denke nun bloß nicht, dass Du uns Geld schicken sollst. Ich habe so etwas aus Deinem Brief herausge-

hört. Wilhelm ist sehr stolz. Ich glaube, er würde lieber verhungern, als dass er sich auf diese Weise helfen ließe.

Oh Karl, aus diesem Brief wird noch ein Buch, wenn ich so weitermache. Aber wenn das Kind am Abend schläft und alles um mich so still wird, weil Wilhelm verreist ist, dann rückt mir die Einsamkeit meiner Lage doppelt ins Bewusstsein. Ja, Karl, ich fühle mich hier sehr einsam, obwohl ich in meiner Heimat bin. Wenn ich von einer Reise zurückkomme, ist's mir immer, als träte ich in eine mir ganz fremde Welt. Ich komme hier ja kaum unter Menschen, nur bei Besorgungen in der Niederstadt. Aber wie sie uns auslachen! Manche fühlen sich berufen, offen ihre Meinung auszusprechen; und die nicht sprechen, mustern mich mit spöttischen Blicken.
Das alles würde ich auf mich nehmen, wenn nur Wilhelm wieder so wäre wie in den ersten Jahren. Wie half da unsere Liebe, die Last zu tragen! Heute zollt er mir wenigstens noch Anerkennung für meine Fortschritte, auch wenn er mir ansonsten kaum Beachtung schenkt. Es geht ihm immer nur um die Arbeit und darum, wie ich mich verbessern könnte, um aus unserem Geschäft noch mehr herauszuholen. Alle körperliche Anstrengung liegt jedoch bei mir. Wenn ich Glück habe, hat der gute Donath, der Sohn der Müllerin, ein paar Tage zur Verfügung, um mich zu entlasten. Du weißt, wie sehr er Wilhelm und die Botanisiererei liebt!

Lieber Karl, jetzt habe ich immer nur von mir erzählt, und doch schreibst Du ausdrücklich, dass Ihr viel von Charitas hören möchtet. Wie kann ich darüber schreiben? Du müsstest uns zusammen sehen. Wie schön ist gerade dieser Sommer mit ihr, wo wir uns beide so frei bewegen können. Wenn Wilhelm bei uns weilt, ist es für das Kind nicht leicht. Er kann sich noch immer nicht damit abfinden, dass er keinen Sohn hat. Charitas für unseren Beruf auszubilden hält er für sinnlos. Mit einer Tochter sei bei dieser Sache doch nichts zu machen. Für ihn ist die Angelegenheit damit erledigt, aber ich lasse ihm keine Ruhe. Ich möchte wissen, wie wir Charitas ein besseres Leben ermöglichen können. Wilhelm lacht dann bitter und sagt nur: »Ja, wenn wir Geld hätten, würden wir sie in eine Mädchenpension schicken, da bekäme sie wenigstens eine allgemeine Bildung.« Aber daran ist nicht zu denken. Und so kümmert er sich nicht weiter um seine Tochter. Sie muss tüchtig helfen, im Winter nach dem Abendbrot oft bis Mitternacht, während wir unsere Papparbeiten machen. Wenn ich da bin, sorge ich dafür, dass sie wenigstens in der Dämmerung noch ein Stündchen auf die Straße kommt, um mit anderen Kindern zu spielen.

Wie könnte ich es aushalten ohne das Kind? Du solltest ihre Freude und das Glück sehen, wenn ich von einer Reise zurückkomme. Ich habe mit dem Lehrer gesprochen und ihn gebeten, mir Charitas möglichst viel zu lassen, wenn ich gerade einmal zu Hause bin. Dann wandern wir zusammen, oft weite Touren,

manchmal mehrere Tage. Das macht sie alles mit. Sie hängt sich dann, gerade so wie ich, eine Botanisierkapsel um und schreitet barfuß glücklich über Berg und Tal. Der Tag wird uns nie lang. Auf Schritt und Tritt unterrichte ich sie, lehre sie zu beobachten, leite sie zum Sammeln an und lasse sie Namen, Klasse und Ordnung aller Pflanzen und Tiere, die wir finden, wiederholen. Das, was Wilhelm und ich mit großer Mühe erarbeitet haben, soll sie doch nach uns übernehmen und weiterführen. Ich hoffe nur, dass es für sie leichter wird!
Wie sehr quäle ich mich mit der Frage: Wie verschaffe ich dem armen Kind eine bessere Erziehung? Welchen Händen kann ich sie anvertrauen, wenn wir reisen? Wird nicht alle Saat, die ich während unseres kurzen Beisammenseins in ihr Herz streue, wieder vernichtet, wenn ich auf die nächste Reise gehe?
Habe ich ihren Sinn für die sichtbare und greifbare Welt erschlossen, so suche ich mit demselben Eifer ihr Empfinden für die unsichtbare Welt zu bilden. Sie ist so viel auf sich selbst angewiesen. Da muss sie wissen, wo sie Trost und Hilfe in Not und Einsamkeit findet. Dass sie ein festes, furchtloses Herz bekäme, das ist mein größter Wunsch für sie.
Ich rede aber nicht ständig auf Charitas ein. Ich lasse sie gern plaudern und gehe möglichst auf ihre Wünsche ein, die sie mit stürmischer Dringlichkeit vorbringt. Nun höre ich im Geiste, wie Du fragst: »Was hat denn das Kind für Wünsche? Kann ich sie vielleicht erfüllen?«

Nein, lieber Karl, ich wiederhole, bitte schicke nichts. Wir müssen lernen, uns selbst zu helfen. Außerdem könntest Du für manches doch nicht eintreten. Es hat nicht alles nur mit Geld zu tun.
Seid beruhigt über uns, denn Ihr seht: Wir haben auch unsere Freuden. Lebt wohl und behaltet uns lieb.

Deine treue Schwester Amalie

Ostküste Australiens, 2002

Katrin Jahnke spazierte die Straße hinunter zum *Wicked Camper,* der mitten in einer Reihe ähnlicher Campervans parkte. Es war ihr ganz recht, dass das Fahrzeug nicht der Länge nach am Straßenrand stand, denn es war mit unübersehbaren Slogans bedeckt, lustig nur für junge Männer, voller Testosteron und Bier. Sie fragte sich, was in aller Welt sie geritten hatte, eine Karre zu fahren, deren Heck der Spruch zierte »In jeder Prinzessin schlummert eine kleine Schlampe, die es nur ausprobieren will«. Und an beiden Seiten des Vans stand: »Trink sie dir hübsch!« Als Urs den Camper in Cairns gemietet hatte, fand er die Sprüche cool; anfangs hatte sie auch darüber gelacht, doch mit der Zeit bemerkte sie, dass sein halbwüchsiger Sinn für Humor nicht viel mit dem ihren gemeinsam hatte.

Wie hab ich mich nur in diese Lage manövriert?, dachte sie und lachte einen Moment später auf. *In die Scheiße geritten* hätte es wohl besser getroffen. Sie stand neben dem Wagen und schaute sich um. Urs war weit und breit nicht zu entdecken. Das tat er absichtlich. Sie schaute auf die Uhr, kaufte sich ein Eis und setzte sich auf eine Parkbank mit Blick über den Strand. Auf den Egotrip eines halb garen Typen, wie Urs es war, konnte sie gut verzichten. Sie zog ihre Kappe in die Stirn und schlug die Beine übereinander. Sie hasste es zu warten.

Kennengelernt hatte sie Urs in Sydney. Sie waren beide als Backpacker unterwegs, und irgendwann beschlossen sie, zusammen zu reisen, die Ostküste hinauf bis zum nördlichsten Zipfel Australiens, der Torres Strait. Die Schweizerin Beate stieß im Hostel zu ihnen, und sie nahmen sie mit, um die Kosten gering zu halten. In Townsville hatte sich Beate jedoch in einen Engländer namens Jamie verknallt und sich ihm angeschlossen. Katrin und Urs zogen allein weiter Richtung Cairns, dem tropischen Backpacker- und Taucherparadies im Nordosten Australiens, wo sie sich erst einmal Arbeit suchten, um die Reisekasse aufzufüllen. Sie hatten Glück, da sie zur Erntezeit unterwegs waren und daher problemlos Gelegenheitsjobs als Fruitpicker fanden. Zwei Wochen lang arbeiteten sie hart, aber selbst das fühlte sich gut an. Sie verdienten Geld, waren im Freien unter der brennenden Sonne und feierten abends wilde Partys mit den anderen Backpackern. Dieser Trip war genau das, was Katrin sich von ihrer Zeit in Australien erhofft hatte: die Freiheit, zu leben, wie es ihr passte, endlose Partys, hier und da ein Joint am Strand, schneller Sex, keinerlei Verpflichtungen.

Die Sache hatte bislang nur einen winzigen Haken: Urs. Zwar genoss sie die ungeteilte Aufmerksamkeit, die er ihr schenkte, doch sie beabsichtigte nicht, aus ihrer unkomplizierten Gemeinschaft etwas anderes als Freundschaft werden zu lassen.

Urs war unbestritten ein attraktiver Kerl. Ein Meter neunzig groß, dunkle Locken und stahlblaue Augen in einem sonnengebräunten Gesicht. Ihr war bewusst, dass sie ein hübsches Paar abgaben, wenn sie auf dem Weg zur Partymeile die Esplanade von Cairns entlangschlenderten, an deren nördlichem Ende sie illegalerweise ihr Camp aufgeschlagen hatten. Sie war groß, schlank und blond, also das, was man gemeinhin als attraktiv bezeichnete – und sie war Urs geistig in jeder Hinsicht überlegen.

Urs sprach mit Leidenschaft über all die Dinge, die er im Leben erreichen wollte, aber Katrin merkte schnell, dass sein Gerede wenig Tiefe aufwies. Er sei, sagte er, auf der Suche nach seiner Berufung, nach einer sinnstiftenden Arbeit, die das Innerste seines Wesens mit Leidenschaft entflammen konnte. Katrin zeigte sich zuerst beeindruckt. Ihr eigenes Leben verlief nach einem anderen Muster. Sie hatte früh gewusst, was sie wollte, und ihr Ziel mit eiserner Disziplin verfolgt. Zum Teil hatte ihr Ehrgeiz damit zu tun, dass ihre Eltern sie seit dem Abi nicht mehr förderten. Sie hatte das Studium mittels BAföG und verschiedenen Nebenjobs in Rekordzeit absolviert und war stolz auf das, was sie erreicht hatte. Urs hingegen verließ sich eher auf seinen Vater als auf die eigenen Fähigkeiten. Es dauerte nicht lange, bis sie herausgefunden hatte, auf welche Weise er diese Reise finanzierte: Bei Ebbe in der Kasse rief er seinen Vater an, der ihm zuverlässig Geld kabelte. Je häufiger Katrin Urs im Gespräch mit anderen beobachtete, desto ärgerlicher wurde sie, was sein Geschwätz über *Selbstfindung in Australien* anbelangte. Sie hatte keine Zeit für Berufssöhne wie Urs.

Jedenfalls nicht in der Theorie.

In der Praxis hinderten ihre Grundsätze sie nicht daran, hemmungslos mit ihm zu flirten, wenn ihr danach war, und trotz ihres Gelübdes, es bei reiner Freundschaft zu belassen, schlief sie noch in der ersten Woche mit ihm. Sie war nicht unbedingt stolz darauf, andererseits war sie im Urlaub. Die gewohnten Regeln galten hier nicht. Außerdem hatte er diesen Campervan gemietet und bestand darauf, sowohl die Mietgebühren als auch die Spritkosten allein zu tragen. Das sparte ihr eine Menge Kohle. Wie hätte sie dieses Angebot ablehnen können?

Doch auf halbem Wege stellte sie fest, dass sich ihre Gefühle für Urs massiv abgekühlt hatten. Seine Komplimente erschienen ihr nun lächerlich, seine Art kindisch. In Cairns angekommen, trennten sich daher ihre Wege. Katrin blieb in der Stadt, um in einem Pub zu kellnern, während Urs die Küste entlang Richtung Norden reiste, weil er dort nach einem Job auf einer Farm Ausschau halten wollte. Sie hatten vage vereinbart, in zwei, drei Wochen gemeinsam zurück Richtung Süden zu fahren.

Siebenlehn, 1858

Amalie war gerade von einer anstrengenden, einsamen Reise zurückgekehrt und hatte ihren Unmut loswerden müssen.

»Es gab eine Zeit, da wolltest du dich ganz nach meinen Wünschen richten«, erwiderte Wilhelm darauf nur.

Sie sah ihn aus müden Augen an. »Ja, damals! Als ich noch nicht wusste, dass du kein Heiliger, sondern auch nur ein Mensch bist. Aber lass uns nicht streiten. Lieber erzähle ich dir von der Reise. Ich konnte in Berlin und Magdeburg viele Aufträge sammeln, bestimmt für hundert Taler. Und bedeutende Leute habe ich kennengelernt. In Berlin Doktor Garke. Er hat viele Bücher herausgegeben. Und Alexander Braune. Weißt du, was sie sagen? Das Linnésche System sei veraltet, es sei mechanisch, neue Bahnen würden in der Botanik eingeschlagen. Man beobachte jetzt das Leben der Pflanze, ihre Entwicklung. Es würde nicht mehr lange dauern und kein Mensch scherte sich noch um Linnésche Klassen und Ordnungen. Was sagst du dazu?«

Wilhelm hatte ihr mit sprachlosem Staunen zugehört. Diese kleine Frau, die er aus der Niederstadt geholt hatte, stand da im geflickten Kleid mit den plumpen Schuhen und wagte es, in dieser unverschämten Weise über einen Mann wie Linné zu sprechen?

»Linné veraltet?«, brachte er endlich mühsam heraus. Wie durfte sie es wagen? »Weißt du, was du da sagst?«, rief er erzürnt. »Du durchschneidest damit meinen Lebensnerv! Wenn Linné nicht mehr gelten soll, welchen Sinn hat dann mein Leben gehabt? Wie leichtfertig du etwas derart Dummes nachplapperst! Du hast ja nicht das geringste Verständnis für das, was du da redest!«

Wilhelm stützte den Kopf in die Hände. Amalie glaubte, seine Gedanken lesen zu können: *Diese Frau will sich über solch wichtige Dinge ein Urteil bilden? Lächerlich!*

In dieser Nacht machte Amalie kein Auge zu, obwohl sie von der langen Reise sehr müde war. Wie anders hatte sie sich ihre Heimkehr vorgestellt! Mit leichtem Herzen war sie den Forsthofhügel geradezu hinaufgeflogen, denn dieses Mal hatte sie zahlreiche Bestellungen aufzuweisen. Und nun? War sie so unglücklich veranlagt, dass sie es keinem Menschen auf dieser Welt recht machen konnte? Jeder, selbst die alte Krummbiegel, überhäufte sie mit Vorwürfen. Sosehr sie sich auch abmühte, sie hatte im Leben weniger erreicht als die einfachste Handwerkerfrau. Wie nüchtern und kleinlich waren ihr einst ihre Jugendgefährtinnen erschienen, weil sie ohne jede Sehnsucht nach geistigem Wachstum ihren einfachen Weg gegangen waren. Damals hatte sie die Freundinnen belächelt. Sie war nun siebenunddreißig Jahre alt. Mit einundzwanzig hatte sie Wilhelm Dietrich geheiratet. Es kam ihr wie eine Ewigkeit vor. Welch große Hoffnungen hatte sie bei der Hochzeit gehegt, was hatte sie sich in ihrer wilden Phantasie nicht alles ausgemalt, wohin ihre botanischen Reisen sie führen würden. Exotische Länder, aufregende Abenteuer: Davon hatte sie geträumt, und nun musste sie zu ihrer Beschämung anerkennen, dass diese schlichten Frauen viel mehr erreicht hatten, ja, dass sie zudem viel glücklicher waren. Sie selbst war nicht einmal in der Lage, ihr einziges Kind zu erziehen oder ihren Mann – den ihre Mutter anspruchslos genannt hatte – glücklich zu machen. War ihr Leben verfehlt? Hatte sie auf ganzer Linie versagt? War es ein Irrtum gewesen, als sie in Siebenbürgen bei ihrem Bruder Karl geglaubt hatte, einen Wink Gottes zu vernehmen, der ihr Herz wieder zurück zu ihrem Mann trieb? All die Not, die sie gelitten, die Mühsal, die sie ertragen hatte, es hatte niemandem etwas genutzt. Wohin sie auch sah, nur Misserfolge. War alles Kämpfen umsonst gewesen?

Das Wort »Linné« vermied Amalie seither, und auch Wilhelm schien des Streitens müde zu sein. Stillschweigend gingen sie über ihre wissenschaftliche Auseinandersetzung hinweg, als wäre nichts weiter passiert. Als Wilhelm einige Wochen später seine Herbarien durchsah, stellte er fest, dass die Strand- und Meerespflanzen aufgebraucht waren. Er schlug vor, Amalie möge doch diesen Sommer eine Reise ans Meer machen, um alles zu ergänzen, was fehlte.

»Lass mich doch diesen Sommer zu Hause bleiben«, bat sie, »mein Hausstand und besonders Charitas brauchen mich.«

Sie wollte nicht sagen, wie matt und kraftlos sie sich fühlte.

»Charitas und der Hausstand?«, wiederholte ihr Mann abweisend. »Du musst reisen. Allein. Ich kann nicht, ich fühle mich den Strapazen einer Reise nicht mehr gewachsen. Vergiss nicht, dass ich zehn Jahre älter bin als du. Ich weiß keine andere Lösung. Es fehlt uns an Algen, besonders an Seetangen. Sammle viel *Fucus vesiculosus*. Und nimm auf alle Fälle den Wagen, das ist viel besser, denn darin lässt sich am meisten unterbringen. Hektor hilft ja ziehen. Wir packen den Wagen voll mit unseren Sammlungen, die verkaufst du erst und schaffst Platz; dann fährst du am besten nach Holland und Belgien und füllst den Wagen mit allem, was dort vorkommt.«

»Wilhelm«, rief Amalie erschrocken, »nach Holland und Belgien? Da komme ich doch mit der Sprache gar nicht zurecht!«

»Du hast so viele Erfahrungen auf deinen Reisen gesammelt. Ich schicke dich schließlich nicht in die Mongolei! Die Leute, mit denen du zu tun haben wirst, sprechen alle auch Deutsch. Also bitte, komm mir nicht mit immer neuen Ausreden«, entgegnete Wilhelm gereizt auf ihren Einwand.

Die Karte, ein Bogen Papier und Bleistifte wurden geholt, um die Reiseroute aufzuzeichnen.

»Sieh hier«, erklärte er, »du gehst zunächst nach Bremen. Hier suchst du Professor Buchenau auf, von ihm bekommst du weitere Adressen in der Stadt. Wenn du da fertig bist, ziehst du über Groningen und Arnheim, Maastricht und Lüttich bis nach Brüssel. Von dort über Löwen, Mecheln, Antwerpen, Rotterdam, Haag, Leiden bis Haarlem. Hoffentlich hast du bis dahin die Sammlungen verkauft, denn in dieser Gegend ist wahrscheinlich viel Interessantes zu finden. Geh dort an den Strand und sammle alles ein, was du an Algen und Strandpflanzen findest.

Dann reist du über Amsterdam, Krefeld, Kassel, Göttingen und Thüringen zurück.«

Wilhelm Dietrich richtete sich auf und gab Amalie die flüchtig aufgezeichnete Skizze der Reise. Sie seufzte auf. Ja, freilich, dachte sie mit Bitterkeit, hier am Tisch, mit dem Bleistift auf Papier, da ließen sich leicht Reisen machen, aber dieses Mal fehlte ihr der Mut, den schweren Wagen durch fremde Länder zu ziehen, nur mit dem stummen Hektor als Begleiter. Aber was nützte das Klagen? Man musste vorwärts, solange es ging.

Die Reise folgte der von Wilhelm Dietrich vorgesehenen Route. Unterwegs sammelte Amalie. In den Städten suchte sie Apotheken und Lehranstalten auf. Und sie erzielte einen sehr guten Absatz, so dass sie mit der geschäftlichen Seite ihrer Unternehmung zufrieden sein konnte. Aber eines war anders als sonst: Sie fühlte sich auf dieser Reise körperlich und seelisch ausgelaugt; all ihre Spannkraft war wie erstorben, und mit unsäglicher Mühe schleppte sie den Wagen hinter sich her. Lag ihr Schwächeanfall daran, dass ihr vierzigster Geburtstag nicht mehr in weiter Ferne lag, oder war sie tatsächlich krank? Der Sommer war kalt und nass, und wenn es nicht regnete, brauten sich graue Nebel über ihr zusammen. Ach, dieses ewige einsame Wandern im Dunst! So niedergedrückt war ihr Gemüt, so gleichgültig war ihr der äußere Erfolg. Und ihre Wissbegierde, die sie sonst bei jeder bedeutenden Begegnung und in jeder größeren Stadt zu befriedigen suchte, schien jetzt wie abgestorben. Amalie quälte sich mit trüben Vorstellungen, versank in Zweifeln und rang vergeblich nach Klarheit.

Als sie Haarlem erreichte, fiel ihr ein, was Dietrich über das Sammeln von Meerespflanzen gesagt hatte: *Halte dich nicht mit dem Präparieren der Pflanzen auf, sondern trockne alles in der Sonne. Hier zu Hause weichen wir dann so viel in Wasser auf, wie wir für das Jahr gerade brauchen. Bring möglichst viel mit. Wann kommt unsereiner schon einmal ans Meer?*

Amalie holte den Tragkorb aus dem Wagen, nahm Hektor das Geschirr ab und wanderte mit ihm am Strand entlang. In feuchten Massen lag der dunkle Tang am Ufer, so dass es nur kurze Zeit dauerte, bis der Korb gefüllt war. Amalie war erhitzt vom weiten Weg, und das Bücken fiel ihr heute besonders schwer. *Es ist wohl der Hunger,* sagte sie sich und hob die kalte, feuchte Last auf den Rücken. Ganz sachte rieselten die Tropfen durch den Korb, und ihr müder Körper erschauerte, als würde er von eisiger Hand geschüttelt. Ihr Fuß strauchelte. Heißes Angstgefühl wechselte mit kalten Fieberschauern. Was war das für ein lautes Brausen in ihren Ohren? Waren es die Wellen, die hinter ihr herkrochen? Wollten das Meer sie hinunterziehen in seine kühle Tiefe zu ewiger Ruhe? Warum sah sie auf einmal nichts mehr? Hatte sie bei dem dichten Nebel die Richtung verfehlt, oder war ihr Blick so getrübt, dass sie nur graues Nichts zu sehen meinte?

Als Amalie zur Besinnung kam, fand sie sich zu ihrem maßlosen Staunen in einem großen Saal mit vielen Betten wieder, in denen Frauen lagen. Auf ihre Nachfrage erfuhr sie, dass sie sich in Haarlem in einem Krankenhaus befand. Eine unscharfe Erinnerung an Meeresrauschen, Nebel und

Tang tauchte in ihr auf. Wie sie aber hierhergekommen war, wusste sie nicht. Erst später erfuhr sie von einer der Schwestern, dass ein Fischer von seinem Boot aus auf den winselnden Hektor aufmerksam geworden war und, wieder zurück an Land, nachschaute, weshalb das Tier keine Ruhe geben wollte. Da fand er Amalie bewusstlos auf dem Rücken liegend, den treuen Hektor neben sich. Er schickte seinen Jungen ins Hospital, um Hilfe zu holen. Er selbst blieb bei der Frau, und als man Amalie auf einer Trage abtransportiert hatte, nahm er den Hund samt Wagen und Ladung mit zu sich nach Hause. Zusammen mit Amaliens Geldbeutel hinterließ er auf der Station eine Nachricht, wo Amalie Hund und Sachen abholen könne, sobald sie wieder gesund war. Ein heftiges Nervenfieber hatte ihren überanstrengten Körper aufs äußerste geschwächt, und erst nach vier Wochen war sie so weit, dass sie das Bett verlassen konnte.

Mit der wiederkehrenden Gesundung kam eine schreckliche Unruhe über Amalie. Sie musste doch schleunigst weiter. Es half nichts, dass ihr der Arzt eine längere Ruhezeit empfahl. Daheim warteten sie auf ihre Rückkehr, vor allem warteten sie auf das Geld. Wie sehr sie ihre Lieben enttäuschen würde! Zwar hatte sie eine große Summe eingenommen, doch es blieb ihr, nachdem sie die Kosten für ihre Behandlung bezahlt hatte, nur ein kärglicher Rest, mit dem sie zur Not die Heimat erreichen konnte. Würde sie überhaupt imstande sein, die Reise mit Hektor in gewohnter Weise zu überstehen? Als sie sich im Spiegel betrachtete, schaute ihr ein blasses, krankes Gesicht entgegen.

Sie ließ sich zunächst Papier und Tinte geben und schrieb mit zitternder Hand, was ihr passiert war. Dann nahm sie dankend Abschied von denen, die sie gepflegt hatten, und ging mit wankenden Schritten zu dem Gasthof, wo sie bereits vor ihrem Zusammenbruch am Strand gewohnt hatte. Wie hatte sie sich um ihren Hund gesorgt, aber auch er war während ihrer Krankheit gut verpflegt worden. Hektors Freude beim Wiedersehen nach so langer Trennung war unbeschreiblich, und als er ihr schwanzwedelnd die Hände leckte, wurden Amaliens Augen feucht. Sie nahm seinen Kopf zwischen ihre abgemagerten Hände und schaute ihm ernsthaft in die klugen Augen: »Was meinst du, Hektor? Wollen wir nach Hause? Es wird nur langsam gehen. Beim Ziehen, Hektor, musst du diesmal die Hauptlast tragen.«

Der Nachmittag ging bereits in den Abend über, als Amalie nach langen achtzehn Wochen endlich wieder den Kirchturm ihres Heimatsstädtchens sah. Den ganzen Sommer war sie fort gewesen, aber nun war sie endlich daheim! Aufmunternd streichelte sie Hektors Fell und ermahnte ihn freundlich, noch die letzte Strecke tapfer auszuhalten. Dann endlich war auch der Forsthofhügel überwunden: Amalie zog den Wagen in den Schuppen, spannte Hektor aus und beschloss, das Auspacken erst am folgenden Tag vorzunehmen.

Erschöpft stieg sie die breiten Stufen hoch, auf ihrem blassen Gesicht lag ein erwartungsvolles Lächeln. Sie klopfte an und lauschte mit angehaltenem Atem. Es war still. Bestimmt war Wilhelm ganz in seine Schreibarbeit vertieft, sie musste fester klopfen.

Immer noch keine Antwort.

Eine unbestimmte Angst erfasste Amalie. Sie versuchte, die Tür zu öffnen, aber die war verschlossen. Wilhelm war wohl im Zellwald, Charitas spielte vielleicht irgendwo draußen. Enttäuscht ging sie die Treppe hinunter und klopfte bei den Wirtsleuten an. Die gebrechliche Frau Clausen prallte erschrocken zurück, als sie Amalie sah.

»Ist es möglich? Sie leben noch?«, rief sie erregt.

Amalie runzelte die Stirn. »Haben Sie mich denn für tot gehalten?«

»Ach, Sie kamen und kamen doch gar nicht wieder. Aber setzen Sie sich doch, ich koch uns schnell einen Kaffee.«

»Darf ich bei Ihnen warten, bis mein Mann zurückkommt? Die Tür ist verschlossen.«

Die Frau zeigte eine gewisse Befangenheit, so dass Amalie vorsichtig nachhakte, ob sie vielleicht doch störte.

»Nein«, sagte Frau Clausen, »aber ich sehe, dass Sie gar nicht wissen, was während Ihrer Abwesenheit geschehen ist.«

»Doch nichts Schlimmes?«, rief Amalie ganz erschrocken.

»Nein, nein, es geht beiden gut«, antwortete Frau Clausen beruhigend, »Herr Dietrich wohnt nur nicht mehr hier, er ist ausgezogen.«

»Er ist … ausgezogen?«, wiederholte Amalie ungläubig. Hatte Wilhelm ein Angebot von einer Schule oder einem Museum bekommen und es akzeptiert? Dann brauchte sie nicht mehr zu reisen, und sie könnten endlich etwas für die Erziehung ihrer Tochter tun.

»Und wohin ist mein Mann denn gezogen?«, fragte Amalie gespannt.

»Nach Herzogswalde.«

»Was will er denn da?«, fragte Amalie verblüfft. »Er wollte doch nie in einem Dorf leben?«

»Er ist dort Hauslehrer beim Grafen Schönberg. Übrigens steht oben in der Wohnung allerlei Hausrat, auch mehrere große Kisten mit Sammlungen. Da wir noch nicht wieder vermietet haben, habe ich alles in einer Kammer stehen lassen. Was wollen Sie damit tun?«

Amalie schwieg. Was bedeutete dies alles? Wie anders hatte sie sich diese Rückkehr ausgemalt. Und wohin nun? Wortlos erhob sie sich und wankte hinaus

»Frau Dietrich, wo wollen Sie denn hin? Und was ist nun mit den Kisten?«, rief ihr die Wirtin hinterher. Ohne stehen zu bleiben, blickte Amalie angstvoll um sich. Da war wieder dieses unheimliche Brausen und Hämmern in ihrem Kopf. Sie raffte ihren Rock und lief, so schnell sie konnte, die Treppen hinunter. Der einzige Mensch, zu dem sie gehen konnte, so wurde ihr klar, war ihre alte Freundin Klärchen.

Ostküste Australiens, 2002

Nachdem Urs Cairns verlassen hatte, atmete Katrin auf. Sie quartierte sich in einem der lauten Hostels in der Stadtmitte ein und buchte an der Rezeption einen Tauchkurs. Noch am Tag ihrer Ankunft ergatterte sie einen Job beim *Rattle n Hum* auf der Esplanade. Alle Mädchen, die hier jobbten, waren auffallend attraktiv und wurden vom Arbeitgeber dazu ermutigt, ihre Reize nicht zu verstecken. Die Uniform bestand aus superknappen schwarzen Shorts und einem tief ausgeschnittenen Shirt. Katrin zuckte mit den Schultern. *So what?* Sie würde gutes Trinkgeld machen.

Auf dem Tauchboot lernte sie Rob kennen, einen Farmer aus dem Norden New South Wales', der sich nach einer guten Saison einen Tauchurlaub in den Tropen gönnte und nebenbei unverschämt gut aussah. Seine imponierende Erscheinung, der trockene Humor und die typisch australische Gelassenheit taten es Katrin an. Ihr gefiel, dass er so gar nicht zum üblichen Backpacker-Zirkus passte. Er kam vom Land, war noch nie in Europa gewesen, und der Anblick des Ozeans versetzte ihn in schieres Entzücken. Katrin war fasziniert. Während des

Tauchkurses wurden sie zu *Buddies*, was bedeutete, dass sie zusammen tauchten und als Tauchpartner füreinander verantwortlich waren. Wenn Katrin nicht gerade im Pub arbeitete, verbrachten sie die Zeit gemeinsam. Am dritten oder vierten Abend – es gefiel ihr, dass es so lange dauerte – zog er ihren Kopf zu sich heran und küsste sie zärtlich. Gleich darauf entschuldigte er sich, und Katrin wusste nicht, wofür.

»Ich gehe zurück auf meine Farm und du zu einem Job als Psychologin in Deutschland. Wir beide hier … das führt zu nichts, und ich will nicht, dass du dich ausgenutzt fühlst oder so – du verstehst, was ich meine.«

Katrin musste sich ein Grinsen verkneifen. Wer hätte gedacht, dass sich ausgerechnet ein Outbackfarmer im fernen Australien sensibler anstellte als jeder Kerl in Deutschland, mit dem sie jemals etwas gehabt hatte?

»Und was genau soll daran falsch sein?«, fragte sie nach einem kurzen Moment, in dem ihr die Unterschiedlichkeit ihrer Lebensentwürfe durch den Kopf ging.

Rob sah sie mit großen Augen an, hob seine rechte Schulter.

»Weiß auch nicht«, antwortete er, und Katrin beugte sich über den Tisch, um ihn zu küssen.

Katrin und Rob standen eng umschlungen in einer Ecke des Pubs. Es war laut, voll und trotz der gigantischen Deckenventilatoren, die auf Hochtouren rotierten, extrem heiß. Rugby lief auf mehreren Bildschirmen, und die einheimischen Fans kommentierten lautstark jeden Pass ihres Teams. Rob küsste Katrin auf den Hals, nachdem sie beide den Versuch, sich an diesem Ort zu unterhalten, aufgegeben hatten.

»Sollen wir irgendwo hingehen, wo es ein wenig ruhiger ist? Es ist unser letzter Abend, Babe.«

»Ich hasse es, dass du zurückmusst«, schrie sie ihm ins Ohr und musste gleich darauf lachen, weil sie die Situation so absurd fand.

»Okay, let's go«, antwortete Rob, und Arm in Arm bahnten sie sich einen Weg nach draußen. Kurz vor dem Ausgang stießen sie überraschend auf Urs, der wie versteinert vor ihnen stehen blieb. Sein Blick wanderte von Katrin zu Rob und wieder zurück.

»Was soll das hier werden, Kumpel?«, fragte Rob. Katrin hielt ihn am Arm zurück.

»Schon in Ordnung, das ist ein Freund von mir.« Urs stand noch immer mit versteinertem Gesicht vor ihnen. Bevor die Situation unerträglich wurde, löste sich Katrin von Rob und begrüßte Urs mit einer ungeschickten Umarmung. Rob streckte seine sehnige Hand aus.

»G'day mate. I'm Rob.« Urs ignorierte die Begrüßung.

»Bin wohl zu früh zurückgekommen«, sagte er, sein Blick fest auf Katrin gerichtet. Sie räusperte sich und steckte die Hände in die Hosentaschen ihrer Jeans. Nach einer Weile zog sie Rob wieder am Arm: »Komm, lass uns gehen.«

»Sorry«, sagte sie zu Urs und verließ mit Rob das Lokal.

Am nächsten Tag gegen Mittag klopfte sie gegen die Schiebetür des Campervans.

»Hey, aufwachen!«, rief sie und hörte sich selbstbewusster an, als sie sich fühlte. Es dauerte eine Weile, ehe sie

Geräusche im Inneren des Vans wahrnahm. Schließlich wurde die Schiebetür geöffnet. Urs kratzte sich verschlafen am Kopf.

»Du? Ich dachte, du wärst mit deinem Aussie verschwunden.«

»Er ist weg. Ich hab dir doch gesagt, ich finde dich.«

Urs legte den Kopf zur Seite und lächelte sie unverschämt an. »Hat er dir den Laufpass gegeben?«

»Quatsch«, sagte sie trotzig und verschränkte die Arme. »Es hat sich eben so ergeben. Hast du ein Problem damit?«

Urs schwang seine Füße nach draußen und blickte ihr direkt ins Gesicht.

»Nee, hab ich nicht. Was in Australien passiert, bleibt in Australien, und jeder kann tun, was er will. Komm, steig ein! Ich will los. Hab genug von diesem Kaff.«

Katrin war durcheinander wegen Rob. Er hatte sie weder nach ihrer Telefonnummer noch nach der E-Mail-Adresse gefragt. Entweder hatte er gelogen und fischte in Cairns regelmäßig mit der Outbackfarmer-Masche nach Europäerinnen, oder aber er war derart praktisch veranlagt, dass er tatsächlich keinen Sinn darin sah, ihre Beziehung auch nur einen Schritt weiterzuführen. Beide Möglichkeiten machten Katrin nicht eben glücklich, und sie war mehr als einverstanden, den Rückweg Richtung Sydney anzutreten.

Urs verhielt sich während ihrer Fahrt zunächst verständnisvoll, doch Katrin spürte, dass es unter der Oberfläche in ihm brodelte. Ohne einen bestimmten Anlass hatte sie plötzlich das Gefühl, einen großen Fehler begangen zu haben. Vielleicht war es die Art, wie Urs sie immer wieder von der Seite ansah, während sie auf dem Highway in Richtung Süden fuhren, oder die übertriebene Freundlichkeit, mit der er sie behandelte.

Als sie Bowen erreichten, hatten sie drei Reisetage hinter sich. Sie waren todmüde. Um wenigstens für eine Nacht der Hitze zu entgehen, mieteten sie sich in einem Hostel ein. Sie lagen erschöpft nebeneinander auf dem Doppelbett, da brach Urs unvermittelt einen Streit vom Zaun. Katrin war zu müde, um sich darauf einzulassen, stand auf und legte sich im Campervan schlafen. Ihr war klar, dass sie ein klärendes Gespräch mit Urs führen musste, wenn sie mit ihm wirklich bis Sydney fahren wollte, und zwar lieber früher als später. Vielleicht, so dachte sie in der Hitze der Nacht, wäre es besser, getrennte Wege zu gehen. Hätte sie das nicht schon längst tun sollen? Nach einer gefühlten Ewigkeit fiel sie in einen unruhigen Schlaf.

Am nächsten Morgen weckte sie das Geräusch der Schiebetür. Urs stand mit einem herrlich duftenden Coffee to go und einem warmen Schokoladencroissant vor ihr. Er lächelte sie an. »Entschuldige mein Verhalten letzte Nacht. Ich bin ein Trottel. Ich war einfach müde. Kommt nicht wieder vor, versprochen. Sind wir noch Freunde?«

Katrin wischte sich den Schlaf aus den Augen, und Urs drückte ihr den Pappbecher mit dem Croissant obenauf in die Hand. »Hier, genau wie du deinen Kaffee magst.« Vom Hörnchen fehlte eine Ecke. Sie sah ihn gespielt vorwurfsvoll an. »Sorry, ich konnte nicht widerstehen.« Gegen ihren Willen lachte Katrin auf.

»Danke«, sagte sie und bedeutete ihm, neben ihr Platz zu nehmen. Nachdem sie ihr Frühstück beendet hatten, ging Urs zurück zum Hostel, um seine Sachen zu holen und zu zahlen. Dann kletterte er wie selbstverständlich auf den Fahrersitz und ließ den Motor an. Er drehte den Kopf zu ihr.

»Was ist? Willst du etwa dahinten bleiben?« Katrin überlegte eine Sekunde lang. Wieso war sie eigentlich hier? Weshalb war sie noch immer mit Urs unterwegs? Mit diesem schrottigen Campervan, den er eigentlich längst gegen einen SUV hatte eintauschen wollen, aber auch das war ihm nicht gelungen. Natürlich nicht, dachte sie bitter. Sie hätte es besser wissen müssen. Urs und seine verdammte Schwafelei. Sie hasste sich, sie hasste Urs.

Dennoch stieg sie schließlich übers ungemachte Bett nach vorne. Urs legte eine CD ein und drückte auf Play. Das Intro von *The Greatest View* von Silverchair erklang. Es war Katrins erklärter Lieblingssong, und Urs drehte den Sound voll auf. Er nickte im Rhythmus und lächelte ihr zu. Katrin sah aus dem Fenster, klopfte sich mit den flachen Händen auf die Schenkel und sang aus vollem Hals mit.

I'm watching you watch over me and I've got the greatest view from here. Der melodiöse Refrain wiederholte sich, dann eine neue Strophe: *Mistakes don't mean a thing if you don't regret them.* Fehler bedeuten nichts, wenn du sie nicht bedauerst. Katrin hörte auf zu singen, den Rest des Textes verstand sie sowieso nicht.

Zu beiden Seiten der Straße erstreckten sich Felder mit Zuckerrohr, das in einer Brise wie die See hin- und herwogte. Die Straße entfernte sich in einem Schwenk von der Küste. Die Landschaft veränderte sich allmählich, bald fuhren sie durch einsame Wälder, die dichter wurden, je tiefer sie ins Landesinnere vordrangen.

Es wurde allmählich dunkel. Katrin mahnte Urs, langsamer zu fahren – wegen der Kängurus, die im Zwielicht die Fahrbahn kreuzten und urplötzlich vor dem Kühler auftauchen konnten. Urs schaltete einen Gang herunter. Auf einmal bemerkten sie, dass hinter ihnen zwei Lichter auftauchten. Das Fahrzeug hielt etwa drei oder vier Autolängen Abstand und machte keine Anstalten, sie zu überholen.

»Vielleicht sollten wir auch das Licht einschalten«, schlug Katrin vor.

»Damit wir die Kängurus anlocken? Eher nicht«, sagte Urs. Er deutete mit dem Daumen nach hinten. »Es ist doch noch hell genug zum Fahren. Lass die Roos doch auf seiner Kühlerhaube landen statt auf unserer.«

»Oh Mann. Du bist echt ganz schön krank, weißt du das?« Katrin suchte im Handschuhfach nach der CD, die Rob ihr geschenkt hatte, als der SUV neben ihr auftauchte. Der Fahrer machte Gesten, dass sie anhalten sollten.

»Fahr mal ran. Irgendetwas scheint nicht in Ordnung zu sein.«

»Was denn? Die Karre fährt doch einwandfrei.«

»Jetzt mach schon. Ist bestimmt irgendetwas, was wir von hier aus nicht sehen können. Vielleicht kann er uns auch gleich helfen.«

»Na schön.«

Urs zog rüber, schaltete den Warnblinker ein und hielt mit laufendem Motor am Straßenrand. Der schmutzig weiße SUV stoppte hinter ihnen. Ein Mann mit Hut stieg aus. Mit einem dumpfen Geräusch schlug er die Wagentür hinter sich zu. Er war ungefähr in ihrem Alter, von untersetzter Statur, und als er auf der Fahrerseite bei Urs angekommen war, sah er im Licht der untergehenden Sonne gebräunt aus. Zahlreiche Fältchen gingen von seinen Augenwinkeln ab. Urs drückte einen Knopf, und die Fensterscheibe auf seiner Seite verschwand leise surrend im Türrahmen.

»G'day, mate!« Der Fremde tippte zum Gruß mit dem Zeigefinger an die breite Hutkrempe.

»Hi«, erwiderte Urs.

»Hallo«, fiel Katrin ein und reckte den Kopf in Richtung des Mannes, doch der zeigte keinerlei Reaktion. »Du verlierst jede Menge Kühlwasser, *mate*«, sagte er auf Englisch und strich sich mit zwei Fingern über seinen buschigen Schnurrbart. Fette Insekten tanzten im Scheinwerferlicht.

»Oh«, erwiderte Urs.

»Was dagegen, wenn ich mal den Wasserschlauch checke?« Ohne eine Antwort abzuwarten, schob sich der Unbekannte unter den Campervan. Urs stieg aus und ging in die Knie.

»Alles okay?«

»Sieht ganz so aus, als hättest du ein Problem, *mate*«, erklärte der Fremde, während er unter dem Van wieder ins Freie robbte und aufstand. Er wischte die Hände an seinen Shorts ab und ging zur Heckklappe, öffnete sie und beugte sich über den Motor. »Verdammt heiß.« Er schlug die Heckklappe zu und strich seine Hände gegeneinander, als wolle er unsichtbaren Schmutz loswerden. »Du musst in die Werkstatt. Kannst mit mir bis zum nächsten Ort fahren. Von da an musst du allein klarkommen.« Er zeigte auf Katrin, die wie ein ertapptes Kind zusammenzuckte. »Vielleicht willst du das mit deiner Lady besprechen. Ich warte im Auto.« Er drehte sich um und ging zu seinem Wagen. Katrin kletterte vom Beifahrersitz.

»Warten Sie!«, rief sie ihm hinterher. »Wir brauchen es nicht erst zu besprechen. Wir würden sehr gern mit Ihnen in den nächsten Ort fahren, nicht wahr, Urs?« Sie drehte sich zu ihm um.

»Ja, sicher«, antwortete Urs und hob beide Hände.

»Okay, worauf wartet ihr?«, fragte der Fremde. Urs stellte den Motor ab, und sie beeilten sich, ihre Rucksäcke aus dem Van zu holen und sie im Kofferraum des SUV zu verstauen. Als der Fremde die Heckklappe schloss, reichte Katrin ihm die Hand. »Entschuldigung, dass wir uns noch nicht vorgestellt haben. Ich bin Katrin, und das ist Urs. Vielen Dank für Ihre Hilfe. Das ist wirklich sehr nett.« Der Mann nickte.

»Kein Problem. Ihr seid Deutsche, hab ich recht?«, sagte er auf einmal in waschechtem Schweizerdeutsch. Die beiden sahen ihn überrascht an. »Meine Mutter ist Schweizerin«, erklärte er mit einem Lächeln, »Ich bin Ewan.« Er schüttelte Katrins Hand, und für einen Moment spürte sie, wie seine Augen über ihren Körper wanderten. Sie wurde sich ihrer knappen Shorts und des eng anliegenden pinkfarbenen T-Shirts mit dem Goldaufdruck *angelic – engelsgleich* nur allzu bewusst. Sie suchte Urs' Blick, doch der war bereits hinten eingestiegen und winkte ihr ungeduldig zu.

»Komm, du darfst auch vorne sitzen.« Ewan stieg ein, und Katrin folgte seinem Beispiel. Was für ein unverschämtes Glück, dass ein Fremder sich ihrer annahm! Seit Ewan sie zum Anhalten bewogen hatte, war ihnen kein einziges Auto entgegengekommen. Die Panne mit dem Kühlschlauch hätte also auch ganz anders ausgehen können. Sie wagte einen Blick zur Seite. Sonderlich gesprächig war ihr Retter offenbar nicht. Erst nach ungefähr fünfzehn Kilometern fing Ewan an zu reden. Er wollte wissen, woher sie kamen und was sie bislang in Australien erlebt hatten. Urs erwähnte stolz, dass er einige Aborigine-Communities am Cape besucht hätte.

»*Bloody blacks*«, knurrte Ewan. »Alles, was die können, ist saufen und von der Stütze zu leben.« Er zündete sich eine Zigarette an, schwieg wieder eine Weile und wandte sich dann Katrin zu. »Ich wette, während dein mutiger Freund da hinten bei den Schwarzen war, hast du die Zeit in Cairns genutzt, um es ein paar Mal zu probieren. Hab ich recht?« Er grinste anzüglich.

»Wovon reden Sie?« Katrin war sichtlich irritiert, und auch Urs beugte sich, ihren Blick suchend, nach vorne, so als hätte er sich vielleicht nur verhört und wartete auf ein Zeichen der Bestätigung von ihr.

»Steht doch so auf eurem Camper, Prinzessin«, sagte Ewan.

Urs schluckte hart. Katrin konnte an seinen Halsmuskeln sehen, wie angespannt er auf einmal war.

»Wollen Sie uns etwa beleidigen? Halten Sie besser die Klappe, Mann!«

Ewan drehte gemächlich den Kopf und grinste Urs unbeeindruckt an. Als er den Blick wieder auf die Fahrbahn gerichtet hatte, legte er den Kopf in den Nacken und lachte.

»An unseren Aussie-Humor müsst ihr euch wohl erst noch gewöhnen, was? Nicht so verdammt geschliffen, he? Ach, ihr Europäer seid aber auch zu komisch.« Ohne Vorwarnung bog er links auf eine Straße ab, die durch den Wald führte. Fragen der beiden kam er mit der Erklärung zuvor: »Eine Abkürzung. Spart uns gut und gern zwanzig Kilometer, wenn nicht mehr. Kennen nicht viele. Für manche Abschnitte auf dieser Strecke braucht es einen Four-Wheel-Drive.« Ewan gehörte offenbar nicht zu den Männern, die ihre Entscheidungen zur Diskussion stellten. Katrin und Urs tauschten besorgte Blicke. Ewan schaltete in einen niedrigeren Gang. Es dauerte nicht lange, und sie fuhren einen unbefestigten *Fire Track* entlang, der nun gänzlich vom Wald verschluckt wurde.

Nach und nach überkam Katrin ein diffuses Gefühl des Grauens. Es hatte weniger mit ihrem wortkargen Helfer zu tun als mit der scheinbar endlosen Weite, der feindlichen Wildnis. Urs und sie hatten dieser fremden Natur nichts entgegenzusetzen, waren der zufälligen Freundlichkeit eines Fremden ausgeliefert. Angst senkte sich wie eine bleierne Faust tief in ihren Magen. Etwas stimmte hier nicht. Entsprach es überhaupt der Wahrheit, dass ihr Campervan Kühlwasser verloren hatte? Der Wagen war ja völlig in Ordnung gewesen, als Ewan sie stoppte. Vielleicht war es ja nur ein Trick von ihm, eine Lüge, um Urs und sie in seinen Wagen zu locken? Aber warum? Was wollte er von ihnen?

Katrin drehte sich um. Außer einer roten Staubwolke, die Ewans SUV aufgewirbelt hatte und die ihnen folgte, sah sie nicht viel. Sie schaute wieder nach vorne. Die Bäume standen dichter. Ihr Herz begann zu rasen. Mit der gleichzeitig einsetzenden Dunkelheit verwandelte sich ihre Angst in Panik. Am liebsten hätte sie laut aufgeschrien. Sie und Urs waren diesem seltsamen Typen ausgeliefert. Selbst wenn sie verlangte, dass er anhielt, und Ewan sie beide gehen ließ – sie wären hoffnungslos verloren in diesem düsteren, undurchdringlichen Wald.

Katrin fiel plötzlich ein, dass sie es zu Hause niemandem erzählt hatte, dass sie seit fast zwei Monaten in Australien unterwegs war. Mit ihren Eltern wechselte sie seit ihrem siebzehnten Lebensjahr kaum mehr ein Wort; sie kommunizierte mit ihnen nur, wenn es sich absolut nicht vermeiden ließ. Sie war damals im Streit aus dem elterlichen Haus ausgezogen, Geschwister hatte sie keine. Dass Katrins Eltern von dem Aufenthaltsort ihrer Tochter nichts wussten, war also völlig normal. Doch selbst ihre beste Freundin Lara hatte keine Ahnung, wo sie steckte. Ursprünglich war Katrin nämlich nach Thailand geflogen, um drei Monate lang Südostasien zu bereisen; von Australien war nie die Rede gewesen. Doch dann hatte sie am Strand von Ko Samui ein paar Aussies kennengelernt, die ihr von ihrer Heimat vorschwärmten. Ein paar Tage später änderte sie ihre Reisepläne und flog mit den Surfern nach Sydney.

Wieso hatte sie sich seit Thailand nie mehr bei Lara gemeldet? Dass sie ihr Handy am Strand verloren hatte, war kein ausreichender Grund. Irgendwie war Deutschland im Laufe ihres Trips immer mehr in den Hintergrund gerückt, und dadurch auch die wenigen Menschen, denen sie sich in der Heimat verbunden fühlte. An ihrer augenblicklichen Lage änderte das allerdings nichts, denn selbst wenn sie es nicht versäumt hätte, Lara auf den Stand der Dinge zu bringen: Was könnte ihre Freundin von Deutschland aus in diesem Moment schon für sie tun? Nichts. Katrin selbst hatte ja kaum eine Ahnung, wo sie sich befanden. Alles, was sie wusste, war, dass sie durch einen riesigen finsteren Scheißwald fuhren. Hinter ihren Schläfen pochte es wie wild. Sie überlegte fieberhaft. Was war jetzt das Richtige? Was sollten sie und Urs tun? Katrin hörte ihre eigene Stimme, klar und doch merkwürdig fremd.

»Stop! Wir steigen aus!«

»Was?« Urs wirkte verdutzt.

»Das ist nicht dein Ernst, Prinzessin«, erwiderte Ewan mit ruhiger Stimme in seinem Schweizerdeutsch, »hier draußen macht ihr es allein nicht lange. Das kannst du dem alten Ewan ruhig glauben.«

Plötzlich bog er abrupt rechts in einen schmaleren Weg ein. Urs und Katrin fielen gegen die Türen. Die Unebenheiten der *Dirt Road* ließen sie schaukeln wie Betrunkene auf dem Oktoberfest.

»Wohin bringen Sie uns? Halten Sie an!«, schrie Urs, der ebenso wie Katrin in Panik verfallen zu sein schien.

Ewan stieg in die Eisen, und der Wagen schlitterte zu einem Halt. Blitzartig riss er die Tür auf, sprang heraus, lief um den Wagen herum und blieb vor Urs stehen, der seine Tür bereits geöffnet hatte. Katrin hörte einen dumpfen Schlag. Mit vor Angst geweiteten Augen drehte sie sich zu Urs um. Sie hörte ihn stöhnen und sah durch die hintere Tür, die offen stand, wie er sich vor Schmerz auf der Erde wälzte. Für einen Moment saß sie wie erstarrt, dann besann sie sich und kletterte auf die Fahrerseite. Den Schlüssel hatte Ewan abgezogen, die Tür war verschlossen. Verdammt!

Wann hatte er nur abgeschlossen? Sie rüttelte am Griff, bis ihr endlich einfiel, wie alt diese Kiste war und dass er vielleicht nur die Kindersicherung niedergedrückt hatte. Hektisch suchte sie nach dem länglichen Knopf, fand ihn und zog ihn hoch. Die Tür öffnete sich, und sie sprang ins Freie, um nach Urs zu sehen. Sie wollte loslaufen, da stand Ewan vor ihr. Seine Arme umfassten sie wie eiserne Klauen. Katrin wehrte sich, schrie, trat, versuchte, ihn zu beißen. Vergebens. Er fasste sie mit beiden Händen am Kopf und verdrehte ihn seitlich, dass die Wirbel knackten.

»Noch eine Bewegung, und ich breche dir das Genick, Prinzessin.« Katrin hielt sofort still. Sie keuchte, und ihr Brustkorb hob und senkte sich in schneller Folge.

»So ist's fein, Prinzessin. Schön ruhig bleiben. Ich hab ein Gewehr, verstanden?« Den letzten Satz sagte Ewan so laut, dass auch Urs ihn hören musste. Katrin stand nun stocksteif. Ewan ließ ihren Kopf los. Er legte ihr die Arme auf den Rücken und fesselte ihre Hände mit einem Kabelbinder. »Dreh dich um!« Sie wandte ihm das Gesicht zu. In seinen Augen sah sie etwas, das ihr den Magen umdrehte: Hass, Gewalt, Lust.

Wieder hörte sie Urs aufstöhnen. Ewan stieß Katrin grob an, und sie fiel zu Boden, wobei ihr Kopf hart aufschlug. Sie fühlte sich wie betäubt. Ewan kniete sich neben sie und fesselte ihre Füße. Unter der Karosserie hindurch sah sie Urs auf der anderen Seite des SUV mit dem Gesicht nach unten am Boden liegen. Ewan stand auf und ging zu ihm hinüber. Er fasste ihn grob am Arm, um ihn umzudrehen. Dann setzte er sich auf Urs' Brustkorb und begann, auf ihn einzuschlagen. Er drehte ihn wieder auf den Bauch, fesselte ihn ebenfalls an Händen und Füßen. Urs war genauso hilflos wie sie. Katrin schloss für eine Sekunde die Augen, und eine Welle eiskalten Schreckens flutete ihren Körper, lähmte sie. Das konnte doch nicht wahr sein. Solche Dinge passierten nur anderen. Sie war clever, sie war vorsichtig. Wie hatte es nur so weit kommen können? Tränen liefen ihre Wangen hinunter. Reiß dich zusammen!, ermahnte sie sich. Wenn du hier lebend rauskommen willst, lässt du dir besser etwas einfallen.

Als Urs gefesselt war, tauchte Ewan neben Katrin auf.

»Ewan«, sagte sie und bemühte sich um Fassung.

»Ja, Prinzessin. Was ist?«

Sie hob ihren Kopf leicht an und drehte ihn so, dass sie ihm ins Gesicht sehen konnte. »Wenn es dir um mich geht: Du kannst mich haben. Lass uns danach einfach gehen. Wir sagen nichts.« Noch während sie diese Worte aussprach, wusste sie, wie sinnlos sie waren. Ewan stand nur da und schaute sie an. Was ging nur in seinem kranken Kopf vor? Kalter Schweiß trat ihr auf die Stirn. »Bitte, Ewan!« Sie winselte wie ein junger Hund. »Wir halten dicht, hundert Prozent, ich verspreche es!«

Ohne zu antworten, verschnürte er sie mit einem Seil und zerrte erst Urs, später sie an den Füßen vom *Fire Track* in den Wald hinein. Sie musste ihren Kopf anheben, um sich nicht an den Steinen und Ästen zu verletzen, die sich schmerzhaft in ihren Rücken und ihre Schultern bohrten. Als er sie endlich losließ, schaute Katrin in den Himmel. Ein Stern blinkte heller als die anderen zwischen den Blättern der Baumwipfel hindurch. Gab es irgendwo einen Hoffnungsschimmer?

Siebenlehn, 1858

Amalie wanderte, ein schweres Paket unterm Arm und von Hektor begleitet, nach Herzogswalde. Als sie bei Wilhelm eintrat, erhob er sich erschrocken vom Stuhl: »Amalie, du lebst?«

Sie legte schweigend ihr Paket auf den Fußboden und setzte sich erschöpft auf einen Stuhl.

»Wo in aller Welt bist du denn nur gewesen? Ich habe dich schon vor Wochen zurückerwartet! Ich hatte die Hoffnung aufgegeben, dich jemals wiederzusehen.«

»Aber hast du denn meinen Brief aus dem Haarlemer Krankenhaus nicht bekommen?«

Wilhelm wich ihrem Blick aus, und sie beobachtete, wie er sich wand, während er die vor der Brust gefalteten Hände nervös knetete. Wie jämmerlich er aussah, wie verachtenswert!

»Nein, nichts habe ich bekommen, die ganze Zeit nicht. Ich wusste nicht mehr, was ich denken sollte. Ich verlor den Mut. Als der Graf kam und mir anbot, Erzieher seiner Söhne zu werden, schien es mir wie eine Erlösung! Verstehst du denn nicht? Deine Rückkehr war zwei Monate überfällig, und ich hatte nichts von dir gehört!«

Amalie sah Wilhelm einige Sekunden lang sprachlos an. Dachte dieser Mann wirklich nur an sich? Hatte er auch nur einen einzigen Versuch unternommen, sie zu finden, als sie nicht zur vereinbarten Zeit nach Siebenlehn zurückgekehrt war? Hatte er am Ende den Brief doch bekommen und log ihr nun frech ins Gesicht? Mit ihrer Rückkehr hatte er wohl tatsächlich nicht gerechnet, stellte sie wütend fest, so dass sie nicht mehr an sich halten konnte und erregt von ihrem Sitz aufsprang.

»Was meinst du, wie es für mich war, als ich gestern vor verschlossener Tür stand!«, rief sie aufgebracht. »Und wo ist unsere Tochter? Ist sie denn nicht hier? Ist ihr etwas passiert? So rede doch!« Amalie sah sich suchend um.

»Du lässt mich ja gar nicht zu Wort kommen. Ich nehme an, es geht Charitas nicht schlechter, als es ihr sonst auch bei fremden Leuten gegangen ist.« Wilhelm wühlte in seiner Rocktasche und hielt ihr einen Zettel hin. »Hier ist ihre Adresse.«

»Sie wohnt in Nossen? Wie kommt sie denn da hin?« Amalie war fassungslos. Sie zitterte am ganzen Leib. Wie es schien, hatte Wilhelm nur auf eine Gelegenheit gewartet, seine Tochter weggeben zu können. Nun war er frei von allen familiären Verpflichtungen und konnte beim Grafen den feinen Herrn spielen, während Charitas und sie selbst zusehen konnten, wo sie blieben. Was für ein selbstsüchtiger, eitler Pfau! Sie musste blind vor Liebe gewesen sein, als sie in die Ehe mit ihm eingewilligt hatte. Hätte sie doch nur auf ihren Vater gehört, der sie vor diesem Schritt gewarnt hatte! Aber sie musste ja ihren Willen haben. Wenn man ihr damals schon gesagt hätte, dass dieser Mann fähig sei, das eigene Fleisch und Blut wegen seiner Karriere aus dem Weg zu schaffen, sie hätte es nie und nimmer geglaubt. Die Wut darüber, dass er Charitas bereitwillig ihrem Schicksal überlassen hatte, brachte Amaliens Blut in Wallung. Ihre Wangen glühten.

»Jetzt beruhige dich doch!«, versuchte Wilhelm, sie zu beschwichtigen. »Nachdem ich mit dem Grafen übereingekommen war, habe ich sie aufgefordert, sie möge sich baldmöglichst eine Unterkunft suchen. Ich habe ihr dabei alle Freiheit gelassen. Und als in Siebenlehn nichts zu finden war, gab ich ihr den Rat, es in Nossen zu versuchen. Dort ist sie dann auch von einer Familie in Dienst genommen worden. Sie hat weit mehr an Bettzeug und Wäsche von unserem Hausstand mitgenommen, als sie braucht.«

»Du hast wirklich keinen Finger für dein eigenes Kind gerührt? Das ist ja empörend!«, schrie sie. »Wilhelm, wie konntest du sie nur so von dir stoßen? Das arme Mädchen! Das ist eine Schande!«

»Wie oft habe ich dir gesagt, dass es unfein ist, so mit deinem Mann zu reden«, fuhr er fort, »aber gewisse Dinge ändern sich offensichtlich nie. Was unterstellst du mir eigentlich? Hierher konnte ich Charitas doch nicht mitnehmen, das war ausgeschlossen; sie passt hier nicht her.«

»Wieso denn? Hat sie etwas Böses getan?«

»Was sollte ich denn hier mit ihr? Wäre sie ein Sohn, ja, den hätte ich mit unterrichtet, aber ein Mädchen … Sie wird nie die Erbin dessen, was ich mit so unendlicher Mühe und Sorge aufgebaut habe, sie … «

Amalie rollte mit den Augen. Wieder einmal drehte sich alles nur um ihn, um seinen wissenschaftlichen Ruf und seine akademische Anerkennung. Seine Frau, sein Kind? Kein Gedanke daran, wie sie zurechtkämen. Hauptsache, er konnte vor fremden Menschen glänzen. So verhielt sich doch kein echter Mann!

»Hör auf!«, unterbrach sie ihn barsch. »Ich brauche keine Erklärung von dir. Und willst du mir nun endlich sagen, wie du es mit mir zu halten gedenkst? Ist es womöglich auch ausgeschlossen, dass ich hierbleibe?«

Wilhelm Dietrich räusperte sich verlegen. »Der Fall ist in meinem Kontrakt tatsächlich nicht vorgesehen. Oder glaubst du etwa, dass du in ein Grafenschloss passt?«

Amalie stemmte die Hände in die Hüften. »Allerdings!«, sagte sie stolz. »Ich bin deine Frau, da ist mein Platz an deiner Seite. Aber ich sehe schon, du hast längst anders entschieden.« Sie wollte sich von ihm abwenden, doch Wilhelm fasste sie beim Arm.

»So ist es nicht!«, sagte er. »Glaubst du denn, mir wäre diese Entscheidung leichtgefallen? Aber du musst doch selbst einsehen, dass es so nicht weitergehen kann. Sind wir denn vereint je vorwärtsgekommen? Konnte ich mich weiterbilden? Mir anschaffen, was mir nötig war?« Er, er und nochmals er! Wilhelms Art war einfach nicht mehr zum Aushalten! Warf er ihr nun etwa auch noch vor, sie sei an ihrer Armut schuld? Sie, die seit Jahren schon auf seine körperliche Schwäche Rücksicht nahm, die sich den Buckel krumm geschleppt hatte, um ihre kleine Familie zu ernähren. Alles nur, damit er ihr ins Gesicht sagen konnte, sie hielte ihn in seiner Entwicklung zurück? »Sieh doch nur, was aus meinen Schülern geworden ist!«, fuhr Wilhelm mit dem Jammern fort. »Der eine ist jetzt Professor in Halle, und ich, durch den so viele Männer zur Naturwissenschaft geführt worden sind, verkomme im Elend. Vielleicht, wenn mich nichts mehr hemmt, wenn ich mein Geld einsetzen kann, wie es mir recht scheint, dann kommt vielleicht auch für mich noch eine schöne Zeit.« Er hielt inne und sah sie an, als erwarte er ihre Zustimmung. Unruhig blickte er sich um, fasste sich mehrmals an den Kragen. Wahrscheinlich fürchtete er, einer der hohen Herren könnte plötzlich eintreten und Wilhelms Gemahlin in ihren abgerissenen Kleidern sehen. Am Ende müsste er sie noch miteinander bekannt machen. Wilhelm trat von einem Fuß auf den anderen, räusperte sich.

Amalie schnaubte bitter. Es war unübersehbar: Wilhelm wollte sie so schnell wie möglich loswerden. Er kam auf sie zu und legte ihr begütigend den Arm um die Schulter. Amalie stand regungslos neben ihm. Er konnte wohl an ihrem Gesicht erkennen, wie wenig seine Rede sie überzeugt hatte, und nun versuchte er es auf andere Weise.

»Malchen, wie haben wir uns gequält, und was haben wir erreicht? Geld kann ich dir nicht in Aussicht stellen, aber wenn du den Mut haben solltest, auf naturwissenschaftlichem Gebiet weiterzuarbeiten, so stehen dir jederzeit meine Sammlungen zur Verfügung. Ich habe mehrere Kisten mit Dubletten auf dem Forsthof gelassen. Wenn du guten Rat brauchen solltest, dann komme nur, ich freue mich, wenn ich dir irgendwie behilflich sein kann.«

Dietrich erhielt keine Antwort. Das Blut war aus Amaliens Wangen gewichen. Bleich und starr waren ihre Züge, die großen graublauen Augen ruhten fragend auf seinem Gesicht, aber kein Wort kam in den nächsten Minuten über ihre Lippen. Sie hatte mit diesem Mann und ihrer Ehe abgeschlossen. Wilhelm Dietrich ließ sie los und ging unruhig auf und ab. Auf dem Tisch, vor dem Amalie stand, lag ein Stoß grauen Löschpapiers. Zwischen diese Seiten schob sie, von ihm unbemerkt, den schlichten Ehering, den sie fünfzehn Jahre lang getragen hatte. Ihre Hand zitterte, als sie sie wieder zurückzog.

Sie war im Begriff zu gehen, als ihr Fuß gegen das Paket stieß. Mit müder Stimme hauchte sie: »Das hab ich dir mitgebracht, es ist *Fucus vesiculosus.* Ich habe ihn bei undurchdringlichstem Nebel gesammelt.«

Sie ging zur Tür. Ohne ein Wort des Abschieds verließ sie den Raum.

Ostküste Australiens, 2002

Irgendwann musste Katrin trotz allem eingedöst sein, denn als sie am nächsten Morgen mit starken Nackenschmerzen erwachte, fand sie sich mit einem Knebel im Mund an einen Baumstamm gefesselt, ohne dass sie sich daran erinnern konnte, wann das passiert sein sollte. War ein Schlafmittel in der Wasserflasche gewesen, die er ihr am vergangenen Abend gereicht hatte? Sie sah an sich herunter und bemerkte Blutspuren auf ihrem pinkfarbenen T-Shirt. Sie hatte keine Ahnung, woher diese Verletzungen stammten. Sie trug ihre Unterhose, die jedoch verrutscht saß, wie hastig übergestreift. Eine Pobacke war unbedeckt. Wo waren ihre Shorts? Sie fing an zu wimmern. Dieses Schwein! Er hatte sie vergewaltigt. Hatte er ihr Drogen eingeflößt, damit sie stillhielt? Sie zermarterte sich das Gehirn, konnte sich aber an nichts erinnern.

Urs? Wo war Urs? Ein stechender Schmerz schoss Katrin vom Nacken das Rückgrat hinunter, als sie ihren Kopf drehte. Sie verzog das Gesicht und zwang sich, ruhig zu atmen, während ihre Augen Urs suchten. Er war gar nicht weit entfernt. Keine zehn Meter von ihr, eher weniger, genau wie sie an einen Baum gefesselt. Vor Erleichterung atmete sie hörbar aus. Ein abgebrochener Ast, der vom Eukalyptus herabhing, verdeckte zum Teil die Sicht auf ihn. Ihr Herz holperte, als er in ihre Richtung blickte. Blut rann ihm von der Schädeldecke über die Wangen, und auch sein Hemd war blutgetränkt. Sie blickte ihm wieder ins Gesicht, sah, dass sich seine Kiefer bewegten. Urs lebte. Katrin schluchzte still.

Ihre Kehle war trocken. Ihre Zunge fühlte sich geschwollen und pelzig an. Nur mit Mühe konnte sie sie von ihrem Gaumen lösen. Sie fragte sich, wann Ewan wiederkommen würde oder ob es zu seinem Plan gehörte, sie an diesem gottverlassenen Ort ihrem Schicksal zu überlassen.

Urs begann sich zu winden, als wolle er ihr irgendetwas mitteilen. Verzweifelt hob sie die Schultern. Sosehr sie sich auch anstrengte: Sie verstand ihn nicht.

Katrin wusste nicht, wie lange sie schon in dieser Lage verharrte. Die Fesseln schnitten ihr tief ins Fleisch. Ihr Nacken und ihre Handgelenke schmerzten beinahe unerträglich. Schlimmer war nur der Durst. Der Gedanke an Wasser nahm überhand. Es gab nichts, was sie für einen Schluck Wasser nicht getan hätte. Wollte Ewan sie verdursten lassen? Bestimmt beobachtete er sie aus einiger Entfernung und holte sich bei ihrem erbärmlichen Anblick einen runter. *Ich hasse dich. Ich hasse dich, du widerliches Schwein.* Überdeutlich nahm sie jedes Geräusch wahr: das Rascheln der Blätter, wenn der Wind dazwischenfuhr; Bewegungen im Unterholz; den Schrei eines Vogels. Katrin versuchte, sich zur Ablenkung auf jeden einzelnen dieser Laute zu konzentrieren, doch dann ängstigte sie deren Fremdheit, und sie fragte sich, wie lange sie noch durchhalten konnte. Der Gedanke an die nächste Nacht war das Schlimmste. Nein, das stimmte nicht ganz. Noch schlimmer war die Möglichkeit, dass Ewan in der Nacht zurückkehrte. Sie heulte im Stillen auf, schüttelte sich, als könnte sie auf diese Weise ihre Fesseln loswerden. Verzweifelt rieb sie die Handgelenke aneinander, doch es nutzte natürlich nichts. Die Morgensonne hatte bereits an Kraft gewonnen und brannte auf sie herunter. Sie sah zu Urs hinüber. Er war zur Seite gekippt, wurde nur noch vom Seil um seine Hüfte gehalten. Aus totaler Erschöpfung? Anders als sie saß er wenigstens geschützt im Schatten! Er schlief! Ein Gefühl wie ein giftiger Pfeil durchfuhr sie. Wieder einmal kam *lucky* Urs ohne eigene Anstrengungen durch. Ganz so, wie er es von jeher gewohnt war. Katrin schnaubte und zwang sich, an etwas vollkommen anderes, Erfreulicheres zu denken. Ihre Familie. Sie dachte an ihre Eltern. Ich komme zurück, sagte sie sich. Ich komme zurück, und in ein paar Jahren werde ich Kinder haben. Vater und Mutter zu Großeltern machen. Ich werde nicht im australischen Busch sterben. Ich werde fliehen. Es gibt immer eine Möglichkeit. Immer. Ich muss nur geduldig sein, warten, bis sich eine Gelegenheit bietet …

Katrin sah auf, als sie das Geräusch eines sich nähernden Autos hörte. Ihr Magen zog sich zusammen, und sie malte sich aus, was passieren würde, wenn es Ewan wäre. Doch vielleicht war es ja gar nicht Ewan? Vielleicht war es jemand, der sie retten würde. Der Gedanke versetzte sie in Aufregung, und sie versuchte zu schreien, obwohl sie geknebelt und der Wagen noch viel zu weit entfernt war. Urs sah sie an, und sie warteten. Dann erkannte sie das schmutzige Weiß. Ewan.

War das ihr Ende?

Das Motorengeräusch wurde ohrenbetäubend. Staubpartikel wirbelten im grellen Sonnenlicht. Katrin machte sich in die Hose, als der Wagen anhielt und Ewan ausstieg. Die Hände in den Taschen schlenderte er gemächlich zu ihnen herüber. Er blieb stehen. Sein Mund verzog sich zu einem breiten Grinsen.

»Ihr zwei seid gut. Richtig gut. Ich mag zwei. *Way more fun than one.*«

Aus seiner hinteren Hosentasche zauberte er eine kleine Flasche mit Trinkwasser hervor und ließ sie zwischen seinen Fingern wandern. Währenddessen wandte er seinen Blick nicht von Katrin ab.

»Okay, lass uns ein wenig schlürfen«, sagte er. »Ich will nicht, dass du mir unter den Händen wegstirbst. *No fun in that.*« Er kniete sich vor sie hin, nahm ihr den Knebel aus dem Mund und setzte die Plastikflasche an ihre Lippen. Sie war zu durstig, um sich zu fragen, welche Betäubungsmittel das Wasser dieses Mal enthielt, und sie hatte keine Zeit, sich für die Laute zu schämen, die ihr gieriges Trinken produzierte. Was sie beunruhigte, waren allein die Tropfen, die statt in ihrem Mund auf ihrem T-Shirt landeten. Welch eine Verschwendung! Sie versuchte zu sprechen, aber ihre Kehle schien wie zugeschnürt. Was hätte sie auch sagen können, das ihre Situation verbessert hätte? Am besten verhielt sie sich still. Bloß Ewan nicht provozieren.

Ewan ging zu Urs und hielt ihm die halb leere Plastikflasche hin. Katrin beobachtete Urs, während er trank; sie fand, er sah aus wie ein Küken, das am Schnabel seiner Mutter hing. Auch Ewan hatte genügend Zeit, seine Opfer eingehend zu betrachten. Plötzlich lachte er auf und deutete auf Urs' Körpermitte.

»Oh, da hatten wir wohl einen kleinen Unfall. Ich hätte gedacht, schlaue Leute wie ihr hätten sich besser unter Kontrolle.« Er lachte heiser.

Katrin begann, sich ihren Peiniger genauer anzusehen. Er war sicherlich jünger, als sie anfangs angenommen hatte. Er konnte nicht älter als Mitte zwanzig sein. Sein buschiger Schnurrbart verdeckte einen Teil seines Gesichts und machte ihn älter. Es war schwer, sich auszumalen, wie er wirklich aussah. Sie stellte sich vor, wie es wäre, wenn man ihr auf einer Polizeistation Fotos von Verdächtigen unter die Nase hielt. Möglichst unauffällig versuchte sie, besondere Merkmale zu finden, die ihn verraten würden, wenn sie es erst einmal bis zu einer Polizeistation geschafft hätten. Doch sosehr sie sich auch bemühte, da war nichts. Verzweiflung breitete sich in ihr aus wie eine Krankheit, für die es keine Heilung gab.

Ewan richtete sich zu voller Größe auf, stellte sich zwischen sie, so dass er von beiden ungefähr gleich weit entfernt war, und ging dann unvermittelt in die Hocke, um mit ihnen zu reden.

»Ich habe mir ein kleines Spiel ausgedacht«, sagte er. Sein Kinn wies in Katrins Richtung, doch sein Blick haftete auf Urs. »Die junge Lady hier erzählte mir, dass ihr die Fresse haltet, wenn ich euch gehen lasse. *Well*, wir alle wissen, das ist *bullshit*. Ich habe mir aber was überlegt. Ich werde einen von euch vom Haken lassen. Einer kann gehen.« Er hielt inne, wohl wegen des dramatischen Effekts. Sein Blick glitt von Urs zu Katrin. »Der andere wird sterben, und wenn du glaubst, letzte Nacht war schon Spaß genug, Prinzessin, dann versichere ich dir, davon hab ich noch eine Menge mehr auf Lager.« Im Aufstehen lächelte er Katrin an.

Ihr Puls raste, sie vermied es, Urs anzusehen. Wer würde diesen Alptraum überleben, wer an diesem verfluchten Ort sterben? Er? Sie? Wie standen ihre Chancen? Und wie entschied Ewan, wer dran glauben musste? Sollte sie versuchen, nett zu ihm zu sein? Ihn anlächeln? Oder würde das eher das Gegenteil bewirken?

Sie warf nun doch einen verstohlenen Blick zu Urs hinüber, aber falls sich etwas in seiner Mimik verändert haben sollte, konnte sie es nicht erkennen. Hatte dieses perverse Schwein ihm auch etwas angetan, von dem sie nur noch nichts wusste? Oder hatte das Arschloch nur mit ihr »Spaß« gehabt?

Er stand auf Frauen, so viel war klar. Daher würde sie in diesem »Spiel« den Kürzeren ziehen, und Urs wusste es. Sie wusste es. Ewan wusste es. Scheiße. Verdammte Scheiße!

Das Schwein hatte sich bereits mit ihr vergnügt, auch wenn sie sich nicht daran erinnern konnte. Und jetzt suchte er den letzten, ultimativen Kick.

Ohne es zu wollen, japste Katrin. Wie ein Hund, dem man versehentlich auf die Pfote getreten war. Ewan sah sie an. In seinen Augen flackerte eiskalte Lust.

»Dieses Spiel, wie geht das?«

Katrin drehte sich überrascht zu Urs um. Hatte Ewan ihn nach dem Trinken nicht wieder geknebelt? Es war das erste Mal, dass sie ihn sprechen hörte, seit dieser Irre sie beide gekidnappt hatte. Seine Stimme klang brüchig.

»Okay«, sagte Ewan in die Stille hinein. »Ich verrate euch die Spielregeln. Ich werde euch zwei Hübschen für eine Weile allein lassen, und wenn ich zurückkomme, müsst ihr eine Entscheidung getroffen haben. Einer von euch darf weiterleben, den anderen werde ich töten. Ihr entscheidet, wer hopsgeht und wer sich zu Hause bei Mama und Papa ausheulen darf. Wie ich euer Urteil vollstrecke, werde ich nicht verraten. Es kann ganz schnell gehen oder extrem langsam. Eure Entscheidung, mein Spaß, okay? So weit alles klar?« Ewan machte eine Pause, beobachtete seine Beute. Bildete Katrin sich das nur ein, oder hatte er während seiner grausamen Ansprache hauptsächlich Urs fixiert? Das Blut gerann ihr in den Adern.

»Der, der geht«, fuhr Ewan jetzt fort, »wird seine Fingerabdrücke auf meinem Gewehr hinterlassen, und ich werde dafür sorgen, dass jegliches Beweismaterial ihn oder sie als Mörder überführt. Um mich müsst ihr euch keine Sorgen machen.« Er kicherte. »Ich habe ein todsicheres Alibi. Wer von euch auch immer davonkommt – dabei blickte er zuerst Urs, dann Katrin an –, sei gewarnt: Ich werde ihn und seine Familie im Visier behalten. Macht also keinen Fehler!« Er sah auf seine Armbanduhr. »*Lunchtime*. Ich mach mich auf den Heimweg, und in der Zwischenzeit haltet ihr zwei einen guten Schwatz miteinander. Wer stirbt, wer bleibt? Ich bin schon sehr gespannt.« Er nahm nun auch Katrin den Mundknebel ab, ging zu seinem Fahrzeug, kletterte hinein und wendete den Wagen. Der Motor heulte auf, als Ewan Gas gab und die *Dirt Road* hinunterschoss.

Siebenlehn, 1858

Amalie saß bei Madame Hänel in der Stube hinter dem Laden, und die beiden berieten, was nun aus Charitas und Amalie werden sollte. Frau Hänel hatte Amalie beim Einkauf angesehen, dass sie etwas bedrückte, und sie daraufhin angesprochen.

Amalie schlug die Hände vors Gesicht und fing an, leise zu weinen.

»Sie haben doch immerhin noch den Hund und den Wagen«, munterte Frau Hänel sie auf.

»Ja, sicher«, erwiderte Amalie und wischte sich mit dem Handrücken die Tränen fort, »beides muss ich dann wohl schleunigst verkaufen.« Sie streichelte zärtlich den Hund, der zu ihren Füßen lag. Die Trennung von ihm würde ihr schwerfallen.

»Nicht, wenn Sie nicht wollen«, sagte Frau Hänel, »ich dachte an etwas anderes. Wollen Sie nicht bei der alten Krummbiegel auf dem Feld arbeiten? Sie sucht doch ständig nach einer Hilfe. Erst letzte Woche stand sie hier im Laden und fragte, ob ich nicht jemanden wüsste.«

Amalie stand erregt auf, streckte abwehrend die Hand aus und erwiderte fest: »Nicht das! Sie haben doch auch gehört, was der Pastor predigt: Es soll ein jeglicher mit der Gabe dienen, die er empfangen hat.«

»Ach was.« Madame Hänel machte eine wegwerfende Handbewegung. »Jetzt kommen Sie nicht wieder mit Ihrem überspannten Kram! Nehmen Sie um Gottes willen Vernunft an! Gabe hin, Gabe her! Sie müssen Ihr Auskommen verdienen. Was wollen Sie noch länger mit dem albernen Blümchenkram?«

Amalies Blick war abwesend, wie in weite Ferne gerichtet. Sie setzte sich, stützte den Kopf in die Hände. Schon als junges Mädchen in der Niederstadt hatte man von ihr verlangt, dass sie ihr Herz verkaufte. Bedeutete die Bildung, die sie im Laufe der Jahre erworben hatte, nicht auch einen Aufstieg?

Sie schüttelte unwillkürlich den Kopf. Was dachte sie sich nur? Die Leute im Armenhaus besaßen ja mehr als sie in diesem Augenblick. Und doch, wenn ihr Brot auch hart war: Sie wollte sich selbst in ihrer Armut die Freiheit bewahren, es zu erwerben, wie sie selbst es für gut befand.

Sie richtete sich auf und reichte Madame Hänel die Hand. »Seiner Überzeugung muss man treu bleiben, aber ich bedanke mich sehr für Ihren Rat. Können Sie mir vielleicht noch sagen, wo ich unter den augenblicklichen Umständen eine Bleibe für Charitas und mich finden könnte?«

»Sie wollen Charitas nicht in Nossen lassen?«

»Auf keinen Fall! Ich hab das Kind schon viel zu oft zu fremden Leuten geben müssen. Außerdem kann ich ihre Hilfe bei meinen Arbeiten gar nicht entbehren.«

Madame Hänel schüttelte missbilligend den Kopf, dann sah sie Amalie an. »Die kleine Wohnung im Hinterhaus steht leer, die könnte ich Ihnen überlassen. Sie haben ja bestimmt keine großen Ansprüche.«

»Das wollen Sie für uns tun?«, rief Amalie ungläubig. »Aber ich kann gar nichts dafür zahlen, und ich habe auch niemanden, der für mich eintritt.«

»Lassen Sie nur!«, erwiderte Madame Hänel. »Meinen Sie denn, ich hätte keine Menschenkenntnis? Glauben Sie mir, bei meinem Geschäft lernt man viel. Ich bin sicher, auf Ihr Wort kann man sich verlassen. Sie werden bezahlen, sobald Sie Geld haben.«

Tief bewegt reichte ihr Amalie die Hand, und während ihre Augen feucht schimmerten, sagte sie lächelnd: »Wollen wir hoffen, dass die albernen Blümchen mich nicht im Stich lassen.«

Amalie brach sofort nach Nossen auf, um Charitas zu holen, und gemeinsam zogen sie in das Hinterhaus von Madame Hänel.

»Wir müssen uns die Arbeit aufteilen«, erklärte Amalie ihrer Tochter. »Ich stelle die Sammlungen zusammen, und du besorgst die Bildunterschriften. Gib dir aber beim Schreiben recht viel Mühe!«, ermahnte sie Charitas.

»Weshalb nehmen wir denn nicht wie früher gedruckte Etiketten?«, fragte das Mädchen.

»Weil sie alle in Herzogswalde bei deinem Vater sind, deshalb«, antwortete Amalie knapp. »Jetzt komm! Du weißt, wie es geht. Du hast das Schema der Etiketten doch bestimmt noch im Kopf, oder muss ich dir etwa alles diktieren?«

Charitas zupfte an ihrem Kleid. Ihre großen blauen Augen wichen dem Blick der Mutter aus. »Es ist wohl sicherer, du diktierst.«

Amalie seufzte leise und griff in eine der von Wilhelm zurückgelassenen Kisten, die sie vom Forsthof in ihre kleine Wohnung bei Madame Hänel geschafft hatte.

»Kennst du diese Pflanze?«

Charitas drehte eine Haarsträhne um ihren Zeigefinger und runzelte nachdenklich die Stirn. »Ist das nicht Symphytum ... offi...?«, kam die stockende Antwort.

»Immer, wenn du es nicht genau weißt, greifst du zu *officinalis*«, unterbrach Amalie sie ungeduldig. »Hast du denn alles schon wieder vergessen? Man sollte doch meinen, du kennst dich allmählich mit den Pflanzen aus. Wenn man so viele Pflanzen unter den Händen hatte wie wir, dann sollte man sich nicht mehr irren«, schimpfte Amalie weiter.

Ihre Tochter blickte reglos auf ihre Hände und schwieg.

»Also gut, schreib, nein, halt, warte! Probier erst auf einem Stück Papier, damit du mir nicht die Pflanzen verunzierst!« Amalie wartete, bis ihre Tochter zur Feder gegriffen hatte, ehe sie mit dem Diktieren begann: »Symphytum tuberosum L. Knotige Wallwurz, S.L. Klasse V, Ord. 1. Familia naturalis: Asperifoliaceae. Kommt vor: Sachsen, Schlesien, bei Salzburg. Wächst in Wäldern und Gebüschen.«

Amalie ließ sich das Blatt geben und las mit gerunzelter Stirn, was die Tochter geschrieben hatte. Was war das für eine Stümperarbeit! Welcher Unterschied zwischen dieser ungelenken Handschrift und der von Wilhelm. Wie ordentlich, sicher und schnell hatte er immer die Beschriftung vorgenommen, wenn für eine selten vorkommende Pflanze gerade kein gedrucktes Etikett vorhanden war. Und jetzt?

Dabei waren die Etiketten nicht einmal ihre größte Sorge.

Wilhelm hatte Pflanzenpressen in allen Größen besessen. Nun musste sich Amalie mit Brettern und Steinen behelfen. Für ihre ungeduldige Natur war es eine schwere Prüfung, dass ihr so viele Hindernisse in den Weg traten. Dieses langsame Vorwärtskommen, wenn es einem regelrecht in den Fingern brannte! Und die heranwachsende Tochter war eben nicht die Unterstützung, die sich Amalie für ihre Arbeit gewünscht hätte. Amalie musste sich eingestehen, dass Charitas, anders als sie selbst, kein wirkliches Interesse an der Botanik zeigte. Zwar half sie willig, aber sie geriet nicht außer sich vor Freude über eine seltene Pflanze. Hinzu kam, dass sie ihr nur wenige Stunden helfen konnte, da die Schule und die Konfirmandenstunden viel Zeit in Anspruch nahmen.

Gleich nachdem Charitas aus Nossen gekommen war, hatte Amalie auf den Ernst ihrer Lage hingewiesen und ihr erklärt, dass sie jede Minute nutzen müssten, um ihren Lebensunterhalt zu verdienen. Charitas wirkte verständig, aber es dauerte nicht länger als eine Woche, da kam sie stürmisch auf Amalie zugeflogen, schlang ihr die Arme um den Hals und flüsterte ihr ins Ohr: »Wenn ich alles tue, was du von mir verlangst, gibst du mir dann auch etwas dafür?«

Befremdet sah Amalie ihre Tochter an. »Wie kommst du darauf? Du weißt doch, dass ich nichts habe.«

»Doch, Mutter! Du kannst, wenn du nur willst. Bitte!«

»Was willst du denn?«

Charitas sah sie hoffnungsvoll an. »Lass mich zu der Singstunde gehen, die der Pastor am Mittwochnachmittag gibt.«

»Das würde ja drei Stunden kosten mit dem Weg. Der ganze Nachmittag wäre zerrissen. Und ich brauche deine Hilfe.«

»Mutter, bitte! Ich werde die verlorene Zeit wieder reinholen.«

»Gehen denn alle aus der Schule in die Singstunde?«

»Nein, eigentlich nur die Wohlhabenderen«, erklärte Charitas kleinlaut, »die Töchter des Apothekers, die Kinder vom Schulleiter und die von den Großbauern.«

»Siehst du, das dachte ich mir. Die anderen haben nämlich keine Zeit. Und du passt da erst recht nicht hinein, du hast ja nicht einmal Schuhe!«

Charitas blickte auf ihre schmutzigen Füße. »Das stimmt, aber sie singen so wunderschöne Lieder, dass ich darüber alles Schwere vergessen werde. Lässt du mich hingehen? Bitte, Mutter!«

Amalie hätte ein Herz aus Stein haben müssen, um nicht nachzugeben. »Gut«, sagte sie und bemühte sich um eine feste Stimme, »ich lasse dir die Stunde. Aber sei hinterher umso fleißiger!«

Charitas drückte ihrer Mutter einen flüchtigen Kuss auf die Wange und stürmte aus dem Zimmer. Amalie sah ihr versonnen hinterher. Dieses heiße Sehnen, dieses Ringen und Kämpfen für etwas, das man wollte – sie kannte das so gut.

Sie lebte seit einem halben Jahr von Wilhelm Dietrich getrennt, und wieder einmal stellte sich Amalie die bange Frage, was aus der zehnjährigen Charitas werden sollte, wenn sie demnächst erneut reisen musste. Wer konnte ihr einen Rat geben? Wilhelm würde sie auf keinen Fall fragen, so viel stand fest. Sie ging zum Pastor, aber auch der konnte ihr nicht helfen. Amalie grübelte. Endlich kam ihr der Gedanke, dass vielleicht die Pastorsleute vom Lande, von denen sie jeden Sommer Pflanzen aus dem Garten bekommen hatte, helfen könnten. Sie nahm den weiten Weg auf sich und setzte dem Ehepaar auseinander, was sie suchte. Der Pastor schüttelte betrübt den Kopf. In Callenberg gäbe es zwar ein Lehrerinnenseminar, aber ob man da eine freie Stelle bekommen könnte? Jedenfalls würde es sehr schwer werden, wenn man gar keine Verbindungen hätte.

»Aber«, meinte der Pastor, »da kann Ihnen doch sicherlich Graf Schönberg in Herzogswalde helfen. Ihr Mann müsste sich nur an ihn wenden.«

»Nein«, wiegelte Amalie ab, »das ist absolut ausgeschlossen.«

Der Pastor schwieg betroffen. Dann meinte er, sie könnte sich ja vielleicht in Meißen oder Dresden in einem Kleider- oder Hutgeschäft umhören.

»In einem Putzgeschäft?«, rief Amalie entsetzt. »Soll meine Tochter etwa in einer dumpfen Hinterstube sitzen und all ihr Sinnen und Denken auf Tand und Plunder richten? Dann doch lieber Kuhmagd! Da hat sie den blauen Himmel über sich und kann nebenbei die Natur studieren.«

Die Frau des Pastors schlug entrüstet die Hände zusammen. »So etwas ist mir noch nicht untergekommen. Und Sie wollen eine Mutter sein?«

»Genau deshalb«, sagte Amalie trotzig. »Das dürftigste Stück Natur bietet meiner Tochter mehr Nahrung als das, was Sie mir vorschlagen.«

»Nun«, erwiderte die Pastorin leicht gekränkt und versicherte sich mit einem Seitenblick der Zustimmung ihres Mannes, »dann machen Sie das Mädchen eben zur Kuhhirtin. Liebe Amalie, ich kenne Sie nun schon seit langem. Sie sind zu sehr für die Extreme: tief unten oder ganz oben. Von der goldenen Mittelstraße haben Sie wohl noch nichts gehört? Wir wollen jedenfalls hoffen, dass bei Ihren sonderbaren Ansichten ein brauchbarer Mensch aus Ihrer Tochter wird.« Amalie ließ sich vom Urteil der Pastorin nicht beeindrucken, und nach einigem Hin und Her gelang es ihr, Charitas als Haushaltshilfe bei der Frau des Chorleiters unterzubringen.

Einige Monate später, im Mai 1859, reiste Amalie nach Hamburg. Sie hatte durch kleinere Reisen in Sachsen so viel verdient, dass sie sich die Fahrt mit der Bahn leisten konnte. Am Hafen fand sie eine bescheidene Pension. Die Spuren ihres Zusammenbruchs hatte sie gänzlich überwunden. Seit sie die Anweisungen der Ärzte aus Haarlem befolgte und auf eine gesunde Ernährung achtete, waren ihre Wangen rosig, und ihre Augen leuchteten. Auch das Haar, das ihr kurz vor dem Krankenhausaufenthalt in Büscheln ausgefallen war, wuchs wieder kräftig und fiel ihr in dichten, dunklen Locken bis auf die Schultern herab. Sie war überrascht, wie viele sich in Hamburg fanden, die das Geld hatten, um ihre Sammlungen zu kaufen; und so war sie eifrig damit beschäftigt, die Arbeit der kommenden Wochen zu planen. In manchen Nächten lag sie wach, aus Sorge, sie würde mit den zahlreichen Bestellungen nicht Schritt halten können; dann fragte sie sich fieberhaft, wo sich auf die Schnelle noch das ein oder andere fehlende Specimen auftreiben ließe, damit jede einzelne Order zur vollen Zufriedenheit ihrer Kunden ausgeführt würde. An ihrem vierten Tag in der Hansestadt sollte jedoch alles anders kommen.

Ein Apotheker empfahl sie an einen Herrn Walter, der in einem Hinterhaus vier Treppen hoch wohnte. Er interessierte sich besonders für Kryptogamen, Pflanzen, deren Vermehrung unauffällig ohne Blüte stattfindet, wie zum Beispiel Algen, Moose und Farnpflanzen. Als jener Herr Walter die Moose sah, die Amalie ihm zeigte, geriet er in Entzücken.

»Ich möchte alles haben!«, rief er begeistert aus. »Was kostet eine solche Sammlung?«

»Sechs Taler«, antwortete Amalie.

Herr Walter schien verlegen, legte die Moose hin und sann ein Weilchen nach, dann gestand er: »Frau Dietrich, ich habe keine sechs Taler. Können Sie mir die Sammlung nicht lassen, bis Sie das nächste Mal nach Hamburg kommen? Ich bin Lehrer, gebe Privatstunden, ich bin nur augenblicklich sehr schlecht besetzt.«

»Wie kann ich mich darauf einlassen?«, fragte Amalie. »Ich weiß gar nicht, ob ich je wieder nach Hamburg komme.« Sie nahm die Sammlung wieder an sich.

»Nein, nein!«, bat Herr Walter. »Bitte packen Sie sie nicht wieder ein! Lassen Sie mich mal überlegen, ob ich nicht einen Ausweg finde.«

»Wenn Sie nicht bezahlen können, gibt's keinen Ausweg«, erwiderte Amalie unbeeindruckt.

Ohne ihrer Äußerung Beachtung zu schenken, fuhr Herr Walter nach einigem Nachdenken fort: »Oh, ich weiß etwas. Sehen Sie, ich gebe Ihnen eine Adresse, und sollte die, wovon ich ausgehe, Ihnen von Nutzen sein, dann lassen Sie mir als Dank die Moose.«

»Ich denke nicht daran!«, fuhr Amalie auf. »Da könnte ich viel verschenken. Täglich empfiehlt mich ein Herr dem anderen, aber keinem ist es je eingefallen, daraus Nutzen ziehen zu wollen.«

»Nun ja, die können eben bezahlen, und ich kann das nicht. Hören Sie doch! Sollten Sie in dem Haus, dessen Adresse ich Ihnen gebe, nicht vorgelassen werden oder gar nichts ausrichten, dann können Sie Ihre Sammlung sofort zurückholen. Sollte aber meine Empfehlung für Sie zum Guten ausschlagen, so können Sie mir doch dafür auch einen Gefallen tun. Wenn der Herr wirklich viele von Ihren Pflanzen nimmt, brauchen Sie nicht länger herumzulaufen. Ich wette, Sie geben mir die Laubmoose noch dazu!« Herr Walter lachte, als er das sagte, Amalie aber schüttelte unentschlossen den Kopf und zögerte. Der Herr schrieb eilig ein paar Worte auf einen Zettel und überreichte ihn Amalie.

Dr. H. A. Meyer. An der Alster 24 a.

Amaliens Blick ruhte erst fragend auf den wenigen Worten und richtete sich dann wieder auf Herrn Walter.

»Ja, ja, das genügt«, versicherte er, »gehen Sie da nur hin. Und wenn er Sie vorlässt, sollen Sie mal sehen. Der hat einen Blick für Ihre schönen Pflanzen!«

»Ist der Herr Arzt?«

»Nein, der Herr Doktor ist Kaufmann, Fabrikbesitzer, ein gebildeter Herr. Ist Ihnen beim Berliner Bahnhof vielleicht ein Denkmal aufgefallen? Nein? Dieses Denkmal hat die Stadt dem Vater H. C. Meyer errichtet. Der hat die bekannte Stockfabrik gegründet, jetzt ist der Sohn der Besitzer.«

»Und Sie meinen, ein Fabrikbesitzer interessiert sich für Botanik?«, fragte Amalie skeptisch.

»Gewiss tut er das! Er beschäftigt sich hauptsächlich mit der Fauna der Ostsee und arbeitet jetzt in Gemeinschaft mit Professor Möbius an einem großen Werk. Überhaupt, wenn es um die Förderung gemeinnütziger Unternehmungen geht, da stellt er sich stets freudig an die Spitze. Man spricht sogar von der Gründung eines zoologischen Gartens. Und Doktor Meyer ist ein Hauptförderer dieses Plans.«

»So einer wird sich auch gerade um meine Sammlungen kümmern«, meinte Amalie enttäuscht.

»Na ja, wissen kann ich es auch nicht. Aber versuchen Sie's doch wenigstens.«

Amalie verließ das düstere Haus des Lehrers und machte sich auf den Weg hinaus an die Alster. Als sie vor der Hausnummer 24a stand, stutzte sie. In solch herrschaftliche Häuser kam sie sonst eigentlich nicht.

Sie klingelte, und es erschien ein Diener in schwarzem Frack und mit weißer Krawatte. Auf ihre Frage nach dem Herrn Doktor zuckte der Bedienstete die Achseln und wies sie höflich ab: »Der Herr ist um diese Zeit nicht zu Hause.«

Amalie blieb hartnäckig: »Und wann ist er zu sprechen?«

Der Diener besann sich und musterte Amalie: »Hier lässt der Herr sich überhaupt nicht gern sprechen. Vielleicht treffen Sie ihn in seinem Kontor, Neue Burg 13.« Als er die Tür schon schließen wollte, trat aus einem Zimmer eine junge, elegante Dame. Sie kam zur Windfangtür, ließ einen prüfenden Blick über Amaliens Gestalt schweifen und fragte: »Wen wünschen Sie zu sprechen?«

»Ich habe gehört, Herr Doktor Meyer interessiere sich für Botanik. Ich bin Frau Dietrich aus Sachsen und wollte dem Herrn Doktor meine Sammlungen vorlegen.«

»Bitte, Frau Dietrich, treten Sie ein und zeigen Sie mir etwas von Ihren Pflanzen. In wessen Auftrag reisen Sie denn?«

»Ich reise in niemandes Auftrag«, erwiderte Amalie stolz, »dies sind meine eigenen Sammlungen.« Sie öffnete eine der Mappen, die Dame besah sich interessiert die Pflanzen. Ihr Blick ruhte lächelnd auf der Unterschrift. »Wer hat denn die Namen geschrieben?«

»Meine Tochter«, sagte Amalie errötend.

»Dass es ein Kind geschrieben hat, sieht man der Schrift an. Kennt die Kleine denn die Pflanzen so genau?«

»Sie ist noch nicht ganz sicher, ich diktiere.«

Jetzt flog wieder ein langer, prüfender Blick von den Pflanzen zu Amalie. »Mein Mann ist jetzt nicht zu Hause, aber wollen Sie heute Abend um acht Uhr wiederkommen? Diese Pflanzenpakete lassen Sie nur gleich hier. Die sollen Sie nicht noch einmal schleppen. Haben Sie auch Insekten?«

»Gewiss«, freute sich Amalie, »die bringe ich heute Abend mit.«

Die Dame reichte ihr die Hand, und leichten Herzens wanderte Amalie zurück in die Pension. Lächelnd dachte sie an Herrn Walter; ob er am Ende wohl doch seine Moossammlung bekommen sollte?

Bowen, Queensland, Australien, 2009

Die nächsten zwei Tage verbrachten Mutter und Tochter hauptsächlich am Strand. Sie redeten nicht viel miteinander. Alina hörte Musik und spielte auf ihrem Handy herum, während Nadine las. In Gedanken hatte sich ihre Tochter wohl schon längst von ihr verabschiedet, und Nadine sah ein, dass ihr nichts weiter übrigblieb, als diese Haltung zu akzeptieren.

Beide holten sich einen ordentlichen Sonnenbrand, obwohl sie sich morgens mit einem hohen Sonnenschutzfaktor eingecremt hatten. Absurd, dachte Nadine. Jetzt hatten sie doch tatsächlich etwas gemeinsam, über das sie reden konnten, und wenn es nur verbrannte Haut war. Sie sprühten sich gegenseitig mit Aloe vera ein und trugen die nächsten Tage über den Bikinis ihre T-Shirts.

An ihrem letzten Abend gingen sie in das italienische Restaurant neben dem Hotel. Alina hatte sich zum Abschied ein Pizzaessen mit Rotwein gewünscht.

»Was wirst du tun, wenn ich weg bin?«, fragte sie, nachdem die beiden miteinander angestoßen hatten. Es war das erste Mal seit ihrem Abflug aus Deutschland, dass sie sich für ihre Mutter zu interessieren schien.

»Ich fahre mit einem der deutschen Journalisten in den Busch, um dort den Stamm zu besuchen. Die Stammesältesten haben uns überraschend eingeladen, ein, zwei Wochen bei ihnen zu verbringen, um ihre Lebensweise kennenzulernen. Wir dürfen dort auch Interviews führen. Damit hatte ich überhaupt nicht gerechnet. Es ist eine ziemlich große Ehre.«

Nadine nahm mit einer gewissen Genugtuung wahr, wie ihre Tochter überrascht eine Augenbraue hob.

»Wow, das ist ja toll! Wieso hast du mir das nicht schon eher erzählt?«

Nadine hob die Schultern. »Ich hatte nicht den Eindruck, dass es dich interessieren könnte.« Sie nahm ein Stück Pizza in die Hand und biss herzhaft hinein.

»Tut es aber«, antwortete Alina und biss ebenfalls von ihrer Pizza ab.

»Das freut mich«, sagte Nadine, noch immer kauend. Sie hielt sich die Hand vor den Mund. »Falls ich dort Handyempfang haben sollte, melde ich mich natürlich bei dir. Falls du nichts von mir hörst, weißt du jetzt, weshalb. Schick mir aber trotzdem jeden Tag eine SMS. Kann ja sein, dass ich plötzlich doch Empfang habe, und dann kann ich schnell zurückschreiben. Versprichst du mir das?«

»Das hab ich doch schon längst. Ich melde mich jeden Tag. Entweder per SMS, oder ich rufe dich an. Happy?« Alina klang, als spräche sie zu einem begriffsstutzigen Kleinkind.

»Happy«, bestätige Nadine und tupfte sich den Mund ab. »Ach«, fügte sie hinzu und legte die Serviette beiseite,

»und vergiss bitte nicht, Sari meine Handynummer zu geben. Nur für den Fall der Fälle.«

»Natürlich, Ma.«

»Musst du mich *Ma* nennen?«

Alina grinste über das ganze Gesicht. »Ja, das muss ich.«

* * *

Der Abschied am Flughafen fiel knapp und betont unspektakulär aus. Alina hatte noch im Hotelzimmer darauf bestanden.

»Wenn du rumheulst, fahr ich allein zum Flughafen«, hatte sie ihrer Mutter angedroht.

Nadine streifte Alinas kleinen Rucksack von ihrer Schulter und gab ihn ihrer Tochter.

»Dann also alles Gute, meine Große. Pass auf dich auf und hab viel Spaß und bitte vergiss nicht …«

»… dich jeden Tag zu melden. Ja, ja. Das mach ich, Ma.« Alina umarmte ihre Mutter, was Nadine sofort die Tränen in die Augen trieb. »Also, tschüss dann. Wir telefonieren!«

»Guten Flug«, sagte Nadine und hoffte, dass ihre Stimme nicht verriet, wie berührt sie war. Sie sah Alina hinterher, bis diese in den Abflugbereich verschwand. Wie erwartet, blieb Alina nicht stehen, um ihrer Mutter noch einmal zuzuwinken. Nadine war enttäuscht, obwohl jede andere Reaktion für ihre Tochter untypisch gewesen wäre.

Als sie Alina nicht mehr sehen konnte, drehte Nadine sich abrupt um und ging durch die Halle zum Ausgang zurück. Erstaunt stellte sie fest, wie gefasst sie war. Keine Tränen, kein nagender Kummer, im Gegenteil: Fast verspürte sie so etwas wie Erleichterung. Die letzten Tage mit ihrer Tochter hatte sie als anstrengend empfunden. Neben Alina lebte es sich so, als müsse man fortwährend die Luft anhalten, um ja nichts Falsches zu sagen. Eine Zeitlang ohne Alina zu sein war vielleicht gar nicht so schlimm, wie sie es sich bislang immer vorgestellt hatte.

Hamburg, 1863

Das junge Kaufmannsehepaar empfing Amalie am Abend mit natürlicher, schlichter Herzlichkeit. Amalie zeigte ihre Insekten, daneben auch zahlreiche Gräser und Giftpflanzen in mehrfacher Ausführung. Die angegebenen Fundorte gaben Veranlassung, von ihren verschiedenen Reisen zu erzählen. Der Doktor wandte sich seiner Frau zu: »Johann könnte doch Heinrich und seine Frau herüberholen.« Frau Dr. Meyer nickte, und nach einigen Minuten trat der Bruder des Doktors mit Frau ein, der anscheinend im selben Haus wohnte. Der Diener brachte Wein und Kuchen, und alle vertieften sich in die Blätter der Sammlung.

»Haben Sie denn viele Pflanzen mit nach Hamburg gebracht?«, fragte der Doktor.

»Oh ja, sehr viele«, antwortete Amalie, »fünf Tragkörbe voll.«

Und als alle sie fragend ansahen, erklärte sie: »Auf diese Weise kann ich sie am besten vom Bahnhof in meine Wohnung tragen.«

Die vier warfen einander staunende Blicke zu. Heinrich Meyer trat an sie heran. »Geben Sie mir alles, was Sie an Insekten bei sich haben, und stellen Sie mir außerdem eine Sammlung von Gräsern und Giftpflanzen zusammen. Besser präparierte Herbarien habe ich noch nie gesehen.«

Amalie blickte ihn erschrocken an. »Aber, entschuldigen Sie«, rief sie, »das würde 25 Taler ausmachen.«

»So, 25 Taler? Nun gut«, meinte Herr Meyer mit einem liebenswürdigen Lächeln.

»Und wohin darf ich es Ihnen bringen?«, fragte Amalie.

»Aber bitte, Frau Dietrich, was denken Sie denn? Ich werde alles von einem Arbeiter aus der Fabrik holen lassen.«

Amalie glaubte zu träumen. Gelobt sei der gute Herr Walter! Er sollte seine Moose bekommen! Beim Abschied bat das Ehepaar Meyer sogar, sie möge doch öfter wiederkommen und ihnen von ihren Reisen erzählen.

Amalie verlängerte ihren Aufenthalt in der Stadt und machte es sich zur Angewohnheit, zweimal in der Woche am Abend bei den Meyers vorbeizuschauen. Bei einem Besuch nahm sie der Doktor zur Seite.

»Frau Dietrich, wir können uns gar nicht beruhigen, wenn wir uns vorstellen, wie Sie reisen. Ich habe viel darüber nachgedacht, ob man Ihnen da nicht irgendwie helfen könnte. Wäre es nicht leichter, wenn Sie sich von jemandem anstellen ließen?«

Amalie sah den Doktor verständnislos an. »Anstellen, Herr Doktor? Ich weiß nicht, was Sie meinen. Wer würde mich denn wohl einstellen?«

»Ich denke dabei an einen meiner Bekannten. Er ist Kaufmann, hat aber ein ganz ungewöhnliches Interesse an

Naturwissenschaften. Er ist wohlhabend und stellt Leute an, die in den Tropen für ihn sammeln. Haben Sie noch nichts vom Museum Godeffroy gehört? Unter Fachleuten ist es bereits sehr bekannt, auch wenn es noch in den Anfängen steckt. Doch wenn sich die Hoffnungen erfüllen, die Godeffroy damit verbindet, so wird das Museum eine unerschöpfliche Fundgrube werden, sowohl für die Geographie als auch für die Natur- und Völkerkunde der gesamten Südseeländer. Sie sehen mich ganz erschrocken an. Ich habe tatsächlich meine Bedenken, ob ausgerechnet das Sammeln in den Tropen als Erleichterung Ihrer Arbeit gelten könnte. Das müssen wir natürlich erst nach allen Seiten hin gut überlegen, ehe wir Schritte in dieser Sache unternehmen. Ein Freund von mir, Doktor Gräffe aus Zürich, ist von Godeffroy nach Samoa geschickt worden, das brachte mich auf den Gedanken.«

Amalie konnte vor Aufregung kaum sprechen, endlich fragte sie: »Meinen Sie, dass er eine Frau anstellen würde? Und da er Doktor Gräffe schon geschickt hat, komme ich doch bestimmt zu spät mit meiner Bewerbung.«

»Ob er eine Frau anstellen würde, weiß ich nicht. Aber das bedarf selbstverständlich genauerer Erkundigung. Ich wollte sie nur einmal darauf aufmerksam machen, damit Sie so etwas auch in Erwägung ziehen. Doktor Gräffe würde Ihnen jedenfalls nicht im Weg stehen, denn wie ich Ihnen bereits sagte, Godeffroy ist äußerst wohlhabend. Der gesamte Handel zwischen Hamburg und der Südsee liegt in seinen Händen. Und er ist so erfolgreich, dass man ihn *Fürst der Südsee* nennt.«

Auf dem Heimweg blieb Amalie lange an der Alster stehen und genoss den Blick über den märchenhaft erleuchteten Wasserspiegel. Ihre Wangen glühten noch immer. Wilde, phantastische Bilder traten vor ihr inneres Auge. *Fürst der Südsee*, das ferne Australien, die Tropen! Ihre Gedanken wanderten zu ihrer Tochter. Oh Charitas, mein liebes Kind, das würde eine lange Trennung bedeuten! Aber was könnte sie ihrer Tochter dann alles bieten? Eine Erziehung, von der sie selbst als Mädchen immer geträumt hatte. Bildung und einen interessanten Beruf, der sie in die Welt hinausbringen würde.

Doch kaum hatte sie dies gedacht, ermahnte Amalie sich gleich wieder zur Vernunft. Der steinreiche Fürst der Südsee und das arme Malchen aus der Niederstadt? Wie konnte sie nur so lächerlich verwegene Träume haben? Amalie löste sich vom Anblick der Alster und setzte ihren Heimweg fort. Doch der Gedanke an Godeffroy ließ ihr keine Ruhe. Wenigstens die Straße und das Haus wollte sie sich ansehen, nur von draußen. Sicherlich wohnte dieser Godeffroy in einem Palast. Amalie ging immer schneller, wie im Fieber. Am Alten Wandrahm angekommen, die Adresse, die Dr. Meyer am Abend erwähnt hatte, machte sie halt. Sie blickte die schmale Straße hinunter. War sie hier richtig? Konnte dies Godeffroys Adresse sein, oder hatte sie sich verlaufen? Es war eine düstere Straße mit hohen, mächtigen Häusern, die ihre Giebelseite der Straße zukehrten. Nummer 26. Sie ging näher heran. Das ganze Haus hatte etwas Würdiges, Verschlossenes. Hier, das ahnte Amalie, wurde ernsthaft gearbeitet. Dies war eines der alten Patrizierhäuser, von denen sie gehört hatte. Ob sie es wagen sollte, anzuklopfen? Amalie sah zwei Eingänge. Welchen sollte sie wählen? Zu der Tür links musste man eine kurze Treppe mit blank geputztem Messinggeländer hinaufsteigen. Zum zweiten Eingang führte ein Torweg, der zu ebener Erde in einen langen Gang mündete. Es wirkte einladend. Was konnte ihr schon passieren?

Amalie schritt durch den Torbogen und sah, dass weiter hinten im Gang Fässer, Ballen und Kisten gelagert wurden. Die Tür am anderen Ende stand offen und gewährte ihr Einblick in einen geräumigen Hof, der von hohen Speichern eingeschlossen war. Auf halbem Weg dorthin führte links eine Treppe ins Hochparterre. Unsicher erstieg Amalie die wenigen Stufen und fand sich plötzlich vor einer Tür wieder, auf der *Kontor* zu lesen war. Auf ihr schüchternes Klopfen hin rief jemand sehr laut: »Herein!«

Der große Raum, in den sie jetzt trat, war durch eine Schranke in zwei ungleiche Teile gegliedert. In der geräumigeren Hälfte stand eine Anzahl hoher Pulte, an denen viele junge Männer eifrig mit Schreiben beschäftigt waren. Einer der Herren trat an die Schranke und fragte in geschäftsmäßigem Ton nach Amaliens Wünschen. Verlegen und verwirrt, weil sie insgeheim nicht damit gerechnet hatte, jemanden anzutreffen, fragte sie nach Herrn Godeffroy. Der junge Mann ließ seinen Blick abschätzend über ihre Gestalt gleiten und ging dann wortlos in einen Nebenraum. Kurz darauf erschien ein hochgewachsener, stattlicher Herr. Sein scharf geschnittenes Gesicht war glatt rasiert, die Züge hatten etwas Strenges. Die ganze Haltung drückte Würde aus, und dieser Eindruck des Unnahbaren wurde durch den tadellosen Anzug und die hohen, steifen Vatermörder noch verstärkt.

»Sie wünschen, mich zu sprechen?«, fragte er kurz angebunden.

Missbilligung, Staunen, Ungeduld lagen in seinem Ton. Alles, was Amalie hatte sagen wollen, war plötzlich wie weggeblasen. Und als sie nun noch bemerkte, dass die jungen Männer die Köpfe nach ihr drehten, wurde ihr noch schwerer ums Herz. Verworren und ungeschickt erzählte sie, wer sie war und was sie wünschte. Das Gesicht jenseits der Schranke blieb abweisend. Kurz, in geschäftsmäßigem Ton antwortete er, und die Worte dröhnten nur so an ihr Ohr. »Was denken Sie sich? Glauben Sie, dass wir Leute, die mal eben von der Straße hereinkommen, gleich anstellen? Noch dazu eine Frau?«

Ohne auf Antwort zu warten, machte er kehrt. Beschämt und gedemütigt trat Amalie den Heimweg an.

Am nächsten Abend berichtete sie dem Ehepaar Meyer, wie es ihr ergangen war. Der Doktor und seine Frau hörten teilnahmsvoll zu, und als sie geendet hatte, meinte Dr. Meyer: »So, wie Sie es angestellt haben, ging das natürlich nicht. Sie hätten nicht einfach so hingehen dürfen. Godeffroy kennt Sie doch gar nicht. Ich hätte zuvor an der Börse ein vorbereitendes Wort zu ihm sagen müssen. Jetzt ist es vorbei.«

»Ist wirklich alles verloren?«, fragte Amalie kleinlaut. »Könnten wir es nicht noch einmal versuchen? Wenn Sie ihn an der Börse ansprechen würden?«

»Frau Dietrich, er hat Sie abgewiesen! Haben Sie denn gar keinen Stolz, ihm Ihre Dienst noch einmal anzubieten?«

»Ach, Sie glauben gar nicht, was ich nicht alles tun würde, um in meinem Beruf weiterzuarbeiten.«

Ein Blick warmer Anteilnahme traf Amalie. Der Doktor dachte eine Weile nach, dann sah er sie an.

»Wir müssen uns überlegen, wie Sie Godeffroys Vertrauen gewinnen können. Sie sind doch mit so vielen Botanikern bekannt. Wie wäre es, wenn Sie einige dieser Herren um eine Art Zeugnis bäten? Sie haben doch sicherlich genauso einen guten Eindruck von Ihnen gewonnen wie wir.«

Amalie biss sich auf die Lippen. Was für ein verwegener Gedanke!

In den nächsten Tagen blieb Amalie in ihrer Pension. Hoffend und bangend verschickte sie einen Bittbrief nach dem anderen und wartete ungeduldig auf Antwort. Endlich kam das erste Schreiben. Es stammte von Professor Moritz Willkommen. Amaliens Hand zitterte, als sie das Kuvert öffnete. Zwei kurz gefasste Schriftstücke fielen ihr entgegen. In dem einen Brief sprach der Professor seine freudige Bereitwilligkeit aus, ihr zu helfen. Amalie legte ihn zur Seite und griff rasch nach dem zweiten. Voller Ungeduld überflog sie die Zeilen:

Seit einer Reihe von Jahren ist mir Frau Amalie Dietrich als tüchtige Botanikerin bekannt. Als Schülerin ihres Mannes Wilhelm Dietrich hat sie eine vortreffliche Anleitung gehabt. Die Sammlungen, welche von Wilhelm und Amalie Dietrich in den Handel kamen, waren stets empfehlenswert; sorgfältig präpariert und mit Geschmack und Verständnis geordnet. Frau Dietrich hat für ihren Beruf eine ungewöhnliche Begabung, einen scharfen, gut geschulten Blick für alles, was die Natur bietet, und eine große Sicherheit im Bestimmen des gesammelten Materials. Auf ihren weiten und meist sehr beschwerlichen Reisen hat sie Ausdauer und Tapferkeit bewiesen. Ich kann mir nur wünschen, sie möge eine Tätigkeit finden, die ihrer großen Begabung Rechnung trägt.

Professor Dr. Moritz Willkommen.
Forst Akademie Tharand, 1863

So dachte man über sie? Vollkommen überwältigt legte Amalie den Kopf auf den Tisch und begann zu weinen. In den nächsten Tagen erreichten sie die übrigen Antworten, und alle waren in demselben Tenor abgefasst wie die erste. Sobald sie alle beisammen hatte, suchte sie die Meyers auf.

Nachdem der Doktor ihre Zeugnisse gelesen hatte, reichte er Amalie bewegt die Hand. »Das ist eine Freude. Ich hatte etwas in dieser Art erwartet, aber man mag seine Erwartungen doch gern bestätigt sehen. Damit«, und der Doktor reichte ihr den Umschlag zurück, »gehen Sie morgen gleich zu Godeffroy. Ich habe ihn übrigens bereits auf Ihren Besuch vorbereitet.«

»Das haben Sie getan?«, fragte Amalie freudig.

»Jawohl. Und dieses Mal nehmen Sie den richtigen Eingang.«

»Frau Dietrich aus Sachsen mit einer Empfehlung von Herrn Doktor Meyer«, meldete der Diener seinem Dienstherrn.

»Sie mag eintreten«, sagte Godeffroy.

Der Diener wies Amalie in den kleinen Nebenraum. Godeffroy stand kerzengerade hinter seinem Schreibtisch und hob fragend die Brauen.

»Würden Sie bitte einen Blick auf diese Papiere werfen?«, fragte Amalie ohne weitere Umschweife oder höfliche Anrede, wobei sie vor Aufregung zitterte; ihre Stimme klang nicht annähernd so fest und selbstsicher, wie sie es sich für diesen Anlass erhofft hatte.

»Papiere? Setzen Sie sich!«

Amalie nahm Platz.

»Sie sind also tatsächlich wiedergekommen. Nicht bange geworden, hm?« Godeffroys Blick ruhte prüfend auf ihrem Gesicht.

Amalie biss sich heimlich auf die Unterlippe, hielt seinem Blick jedoch stand.

»Na, dann lassen Sie mal sehen«, sagte er endlich. Godeffroy setzte sich ebenfalls, und eine lange Weile hörte man nichts als das regelmäßige Ticken der Standuhr. Vergebens suchte Amalie in den Zügen ihres Gegenübers zu lesen, doch sein Gesicht blieb unbewegt. Nach einer Ewigkeit, so schien es ihr, legte er die Hand auf die Briefe und schaute ihr ins Gesicht.

»Gute Namen. Leunis, Hofrat Reichenbach, Garke, alles gute Namen. Und was die Herren über Sie sagen, ist auch gut – sehr gut sogar.«

Amaliens Wangen überzogen sich vor Freude mit einer zarten Röte.

»Ihr Entschluss steht fest, wie ich sehe. Gesund scheinen Sie auch zu sein, das ist ja durchaus in Betracht zu ziehen. Die Papiere lassen Sie vorläufig hier, ich werde sie meinem Sohn zeigen. Kommen Sie in den nächsten Tagen wieder, damit wir die Angelegenheit besprechen. Wären Sie einverstanden, wenn wir Sie nach Australien schicken?«

»Ja, damit wäre ich einverstanden«, erwiderte Amalie sachlich, obwohl sie glaubte, das Herz müsse ihr jeden Augenblick in der Brust zerspringen.

Die Arbeit an den Sammlungen für die Meyers war erledigt. Nachdem Amalie die Blätter geordnet hatte, waren sie wie vereinbart abgeholt worden. Es war an der Zeit, endlich zu Herrn Walter zu gehen, um ihm seine wohlverdiente Moossammlung zu schenken.

»Wie mich das für Sie freut.« Er strahlte sie an. »Aber habe ich es Ihnen nicht versprochen? Sie sind nicht die Erste, der die Meyers helfen. Und nun wollen Sie tatsächlich nach Australien? Na, da werden Sie sicherlich auch das eine oder andere Moos finden.«

»Das denke ich auch«, sagte Amalie lachend.

»Sie müssen mir versprechen, dass Sie mir von Ihren Erlebnissen erzählen, wenn Sie wiederkommen.«

»Ja, wenn ich wiederkomme«, wiederholte Amalie nachdenklich.

In den nächsten Tagen spielten Amaliens Empfindungen verrückt. Bei weitem vorherrschend war jedoch das Gefühl des Glücks. Ihr war es, als berührten ihre Füße nicht mehr den Boden, als wären ihr über Nacht Flügel gewachsen. Wie war es nur möglich, dass die gelehrten Herren sie so hoch schätzten? In der Heimat, wo man sie von Kindheit an kannte, war sie wegen ihrer Arbeit seit Jahren verhöhnt und verspottet worden. Jeder hatte sich die Freiheit genommen, sie belehren zu wollen. Was hatte sie kämpfen müssen! Nun erfüllte sie ein triumphierendes Glücksgefühl. Man hielt sie einer großen Aufgabe für würdig! Sie konnte es kaum fassen.

Aber wenn die Stille der Nacht sie umgab, dann stieg aus der Tiefe ihres Herzens eine beängstigende Unruhe empor.

»Wir können nichts Halbes brauchen«, hatte Godeffroy bei der Abfassung des Kontraktes gesagt.

»Nein, natürlich nicht«, hatte sie schnell geantwortet. Sie wollte ihr ganzes Herz der neuen Aufgabe widmen. Doch um das zu können, durfte nichts Vergangenes sie fesseln. Aber da war wieder diese mahnende Stimme in ihr, die den Schlaf ganzer Nächte verscheuchte. Ihre Sorge galt wie immer Charitas, ihrem einzigen Kind.

Als sie mit dem unterschriebenen Kontrakt die Meyers besuchte, bemerkten diese bald den Zwiespalt in ihr.

»So glücklich Sie sind«, sagte Frau Doktor vorsichtig, »ist da noch irgendetwas nicht ganz nach Ihrem Wunsch. Habe ich recht?« Sie legte ihre Hand auf die von Amalie. »Können wir Ihnen helfen? Ist irgendetwas im Kontrakt übersehen worden? Oder überkommt Sie nun doch die Furcht vor dem unbekannten Erdteil? Sagen Sie es nur, wir denken deshalb bestimmt nicht schlecht von Ihnen. Sie sind doch eine Frau, und es wird ja Mannesmut von Ihnen erwartet.«

Amalie schluckte und unterdrückte die aufsteigenden Tränen. »Es stimmt. Aber es ist nicht die Furcht vor Australien. Mich beunruhigt die Zukunft meines Kindes. Was soll aus meiner Charitas werden, wenn ich auf Jahre hinaus so weit fortgehe? Zehn Jahre – so steht es im Vertrag!« Jetzt lief ihr doch eine Träne über die Wange.

»Wie konnten Sie unterschreiben«, fragte Frau Meyer bestürzt, »ohne Ihr Kind gut versorgt zu wissen?«

Amalie wischte sich die Träne mit dem Handrücken ab. Stille breitete sich zwischen den Frauen aus, dann räusperte sich die Frau des Doktors. »Wie können Sie nur Ihr einziges Kind ganz allein zurücklassen? Wo ist sie denn jetzt? Erzählen Sie uns doch von ihr!«

Amalie rückte ihren Stuhl zurecht und rang um einen sachlichen Ton. »Charitas ist vierzehn Jahre alt und vor kurzem konfirmiert worden. Sie ist, was ihre Erziehung und ihren Unterricht anbetrifft, sehr im Rückstand. Jedes Kind der Großstadt wird ihr überlegen sein, aber in ihren Empfindungen ist sie weit über ihr Alter hinaus gereift. Unser beider Leben war ein beständiges Losreißen und kurzes Beisammensein, das hat ihr einen tiefen Ernst gegeben. Nun, da ich ein gutes Einkommen habe, möchte ich so gern das an ihr Versäumte nachholen. Ich hätte mich nicht für meine neue Aufgabe verpflichtet, wenn ich nicht davon überzeugt wäre, dass auch für sie dadurch ein besseres Leben anfinge. Wenn Sie mir nur raten könnten …« Amalie schöpfte plötzlich Hoffnung und hob den Blick. »Soll ich sie vielleicht herkommen lassen, und Sie sehen selbst, wie es um sie steht?«

»Aus dem Erzgebirge wollen Sie das Mädchen kommen lassen?«, wiederholte Frau Meyer verblüfft. »Wird sie denn allein hierherfinden? Und wenn wir finden, sie passt doch nur aufs Dorf, dann müsste sie den weiten Weg wieder zurückreisen. Wer weiß, ob sie das Lernen glücklicher macht? Ist es nicht leichter, sie bleibt unter den Menschen, mit denen sie aufgewachsen ist?«

»Nein«, sagte Amalie entschieden. »Nun, da es mir bessergeht, soll sie es auch gut haben. Und das Beste für sie ist, wenn ich ihr Gelegenheit zum Lernen biete. Ich weiß das von mir. Was hätte ich in ihrem Alter darum gegeben, wenn man mir diese Möglichkeit verschafft hätte.«

»Sie haben doch aber durch Ihren Mann Gelegenheit zur Weiterbildung bekommen.«

»Das ist wahr, aber wie mühsam habe ich das wenige erworben. Mein Kind soll es leichter haben. Wenn ich nur wüsste, wie.«

»Nun«, sagte Frau Meyer, »wenn Sie Ihre Tochter wirklich kommen lassen wollen, so bringen Sie sie einmal mit, damit wir sie sehen, nicht wahr, Adolf?«

Der Doktor nickte, und seine Frau fuhr fort: »Aber Sie dürfen ihr vorher nichts sagen. Das Mädchen wäre ansonsten zu befangen. Sollte allerdings unser erster Eindruck sein, dass sie nur aufs Dorf passt, dann müssten Sie Ihre Tochter gleich wieder mitnehmen. Auch für diesen Fall ist es ratsam, dass Sie von unseren Beratungen nichts erfährt.«

Amalie stimmte zu. Schon am nächsten Tage schrieb sie Charitas einen Brief, legte sechs Taler Reisegeld dazu und schickte beides an Klärchen in Siebenlehn. Sie bat ihre Freundin, Charitas bei der Vorbereitung der Reise behilflich zu sein. Von nun an wartete sie täglich mit großer Spannung auf die Ankunft ihres Kindes.

In der Zwischenzeit hatte sie am *Alten Wandrahm* zu tun. Die Ausrüstung musste überlegt und beschafft werden. Sie hatte für ihre künftigen Pflichten auch noch allerlei zu lernen. Man lehrte sie, mit Waffen umzugehen. Und auch in das Konservieren verschiedener Tiergattungen musste sie sich einarbeiten. Sie lernte das Abbalgen von Vögeln sowie das Ausnehmen und Einpökeln von Säugetieren und Fischen.

Eines Tages, es war noch früh am Morgen, und Amalie wollte gerade wieder zum *Alten Wandrahm* gehen, hörte sie, wie unten an der Treppe die Wirtin ihren Namen rief. Auf halber Höhe sah sie Charitas. Amalie wusste später nicht mehr, wie sie die restlichen Stufen hinuntergekommen war. Ihre Tochter warf ihr Bündel von sich und fiel Amalie halb lachend, halb weinend in die Arme.

»Ach, Mutter, wie froh bin ich, dass ich dich endlich wiederhabe. Nun bleibe ich aber für immer bei dir, nicht wahr?«

»Komm«, lenkte Amalie ab, »du musst mir von deiner Reise erzählen. Wie ich aus Siebenlehn hörte, ist es dir in Nossen schlecht ergangen? Es tut mir leid, dass du wieder dorthin zurückmusstest, aber ich wusste mir keinen anderen Rat, als der Chorleiter mir meine Bitte abschlug, dich für die Dauer meiner Hamburger Geschäfte bei sich aufzunehmen. Er hätte es wohl gerne getan, wenn sein Sohn nicht so krank wäre. Was mir Klärchen darüber schrieb, hat mir sehr weh getan. Ihr hat es übrigens auch sehr leidgetan, dass sie noch immer nicht helfen konnte, aber das weißt du ja.«

»Ach, Mutter«, sagte Charitas, indem sie sich fest an Amalie schmiegte, »das zählt doch nun alles nicht mehr. Solange ich nur nicht wieder von dir weg muss! Es war so schwer ohne dich, manchmal wollte ich lieber sterben als leben.« Amalie zuckte zusammen, wollte sich aber vor dem Kind nichts anmerken lassen.

»Jeden Tag musste ich in Nossen den Wagen mit den Waren ziehen«, fuhr Charitas mit ihrer Klage fort. »Oft bekam ich ihn kaum den Berg hinauf. Ich hab dann immer laut mit dir gesprochen, als könntest du mich hören. Und ich hatte recht! Denn gerade als ich glaubte, ich könnte nicht mehr, weil sie mir immer mehr Arbeit aufbürdeten, kam dein Brief mit dem vielen Geld.«

Amalie setzte sich mit ihrer Tochter auf das kaputte Rosshaarsofa der Vermieterin.

»Denk dir, Mutter«, erzählte Charitas eifrig weiter, »ich saß auf einem Strohbündel in der Scheune, als ich den Brief öffnete und mir die sechs Taler in den Schoß fielen.«

Während Charitas von ihrer einsamen Zeit erzählte, strich Amalie ihrer Tochter ab und zu das dunkle Haar aus der Stirn und küsste sie auf die Wange. Die Kleine war offensichtlich müde. Sie machte es sich auf der Couch behaglich, zog die Bein hoch und legte ihren Kopf in den Schoß der Mutter. Das arme Mädchen, dachte Amalie schuldbewusst.

Nach dem Abendessen ging es an die Alster. Der Schein der Gaslaternen hüllte die neblige Stadt in einen rötlichen Dunst, der den Zustand des Traumhaften noch verstärkte, in dem sich Amalie seit der Ankunft ihrer Tochter befand.

»Hast du dir jemals etwas so Schönes vorstellen können?«

Charitas schenkte ihrer Mutter ein kurzes Lächeln, dann schaute sie wieder auf das sanft bewegte Wasser hinunter, in dem sich die Gasflammen als zitternde Feuersäulen spiegelten. Sie wanderten weiter, bis sie am Haus der Meyers ankamen. Charitas machte große Augen, sagte aber noch immer nichts. Amalie strich sich nervös über den Rock. Was ging in ihrer Tochter nur vor?

Wie immer öffnete der Diener Johann die Tür. Amalie klopfte das Herz bis zum Hals. Man bat sie, in der Bibliothek zu warten. Amalie beobachtete, wie sich Charitas staunend umschaute. Sie folgte ihren Blicken. Bis an die hohe, reich verzierte Decke reichten die dunklen Glasschränke, die mit Büchern angefüllt waren. In der Mitte stand ein großer, mit grünem Tuch ausgeschlagener Tisch, an der Fensterwand sah man einen Riesenglobus und ein großes Fernrohr. Ölbilder in goldenen Rahmen zeigten blasse Gesichter, die vornehmer Herkunft zu sein schienen. Von draußen hörten die beiden ein Lachen. Charitas flüchtete sich hinter die Mutter. Durch die geöffnete Tür trat ein junges Paar, die Meyers. Der Blick des Kindes blieb unwillkürlich an der anmutigen Gestalt der Frau hängen. An ihrer schlanken Samttaille funkelten zahllose Perlen, die im Glanz des Lichtes wie Tautropfen wirkten.

»Endlich sind Sie hier, liebe Frau Dietrich«, begrüßte sie die Dame mit großer Herzlichkeit und streckte Amalie freundlich die Hände entgegen. »Haben Sie noch immer keine Nachricht von Ihrer Tochter?«

»Hier ist sie«, erwiderte Amalie mit vor Aufregung zitternder Stimme und zu Charitas gewandt, die sich weiterhin hinter ihrem Rücken verstecken wollte, flüsterte sie leise: »Sei nicht albern, Kind! Nimm dich zusammen!« Laut fuhr sie fort: »Komm, sag Herrn und Frau Doktor Meyer guten Abend, wie es sich gehört! Sie ist heute früh erst angekommen«, erklärte sie entschuldigend den beiden Gastgebern.

»Du bist die ganze Nacht über gereist?«, fragte Frau Doktor und reichte Charitas, die jetzt verlegen vorwärtsstolperte, freundlich die Hand.

Charitas' Gesicht wurde von der Gasflamme hell beleuchtet, als ihre Mutter sie am Arm ins Helle schob. Ihr rundes Kindergesicht war von einem Kopftuch eingerahmt. Der graue Mantel, den Amalie ihr aus Holland mitgebracht hatte, war an den Armen schon zu kurz. Ihre Schuhe waren plump und mit Nägeln geschlagen. Als Charitas inmitten all der großbürgerlichen Pracht stand, empfand Amalie das Unbehagen ihrer Tochter, als wäre es ihr eigenes. Sie wusste selbst kaum, wohin sie schauen sollte, so unbehaglich war ihr zumute.

Im Verlauf des Abends richtete das Ehepaar einige Fragen an Charitas, dann wurde das Mädchen in ein Nebenzimmer geschickt, wo es warten sollte. Als man sie nach einer Weile wieder hineinrief, erschien sie eingeschüchtert im Türrahmen. Die drei Erwachsenen saßen am Tisch und betrachteten sie.

»Komm zu uns«, forderte Frau Meyer Charitas auf. Das Mädchen warf ihrer Mutter einen ängstlichen Blick zu, und erst als die ihr zunickte, kam sie der Aufforderung nach. In Amaliens angespanntem Gesicht spiegelte sich die Sorge um ihr Kind. Wie würde Charitas die plötzliche und so lange währende Trennung wohl ertragen?

»Setz dich ganz nah zu mir«, verlangte Amalie leise. Charitas sah ihre Mutter eindringlich an, während sie Platz nahm.

»Was ist? Was wird aus mir?« Der Blick des Mädchens glitt für einen Moment zu den Eheleuten hinüber, deren Mienen jedoch nichts verrieten.

Amalie holte tief Luft. »Was aus dir wird, weiß ich selbst noch nicht genau. Gewiss ist aber, dass ich auf Jahre hinaus nach Australien gehe, und dadurch ist es mir möglich, etwas für deine Erziehung zu tun. Du kannst eine gute Ausbildung erhalten. Das hast du dir doch immer gewünscht! Endlich kann ich dir etwas bieten!«

Charitas war vor Erregung wieder aufgesprungen. Heiße Tränen liefen ihr über beide Wangen, als sie vor Amalie auf die Knie ging und das Gesicht in deren Schoß verbarg.

»Nimm mich mit, Mutter! Bitte, bitte, nimm mich mit!«

»Was denkst du dir? Das geht doch nicht«, sagte Amalie streng. »Sei nicht töricht.« Sie strich Charitas mit der Hand zärtlich über den Schopf. »Was soll denn in Australien aus dir werden? Hab Vertrauen zu mir! Ich will nur dein Bestes! Setz dir selbst ein Ziel, das du erreichen willst, jetzt kann ich es dir ermöglichen.«

Die Frau Doktor nickte. »Dazu gehört vor allen Dingen eine gute Erziehung. Du wirst sehr viel nachholen müssen, denn du hast vieles versäumt, und es wird nicht leicht werden.«

»Das ist wohl wahr«, stimmte Amalie zu. »Aber verliere nicht die Geduld mit dir selbst. Und wenn man dir Vertrauen schenkt, dann nimm das als besonderen Ansporn. Ich selbst würde mich zu Tode schämen, wenn ich die Erwartungen, die man in mich setzt, nicht erfüllen könnte. Ich wünsche mir, dass du auch so denkst.«

Schluchzend versprach Charitas alles, was die Mutter verlangte.

Die Frau Doktor stand auf und ging zu dem Mädchen herüber. »Mein liebes Mädchen, wir möchten dich erst einmal für ein Jahr in eine höhere Töchterschule schicken«, sagte sie. »Für manche Fächer, wie zum Beispiel Sprachen, bekommst du Privatstunden. Was dann weiter wird, müssen wir abwarten.«

Amalie hob das Kinn ihrer Tochter. »Ist das nicht wunderbar?«

Charitas nickte Frau Meyer höflich zu, dann richtete sie ihren Blick gleich wieder auf die Mutter.

»Reist du denn schon bald?«, fragte sie und klang verzweifelt.

Nachdem in Hamburg alles so weit geordnet war und Charitas zunächst bei den Meyers bleiben konnte, reiste Amalie noch einmal in die Heimat. Ihr erster Gang in Siebenlehn führte zu Madame Hänel. Ohne viele Worte zu machen, zählte sie das Geld auf den Tisch, das sie ihr für die Miete schuldig war. Die Hänel schlug die Hände zusammen.

»Na, hab ich's nicht immer gesagt? *Sobald die was hat, bezahlt sie,* habe ich allen entgegengehalten, die Zweifel hatten, und ich hab recht behalten.«

Als Amalie über den Markt ging, kam die alte Krummbiegel hinter ihr hergehumpelt. »Ist es denn die Möglichkeit! Das bist ja du, Malchen! Dich erkennt man ja gar nicht mehr in einem ordentlichen Kleid wie dem.« Sie zupfte Amalie prüfend am Rock. »Was ist denn passiert? Hast du das große Los gezogen? Na, red doch!«

»Ja«, meinte Amalie lächelnd, »das kann man wohl sagen. Ich hab das große Los gezogen.«

Die Krummbiegel sah sie mit zusammengekniffenen Augen von der Seite an, schüttelte den Kopf und befühlte noch einmal den Stoff von Amaliens neuem Kleid.

»Recht hübsch, aber nur leichte Ware, keine reine Wolle.«

»Die könnte ich auch gar nicht brauchen, da, wohin ich gehe.«

»Wieder mal weit weg?«

»Noch viel weiter.«

»Du bist ja nicht gescheit! Was das mit dir wohl noch einmal für ein Ende nehmen soll? Wohin willst du denn?«

»Nach Australien.«

»Das ist wohl weit?«

»Ach ja, es geht«, erwiderte Amalie lachend.

»Was du dich traust! Und deine Tochter? Wo bleibt denn die?«

»In Hamburg.«

»Aha. Und ist das weit weg, von da, wo du hingehst?«

»Furchtbar weit.«

»Dann könnt ihr euch womöglich nicht einmal sonntags sehen?«

»Ich hoffe, in zehn Jahren sehen wir einander wieder.«

»Du bist eine halbherzige Mutter, das hab ich ja immer gesagt. Was soll denn das arme Kind so weit weg, wo sie unter fremden Leuten ist? Die kriegt doch Heimweh!«

»Lernen soll sie.«

»Dummes Zeug! Sieh doch mal, was du alles gelernt hast, und wie ist es dir ergangen? Arm bist du geblieben, aber immer noch ein Dickkopf.«

Damit humpelte die Krummbiegel kopfschüttelnd davon.

Ihr letzter Weg in Sachsen führte Amalie nach Herzogswalde. Sie kam erst spät am Nachmittag dorthin, denn sie nahm an, Dietrich habe dann am ehesten frei. Aus der Ferne sah sie, wie eine Frauengestalt ins Haus hineinging. Amalie wusste sofort, um wen es sich handelte. Sie seufzte auf. Natürlich, Wilhelm hatte Pauline nie aufgegeben. Doch sie spürte auch, dass es ihr nichts mehr bedeutete.

Wilhelm Dietrich saß am Tisch und ordnete Moose. Als Amalie eintrat, drehte er sich um. Er sah überrascht, fast erschrocken aus.

»Du hier?«, rief er aus. »Woher kommst du denn so plötzlich? Willst du Pflanzen haben? Bitte, such dir aus, was du brauchst.«

»Ich brauche keine Pflanzen mehr.«

»Nicht? Keine Pflanzen?«

»Ich komme, um Abschied von dir zu nehmen und um dir zu danken.«

»Mir?«, sagte Wilhelm Dietrich verlegen.

»Ja, Wilhelm! Ich weiß ganz gut, was ich dir zu verdanken habe. Trotz allem. Siehst du, einst hatte ich mir ein ganz anderes Bild von meinem Glück gemacht. Aber jetzt stehe ich an einem Wendepunkt in meinem Leben.«

»Ein Wendepunkt, sagst du?« Dietrich schien neugierig geworden und bat sie, sich zu setzen. Amalie nahm Platz.

»Eine Aufgabe habe ich, Wilhelm, eine große Aufgabe. Dass ich sie annehmen kann, verdanke ich letztlich dir.«

Und nun erzählte sie von Godeffroy. Dietrich hörte schweigend zu, bis Amalie geendet hatte.

»*Dir* gibt er diesen großartigen Auftrag? Nicht mir? Du sagst es doch selbst, ich bin doch derjenige, der dir alles beigebracht hat. Ausgerechnet eine Frau schicken sie da hinaus – meine Frau. Wann reist du denn ab?«

»Mit dem nächsten Segler, der nach Australien geht. Meine Ausrüstung liegt schon parat.«

»Eine Ausrüstung bekommst du?«, fragte er ungläubig und fasste sich an die Stirn. »Was ich von klein auf erträumte, fällt dir einfach in den Schoß.« Dietrich blickte eine Weile still sinnend vor sich hin, dann sah er Amalie an. »Wo ist Charitas?«

»In Hamburg natürlich, ich kann doch nicht fortgehen und sie einfach so elend zurücklassen.«

»Sie war nicht bei mir, um Abschied zu nehmen«, flüsterte Dietrich.

»Nein«, sagte Amalie scharf, »und wenn dir nur ein wenig an ihr liegt, dann rufst du sie auch nicht zu dir. Sie hat viel zu lernen.«

Von der weinenden Charitas begleitet, ging Amalie am 15. Mai 1863 an Bord des Segelschiffes *La Rochelle*. Ein Herr kam auf sie zu und stellte sich vor: »Ich bin Kapitän Johansen. Herr Godeffroy hat angeordnet, dass ich Ihnen eine Kajüte erster Klasse anweise.«

Amalie traten die Tränen in die Augen.

»Wir haben vierhundertfünfzig Zwischendeckspassagiere«, fuhr der Kapitän fort, »aber Sie sind die einzige Passagierin in der ersten Klasse.« Mit dieser bevorzugten Behandlung hatte Amalie nicht gerechnet. Sie sollte erster Klasse reisen? Godeffroy schien Außerordentliches von ihr zu erhoffen. Würde Sie seine Erwartungen erfüllen können? Was, wenn sie scheiterte?

Die Schiffsglocke gab das Zeichen zur Abfahrt. Noch ein eiliger letzter Kuss, und Charitas eilte von Bord. Der mächtige Segler legte ab und glitt stolz den Strom entlang.

Bowen, Queensland, Australien, 2009

Zurück im Hotel duschte Nadine, schlüpfte in Shorts und T-Shirt und rief den Journalisten Alexander Nordheimer an. Sie verabredeten sich im Pub an der Ecke, um ihre Reise ins Outback zu besprechen.

»Ich finde es sehr nett von Ihnen, dass Sie dem Stamm ausgerechnet mich als Ihre Begleitung vorgeschlagen haben. Das wurmt den Kollegen vom Konkurrenzblatt ganz schön.«

Nadine lachte auf. »Und woher wissen Sie das?«

»Wir sind Kumpels. Schon seit dem Studium. Aber im Ernst: Wieso gerade ich?« Er sah sie eindringlich an.

»Bilden Sie sich bloß keine Schwachheiten ein. Ich gebe die Frage zurück: Wieso nicht Sie? Sie haben sich von der Thematik begeistert gezeigt, haben mir sensible Fragen gestellt, die mir zeigen, dass Sie ein Gespür für die andere Kultur haben. Reicht Ihnen das, oder brauchen Sie noch mehr Lob? Ach, und außerdem hoffe ich, dass Sie gut fotografieren können.«

Amüsiert hob er die Brauen. »Es soll schlechtere Fotografen geben.« Er sah sie noch immer an, schüttelte dann den Kopf und hob seine Bierflasche. »Auf unsere Reise ins Unbekannte!« Sie vereinbarten einen Termin für die Fahrt ins Outback und verabschiedeten sich wenig später, obwohl Nadine das Gefühl hatte, der junge Reporter hätte gern noch mehr Zeit mit ihr verbracht. Das schmeichelte ihr; für den Bruchteil einer Sekunde spielte sie mit dem Gedanken, ihn mit auf ihr Zimmer zu nehmen. Doch dann war sie heilfroh, nicht mehr getrunken zu haben. Ihr Leben war auch so schon kompliziert genug. Sie wünschte ihm eine gute Nacht und tat beim Verlassen des Pubs so, als würde sie nicht bemerken, wie er ihr nachblickte.

Die milde Nacht war einfach zu schön, um sie im Hotelzimmer zu verschlafen. Nadine entschloss sich zu einem Spaziergang am Meer. Eine sanfte Brise wehte durch ihr Haar. Sie zog die Schuhe aus, spürte den warmen Sand unter ihren Füßen, schloss die Augen und genoss den Moment. Sie war froh darüber, wie sich die Dinge in Australien für sie entwickelten. Mit ein wenig Glück ergab sich aus der Einladung zu den Aborigines ein kleines Forschungsprojekt, das sie selbständig und unabhängig von Harke durchführen konnte. Das Sahnehäubchen samt Kirsche obendrauf waren allerdings die nächsten drei Tage, in denen sie nichts Besonderes zu tun hatte und sich treiben lassen durfte. Natürlich wollte sie sich auch auf ihren Besuch bei den Birri Gubba vorbereiten und hoffte, im Internet auf interessantes Recherchematerial zu stoßen. Falls nicht, würde sie zur Uni nach Townsville fliegen müssen.

Um diese Reise würde sie mehr als nur ein Kollege in Leipzig beneiden! Siedend heiß fiel Nadine plötzlich ein, dass sie sich mit ihrem Chef in Verbindung setzen sollte. Alleingänge schätzte der nämlich nicht sonderlich, und sicherlich noch weniger, wenn ausgerechnet seine aufmüpfigste Mitarbeiterin auf fremden Pfaden wandelte. Nadine strich sich die Haare aus dem Gesicht und sah auf die Uhr. Um diese Zeit könnte sie schon in Deutschland anrufen, aber vielleicht genügte ja auch eine E-Mail. Mit einem tiefen Seufzer machte sie kehrt und ging zurück zum Hotel.

Sie widerstand der Versuchung, als Erstes ihre Tochter anzurufen. *Hast du Sari getroffen? Wo bist du untergekommen? Geht es dir gut?* Fragen, die sie sich besser für morgen aufhob. Schließlich hatten sie sich erst vor ein paar Stunden voneinander getrennt.

Nadine kickte ihre Sandalen von den Fersen und hockte sich im Schneidersitz aufs Bett. Sie griff nach ihrer Tasche, die auf dem Boden lag, und fischte nach ihrem Handy. Zwei verpasste Anrufe von Thomas. Wahrscheinlich wollte er wissen, wie der Abschied zwischen Mutter und Tochter gelaufen war. Aus irgendeinem Grund konnte sie sich nicht dazu durchringen, mit ihm zu sprechen. Vielleicht, weil das Thema Alina immer wieder Anlass zu heftigen Diskussionen gab, und heute hatte sie weder Lust noch Kraft, um sich mit Thomas zu streiten. Sie beschloss, ihm stattdessen eine Textnachricht zu senden und ihn auf morgen zu vertrösten. Sie tippte eine kurze Nachricht in ihr Handy, drückte auf »Senden« und legte es auf den Nachttisch. Dann besann sie sich eines Besseren. Also gut. Lieber gleich Harke anrufen, dann hatte sie es hinter sich.

Es dauerte keine zwei Minuten, ehe sie diese Entscheidung bitter bereute. Harke tobte am anderen Ende der Leitung und schien sich gar nicht mehr beruhigen zu wollen. Er zitierte aus dem Artikel des *Berliner Morgenboten*, den Alexander Nordheimer geschrieben hatte. Als er damit fertig war, konnte sie hören, wie er die Mappe mit den kopierten Artikeln auf den Schreibtisch knallte.

»Und Sie haben diesen Schmierfinken auch noch dazu ermutigt, diesen Unsinn zusammenzukritzeln. Das ist ja großartig! Dank Ihnen weiß nun wirklich auch noch der letzte Hinterwäldler darüber Bescheid, wie verbohrt und heuchlerisch es an unserem Institut zugeht. Aber ich sollte am Ende wohl noch dankbar sein, dass Sie keine Zahlen genannt haben.«

Harkes Sarkasmus ließ Nadine eiskalt werden. Am liebsten hätte sie sofort aufgelegt, doch einer von ihnen beiden sollte sich wie ein Erwachsener verhalten.

»Professor Harke, ich habe dem Journalisten nichts gesagt, wozu ich nicht stehe. Ich habe weder Namen genannt noch die Worte *heuchlerisch* oder *verbohrt* gebraucht, und ich habe auch keine Geheimnisse ausgeplaudert. Ich habe ein Recht auf meine Meinung und darauf, sie zu äußern.«

»Ihre Meinung ist wohl alles, was zählt? Und was ist mit dem Institut? Was, wenn wir die Fördergelder verlieren?«

»Dann müssten Sie und die Kollegen Ihre Haltung vielleicht nochmals überdenken.«

Harke holte kurz Luft und polterte gleich darauf wieder los, doch Nadine nutzte die Gelegenheit, um das Gespräch zu einem vorzeitigen Ende zu bringen. »Vielleicht sprechen wir erst wieder miteinander, sobald Sie sich etwas beruhigt haben.« Sie drückte die rote Taste und warf das Handy auf die Tagesdecke. Wenn sie Alina nicht versprochen hätte, stets erreichbar zu sein, hätte sie ihr Handy jetzt ausgeschaltet.

* * *

Am nächsten Morgen saß Nadine in einem kleinen Café und blätterte in einer der ausgelegten Zeitungen, als ihr Handy klingelte.

»Hallo, Ma!«

»Alina! Wie geht es dir?« Nadine bemühte sich, nicht allzu erleichtert über diesen Anruf zu klingen.

»Echt gut. Hat alles super geklappt. Cairns ist klasse. Alles voller Backpacker. Echt cool.«

»Hast du Sari schon getroffen?«

»Noch nicht, sie wollte erst heute Nachmittag im Hostel einchecken.«

»Okay, gut. Und was machst du bis dahin?«

»Ma! Was soll ich schon machen? Abhängen, mit Leuten labern, so was eben.«

»Ist ja schon gut. Hast du mit deinem Vater gesprochen?«

»Nein, nur gesimst. Mach dir nicht immer gleich so einen Kopf, Ma.«

Nadine strich sich das Haar aus der Stirn. »Du hast recht, meine Süße.«

»Musst du mich so nennen?«

Nadine warf den Kopf in den Nacken und lachte.

»Ja, das muss ich.«

* * *

Nadine saß mit ihrem Laptop am Pool und recherchierte einige Details über den Stamm, den sie am nächsten Morgen gemeinsam mit dem Journalisten besuchen wollte. Doch sie konnte sich nicht richtig konzentrieren, ihre Gedanken schweiften immer wieder ab. Erst dachte sie über das Gespräch mit Harke nach, der sich noch nicht wieder bei ihr gemeldet hatte. Nach einigem Zögern hatte sie ihn schriftlich über ihren Trip ins Outback informiert. Sie war zwar nicht unbedingt auf sein Einverständnis angewiesen, aber die Situation zwischen ihnen war derart angespannt, dass sie sie nicht noch unnötig verschärfen wollte. Aus diesem Grund verschwieg sie ihm auch fürs Erste ihre Begleitung. Der Name Alexander Nordheimer würde Harkes Blutdruck nur gleich wieder in die Höhe schießen lassen. Nadine wollte ihn aber noch rechtzeitig vor Erscheinen des Artikels informieren. Sie klappte ihren Computer zu, bestellte einen Kaffee und lehnte sich zurück. Es hatte ja doch keinen Sinn mehr, weiterzuarbeiten. Stattdessen grübelte sie wieder einmal über sich und Thomas nach. Er liebte sie noch immer, das wusste sie, er hatte es ihr mehrfach gesagt.

Damals, nach Vanessas schrecklichem Unfall, war ihre Welt aus den Angeln gehoben. Sie ließ keine Menschenseele mehr an sich heran. Weder ihr Vater noch Thomas konnte ihr helfen. Niemand konnte es. Thomas hatte sich verzweifelt gegen ihre Zurückweisung gewehrt. Er wurde nicht müde, Nadine zu versichern, wie sehr er sie liebte und dass er immer für sie da sein werde. Er sah nicht ein, weshalb sie mit Vanessa auch ihre Liebe begraben mussten. Seiner Ansicht nach traf sie beide keine Schuld. Langen, der Bergführer, war allein für Vanessas Tod verantwortlich. So hatte es das Gericht entschieden. In der Urteilsbegründung hieß es unter anderem, der Mann hätte die Scheidung von seiner Frau nicht verkraftet und die

Skifreizeit mit den Jugendlichen missbraucht, um sein verletztes Ego aufzumöbeln. Trotzdem wies Nadine Thomas immer wieder zurück, bis er sie schließlich nicht länger bedrängte.

Nadine hatte es nicht abwarten können, ihr Zuhause zu verlassen, und zählte nur noch die Tage bis zum Abitur. Sie wollte weg von allem, was sie an Vanessa erinnerte, und an einem Ort studieren, wo alles neu und fremd war und nicht jeder ihre Geschichte kannte. Als es endlich so weit war, zog sie ins entfernte Berlin. Natürlich erkannte sie irgendwann, dass ihre Studienfachwahl keine reine Kopfentscheidung war. Ihr Spezialgebiet, die biologische Anthropologie, beschäftigte sich unter anderem damit, was das menschliche Skelett über das Leben des Toten verriet. Knochensammlerin nannte Thomas sie, doch das war ihr egal.

Während ihrer Studienzeit traf sie sich hin und wieder mit Thomas. Ein paar Mal hatten sie bei solchen Gelegenheiten miteinander geschlafen. Nadine hatte es nie geplant, aber auch nicht bereut. Doch dann wurde sie schwanger. Sie rang lange mit sich, ob sie abtreiben sollte, und entschied sich am Ende dafür. Doch als der Termin für den Abbruch kam, ließ sie ihn einfach verstreichen.

Zu vieles in ihrem Leben hatte mit dem Tod zu tun gehabt. Erst ihre Mutter, dann Vanessa und nun auch noch das neue Leben, das in ihr wuchs? Unter Zweifeln entschloss sie sich, das Kind zu behalten. Sie erzählte Thomas von der Schwangerschaft und ihrem Entschluss, verbat sich jedoch jegliche Einflussnahme. Es war ihr Kind, sie würde es allein großziehen. Doch Thomas konnte das nicht akzeptieren, er wollte ein Vater für das Kind sein. Von Anfang an. Er redete so lange auf Nadine ein, bis sie ihm schließlich sogar erlaubte, bei der Geburt dabei zu sein. Nicht im Kreißsaal, aber im Warteraum. Er bestand darauf, als Vater eingetragen zu werden, und seine Beharrlichkeit berührte Nadine irgendwann. Über die Jahre erreichte er, seine Tochter regelmäßig sehen zu dürfen, ohne dass es dazu eines Gerichtsbeschlusses bedurft hätte. Nadine und er – sie hatten eine besondere, eine schwierige Beziehung miteinander. Immer wieder sah es danach aus, als würde ihr Verhältnis neu auftauchende Schwierigkeiten nicht überstehen. Doch dann rappelte sich einer von ihnen auf und tat den ersten Schritt. Sie taten es für Alina, aber auch für sich selbst. Ein Leben ohne den anderen war für beide irgendwann nicht mehr vorstellbar.

Brisbane, Australien, den 12.8.1863

Meine liebe Charitas,
ich bin nun endlich in Australien angekommen. Von Siebenlehn nach Australien, stell Dir das vor! Kannst Du's Dir überhaupt vorstellen? Mir ist oft, als ob ich das alles träume.
Nach unserer Trennung in Hamburg sah ich noch lange Deine kleine, traurige Gestalt, die mir nachwinkte. Glaub nicht, dass ich weniger traurig war. Wie wirst Du Dich wohl in den neuen Verhältnissen zurechtfinden? Sei gehorsam und habe Geduld!
Ja, Geduld tut uns not! Auf der Seereise habe ich gemerkt, dass sie mir auch noch sehr fehlt. Mit welcher Ungeduld erwartete ich das Ende der Reise. Wir waren 81 Tage unterwegs. Stell dir vor, fast ein Vierteljahr!
Und doch hatte ich keinen Grund zur Klage, ich fuhr erster Klasse, als sei ich eine reiche, verwöhnte Dame. Wie neu war alles für mich, wie unbegreiflich. Und mit welchen Gefühlen habe ich oft auf die Türen geblickt, die zu den Armen führten, die eingepfercht im Zwischendeck reisen mussten.

Je besser Godeffroy zu mir ist, desto größer wird meine Verantwortung. Diesem Gefühl entsprang auch meine Ungeduld. Während der langen Reise gab es nichts weiter zu tun, als auf die Ankunft zu warten, und ich brannte doch schon darauf, loszulaufen und zu sammeln, damit meine Gönner sehen, dass ich tun werde, was in meinen Kräften steht!

Auf dem Schiff konnte ich mich nicht beweisen. Aber wie viel habe ich dennoch auf der Reise erlebt, gesehen und empfunden! Der Kapitän und ich beobachteten die Delphine, die dem Schiff voransprangen. Wir freuten uns, wenn der herrliche Albatros hoch in den Lüften schwebte, und sprachen über die Veränderungen, die Himmel und Wasser boten. Im Atlantischen Ozean erlebten wir ein heftiges Gewitter. Das war schrecklich! Der Sturm peitschte das Wasser. Es war mitten am Tage, und doch war der Himmel stockdunkel. Das Wasser brüllte und kochte, und der Donner krachte. Nie werde ich den Anblick vergessen! Der Blitz schlug in einen der Masten, und wir alle meinten, unsere letzte Stunde sei gekommen. Aber das Wetter beruhigte sich wieder. Weiter ging's ums Kap der Guten Hoffnung. Wir sahen vom Schiff aus wieder Berge. Und dann endlich, endlich erreichten wir die australische Küste. Wir passierten Inseln, deren dunkelgrüne Palmenwälder sich scharf gegen den blauen Himmel abzeichneten. Denk Dir nur, ganze Wälder herrlicher Palmen!

Am Eingang der Moreton-Bay hatten wir noch mit einer starken Brandung zu kämpfen, und dann ging's

auf dem vielfach gewundenen Brisbane River etwa zwanzig englische Meilen landeinwärts, bis wir bei Brisbane landeten.
Trotz der Freude über die Erfüllung meiner Wünsche überkam mich ein Gefühl ängstlicher Spannung, das immer noch anhält. Was wird Australien mir bringen? Vielleicht werden am Ende meine Gebeine in dieser Erde ruhen, vielleicht werde ich von den Wilden getötet, von einer Schlange gebissen oder vom Fieber dahingerafft werden?

Nachdem wir die Quarantäne hinter uns gebracht hatten, quartierte ich mich in einem billigen Wirtshaus ein. Obwohl ich mich unterwegs viel mit meinen Büchern beschäftigt habe, merke ich, dass ich mit meinem bisschen Englisch nicht viel ausrichten kann. Dennoch suchte ich gleich am Morgen nach unserer Landung Herrn Heußler, den Agenten, auf. Er sagte mir, Australien sei noch wenig erforscht, und ich würde auf Schritt und Tritt Neues und Interessantes finden. Ferner bot er mir an, ich möge mich mit jedem Anliegen ruhig vertrauensvoll an ihn wenden. Auch wenn ich Geld brauche. Godeffroys hätten ihm den Auftrag gegeben, mir in jeder Weise beizustehen. Kannst Du das fassen? Sich einfach so Geld holen zu können! Gar keine Sorgen mehr ums tägliche Brot! Ein Gefühl frohen Stolzes erfüllt mich bei dem Gedanken, Angestellte eines solch vermögenden Hauses zu sein. Ich bin tief bewegt und so dankbar! Ich muss immer wieder staunen, auf welchen Weg Gott mich geführt hat.

Ich soll eine europäische Siedlung am Brisbane River aufsuchen, und sobald ich dort eine Wohnung gefunden habe, schickt mir Herr Heußler mein Material. Wir sprachen noch über so manches, was mir hier aufgefallen ist, und er erklärte mir alles. Die Häuser sehen beispielsweise aus, als hätten sie Beine und wollten davonlaufen. Als ich das Herrn Heußler sagte, lachte er und erklärte mir, man baue die Häuser der weißen Ameisen wegen auf Pfählen, denn die seien hier eine große Plage. Ich sagte nur: »Na, da gibt es doch gleich was zu sammeln!«

Brisbane River, den 20.8.1863

Jetzt bin ich an meinem neuen Wohnort, der am Brisbane River liegt. Er hat gar keinen Namen, es ist nur eine kleine Siedlung, die erst vor kurzem entstanden ist. Ich fand hier ein Häuschen, das gerade leer stand, und habe es gemietet. Als meine Sachen ankamen, richtete ich mich ein. Etwas Kochgeschirr habe ich mir in Brisbane auf die Schnelle noch besorgt. Nun kann ich endlich mit meiner Arbeit anfangen!

Am ersten Morgen in meinem neuen Haus ging ich auf die Suche nach Wasser. Ich hätte mir bei den Squatters nebenan etwas holen können, aber früher oder später muss ich ja doch lernen, mir selbst zu helfen. »Squatters« nennt man hier die Viehzüchter, die große Landflächen von der Regierung pachten.

Zwar durstig, doch mit einem wahrhaft feierlichen Gefühl rüstete ich mich für meine allererste Sammeltour im neuen Erdteil. Ich hing mir die Kapsel über die Schulter, steckte Salz, Mehl, Tee und Streichhölzer in meine Ledertasche und setzte den großen Strohhut auf. Mit Herzklopfen unternahm ich diesen ersten Gang. Ich war ängstlich, ob ich mir auch die Richtung eingeprägt hatte, damit ich wieder zur Siedlung zurückfand. Die Gefühle, die mich auf dieser ersten Exkursion bewegten, kann ich Dir kaum schildern. Ich wünschte mir so sehr jemanden an meiner Seite. Als junge Frau mochte ich nie ohne Deinen Vater botanisieren gehen. Wie weit, wie unheimlich und undurchdringlich war mir einst unser heimatlicher Zellwald erschienen. Selbst dort hatte ich mich davor gefürchtet, stundenlang allein zu sammeln. Und nun das! Ein Wald aus Bäumen, die ich zuvor noch nie aus eigener Anschauung gesehen hatte. Hochgewachsene Eukalypten mit festen Stämmen umringten mich. In ihrer Pracht sehen sie auch ein wenig gespenstisch aus, zumal ihre Rinde fast weiß ist und sich in großen Streifen vom Stamm schält, die dann verloren im Wind flattern. Ich muss meinen Kopf ganz in den Nacken legen, wenn ich grüne Gipfel sehen will, aber dann muss ich gleich blinzeln und den Blick abwenden, weil die Sonne so grell vom blauen Himmel herabbrennt, dass die Augen zu tränen beginnen. Es duftet so anders als in unseren Wäldern, vor allem nach Eukalyptus, ein sehr angenehmer Geruch. Und die Geräusche erst! Ein Geschrei ist das, Du kannst es Dir nicht vorstellen! Am lautesten ist es natürlich bei Sonnenaufgang, wenn die Vogelwelt erwacht. Ein Kreischen, Pfeifen, Piepen und

Zwitschern, dass man glauben könnte, die Piepmätze beherrschten unseren Planeten. Hat man sich aber erst einmal an die Lautstärke gewöhnt, ist es der reinste Zauber. Ich möchte den Gesang meiner kleinen Freunde jedenfalls nicht mehr missen! Immerzu muss ich mich selbst fragen: »Bin das wirklich ich, die hier so mutterseelenallein im australischen Wald herumwandert?«

Schließlich glückte es mir, Wasser zu finden. Ich sammelte dürres Holz, machte ein Feuer und suchte mir starke Baumrinde, die ich reinigte. Ich rührte das Mehl mit Wasser an, formte flache, kleine Kuchen daraus, etwa von der Größe eines Quarkkäses, wickelte sie in die Rinde und buk sie in der heißen Asche. Als ich sie für gar hielt, pustete ich die Asche ab, machte Tee und nahm zum ersten Mal eine Mahlzeit ein, wie ich sie von nun an wohl sehr oft halten werde.

Dann ging's endlich ans Sammeln. Erst füllte ich die Kapsel. Neu ist ja alles, und eine solche Fülle von Material wächst einem entgegen, dass man geradezu in Verlegenheit gerät, wo man zuerst hingreifen soll. Für Insekten hatte ich nur einige kleine Gläser mit Spiritus eingesteckt. Man muss sich ja alles erst einmal ansehen, und mit der Zeit findet sich, wie ich mich praktischer ausrüsten kann. Leider muss ich wohl immer eine Art Schleier tragen. Es ist sehr ärgerlich, einen solchen albernen Lappen vorm Gesicht zu haben, aber die lästigen Fliegen würden mich sonst zu sehr plagen. Sie sind so schlimm, dass ich sogar mein Essen mit dem Schleier koche. Nachts schlafe ich wegen der noch lästigeren Mücken unter einem großen Netz. Demnächst will ich zum Sammeln auch nach Rockhampton und Gladstone reisen.

Ich stelle mir vor, was sie wohl in Hamburg sagen, wenn die ersten Sendungen ankommen. Ich habe gemerkt, ich darf nicht zu viel auf einmal nach Hause schleppen. Es ist zu heiß, die Pflanzen welken schnell, und dann muss ich sie fortwerfen. Erwarte nicht zu oft lange Briefe, dazu habe ich gar keine Geduld und auch nicht die Zeit, denn es gibt sehr viel Arbeit für mich. Aber sei nicht traurig! Wenn die Sehnsucht über Dich kommen will, dann stelle Dir vor, wie es sein wird, wenn Du wieder am Hafen stehst und mir beim Anblick des einlaufenden Schiffes zuwinkst. Dann gibt's für uns auf Erden keine Trennung mehr. Damit tröste Dich nur immer.
Für heute lebe wohl.

Mit herzlichem Kuss,
Deine Mutter

Bowen, Queensland, Australien, 2009

Alexander Nordheimer holte Nadine pünktlich um sieben Uhr am Hotel ab. Er öffnete ihr die Beifahrertür und verstaute ihren Rucksack im Kofferraum.

»Hoffentlich stimmt es, dass wir weder Schlafsack noch Zelt brauchen«, meinte Nadine besorgt.

Er setzte sich hinters Steuer und ließ den Wagen an. »Keine Sorge«, erwiderte er. »Nach allem, was ich über die Community gelesen habe, handelt es sich dabei um ein winziges Kaff. Ein paar Häuser, ein kleiner Supermarkt und eine Krankenstation. Nicht viel, aber es wird sich schon ein Plätzchen für uns finden, wenn der Stammesälteste Ihnen das versprochen hat. Es soll dort sogar einen Polizisten geben. Bei dem können wir uns ja beschweren, wenn man sich nicht um uns kümmert.«

Nadine lachte. »Ja, das alles habe ich auch schon herausgefunden, Sie haben vollkommen recht. Es wird schon passen. Was genau haben Sie denn dort vor?«

Der Journalist sah sie von der Seite an und ließ seinen Blick eine Sekunde zu lang auf ihr ruhen.

»Ich begleite Sie bei Ihrer Arbeit und mache Fotos davon. Darüber schreibe ich dann den Artikel.«

Sie sah ihn erstaunt an.

»Wie bitte? Sie begleiten mich? Ich dachte, es geht um die Community?«

»Natürlich geht es nicht um Sie direkt, sondern um Ihre Arbeit, Ihre Forschung und die Gespräche, die Sie mit den Einheimischen führen. Ich werde Teile Ihrer Interviews in meine Reportage einbauen. Auf diese Weise erfahren unsere Leser etwas über die Forschungsarbeit und die Aborigines von heute. Zufrieden?«

»Nicht ganz. Es heißt *indigene Bevölkerung*.«

»Was?«

»Es heißt *indigene Bevölkerung* und nicht *Aborigines*.«

»Ich schreib's mir hinter die Ohren.«

Der Ort sah genau so aus, wie Alexander Nordheimer ihn beschrieben hatte. Fünf Häuser, ein Supermarkt, eine Polizeistation. David Bowaltarlai, der Stammesälteste, begrüßte sie und wies sie in eine Art Gästehaus ein. Jeder hatte sein eigenes Zimmer, das Bad mussten sie teilen. David rief seine kleine Gemeinde zusammen – es waren nicht mehr als zwanzig Leute – und stellte ihnen seine Gäste vor. Dann versicherte er Nadine und Alexander, dass sie mit jedem sprechen könnten und die Gespräche aufzeichnen dürften. Nadine unterhielt sich lange mit einer alten Frau, die als Kind von ihrer Familie getrennt und von Weißen in einem Heim untergebracht worden war, um dort zu lernen, in einem Siedlerhaushalt zu arbeiten. Erst dreißig Jahre später hatte sie einen ihrer Brüder finden können. Ihre Eltern sah sie nie wieder. Ein Heiler erklärte Nadine und Alexander Nordheimer die Wirkung verschiedener Pflanzen und stellte ihnen Heilmethoden vor, die ihren Ursprung vor Jahrtausenden hatten. Am vierten Tag sprachen sie mit dem Polizisten, der erst vor kurzem mit allen öffentlichen Ehren pensioniert worden war. Nadine zeichnete das Gespräch in seinem Haus mit einer kleinen Videokamera auf. Der ehemalige Cop war nicht sonderlich groß und ein bisschen untersetzt; er saß mit gekreuzten Beinen auf dem Betonboden. Das graumelierte Haar und die weißen Stellen im Bart bildeten einen scharfen Kontrast zu seiner tiefbraunen Hautfarbe. Er trug Wanderschuhe, Shorts, ein blaues Polohemd und eine blaue Schirmmütze. »Unser Land ist euer Land«, begrüßte er seine Gäste. Nadine schaltete die Kamera ein und setzte sich.

Sie bat ihn, sich kurz vorzustellen.

»Mein Name ist Barry Gordon. Ich bin einundsiebzig Jahre alt und gehöre zum Volk der Birri Gubba.« Er kratzte sich am Hinterkopf, offenbar unsicher, ob er alles Notwendige erwähnt hatte. Er sah leicht irritiert zu Alexander herüber, als die Kamera klickte. Nadine schenkte Barry einen aufmunternden Blick.

»Sie sind der Polizist hier?«

»Ja, aber erst seit einem Jahr. Vorher habe ich über vierzig Jahre für die Polizeistation in Bowen als Tracker gearbeitet.«

»Wow, über vierzig Jahre. Das ist eine lange Zeit.«

»Stimmt genau, Ma'am. Eine verdammt lange Zeit.« Seine Augen leuchteten, als könne er die Zeitspanne, von der sie sprachen, vor sich sehen.

»Was macht denn ein Tracker genau?«

»Ein erfahrener Tracker kann den Erdboden lesen wie ein Weißer ein Buch. Er sucht nach Spuren.«

Nadine verscheuchte mit der Hand eine lästige Fliege, die ihr vorm Gesicht herumschwirrte.

»Wenn die zum Beispiel zu einem Säugetier gehören, kann er aufgrund der Größe und der Tiefe des Abdrucks sagen, ob es sich um ein Männchen oder ein Weibchen handelt. Ist es ein Weibchen, weiß er aufgrund der Abstände zwischen den Hinterbeinen, ob es ein Parapu ist oder nicht.«

»Parapu?«, frage Nadine nach. Das Klicken der Kamera ließ Barrys Lider zucken.

»Parapu nennen wir die Weibchen, die Junge tragen.«

»Aha. Wie haben Sie diese Fähigkeiten denn gelernt?«

»Von Dad, ich habe alles von meinem Vater gelernt, der als Stockman auf einer großen Viehfarm gearbeitet hat. Dort musste er streunende Tiere aufspüren, die sich vom Camp entfernt hatten.«

Nadine nickte. »Aber das war doch sicherlich nicht Ihre Aufgabe bei der Polizei?«

Barry Gordon kicherte. »Nein, natürlich nicht. Obwohl ich schon das eine oder andere Mal ein verlaufenes Pferd aus dem Wasser ziehen musste. Ich war Ausbrechern, vermissten Backpackern und der Drogenmafia auf den Fersen. Ich war für mehr als zweiunddreißigtausend Quadratkilometer verantwortlich. Ich kenne das Land. Sich vor mir zu verstecken ist nicht so leicht. *You can run, but you really just can't hide.*«

Nadine lächelte. »Kennen Sie Ihren Nachfolger?«

»Ich bin der letzte Polizei-Tracker. GPS, Helikopter, Handys – unsere Zeit ist vorbei. Was nicht heißt, dass man uns nicht doch noch ab und zu braucht. Das Land ist groß. Hier kann schnell jemand auf Nimmerwiedersehen verschwinden.«

Auf Nadines Wunsch fuhren sie alle drei ungefähr fünfzehn Kilometer in den Busch hinein, wo Barry ihnen zeigte, wie er bei der Spurensuche vorging. Sie knieten neben einem schwachen Abdruck im sandigen Boden, den Barry als den einer Taiwanschlange identifizierte. Als Nadine daraufhin ängstlich aufsprang, hielt er sie am Ärmel zurück.

»Keine Sorge. Die Schlange ist schon längst nicht mehr hier.«

»Ich bin wirklich sehr erstaunt über Ihr Wissen«, sagte Nadine fasziniert.

»Früher haben schon die kleinen Kinder gelernt, Tierspuren zu lesen. Sobald sie gehen konnten, lernten sie, die Fußspuren ihrer Mutter und Geschwister zu verfolgen. Eine überlebenswichtige Fähigkeit, wenn man am Abend wieder bei der Familie sein wollte.«

»Und heute ist es nicht mehr wichtig?«

Barry stand auf und rieb sich den Dreck von den Händen:

»Sie haben ja gesehen, wie wir leben. Kaum einer geht noch zur Nahrungssuche in den Busch.« Er lachte. »Auch wir finden es praktischer, unsere Lebensmittel im Supermarkt zu kaufen.«

Alexander Nordheimer, der während des Gesprächs Fotos von Barry Gordon und Nadine gemacht hatte, war begeistert.

»Klasse!«, sagte er. »*Der letzte Tracker*. Ich habe meine Story. Ich schreibe sie gleich heute Abend und fahre morgen zurück nach Bowen, damit ich sie abschicken kann. Wollen Sie mitkommen, oder soll ich Sie später abholen?«

Nadine überlegte einen Moment, während sie die Videovorrichtung abbaute, die sie auch hier im Busch benutzt hatte, und in ihrem Rucksack verstaute. Sie hatte zehn Interviews aufgezeichnet, und eigentlich war sie mit diesem Ergebnis schon sehr zufrieden. In der Community gab es, wie erwartet, kein Netz, und sie sollte langsam ihre E-Mails und die Mailbox checken. Harke hatte sich in der Zwischenzeit hoffentlich abgeregt. Sie war gespannt, wie es Alina die ersten Tage ergangen war, und konnte es kaum abwarten, mit ihrer Tochter zu sprechen.

»Okay«, sagte sie zu Nordheimer, »ich komme mit.«

* * *

Sobald ihr Handy signalisierte, dass es Empfang hatte, hörte Nadine ihre Mailbox ab. Professor Harke hatte tatsächlich eine Nachricht hinterlassen und hörte sich deutlich friedfertiger an als noch vor ein paar Tagen. Na also, dachte Nadine zufrieden und spürte, wie sich ihr Körper entspannte. Die nächste Nachricht war von Alina. Sie war noch immer in Cairns, hatte inzwischen Sari getroffen. Sie klang aufgekratzt, fast glücklich. Gespannt und voller Vorfreude auf weitere Infos ihrer Tochter drückte Nadine die Taste für die nächste Nachricht. Plötzlich stutzte sie, das war Sari. Nadine presste ihr Ohr fester aufs Telefon, um die leise Stimme von Alinas Freundin besser verstehen zu können.

Ob sich Alina bei ihr gemeldet hätte, wollte Sari wissen, und ob sie bitte zurückrufen könne. Nadine war alarmiert.

»Was ist?«, fragte Alexander Nordheimer, dem ihre Nervosität nicht entgangen war.

»Ich weiß nicht. Warten Sie einen Moment.« Sie hörte die nächste Nachricht ab. Sie war vom Vorabend. Thomas.

»Hast du etwas von Alina gehört? Ich kann sie nicht erreichen, und bei mir meldet sie sich nicht. Ruf mich an!«

Panik breitete sich in Nadine aus. »Irgendetwas ist mit meiner Tochter. Sie hat sich weder bei mir, ihrer Freundin noch bei ihrem Vater gemeldet. Ich habe schreckliche Angst. Können wir in Bowen bitte gleich zur Polizei fahren?«

Der Journalist sah sie besorgt an. »Sicher. Kann nicht mehr lange dauern, bis wir da sind.« Er trat aufs Gaspedal. Nadine versuchte vergeblich, Alina auf dem Handy zu erreichen. Mit zitternden Fingern drückte sie die Wahlwiederholungstaste, doch sie landete gleich auf Alinas Mailbox.

»Ich bin fast wahnsinnig vor Angst«, sagte sie und starrte mit glasigem Blick durch die Frontscheibe.

»Sprechen Sie mit dieser Sari und mit dem Vater. Wenn Sie wollen, auch schon mit der Polizei, aber wir sind sowieso gleich da. Noch ungefähr zehn Minuten.«

»Ja, natürlich«, sagte Nadine. Mit fahrigen Bewegungen bediente sie ihr Telefon. Sari nahm das Gespräch sofort an.

»Ist sie bei Ihnen?«, fragte sie.

»Nein, wieso? Wieso bist du denn nicht bei ihr? Ihr wolltet doch zusammen reisen!« Nadines Stimme klang vorwurfsvoll. Das war nicht gut, wie ihr sofort bewusst wurde.

»Sie wollte unbedingt nach Magnetic Island. Das ist diese Insel nahe Townsville.«

»Was will sie denn da?« Nadine zwang sich, den panischen Unterton in ihrer Stimme zu unterdrücken.

»Kann ich Ihnen auch nicht genau sagen. Sie hatte ein paar Leute kennengelernt, mit denen wollte sie dorthin. Party machen und vorher vielleicht noch irgendwo arbeiten. Weiß nicht. Ich wollte einfach noch nicht aus Cairns weg, und da haben wir uns erst einmal getrennt.«

»Wie wollte sie denn dorthin kommen? Hatten die anderen einen Wagen?«

Sari schwieg für einen Moment.

»Sari? Bist du noch dran?«

Sari räusperte sich. »Diese Clique war in einem Van unterwegs. Alina passte da aber nicht mehr rein. Sie wollte vorgestern mit dem Zug nach Townsville und die anderen dort an der Fähre treffen.«

Vorgestern? Eine Welle der Verzweiflung stieg in Nadine auf.

»Ist sie dort angekommen? Hast du die Namen dieser Leute?«

»Ich weiß es nicht, und ich hab auch keine Namen. Ich hab diese Typen noch nicht einmal gesehen.«

»Sari. Hör zu, ich fahr jetzt zur Polizei und gebe eine Vermisstenanzeige auf. Bitte bleib in Netzweite und sorg dafür, dass dein Handy geladen ist. Hast du mich verstanden?«

»Ja. Es tut mir so leid. Alina geht es sicherlich gut. Sie meldet sich bald, bestimmt!«

Nadine drückte die Aus-Taste. Sie musste in Ruhe überlegen. Sich zusammenreißen und einen Plan fassen. Sari hatte recht. Alina würde sich bald melden. Natürlich.

Trotzdem … Schreckliche Bilder blitzten auf ihrer Netzhaut. Sie schloss die Lider.

Ruhig bleiben.

Nachdenken.

Luft holen.

Thomas, sie musste Thomas anrufen.

Seine Stimme vibrierte vor Sorge, als sie mit ihm die Lage besprach. Sie überlegten, wer von ihnen was unternehmen könnte, und beide waren darum bemüht, dem anderen keine Schuld zuzuweisen. Sie rissen sich zusammen, gaben vor, die Lage unter Kontrolle zu haben. Ihre Nerven waren jedoch dünn wie Papier. Schnell hatten sie einen ersten Plan gefasst: Nadine sollte mit der Polizei sprechen, Thomas würde sich mit der Deutschen Botschaft in Verbindung setzen; anschließend wollten sie wieder miteinander telefonieren.

Nadines Besuch auf der Polizeistation war ernüchternd. Ein schwerfälliger Cop schob ihnen mehrere Formulare über den Tresen zu.

»Erst ausfüllen, dann nehme ich das Protokoll auf.«

Nadine hätte ihn am liebsten beim Kragen gepackt und geschüttelt, doch Alexander Nordheimer beschwichtigte sie und half ihr mit den Papieren. Nachdem der diensthabende Beamte Nadines Aussage aufgeschrieben hatte, dirigierte er sie in Richtung Tür. »Kommen Sie morgen früh wieder, wenn der Superintendent da ist.«

»Was soll das heißen? Unternehmen Sie bis dahin etwa nichts?« Nadines Pupillen waren vor Panik stark erweitert. Nordheimer legte ihr beruhigend die Hand auf die Schulter, doch Nadine streifte sie ab.

»Da gibt es im Augenblick nichts zu tun. Sie müssen sich bis morgen früh gedulden.«

»Und wenn ich mich nicht gedulden will?« Fast hätte sie geschrien.

Der Journalist schob sie in Richtung Ausgang. »Kommen Sie!« Nadine brach in Tränen aus und ließ sich widerstandslos zum Wagen führen. »Lassen Sie uns irgendwo einen Kaffee trinken und überlegen, was wir tun können.«

* * *

Als Nadine zur Toilette ging, um sich das Gesicht zu waschen, begann Alexander Nordheimer, in der Tageszeitung zu blättern, die jemand auf ihrem Tisch hatte liegen lassen. Er trank seinen Kaffee, während seine Augen mehr aus Gewohnheit denn aus Interesse die gedruckten Seiten überflogen. Er wollte gerade umblättern, da hielt er inne, zog die Zeitung näher zu sich heran und begann zu lesen. Es handelte sich um das Porträt einer gewissen Dr. Hayes, die sich auf Gesichtsrekonstruktion spezialisiert hatte.

Cormoral 15. September 2009

(...) Laut Dr. Hayes ist das Wichtigste, dass das von ihr erschaffene Bild eine Erinnerung in jemandem auslösen könnte, der »Angel« gekannt hat. Auch nach so vielen Jahren sei dies ihrer Erfahrung nach durchaus möglich. »Während ich an ihr arbeite, bin ich mir die ganze Zeit über bewusst, dass diese junge Frau eine Familie und Freunde hatte. Es handelt sich um einen Menschen, der zu seinen Lieben zurückfinden muss. Dabei möchte ich helfen.«

Laut Dr. Hayes arbeiten in Fällen wie »Angel« üblicherweise mehrere Wissenschaftler an den Überresten – von forensischen Odontologen bis hin zu Gesichtsanthropologen.

Die Annäherung an ein Gesicht beginnt mit Detailfotos des Schädels. Diese werden anschließend in ein Grafikprogramm geladen, das es erlaubt, unter enormer Vergrößerung der ursprünglichen Bilder zu arbeiten. Der nächste Schritt ist die Vermessung des menschlichen Skeletts, wissenschaftlich Anthropometrie genannt.

»Was man in Krimiserien im Fernsehen nicht sieht, sind die langwierigen Messungen«, sagte Dr. Hayes. »Weder die langen Excel-Tabellen noch die Stapel wissenschaftlicher Magazine, die wir für jeden einzelnen Fall wiederholt durchforsten müssen. Dann erst werden die Daten auf das Foto übertragen. Das Weichgewebe wird virtuell hinzugefügt, abschließend wird die Oberfläche des Gesichts kreiert.«

Doch Dr. Hayes mahnt zur Vorsicht. »Die auf diese Weise erschaffenen Phantombilder sollten immer mit einer gewissen Vorsicht betrachtet werden. Sie sind Annäherungen an die Wirklichkeit, keine letzte Wahrheit. Wir bilden einen Durchschnitt der Möglichkeiten ab. Dabei ist jede Person einzigartig. Niemand ist durchschnittlich.«

Alexander Nordheimer blätterte zurück und fand schnell den zum Porträt gehörigen Artikel. Aus dem Augenwinkel sah er Nadine zurückkehren und schob die Zeitung schnell in seine Laptoptasche. Die Nacht würde er mit Recherchen verbringen.

Hamburg, 4. Januar 1864

Meine liebe Mutter!

Wie freue ich mich zu lesen, dass du wirklich glücklich in Australien angekommen bist! Dein lieber Brief traf am 24. Dezember ein. Ich habe ihn selbst vom Alten Wandrahm abgeholt. Denk Dir: Ich bin schon jetzt nicht mehr bei den Doktors. Ich bin, ganz bald nachdem Du abgereist warst, in Pension gekommen zu einer alten Dame, die selbst zwei Töchter hat. Eine gibt mir Französisch- und Deutschstunden. Ich gehe aber auch zur Schule. Über Weihnachten wurde ich eingeladen, das Fest an der Alster zu feiern. Darüber habe ich mich sehr gefreut, denn ich war traurig, als ich von den Meyers fortsollte. Als ich auf meinem Zimmer in einem Buch las, kam das Dienstmädchen, Fräulein Elise, herein und sagte: »Geh doch mal an den Alten Wandrahm und frag, ob vielleicht ein Brief von deiner Mutter da ist!« Wie mir schien, lachte sie dabei ein ganz klein wenig. Ich ging eilig hin. Und richtig! Einer der jungen Herren im Kontor übergab mir den Brief. Das war doch ein schönes Weihnachtsgeschenk!

Wie oft habe ich ihn seither gelesen, ich kann ihn fast auswendig. Frau Meyer sagte, nun müsste ich Dir bald zurückschreiben. Ich könne doch das Weihnachtsfest in Hamburg für Dich beschreiben. Ja, das will ich auch, denn ich dachte die ganze Zeit, wenn Du doch dabei wärst und alles miterleben könntest. Mir war ganz feierlich zumute, als es zu Tisch klingelte. Es war das erste Mal, dass ich mit Erwachsenen essen durfte.

Und ich war ganz verwirrt, als ich die große, schön gedeckte Tafel sah. Vier Schwestern und ein Bruder von Frau Doktor waren zu Besuch. Eine Familie aus England war auch dabei! Wirkliche Engländer! Herr und Frau Doktor sprachen auch Englisch. Es ist mir ganz unbegreiflich, wie man eine fremde Sprache sprechen kann. Es muss wunderbar sein, wenn man es kann!
Es war ein Abend wie ein Märchen. Alles blitzte und funkelte: Das viele Silber, die geschliffenen Gläser, ja sogar die Augen all der fröhlichen Menschen erstrahlten vor Freude. Aber es kam noch wunderbarer!
Als wir fertig waren mit dem Essen, boten die Herren den Damen den Arm, Johann öffnete die Türen zum großen Gesellschaftssaal. Ich hatte, als ich noch an der Alster wohnte, manchmal heimlich durch den Türspalt geguckt, und da war mir der große Saal immer so unheimlich erschienen. Kalt war es darin, alles mit grauen Decken verhüllt, und die Fenster waren dunkel, verschlossen mit dichten Läden. Desto größer war nun mein Staunen. Du kannst Dir nicht denken welche Pracht! Ich war ganz geblendet. Die Kronleuchter brannten, und daran hingen eckige Glaszapfen, die in allen Farben schimmerten. Ein großer Tannenbaum, der bis an die Decke reichte, mit vielen großen Kerzen nahm die Mitte ein, und an den Wänden waren Tannenlauben. Davor stand jeweils ein Name auf einer Tafel, und drinnen gab es Tisch und Stuhl mit vielen schönen Sachen. Dicht bei der Tür war auch ein Tisch für mich aufgebaut. Ich bekam ein schottisches Kleid,

einen Nähkasten und einen Regenschirm. Denk mal, ein Regenschirm, den ich ganz für mich allein haben darf! Es war so viel, und alles so schön, ich fand mal wieder keine Worte. Die anderen konnten sich alle so laut freuen. Das kommt wohl, weil ich meist so traurig bin und mich so sehr nach Dir sehne. Mir ist oft, als wolle mir das Herz vor Kummer zerspringen, und ich möchte dann weinen. Die Damen in meiner Pension sagen, das sei undankbar. Ich hätte doch alles, was ich brauchte, und wenn ich nur fleißig lernte, würde mir die Sehnsucht schon vergehen. Ich sei einfach noch nicht fleißig genug, ich solle tüchtig französische Verben lernen. Ich lerne auch, aber die Sehnsucht nach Dir bleibt dennoch. Damit es nicht undankbar aussieht, verstecke ich meine Trauer und gebe mich ganz gleichgültig, aber wenn ich nur jemanden hätte, dem ich sagen könnte, wie mir ums Herz ist!

Ich sollte mich wohl mehr über alles freuen, aber Mutter, ich brauche ja gar keine so schönen Sachen. Ich will auch gar nicht so gutes Essen, wenn ich nur mit Dir zusammen sein könnte. Wenn ich nur wüsste, dass mich jemand recht lieb hätte! Denn sieh mal, die Einzige, die mich hier manchmal in die Arme nimmt und küsst, ist die gute alte Köchin Lisette. Sie ruft mich manchmal für einen Augenblick herein, wenn ich auf meinem Schulweg ins Kellerfenster gucke, und hat mich lieb, fast wie eine gute Mutter. Aber sie tut es immer ganz heimlich, und sobald sie hört, dass jemand kommt, schiebt sie mich schnell zur Tür hinaus. Ist es denn ein Unrecht, sich liebzuhaben?

Ich hab ein kleines Buch, in dem ich viel lese. Es ist so klein, dass ich es in die Rocktasche stecken kann. Es heißt Die Nachfolge Christi. Der Weg zur Schule ist weit, und die Pension liegt einsam, da kann ich bei gutem Wetter jeden Tag einen Abschnitt lesen, das macht mich ruhiger und gibt mir auch Antwort auf allerlei Wünsche, die wohl nicht recht sind. Erst gestern schlug ich das Büchlein auf, als ich mich so nach Dir sehnte: »Von der Neigung zu geliebten Personen musst du so frei sein, dass Du ohne alle menschliche Verbindung zu sein wünschest. Umso näher kommt der Mensch Gott, je weiter er sich von allem irdischen Trost entfernt.« Ob ich das wohl je lernen werde?
Ich glaube, ich werde immer davon träumen, dass mich jemand recht liebhat. Ach, komm doch bald zurück, Du weißt gar nicht, wie sehr ich Dich vermisse!

Es küsst und umarmt Dich
Deine Charitas.

Hamburg, 3.1.1864

Frau Amalie Dietrich,
es hat uns gefreut, dass Sie glücklich und wohlbehalten in Australien angekommen sind. Sie schrieben, dass Sie schon tüchtig sammeln, darüber freuen wir uns natürlich besonders. Wir werden unsererseits dafür sorgen, dass Sie stets mit Kästen, Tüten, Benzin, Werg, Salz usw. aufs beste versehen sind. Bezogen auf das Sammeln der Schmetterlinge möchten wir bemerken, dass Sie dieselben in Tüten schicken können. Selbst die größten Nachtfalter können Sie ruhig in

dieser Weise absenden, wenn Sie ihnen zuvor die Flügel zusammenklappen.

Wir möchten Ihre Aufmerksamkeit insbesondere auf das Sammeln von Fischen lenken. Alle haben das größte Interesse für uns, sowohl Süßwasser- als auch Meeresfische. Exemplare, die zu groß sind, um in Spiritus versandt zu werden, müssen Sie bitte in Salz gepökelt verschicken. Die Bauchhaut ist vorsichtig aufzuschneiden, damit der Pökel gut in die Eingeweide eindringen kann.

Alte Fleischfässer werden sich wohl besonders zum Verpacken der Fische eignen. Bei sehr großen Tieren können Sie sogar dieselben teilen und die Stücke gepökelt absenden. Die Teilung des Rückgrats bedarf natürlich ganz besonderer Vorsicht! Greifen Sie nur im äußersten Notfall zu dieser Methode, da der Fisch dadurch an Wert verliert.

In der Hoffnung, bald Sammlungen von Ihnen zu erhalten, grüßen wir Sie aufs freundlichste.

J. C. Godeffroy & Sohn.

Bowen, Queensland, Australien, 2009

Alexander Nordheimer sah Nadine erst am nächsten Morgen um sieben Uhr im Frühstücksraum wieder. Ihre Lider waren geschwollen, die Augen gerötet, und ihre Finger zitterten leicht, während sie die Kaffeetasse mit beiden Händen an ihre Lippen führte. Ihr Handy klingelte. Kaffee schwappte über den Rand, als sie die Tasse abstellte, um das Gespräch anzunehmen.

»Ach du, Thomas. Entschuldige, ich hatte nur gehofft … Nein, hier gibt es nichts Neues. Wir fahren jetzt wieder zur Polizei. Du hast mit der Botschaft gesprochen?« Sie hörte zu. »Das ist doch nicht deren Ernst! Sie unternehmen nichts, bevor nicht die Polizei den Fall untersucht? Wofür haben wir denn dann überhaupt eine Botschaft?« Sie nickte, strich sich nervös mit den Fingerspitzen über die Stirn. »Ist gut. Ja, ich melde mich.« Nadine drückte die Aus-Taste und warf das Handy frustriert auf den Tisch.

Sie sah den Journalisten an. »Haben Sie das gehört? Ich bin so wütend.«

Er stand auf und berührte sie sachte am Arm. »Fahren wir zur Polizei.«

Der Superintendent breitete Nadines Formulare vor sich auf dem Tisch aus und überflog die Angaben. Nadine sah ihm mit zusammengekniffenen Lippen dabei zu. Nach zwei, drei Minuten blickte er hoch.

»Sorry, aber da können wir erst einmal nichts machen.« Alle Farbe wich aus Nadines Gesicht.

»Und wieso nicht? Ich habe jede einzelne Seite Ihres Formulars ausgefüllt, habe eine ganze Nacht darauf gewartet, Sie heute zu sehen – nur damit Sie mir sagen, es tut Ihnen leid? Wollen Sie nicht wenigstens versuchen, diese Leute zu finden, mit denen sich meine Tochter in Townsville treffen wollte?«

Der kräftige Mann stützte seine Ellbogen auf die Tischplatte und faltete die Hände. »Sehen Sie, es ist so: Dreißigtausend Menschen werden jedes Jahr in Australien als vermisst gemeldet. Neunzig Prozent von ihnen tauchen innerhalb eines Monats wieder auf. Bevor dieser Monat nicht vorbei ist, werden wir nicht tätig – es sei denn, es gibt eindeutige Hinweise auf einen Unfall oder eine Gewalttat, und beides liegt im Fall Ihrer Tochter nicht vor.«

»Aber wenn ich Ihnen doch sage: Es ist absolut untypisch, dass sie sich nicht meldet.«

Der Beamte seufzte. »Das glaube ich Ihnen, aber es reicht nicht.«

»Was ist mit den anderen zehn Prozent?«, fragte Nadine.

»Wie bitte?«

»Die, die nicht im ersten Monat zurückkehren.«

»Einige werden nie wiedergesehen.«

»Wie zum Beispiel der Engel aus dem Moorabool Forest?«

Nadine drehte sich verwundert zu Nordheimer um.

»Engel? Was denn für ein Engel?«, fragte sie ihn sichtlich irritiert. Der Cop kratzte sich am Hinterkopf und schwieg, dann stand er auf und nahm die Formulare vom Tisch.

»Ich habe ja Ihre Kontaktdaten. Wir melden uns, sobald sich etwas Neues ergeben sollte.«

Nadines Augen füllten sich mit Tränen. Sie schob den Plastikstuhl zurück und stand auf.

»Ich werde meine Tochter finden. Mit oder ohne Ihre Hilfe.« Sie verließen das Polizeigebäude und gingen zum Wagen zurück.

»Was haben Sie da eben von einem Engel erzählt? Hat das etwas mit meiner Tochter zu tun?«

Alexander biss sich auf die Unterlippe. Er war sich nicht sicher, wie sie diese Information aufnehmen würde, aber es war zu spät, um jetzt noch einen Rückzieher zu machen. Daher öffnete er seine Laptoptasche und nahm die Lokalzeitung heraus, die er gestern im Café eingesteckt hatte.

»Es hat mit hoher Wahrscheinlichkeit gar nichts mit Ihrer Tochter zu tun.« Er machte eine Pause. »Vor einiger Zeit ist hier ganz in der Nähe ein Mädchen verschwunden, wahrscheinlich eine deutsche Backpackerin. Man weiß nicht, wer sie ist, und den Täter hat man nie gefunden.« Er wagte einen kurzen Blick auf Nadine, die ihn wie gebannt anstarrte. »Es ist sehr weit hergeholt, und es gibt keinen Grund anzunehmen, dass Alina etwas Ähnliches passiert sein könnte. Allerdings existieren einige Parallelen zwischen dem Verschwinden Ihrer Tochter und dem dieses

Mädchens. Lesen Sie, und dann zeige ich Ihnen einen Artikel, den ich heute Nacht geschrieben habe. Wenn Sie ihn gelesen haben und damit einverstanden sind, stelle ich ihn noch heute online, und wenn wir Glück haben, reagiert jemand darauf, der uns einen Hinweis geben kann. Es wäre wenigstens etwas, das Sie tun können.«

Nadine las mit gerunzelter Stirn die Lokalzeitung, die er ihr auf den Schoß gelegt hatte. Sie schluckte schwer, weinte aber nicht. Alexander hatte seinen Laptop hochgefahren und öffnete seinen Artikel für die Online-Ausgabe des *Berliner Morgenboten:*

Bowen, 21. September 2009

DER TOTE ENGEL VOM MOORABOOL STATE FOREST

Seit über fünf Jahren versucht die australische Polizei, das Rätsel um eine Frauenleiche zu lösen, die man auf den Namen »Engel« getauft hat. Mit hoher Wahrscheinlichkeit handelt es sich um eine Westeuropäerin.

Von Alexander Nordheimer

Die australische Polizei hat erneut das Phantombild einer jungen Frau und die Zeichnung eines T-Shirts veröffentlicht, um Hinweise auf ihre Identität zu erhalten. Das Bild zeigt eine junge Frau mit schulterlangem glattem Haar. Die Ermittler vermuten, dass es sich bei der Toten um eine deutsche Backpackerin handelt, die in Australien vor etwa sechs Jahren verschwand. Wegen des Aufdrucks auf einem T-Shirt, das in der Nähe des Leichenfundorts lag, gab ihr die Polizei den Beinamen »Angel« (Engel).

Die Ermittlungen der Polizei im Osten Australiens zu einer noch namenlosen Frauenleiche führen offenbar nach Deutschland. Der Fall könnte mit weiteren ungeklärten Morden im Zusammenhang stehen, deren Täter von den Medien als »Backpacker-Mörder« bezeichnet wurde. Der Gesuchte vergewaltigt seine Opfer brutal, bevor er sie tötet. Von den identifizierten Opfern war das jüngste erst 17 Jahre, das älteste 22 Jahre alt.
Die Polizei glaubt, dass es sich bei der unbekannten »Angel« um eine junge Europäerin handelt, womöglich aus Deutschland. Das Gebiet, in dem die Leiche gefunden wurde, ist ein beliebtes Reiseziel junger Touristen aus Übersee. Die Ermittler vermuten, dass die Frau zuvor im ca. 300 Kilometer weiter nördlich gelegenen Cairns gearbeitet haben könnte. Um neue Hinweise zu erhalten, hat die Polizei vor zwei Jahren anhand des Schädels ein Gesicht rekonstruieren lassen und sich mit dem Phantombild an die Öffentlichkeit gewandt, allerdings ohne verwertbare Ergebnisse. Nun zeigt der *Berliner Morgenbote* diese Bilder noch einmal, in der Hoffnung, dass sich in Deutschland jemand an den »Engel« erinnern kann.
Die Polizei stuft die Todesumstände der Unbekannten als »verdächtig« ein, weil die Knochen den Angaben zufolge Spuren von Verletzungen zeigen. Welcher Art, wollen die Ermittler zu diesem Zeitpunkt nicht bekanntgeben. Das Skelett wurde am 29. August 2004 entdeckt. Die Frau soll zum Zeitpunkt des Todes zwischen 18 und 25 Jahre alt gewesen sein.
Den Beinamen »Angel« erhielt die Tote, weil in der Nähe des Fundorts auch ein pinkfarbenes T-Shirt mit der Aufschrift »Angelic« (»engelsgleich«), einer Rose und einem Herz mit Flügeln entdeckt wurde. Die Ermittler hoffen darauf, dass jemand die-

ses Kleidungsstück wiedererkennt. Es soll nur zwischen 2002 und 2006 erhältlich gewesen sein. Auch ein Ohrring wurde bei den Überresten entdeckt, der der Toten zugerechnet wird.
Die Polizei vermutet aufgrund der Zähne der Toten, dass sie Europäerin ist, denn sie weisen die typischen Merkmale einer Behandlung in Westeuropa auf.
»Es muss jemanden geben, der sie kennt. Wir hoffen, dass sich jemand an sie erinnert«, sagte der leitende Beamte der zuständigen Mordkommission, Commander Detective Superintendent Michael Willing.
Er und seine Kollegen gehen noch immer davon aus, dass es sich bei der namenlosen Toten um das achte Opfer des »Backpacker-Mörders« handelt. Dafür spricht vor allem der Fundort der sterblichen Überreste im »Moorabool State Forest«. Dort wurden sieben weitere Rucksacktouristen verscharrt, deren Identität im Gegensatz zur »Engel-Leiche« jedoch geklärt werden konnte.
Noch gibt es offenbar in Deutschland niemanden, der die junge Frau vermisst. Das Auswärtige Amt in Berlin erteilte zumindest die Auskunft, dass bislang keine Anfragen zu dem Fall vorlägen. Der *Berliner Morgenbote* nimmt Hinweise entgegen.

Rockhampton, im April 1864

Charitas, liebe Tochter!

Gerade habe ich Deinen Brief erhalten, in dem Du das Weihnachtsfest beschreibst. Dabei ist sogar Ostern schon vorbei. Endlich wird es hier ein wenig kühler. Du hast viel von Deiner Sehnsucht nach mir erzählt. Glaubst Du etwa, mir geht es anders? Es ist aber auch gar nicht zu raten, so viel in den eigenen Gefühlen herumzuwühlen. Weißt Du das denn nicht? Während Du sie beschreibst, bohrst Du nur aufs Neue in eine alte Wunde, die Du vielleicht schon fast überwunden hattest, und machst den alten Schmerz nun noch einmal durch. Dabei gibt es doch auch so schon Schmerz genug, dem wir nicht aus dem Weg gehen können. Meinst Du nicht auch, wir sollten uns Kummer ersparen, wo es nur eben geht?

Mit einem schweren Herzen geht keine Arbeit gut vonstatten, weder bei Dir noch bei mir. Liebes Kind, Stimmungen und Gefühle wechseln täglich in uns. Es vergeht so lange Zeit, ehe wir die Briefe voneinander in den Händen halten. Da ist es doch wahrscheinlich, dass Du, während ich hier über Deine traurige Stimmung weine, schon längst wieder vergnügt durch die Felder streifst.

Schreib mir regelmäßig, gib mir einen kleinen Eindruck Deines Lebens! Nicht ein Tagebuch, denn nicht jeden Tag passiert etwas Mitteilenswertes. Schreib nur, wenn Dich etwas wirklich bewegt, etwas, was sich von Deinem täglichen Leben abhebt. Schreib, wenn Du Zeit und Ruhe hast, und schick es, wann du willst. So werde ich es auch handhaben. Mir fehlt wohl meist die Zeit, Dir ausführlich zu schreiben, aber für eine kurze Notiz reicht es immer.

Kürzlich habe ich ein Dutzend Kisten nach Hamburg geschickt und bin nun sehr gespannt, wie sich die Herren darüber äußern. Ich hatte reichlich Ausbeute hier in Rockhampton. Es war auch an der Zeit. Mein Aufenthalt in Gladstone war nämlich reine Zeitverschwendung. Der Ort ist eine der ältesten Niederlassungen und umfasst etwa dreißig Häuser. Ich hielt mich nicht länger als ein paar Tage dort auf. Die Gegend ist für den Sammler mehr als armselig, und die Ausbeute dort stand in keinem Verhältnis zu den Anstrengungen. Das Land ist karg, geradezu trostlos. Die Bäume verlieren statt des Laubes die Rinde, und es macht einen traurigen Eindruck, wie die nackten Riesen wie Geister verloren in der Landschaft stehen. Ich musste über Geröll und trockene Erde wandern, ohne dabei viel zu ergattern.

Wegen der Menschenfresser musst Du dir übrigens keine Gedanken machen. In der Stadt bin ich sicher. Die Einheimischen dürfen sie ohnehin nicht betreten, sofern sie keine Kleidung tragen. Das sieht dann mitunter sehr drollig aus, wenn sie sich nur einen Zylinder aufsetzen oder sich als Männer in ein Frauenkleid zwängen.
Mein Kind, die Hitze hier ist unerträglich, aber sie sorgt für eine solch üppige Vegetation, dass ich gar nicht mehr weiß, wo ich mit dem Sammeln anfangen

soll. Unglaublich, wie hier alles wächst und gedeiht. Riesige Farne, beängstigende Schlingpflanzen und undurchdringliches Dickicht. Dann wieder hängen grazile Orchideen an fast unsichtbaren Fäden von den Bäumen, und sie sind in ihrer Form und ihren Farben so atemberaubend schön, dass ich sie nur mit einer gewissen Scheu pflücke.
Doch auch die Tierwelt ist bemerkenswert. Alles scheint umgekehrt wie bei uns. Die Schwäne sind schwarz, manche Säugetiere haben Schnäbel. Die Bienen hingegen haben keinen Stachel, und eine Bachstelze habe ich beobachtet, die hebt ihren Schwanz nicht auf- und abwärts, sondern bewegt ihn von links nach rechts.
Ach, ich wünschte, Du könntest einen Blick in diese Märchenwelt tun, dürftest die Palmen am Fitzroy-River sehen! Dort, am Fitzroy-River, bin ich auch auf Krokodile gestoßen. Ein Siedler hat ein Tier für mich geschossen von fast 20 Fuß Länge, und als ich es ausnahm, fand ich handgroße Steine in seinem Magen. Ich stieß auch auf Wasserschlangen, die lebendige Junge zur Welt bringen. Gruselt Dich die Vorstellung?
Ich bin überzeugt, Gott kann mich an diesem Ort ebenso gut beschützen wie daheim. Furcht habe ich jedenfalls keine mehr. Mir geht es ja trotz allem so viel besser als früher. Wenn ich daran zurückdenke, wie ich mit dem guten, treuen Hektor durch die Länder zog: der Wagen so schwer, die Wege oft schlecht. Unter Hunger, Frost und Hitze hatten wir zu leiden, und stets die drückende Sorge ums tägliche Brot und um Dich! Im Traum ziehe ich oft immer noch den Wagen.

Ich erwache dann, in Schweiß gebadet, und bin dankbar, wie gut ich es habe. Ich sitze sozusagen an einem reich gedeckten Tisch, esse die denkbar schönsten Früchte, Ananas, Bananen und eine Art süßer Kartoffel, Ipomoea batatas. Ob der gute Hektor wohl noch lebt? Madame Hänel hat ihn seit meiner Abreise dankenswerterweise in ihre Obhut genommen und versprochen, dass er einen guten Lebensabend haben wird. Vielleicht kannst Du Dich bei Gelegenheit einmal bei ihr melden und Dich nach ihm erkundigen? Es würde mir große Freude bereiten, von meinem treuen Gefährten zu hören!
Und welche Freiheit habe ich hier beim Sammeln! Kein Mensch setzt meinem Sammeleifer irgendwelche Schranken. Ich durchschreite die weiten Ebenen, durchwandere Urwälder, durchfahre im schmalen Kanu Flüsse und Seen und sammle, sammle, sammle! Die Unbequemlichkeiten, die mir Hitze, Fliegen und Mücken bereiten, vergesse ich sofort, wenn ich Schätze heben kann, die vor mir keiner je gesehen hat.
Ich habe mittlerweile keine Angst mehr, dass ich die Erwartungen der Godeffroys enttäuschen könnte. Es ist, als hätte mir mein Auftraggeber diesen ganzen neuen Erdteil zum Geschenk gemacht. Und alle meine Fundstücke, ob es sich nun um unscheinbare Moose, Nacktschnecken, Spinnen – meine Leidenschaft, wie Du weißt! – oder um alte Schädel und Knochen der Eingeborenen handelt, verbinden mich mit der alten Heimat. Mit den Gelehrten an den Universitäten, die meine Sammlungen bearbeiten und von de-

nen mir Anerkennung zuteilwird. Glaub ja nicht, dass ich für derlei unempfänglich bin! Ich habe in meinem Leben so viele Demütigungen durchlitten, wie dankbar bin ich nun für das Gegenteil!

Für heute sei herzlich gegrüßt von Deiner glücklichen Mutter

Hamburg, 26.5.1864

Meine liebe Mutter!
Ich versuche, mir eine Vorstellung von Deinem Leben zu machen, aber es ist schwer, trotz Deiner genauen Schilderungen. Herr und Frau Meyer nehmen lebhaft Anteil an Deinen Erzählungen.
Von mir habe ich Dir auch schon wieder allerlei Neues zu erzählen. Ostern ging mein Jahr in der Schule zu Ende, und da kam ich erst mal wieder ein paar Monate hierher, aber Frau Doktor hat mir erklärt, ich müsse bald wieder auf die Reise. Ich bin auf ein Jahr in Eisenach angemeldet, da werde ich zu einem Fräulein Trabert in Pension kommen. Ich bin recht traurig, dass ich nicht hier im Hause bleiben kann, aber Frau Doktor sagt, ich müsse unter junge Mädchen. Ich sei zu trübselig und schwerfällig, und Spiel und Tanz seien für die Jugend ebenso notwendig wie das Lernen.
Und das gute Fräulein Elise, das Dienstmädchen, geht ja auch fort. Ich war ganz erschrocken, aber sie will weit weg, nach Amerika. Sie geht zu einer Familie Schurz und wird Erzieherin der beiden Mädchen. Frau Schurz ist eine Schwester von unserem Herrn

Doktor. Die Familie war hier zu Besuch, da haben sie einander kennengelernt, und Fräulein Elise freut sich auf ihre neue Aufgabe. Sie hat die Bilder von den Eltern und den Kindern in ihrem Album, die hat sie mir gezeigt. Ich wurde ganz traurig, aber sie meinte, die Familie Schurz käme sicher bald wieder zu Besuch hierher, und dann sehen wir uns wieder. Ach, ob ich es auch einmal so weit bringe wie Elise?

Nun habe ich noch etwas zu erzählen, was Dich gewiss sehr interessieren wird. Neulich wurde der Zoologische Garten eingeweiht. Am Tag vorher, es war an einem Sonnabend, war hier im Hause ein großes Herrendinner. Alle Herren waren eingeladen, die in irgendeiner Weise mit dem Zoologischen Garten in Verbindung stehen. Zur Aufwartung wurden mehrere Lohndiener eingestellt, und vom Esszimmer aus ordnete Frau Doktor selbst alles an. Ich durfte ihr helfen. Ich trug mit hinauf und hinunter. Unten wirtschaftete eine ganz fremde Köchin, und die gute Lisette schien an dem Tage nur zur Bedienung für die Fremden da zu sein. Das viele Laufen und Herumwirtschaften machte mir großen Spaß, und ich freute mich vor allem, dass ich lange mit Frau Meyer zusammen zu tun hatte. Im großen Saal war eine lange Tafel gedeckt, die Türen vom Esszimmer zum Saal standen offen, und jedes Mal, wenn eine Rede gehalten wurde, stellte ich mich in die offene Tür und hörte zu. Ich war ganz stolz, als mein Herr Doktor sprach, und erst recht, als nachher die anderen so viel Gutes über ihn zu sagen wussten.

Einmal wagte ich mich zu weit in die offene Tür und sah zu meinem freudigen Erstaunen außer unserem lieben Herrn Doktor noch zwei weitere bekannte Gesichter, nämlich Herrn Godeffroy und Dr. Karl Möbius. Der Letztere kommt täglich ins Haus, er hat immer viel mit dem Aquarium zu tun. Ich vergaß mich ganz, bis Frau Doktor erregt flüsterte: »Aber Charitas, komm da weg! Was denkst du denn? Wenn dich nun jemand sieht? Hier, trag mal gleich die Flaschen in den Keller.«

Als ich am Ende des Abends zum Gutenachtsagen hinunterging, sagte Frau Doktor sehr freundlich zu mir: »Du hast heute tüchtig geholfen. Ein bisschen naseweis bist du freilich auch gewesen, das soll dir aber verziehen sein. Du darfst morgen, gleich am Tag der Eröffnung, in den Zoologischen Garten gehen. Geh nur recht früh hin, es wird voll werden, und du wirst lange bleiben wollen.«

Ich konnte vor Freude kaum schlafen. Sehr früh brach ich auf und betrat voller Erwartung den schön angelegten Garten. Was gab's da nicht alles zu sehen! Gleich links vom Eingang waren die drolligen Maskenschweine. Und die Affen, die merkwürdigsten Vögel und schließlich die entzückenden und wunderbaren Tiere im Aquarium. Am Ende war ich ganz erschöpft von dem vielen Sehen und Herumstehen.

Liebe Mutter, wie wundervoll wäre es, wenn Du auch mal was für den Zoologischen Garten schicken könntest. Das würde den Herrn Doktor gewiss sehr freuen.

Hast du noch viel in Australien zu tun? Bitte, komm doch bald zurück!
Für heute sage ich Dir Lebewohl und verbleibe mit herzlichem Gruß

Deine Dich liebende
Charitas

Rockhampton, den 12.10.1864

Liebe Charitas!
Du magst Dich gewundert haben, dass Du so lange gar nichts von mir gehört hast, aber ich war sechs Wochen sehr krank. Ich litt an Wechselfieber; und kaum hatte ich mich davon erholt, da brannte mein Häuschen nieder. Woher ich die Krankheit hatte, das weiß ich ganz genau, wie aber das Feuer entstanden ist, bleibt mir ein Rätsel. In der Siedlung sagen sie, das hätten die Eingeborenen getan. Das glaube ich aber nicht. Ich halte die Eingeborenen nicht für bösartig. Ich lasse im Gegenteil nichts auf sie kommen, denn die Wilden haben mir neulich das Leben gerettet. Wie das kam, hörst Du gleich.

Was den Brand betrifft, so konnte ich leider nichts weiter retten als das nackte Leben. So ein Haus aus Bambusstäben, gedeckt mit Palmenblättern, ist ja im Nu niedergebrannt. Die Spirituspräparate gaben den Flammen zusätzlich neue Nahrung. Alles, alles ist zerstört! Das viele Papier für die Herbarien und der teure Spiritus! Vor meiner Krankheit hatte ich schon wieder schöne Sammlungen zusammengestellt, die ich demnächst nach Deutschland schicken wollte. Hätte ich es doch nur schon getan! Ich sorg mich so, was Godeffroys nun sagen werden. Wenn sie nun das Vertrauen in mich verlieren? Wenn sie mich zurückrufen? Ach, ich bin so schreckhaft seit dem Brand, ganz matt und zittrig in den Beinen.

Ich bin also vorläufig obdachlos. Die deutsche Squatter-Familie nebenan hat mich erst einmal bei sich aufgenommen. Ich fühle mich sehr unglücklich und niedergeschlagen. Ohne Spiritus und Papier kann ich nichts tun. Leute wie diese Squatter-Familie haben ja kein Verständnis für meine Interessen. Sie mögen es nicht, dass ich Schlangen und Eidechsen lebendig in der Stube unterbringe, bis ich neues Material erhalte. Das kann ich wohl auch nicht verlangen. Ich muss froh sein, dass sie mich dulden.
Ach, es quält mich Tag und Nacht, dass ich nichts von Godeffroys höre. Ich empfinde diesen Stillstand meiner Tätigkeit als ein schweres Schicksal. Was sonst soll ich denn hier tun?

Mit meiner Krankheit kam es so: Ich machte eine lange Tour hinaus in die ungeheuer weitläufigen Ebenen, wo die Schafe und Rinder weiden. In den Niederungen dort bilden sich Sümpfe, in denen herrliche Wasserpflanzen wuchern, die wiederum von den schönsten Insekten umgaukelt werden.
Ich wollte Gräser und Halbgräser sammeln; sie wachsen dort meist so hoch, dass ich ganz darin verschwin-

de. Dadurch verlor ich den Überblick, und plötzlich merkte ich, dass ich in einen Sumpf geraten war. Wäre ich nur sofort umgekehrt, hätte ich ohne Schaden davonkommen können. Doch in der Ferne sah ich eine herrliche blaue Wasserlilie schimmern. Unvorsichtig stürzte ich darauf los. Ich bekam sie auch zu fassen, doch um welchen Preis! Ich wollte umkehren, aber es gab kein Zurück. Tief und tiefer sank ich. Sobald ich mich rührte, stieg das Wasser. Weit und breit kein menschliches Wesen, nur die Rieseneukalypten hoben sich in weiten Abständen aus der Ebene ab, während unmittelbar vor mir, jenseits des Sumpfes, ein dunkler Wald lag.

Ich lauschte angespannt. Viele Sumpfvögel ließen ihre Stimme hören, während neben mir zahllose Frösche quakten. Doch kein menschlicher Laut.

»Hahaha!«, rief der Lachvogel, der mir sonst so viel Spaß gemacht hatte. Verspottete er mich? »Hahaha! Hahaha!« Immer wieder dieses höhnische Lachen.

Eine entsetzliche Angst packte mich, zumal nun weiße Nebel um mich herum aufzogen und die ganze Gegend einhüllten. Obgleich ich wusste, dass mein Rufen nichts helfen würde, schrie ich dennoch angsterfüllt in die weite Einsamkeit hinaus. Vögel flatterten erschreckt aus den Baumkronen. Angestrengt lauschte ich noch auf den kleinsten Laut, spähte nach irgendeinem Hinweis auf die Anwesenheit von Menschen. Mir vergingen fast die Sinne vor Angst, als ich spürte, wie ich plötzlich tiefer in den Schlamm einsank. Panik überfiel mich, und ich kämpfte mit beiden Beinen

wild strampelnd gegen mein unglückliches Schicksal an, doch das beschleunigte den schrecklichen Vorgang nur noch; als mir das Wasser buchstäblich bis zum Halse stand, begriff ich endlich, dass ich mir mein eigenes Grab schaufelte. Da hielt ich inne und schnappte nach Luft wie ein Fisch an Land. Ich war gefangen. Es war unmöglich, mich aus eigener Kraft zu befreien, und keine Menschenseele weit und breit. In Todesangst schrie ich laut wie ein verwundetes Tier. Dann wimmerte ich wie ein verlassenes Kind und begann zu beten. Sollte ich so sterben? War dies mein Ende?
Plötzlich konnte ich durch den Nebel hindurch einen roten Schein ausmachen, zugleich hörte ich wilden Lärm. Ich dachte nach: Es musste Vollmond sein, dann versammeln sich die Eingeborenen zu einem Tanz. Gesehen hatte ich es noch nicht, aber in der Ansiedlung hatte man mir davon erzählt. Ich schrie aus Leibeskräften um Hilfe. Auch wenn sie Deutsch nicht verstanden, hoffte ich, zumindest ihre Neugierde zu wecken. Tatsächlich wurde es plötzlich still, und ich sah, wie sich durch die Bäume hindurch flackernde Flammen näherten. Ich rief lauter und dringlicher, um ihnen die Richtung anzugeben, denn inzwischen war es ganz dunkel geworden. Mit einem Mal verschwanden die Lichter wieder. Wichen sie zurück? Hatten sie es sich anders überlegt? Dann konnte ich aufgeregtes Sprechen hören. Fürchteten sie sich etwa vor mir? Was konnte ich anderes tun als rufen? Allein mein Kopf war noch nicht im Schlamm versunken. Ich hielt das Kinn hoch, als würde dies irgendetwas ändern. Wie

lange würde es wohl dauern, bis das schmatzende Erdreich mich gänzlich verschlungen hatte?
Nach einiger Zeit, die mir wie eine Ewigkeit vorkam, näherten sich die Fackeln erneut. Endlich konnte ich sie mit eigenen Augen sehen: Eine ganze Schar Eingeborener, Männer und Frauen, arbeitete sich durchs hohe Gras und Schilf hindurch. Sobald sie am Sumpf angelangt waren, näherten sie sich in einem schmalen Kanu. Bei mir angekommen, grinsten sie mir zu und zogen mich hinein. Dass sie selbst dabei tief im Schlamm versanken, schien sie nicht zu kümmern. Es war ein buntes Gewühl, einer stand dem andern bei. Ich war jedenfalls gerettet. Sie brachten mich in das Haus einer in der Nähe wohnenden Siedlerfamilie und haben danach bestimmt beim Schein des Vollmondes ihren Tanz fortgesetzt. Das Ganze war wie ein wilder Traum.
Das lange Stehen im Wasser und die furchtbare Angst hatten jedoch schlimme Folgen. Ich bekam Wechselfieber. Im Ochsenwagen wurde ich zu meiner Station gebracht. Die Frau, von der ich Milch kaufe und alles, was ich sonst noch brauche, bot mir an, mich zu pflegen. Das wollte ich aber nicht, denn nichts ist mir peinlicher, als anderen zur Last zu fallen. Die Frau sah trotzdem manchmal nach mir, kochte mir eine dünne Suppe und stellte einen Topf Milch an mein Bett. Dann kam meine Katze, legte sich zu meinen Füßen, und ich teilte die Milch mit ihr.

Ja, von meiner Katze muss ich Dir noch erzählen, sie verdient es. Du weißt, wie gern ich Tiere um mich

habe. Und meine Katze ist nicht nur sehr anhänglich, sie ist auch sehr klug. Manchmal begleitet sie mich ein Stück, wenn ich auf Sammeltour gehe, klettert auf Myrten und Gummibäume und macht Jagd. Dabei sammelt sie auch für mich. Es ist ganz rührend, was sie alles herbeischleppt. Frösche, Kröten, Eidechsen und dergleichen Getier. Die kleinen Säugetiere und Vögel behält sie für sich.
Ihrer Natur gemäß sammelt sie jedoch am liebsten nachts, ich aber schlafe dann lieber. Nun machte sie aber am Anfang so lange Lärm, bis ich aufstand und sie hereinließ. Das passte mir nicht, und ich lasse die Tür seither einen Spaltbreit offen. Wenn sie nun etwas gefangen hat, legt sie's vors Bett, springt zu mir herauf und weckt mich sehr sanft. Ich muss dann Licht machen und ihre Beute entgegennehmen. So viel habe ich ihr leider noch nicht beibringen können, dass sie fähig wäre, die Tiere zu unterscheiden. So bringt sie mir meist den gewöhnlichen Kram. Ich geb den Tierchen dann die Freiheit wieder, und Mieze sammelt unverdrossen weiter, stört dabei freilich meinen Schlaf, aber sei's drum.

Hoffentlich bekomme ich bald neues Arbeitsmaterial aus Hamburg und neue Kräfte, damit ich wieder tüchtig sammeln kann.
Sei auch Du mutig und unverdrossen und schreib mir ausführlich.

Es umarmt und küsst Dich
Deine Dich liebende Mutter

Hamburg, den 20.1.1865

Frau Amalie Dietrich!

Wir empfingen Ihren lieben Brief mit den sehr betrüblichen Nachrichten über Ihre Krankheit und das Feuer. Was Ihre Krankheit betrifft, so hoffen wir, dass Sie wiederhergestellt sind. Wir beunruhigen uns aber doch sehr um Sie und wünschen, dass Sie nicht länger ganz ohne Hilfe bleiben. Kennen Sie vielleicht jemanden aus früherer Zeit, dem Sie zutrauen, dass er Ihnen eine solche Unterstützung geben könnte, wie Sie und wir es brauchen? Für den Fall möchten wir Ihnen raten, dass Sie bald Schritte in der Sache tun. Arbeiten, die körperliche Kräfte beanspruchen, wie das weite Tragen von Pflanzen und Tieren, das Packen der Kisten und Tonnen, kann ein anderer tun. Wir wünschen aber ausdrücklich, dass die Leitung des Unternehmens ebenso wie die Führung der Kasse in Ihren bewährten Händen bleibt.

Was nun das Feuer anbetrifft, so tut es uns natürlich sehr leid, dass all das schöne Material sowie die kostbaren Sammlungen ein Raub der Flammen wurden. Wir können uns nur zu gut denken, wie unglücklich Sie darüber sind, und auch wir beklagen diesen Verlust aufs tiefste. Solche Unglücksfälle liegen aber nicht in menschlicher Hand. Sie werden alles getan haben, was in Ihren Kräften steht, um keine längere Unterbrechung in Ihrer Tätigkeit eintreten zu lassen.

Bei Empfang Ihrer traurigen Nachricht haben wir uns sofort mit der Anschaffung einer neuen Ausrüstung beschäftigt. Sie sehen hieraus, dass wir in jeder

Weise bereit sind, Sie weiterhin zu unterstützen. Wir geben Ihnen nur zu gern diese Beweise unseres großen Vertrauens.
Die Ausrüstung werden wir, da wir in nächster Zeit kein eigenes Schiff nach Australien senden, via England über Sydney an Herrn Heußler & Co. für Sie verschicken, und mit unserem ersten Frühlingsschiff werden wir dann weiteres Material folgen lassen.
Arbeiten Sie nur so treu und fleißig wie bisher, gute Frau Dietrich, und der pekuniäre Verlust so wie das sonst Verlorene werden bald wieder hereingeholt sein!

Wir freuen uns, dass Sie nördlicher gehen wollen, und möchten Sie nochmals bitten, nicht nur Skelette von dort vorkommenden großen Säugetieren, sondern auch möglichst Skelette und Schädel von den Eingeborenen sowie auch deren Waffen und Geräte zu senden. Diese Sachen sind sehr wichtig für die Völkerkunde.
Wir haben das volle Zutrauen zu Ihnen, dass Sie das alles machen werden.
Unser Museum zieht immer mehr Beachtung auf sich, und es ist der wissenschaftlichen Welt wohl bekannt, wie viel Amalie Dietrich zu dessen steter Ausdehnung beiträgt.
Von den Landschnecken war eine, und von den eingesandten Fischen waren sogar mehrere neu, auch teilen wir Ihnen mit, dass zwei Wespen nach Ihnen benannt sind.

Für heute grüßen Sie freundlichst
J. C. Godeffroy & Sohn.

Wolfenbüttel, 2.5.1865

Meine liebe Mutter,

seit Ostern bin ich nun in Wolfenbüttel im Institut. Meine äußere Erscheinung wurde zuvor einer gründlichen Veränderung unterzogen. Bisher machte ich ja nur wenige Umstände mit meiner Kleidung, aber das ist jetzt anders. Ich bekam eine große Krinoline, ein langes Schleppkleid und einen Kapothut. Dieser neue Kleiderkram ist mir bis heute noch immer sehr unbequem. Zuerst war mir alles zu groß und zu weit, und wenn ich an dem einen Ende raffte, so schleppte es am anderen, und ging ich nicht ganz sittsam, so machte mir die dumme Krinoline zu schaffen. Fräulein Traber hat mir gottlob eine Menge Verhaltensmaßregeln mit auf den Weg gegeben, bevor sie mich in das neue Pensionat entließ. Sie sagte, ich hätte mich nun zu benehmen wie ein erwachsener Mensch und müsse unter anderem immer daran denken, Handschuhe anzuziehen, wenn ich ausginge.

Als ich im Pensionat ankam, öffnete ein Mädchen ungefähr in meinem Alter die Haustür und fragte mich, was ich wünsche. Ich sagte, ich werde erwartet, und sie bat mich herein. Doch anstatt mich in ein Büro zu führen, wo meine Ankunft registriert würde, nahm sie mich an der Hand und führte mich in eine geräumige Diele, wo ein langer Tisch gedeckt war. Als ich mich das nächste Mal umblickte, war das Mädchen plötzlich verschwunden. Die Mädchen in weißen Schürzen eilten geschäftig auf und ab. Ich stand verlegen im Raum. Sollte ich eins der Mädchen ansprechen oder an der

Klingel ziehen, die am Eingang angebracht war? Das Warten half nichts, sie waren hier so beschäftigt, dass mich niemand wahrnahm, und deshalb zog ich zaghaft an der Schnur. Sofort standen alle still und starrten mich an. Eine kam auf mich zu und führte mich zu Fräulein Heimreich, bei der ich mich zu melden hatte. Wenn ich nur Worte fände, sie dir zu schildern! Sie ist groß und schlank, wie eine Fürstin, alles an ihr ist vornehm. Aschblondes Haar rahmt ihr geistreiches Gesicht ein, das sie mir bei meiner Ankunft mit fragendem Blick zuwandte. Ich war so versunken in ihren Anblick, dass mich erst ihre Ansprache aufschreckte. Was ich wünschte?

»Ich bin Charitas Dietrich«, stotterte ich. Mir schien, ein Ausdruck von Enttäuschung huschte über das ausdrucksvolle Gesicht. Dann aber trat sie auf mich zu, bot mir die Hand. »Willkommen, Charitas. Komm mit, ich lasse dir drüben im Schlafsaal deine Zelle anweisen. Nenn mich bitte Henriette. Wir nennen einander hier alle du.« Sprache und Tonfall hatten etwas Getragenes, eine gewisse Feierlichkeit, die wohl zu der Erscheinung, aber kaum zum Inhalt der Worte passten. Ich musste mich verhört haben. Dass wir Mädchen geduzt wurden, war selbstverständlich, aber dass auch wir die Damen mit ihren Vornamen rufen sollten, musste ein Missverständnis sein.

Wie im Traum folgte ich meiner königlichen Führerin. Der große Schlafsaal war durch Wände aus Leinwand in kleine Zellen eingeteilt. Henriette Heimreich stellte mir ein Mädchen namens Annette vor, das mir helfen

sollte, mich in der neuen Umgebung zurechtzufinden. Ich sollte mich beeilen, bald war Abendessen. Zitternd ordnete ich nur schnell mein Haar, und zusammen mit Annette ging ich hinunter in den riesigen Speisesaal. Viele fremde Menschen strömten herein. Würde ich wohl jemals so weit kommen, all diese Mädchen mit Namen anreden zu können? Würde je eine Zeit kommen, in der ich mich ebenso sicher und unbefangen in diesen großen Räumen bewegte wie all die anderen?
Jemand sprach das Tischgebet. Eine ältere Dame saß zwischen den Mädchen. Aus der Unterhaltung schloss ich, dass es eine Mutter war, die ihre Tochter hierhergebracht hatte. Ob das junge Mädchen wusste, wie unaussprechlich gut sie es hatte, dass ihre Mutter an ihrer Seite war?
Plötzlich wurde ich von meiner Nachbarin, einer nicht mehr jungen Dame, auf Französisch angeredet. Mein Schreck war so groß, dass ich mich nur hilflos umsah, und erst jetzt merkte ich, dass alle Mädchen an diesem Tisch französisch sprachen. Gewiss, ich hatte Französisch gelernt, hatte Übersetzungen geschrieben, Verben und Vokabeln geübt, aber ich konnte die Sprache weder sprechen noch das Gehörte verstehen. Ich stotterte verlegen herum und war erleichtert, als endlich die Tafel aufgehoben wurde. Alle Mädchen gingen in den Garten, ich folgte ihnen. Aber da war auch wieder Mademoiselle Heimreich, und sie blieb zunächst an meiner Seite. Nach einer guten Viertelstunde entschuldigte sie sich, um sich zu einer Gruppe unter den Bäumen zu gesellen. Zuletzt traf ich noch

mit Annette zusammen. Ich fragte sie, weshalb Fräulein Heimreich wohl so enttäuscht ausgesehen hatte, als sie hörte, wer ich war. Annettes Blick glitt prüfend über meine Gestalt. Zögernd sagte sie, sie könne sich denken, dass Madame sich unter einer Charitas etwas anderes vorgestellt habe. Der Name wecke gewisse Erwartungen. Damit verließ sie mich.
Im Bett grübelte ich lange. Mein Name weckte Erwartungen? Erwartungen, die ich vielleicht nie erfüllen würde, nie erfüllen könnte? Mit schmerzlichem Heimweh weinte ich mich in den Schlaf.

Alles hier ist zu groß, zu weit, geradeso wie meine neue Kleidung. Werde ich je hineinwachsen? Ach, wie viel übersichtlicher und leichter war es doch daheim und bei Fräulein Trabert.

9.5.

Am nächsten Morgen bekam ich meinen Stundenplan. Schon am ersten Tag hatten wir mehrere Stunden bei Fräulein Heimreich. Mutter, so habe ich noch niemanden sprechen hören! Ich saß dicht bei ihr, aber ich rückte unwillkürlich immer näher zu ihr heran, damit mir nur ja kein Wort entging. In ihren Stunden reihten sich gute Gedanken in herrlicher Form aneinander, und solange ich mich dem Zauber dieser Rede hingeben konnte, fühlte ich mich in eine höhere, bessere Welt versetzt. Plötzlich aber ertönte die Klingel, die Stunde war aus, und damit wurde ich jäh auf die Erde zurückgeholt. Ich fühlte erneut, wie armselig ich bin.

Fräulein Heimreich verlangte von uns, wir sollen das Gehörte schriftlich wiedergeben. Ach, wie stümperhaft fielen meine Versuche aus!
Dann die Aufsatzstunde. Thema: Der Frühling, ein Bild der Jugend. Gerade jetzt grünt und blüht ja alles. Die Fenster standen offen, und Bäume und Sträucher sendeten ihren Duft in die Lehrsäle. Beim Schreiben des Aufsatzes verlor ich mich in Träumereien. Glich mein Leben, meine Jugend, dieser Blütenpracht da draußen? Ich fühlte mich einsam und musste weinen. Nichts Gescheites kam auf das Papier. Die Bewertung war dementsprechend: Die Arbeit ist verfehlt.

Verfehlt, mein Blick ruht auf dem Wort, während ich diesen Brief schreibe. Wird es so bleiben? Wird mein Aufenthalt hier ein verfehlter werden? Überall fühle ich Lücken, überall fehlt etwas, was hier als selbstverständlich vorausgesetzt wird. Das macht mich mutlos und verzagt. Trotz der vielen Menschen, zwischen denen ich lebe, fühle ich mich einsam. Ich sehne mich immer so! Ich sehne mich nach jemandem, der mich liebhat. Doch alle, die mich liebhaben, sind so weit weg. Könnte ich zu dir …
Sei bitte nicht böse, dass ich wieder über meine Gefühle spreche, aber wem sonst sollte ich mich anvertrauen?
Für heute lebe wohl!

In treuer Liebe
Deine Charitas

Herzogswalde, 1865

Liebe Amalie,
ich meinte schon lange, für mich gäbe es keine großen Überraschungen mehr, doch siehe da, Dein Brief flattert mir auf den Tisch.
Du schreibst, Godeffroy habe Dir angeboten, eine Hilfe für Deine Arbeit in Australien anzustellen. Und niemand könne sich besser dafür eignen als ich.
Ich bin so erregt, dass ich kaum meine Gedanken sammeln kann. Du willst mich wiederhaben? Du schreibst, Du stellst es Dir schön vor, wenn wir unser Leben so beschließen könnten, wie es anfing, in gemeinsamer, fördernder Arbeit. Nur dieses Mal unter einer ewig lachenden Sonne. Keine kleinlichen Sorgen ums tägliche Brot, keine lästige Rücksicht auf die Meinung der Menschen. Wir dürften ausschließlich das tun, wozu unsere Neigung uns treibt, sammeln, was uns auf Schritt und Tritt entgegenwächst.
Wie jung Du noch fühlst!
Welche Kraft, welchen Eifer Du noch haben musst!
Kannst Du wirklich glauben, dass etwas so Schönes wie unsere ersten Ehejahre sich wiederholen könnte? Ich glaube es nicht, es liegt schon zu viel dazwischen, das hat seine unauslöschlichen Spuren hinterlassen. Nie mehr wird mir die Sonne scheinen. Aber Dir scheint sie, und Dein Herz, das ich in so unbegreiflicher Weise verkannt habe, wirft sie zurück. Wie Schuppen fiel es mir von den Augen, als Du Abschied nahmst, als ich merkte, dass andere Deinen Wert erkannten. Schon damals war's zu spät. Und obwohl ich

jetzt sehnsüchtig die Arme ausstrecke, sie bleiben doch leer. Ich kann nicht zu Dir kommen, niemandem wäre jetzt noch mit meinen Kräften gedient, denn ich habe keine mehr. Ich bin matt und krank an Leib und Seele, Du siehst es an meiner Handschrift. Es macht mir Mühe, Dir diese Zeilen zu schreiben.

Charitas ist gut aufgehoben? Auch dies ist Dir also gelungen. Ich wusste nichts von ihrem Aufenthalt in diesem Institut. Und Du bezahlst das alles? Ja, kannst Du das denn? Charitas und ich, wir sehen und schreiben einander ja schon länger nicht mehr. Grüße sie noch einmal von mir, es wird wohl der letzte Gruß sein. Bitte Sie, mir nicht böse zu sein. Gutmachen kann ich nichts mehr.

Mit welchem Interesse durchflog mein Blick den Katalog deiner gesammelten Schätze, und mit welch seltsamen Gefühlen sehe ich, dass viele Arten den Namen Dietrich tragen. Es kommt mir vor wie ein letztes Aufleuchten unseres Ruhmes, und nicht durch mich, wie ich in meiner Jugend hoffte, sondern durch Dich, durch das Malchen aus der Niederstadt! Was würde mein Onkel Hofrat aus Eisenach nur dazu sagen, wenn er noch lebte? Wie unzufrieden war er mit meiner Wahl, obschon ich die Hoffnung äußerte, ich würde Dich mit der Zeit zu mir heraufziehen. Schon damals glühte ein Feuer in Deinem Blick, ich verstand es nur nicht zu deuten. Ich hielt mich in der Beurteilung Deines Wesens an Äußerlichkeiten.

Wie lange hat jetzt mein Blick auf Acacia dietrichiana und auf Bonamia dietrichiana geruht. Der Katalog berichtet weiter: »Von Wespen sandte Frau Dietrich zwei neue Arten: Nortonia amalie und Odynerus dietrichianus.« Aber auch von eingesandten Nestern, Vögeln, Eiern, Schnecken und so weiter lese ich. Dass Du für die Botanik immer eine besondere Begabung hattest, das wusste ich längst, aber wie staune ich, dass du Dich auch mit all dem Übrigen, was Australien bietet, abgibst. Du sagst, die Godeffroys erziehen Dich, sie erweitern Deinen Interessenkreis.
Alles, was mir versagt blieb, ist Dir gelungen. Und doch meinte ich – Tor, der ich war – all die Jahre, ich sei in diesen Dingen der Berufene und Auserwählte. Weshalb dankst Du mir nur immer wieder? Ahnst Du denn nicht, wie sehr mich das schmerzt?

Jetzt reich mir im Geiste noch einmal Deine tapferen, fleißigen Hände und denke ohne Groll an

Deinen
Wilhelm Dietrich

Cormoral, Queensland, 2009

Nadine saß am Fenster des Coffeeshops. Sie umklammerte ihren Cappuccino mit beiden Händen, während sie nach draußen starrte. Ihre Tochter Alina war seit vier Tagen spurlos verschwunden.

Die Beklemmung raubte ihr beinahe den Atem, und sie zwang sich, ruhig zu werden und die Lage mit Besonnenheit zu betrachten. Sie war hier, um einen Mann zu treffen; einen Mann, von dem sie hoffte, dass er über Informationen verfügte, die sie zu ihrer Tochter führen würden.

Dieser Mann hatte offensichtlich Alexander Nordheimers Online-Artikel gelesen und daraufhin den *Berliner Morgenboten* kontaktiert. Der Journalist hatte es so eingerichtet, dass jede E-Mail, die zu seinem Artikel bei der Zeitung einging, automatisch und für Dritte nicht sichtbar zu Nadines privatem Account weitergeleitet wurde.

»Ich habe wichtige Informationen über Ihre Tochter. Bitte rufen Sie mich unter dieser Nummer an!«, las sie. Dem kurzen Text folgte eine australische Mobilfunkverbindung. Als Nadine die Nachricht gelesen hatte, wollte sie keine Zeit verschwenden und griff gleich nach ihrem

Handy, um dieser Aufforderung nachzukommen. Es klingelte nur zweimal, dann meldete sich eine männliche Stimme. Nadine war derart aufgewühlt, dass sie sich gar nicht erst vorstellte und stattdessen gleich nervös losplapperte.

»Was für ein Glück, dass Sie den Artikel gelesen haben! Ehrlich gesagt, hätte ich nicht damit gerechnet, dass der *Berliner Morgenbote* irgendetwas in meiner Sache bewirken könnte. Da habe ich Herrn Nordheimer wohl unrecht getan. Ich danke Ihnen jedenfalls von Herzen für Ihre Mail. Erzählen Sie: Was wissen Sie? Wie können Sie mir helfen?«

Am anderen Ende der Leitung entstand eine Pause.

»Hallo? Sind Sie noch da?« Nadine klang panisch.

»Ich bin noch dran«, antwortete die männliche Stimme mit dem dunklen Timbre. Nadine atmete erleichtert auf.

»Nicht am Telefon. Können wir uns treffen? Sagen wir im Café an der Hauptstraße von Cormoral.«

Nadine hielt vor Erstaunen für einen Moment das Handy vom Ohr ab. »Woher wissen Sie denn, dass ich hier bin?«

»Ich sagte Ihnen doch, dass ich über gewisse Informationen verfüge. Was ist nun? Wollen Sie erfahren, was ich über Ihre Tochter weiß, oder nicht?«

»Natürlich will ich das. Wann und wo?«

»Der Coffeeshop an der Hauptstraße, in einer Stunde. Keine Begleitung, keine Polizei. Ach ja, die Zeitung lassen Sie natürlich auch aus dem Spiel.« Nadine war so verzweifelt, dass sie den Bedingungen ohne Wenn und Aber zugestimmt hatte.

Gleich nach dem Anruf suchte Nadine die Polizeistation von Cormoral auf. Sie hatte nicht vor, den fremden Anrufer preiszugeben, informierte sich aber wie jeden Morgen um diese Zeit nach dem Stand der Dinge. Wie erwartet, hatte die Polizei keine Neuigkeiten für sie, zeigte sich aber hinsichtlich Nadines Zusammenarbeit mit der deutschen Zeitung verärgert, von der sie der Polizei am Vortag berichtet hatte. Die Polizei war der Ansicht, Nadines Einmischung gefährde die laufenden Ermittlungen. Diese Bemerkung bestärkte Nadine in ihrem Entschluss, die Polizei außen vor zu lassen, wenn sie in einer knappen Stunde den Unbekannten treffen würde. Bislang war sie vom Einsatz der Polizei nicht sonderlich beeindruckt.

Nadine saß im Coffeeshop, ihren roten Schal lose um die Schultern drapiert. Sie hatte keine Ahnung, wie der Mann, auf den sie wartete, aussah oder wie alt er war. Sie trank einen Schluck von ihrem kalt gewordenen Kaffee, stellte die Tasse ab und schob sie von sich. Plötzlich trat ein Mann auf sie zu. Er war glatt rasiert, ziemlich groß und von kräftiger Statur. Sein teuer aussehender Anzug, zu dem er ein gestreiftes Hemd und eine dunkle Sonnenbrille trug, schien ihm wie auf den Leib geschneidert. Fast unmerklich nickte er ihr zu, als er sich auf den Stuhl gegenüber setzte. Nadine schätzte ihn auf Anfang dreißig.

»Ich bin Urs«, sagte er.

»Nadine«, antwortete sie und reichte ihm die Hand.

Sie schwiegen, bis die Bedienung an ihren Tisch kam und die Bestellung aufnahm. Beide wollten Kaffee und sahen der jungen Frau hinterher, als sie zur Theke ging.

Nadine holte tief Luft, bevor sie zu sprechen begann: »Ich denke, Sie haben mir etwas zu erzählen.«

Der Mann rieb nervös seine Handflächen gegeneinander, streckte dann die Hände aus und legte sie flach auf den Tisch zwischen ihnen. Er behielt die Sonnenbrille auf, und Nadine fand nicht den Mut, ihn zu fragen, ob er sie für sie abnehmen könnte.

»Ich glaube, ich weiß, wer Ihre Tochter entführt hat.«

Nadines Herz pochte in ihrem Hals. Ihr Mund wurde vor Aufregung staubtrocken.

»Sie denken also auch, dass man sie entführt hat.«

Urs ging nicht auf ihre Bemerkung ein.

»Meiner Ansicht nach könnte es derselbe Kerl sein, mit dem ich es damals zu tun hatte. Als ich den Artikel in der Zeitung las, habe ich zum ersten Mal begriffen, dass, wer auch immer mich gekidnappt hat, wahrscheinlich auch all die anderen in seine Gewalt gebracht hat. Wenn er anderen angetan hat, was er mir angetan hat, dann muss ich mit Ihnen darüber sprechen. Aber ich werde niemals mit der Polizei reden. Niemals.«

Nadine schluckte.

»Ein Cappuccino, ein *Flat White*.« Die Bedienung verschwand so schnell, wie sie gekommen war. Mit zitternden Händen griff Nadine nach ihrem Kaffee und trank einen Schluck. Der Unterteller schepperte, als sie ihre Tasse ungeschickt abstellte. Eine angespannte Stille breitete sich zwischen ihnen aus, und Nadine fühlte, wie ihr ein Schauder den Rücken hinunterlief. Jenes unbedingte Gefühl von Dringlichkeit, das sich nach Alinas Verschwinden vor vier Tagen ihrer bemächtigt hatte, verstärkte sich in einem Maße, dass sie es kaum noch zu ertragen vermochte. Ihr wurde schwindlig. Sie atmete tief ein, sagte sich, dass nichts von dem, was sie sich gerade vorstellte, der Wahrheit entsprechen musste. Die Polizei sah keinen Anlass, nach Alina zu suchen. Womöglich aus gutem Grund. Vielleicht hatte man sie gar nicht entführt. Und falls doch: Wie groß waren schon die Chancen, dass es sich um den gleichen Entführer handelte, von dem dieser Mann hier sprach?

Sie sah ihn an. »Wollen Sie mir erzählen, was Ihnen damals zugestoßen ist?« Sie bemühte sich, so ruhig wie möglich zu klingen.

Die Bedienung brachte ihnen eine Wasserkaraffe und Gläser, fragte nach weiteren Wünschen. Urs verneinte, wartete, bis das Mädchen außer Hörweite war, und begann, seine Geschichte zu erzählen. Nadine bemerkte, wie schwer ihm das Sprechen fiel, beinahe so, als litte er unter einer Art Sprachbehinderung. Seine Lippen formten die Wörter zunächst stumm, bevor er sie nach einer quälenden Sekunde wie Fremdkörper ausspuckte.

»Meine Freundin und ich«, begann er schleppend, »wir fuhren damals mit einem Campervan von Cairns in Richtung Süden. Das war vor neun Jahren. Meine Freundin …«, er stockte, fuhr sich mit der Zunge über die Oberlippe, »…trug ein T-Shirt; es war rosa und hatte Engelsflügel vorne drauf.« Seine Hand machte eine kreisende Bewegung vor seiner Brust, um das Bild zu beschreiben. Er holte tief Luft. Nadine sah an seinem Adamsapfel, dass er fest schlucken musste, bevor er weitersprechen konnte. Sie saß auf der Kante ihres Stuhls, doch sie wusste, sie durfte ihn nicht bedrängen. Andernfalls könnte ihn der Mut verlassen, und sie wollte auf keinen Fall riskieren, dass er aufstand und ging. Sie biss sich auf die Zunge. Wenn er doch nur endlich reden würde!

Urs nahm einen Schluck von seinem Wasser und räusperte sich, als steckte etwas in seiner Kehle fest.

»Meine Freundin und ich … Wir haben uns gestritten. Nicht, dass unser Streit Einfluss darauf gehabt hätte, was später passiert ist. Wir waren nur zu sehr mit uns selbst beschäftigt, um unserer Umgebung größere Beachtung zu schenken. Entschuldigen Sie, ich schweife ab.«

Nadine war erstaunt, wie gewandt sich dieser Mann trotz seiner Sprachschwierigkeiten ausdrücken konnte.

»Als es allmählich dunkel zu werden begann, schaltete ein Wagen hinter uns das Licht ein. Ich bin mir nicht sicher, wie lange er schon hinter uns herfuhr – wie gesagt: Katrin und ich, wir waren damit beschäftigt, uns zu streiten. Die Straße wurde allmählich steiler, und unser Van wurde immer langsamer; der Motor quälte sich selbst in einem niedrigeren Gang. Plötzlich schaltete der Wagen hinter uns das Fernlicht ein und aus, und wir fuhren links ran, weil wir glaubten, er wollte uns überholen. Doch stattdessen hielt er hinter uns an. Dieser Typ …« Urs verschränkte die Hände ineinander, bis seine Knöchel zu knacken begannen. Wie erschrocken legte er die Hände in den Schoß. »Also, dieser Kerl tauchte plötzlich an meiner Fahrertür auf. Er schien freundlich zu sein, wies uns darauf hin, dass wir anscheinend Kühlflüssigkeit verloren. Er wollte für mich nachschauen. Ich selbst hab wenig Ahnung von Autos und war froh über seine Hilfe. Er verschwand sofort unter unserem Campervan, und als er wieder darunter hervorkroch, meinte er, wir hätten tatsächlich null Kühlung mehr und müssten unseren Wagen stehen lassen. Er bot an, uns in die nächste Stadt mitzunehmen, und betonte, es sei keine gute Idee, an der Stelle auf offener Straße im Van zu übernachten. Ich dachte mir nichts weiter bei seinem Vorschlag. Katrin erklärte sich auch einverstanden. Wir verstauten unsere Rucksäcke im Wagen des Fremden. Ich weiß gar nicht mehr, wer von uns vorne und wer hinten saß. Jedenfalls ging es weiter bergauf, tiefer in den Wald hinein. Unterwegs begegneten wir nicht einem einzigen Fahrzeug. Es dauerte eine Weile, ehe sich unser Retter vorstellte. Er nannte sich Ewan.

Wir begannen, uns zu unterhalten, und er fragte uns eine Menge. Woher wir kämen, wie uns Australien gefiel. Ganz normaler Small Talk. Und dann plötzlich, wie aus dem Nichts, schlug die Stimmung um. Keine Ahnung, weshalb. Ich muss irgendetwas gesagt haben, das ihn wütend machte, doch ich weiß beim besten Willen nicht, was das gewesen sein soll. Jedenfalls bog er urplötzlich links ab auf einen unbefestigten Weg, einen *Fire Track,* den er hinunterdonnerte. Auf einmal hielt er an. Ich kann mich nicht mehr an jede Einzelheit erinnern, aber ich erinnere mich noch genau an Katrins weit aufgerissene Augen.«

Nadine hörte ihm wie gebannt zu, versuchte, die Geschichte in sich aufzunehmen, doch ihre Angst um Alina machte sie fahrig und unkonzentriert. Die Schlaflosigkeit der letzten Tage hatte ihre Spuren hinterlassen: Sie war blass, nervös. Tausend Fragen kamen ihr in den Sinn, die sie Urs am liebsten ins Gesicht geschrien hätte. Doch er musste seine Geschichte in seinem eigenen Tempo erzählen, und wenn es noch drei Stunden dauern sollte. Sein Bericht half ihr schon jetzt mehr als alles, was sie von der Polizei gehört hatte. So viel verschwendete Zeit, so viel Ignoranz. Nein, von den Behörden erhoffte sie sich nicht mehr viel.

Urs' Stimme riss sie aus ihren Überlegungen: »Ich glaube, er hat ihr weh getan, während ich bewusstlos war. Als ich meine Augen öffnete, sah ich Katrin. Sie war wie ich an einen Baum gefesselt und starrte mich wie eine Irre an. Bestimmt wegen dem, was er ihr angetan hatte, und vielleicht auch, weil ich selbst ziemlich mitgenommen ausgesehen haben muss. Ewan schien verschwunden zu sein. Wir waren mutterseelenallein in dieser Hölle. Und wir wussten: Kam Ewan, oder wie auch immer dieses Schwein in Wirklichkeit hieß, nicht zurück, würden wir wahrscheinlich verdursten. Kehrte er zurück, dann gnade uns Gott.

In der Zwischenzeit versuchte ich, mir so viel einzuprägen, wie ich nur konnte. Ewan hatte ungefähr meine Größe und einen großen buschigen Schnurrbart, was etwas altmodisch aussah. Nach den Achtzigern oder so. Er war Australier, das hörte man an seinem Slang, und mit Sicherheit arbeitete er mit seinen Händen. Er war sehr stark. Nun komme ich an den Punkt der Geschichte, den ich …« Urs hielt inne und schaute seitlich zu Boden, so als würde er sich schämen. »Arme Katrin. Mein armer Engel«, sagte er mit kaum hörbarer Stimme. Er sah wieder auf. »Ewan kam zu uns zurück. Ich kann nicht sagen, wie lange er uns allein gelassen hatte. Vier Stunden? Sieben, acht? Wir waren schrecklich durstig. Jede Faser im Leib schmerzte. Er genoss seinen Auftritt sichtlich, gab uns aus seiner Wasserflasche zu trinken und warf uns ein paar Scheiben Toastbrot vor die Füße. Schließlich machte er erst mich, dann Katrin los, nahm uns die Knebel ab, damit wir essen konnten. Währenddessen hielt er ständig sein Scheißgewehr auf uns gerichtet. Bevor er ging, band er uns wieder am Baum fest und sagte, wir müssten eine Entscheidung treffen. *Ich komme wieder, und dann will ich von euch hören, wer leben und wer sterben soll. Eure Wahl. Ihr dürft es ganz allein unter euch ausmachen.*«

Nadine schauderte es. Wenn Urs, mit dem sie sich gerade unterhielt, offensichtlich lebte, brauchte es keinen messerscharfen Verstand, um sich das Ende der Story zusammenzureimen. Nadine versuchte, sich ihr Entsetzen nicht anmerken zu lassen. Während sie die in ihr aufkommenden Bilder unterdrückte, konzentrierte sie sich krampfhaft darauf, ihrem Gegenüber weiterhin aufmerksam zuzuhören. »Katrin fing an zu wimmern«, fuhr er fort, »ihr ganzer Körper bebte. Durch Kopfschütteln versuchte ich, ihr klarzumachen, dass wir uns auf sein perverses Spiel nicht einlassen dürften. Entweder wir überlebten diesen beschissenen Alptraum, oder wir starben gemeinsam. Eine andere Lösung gab es nicht.

Ewan kam wieder. Er schlug mich, stieß mehrfach ein Messer in meine Schulter und vergewaltigte Katrin vor meinen Augen.«

Nadine schlug sich die Hand vor den Mund, um einen Schrei zu unterdrücken.

»Er gab uns Wasser und Brot, dann ging er wieder.« Urs sah Nadine aus glasigen Augen an. »Ich kann Ihnen kaum beschreiben, was mir in den Minuten danach durch den

Kopf ging. Ich wusste nicht, was Katrin dachte. Würde sie mich ans Messer liefern? Hatte sie umgekehrt Angst, dass ich einknickte? Ich konnte mir beides nicht vorstellen, andererseits: Wer wusste schon, wie jemand, den man zu kennen glaubt, in solch einer extremen Lage reagiert? Unsere Situation war unvorstellbar. Katrin war zu weit entfernt von mir, als dass ich etwas aus ihren Augen hätte lesen können. Es war grauenhaft. Ich fühlte mich so schrecklich allein. Von aller Welt verlassen.«

Urs rieb sich mit Daumen und Zeigefinger die Nasenwurzel, senkte den Kopf.

»Noch eine Nacht in diesem Wald«, fuhr er fort. »Mit Sicherheit wurde zu diesem Zeitpunkt auch Katrin klar, wie ernst Ewan es meinte. Würde er uns beide umbringen, egal, wie wir entschieden? Das *Spiel* und unsere Qual erhöhten vielleicht nur den Kick, den ihm der Mord an uns verschaffte. Wir würden beide in diesem grauenhaften Wald sterben, langsam und schmerzhaft. *Am Ende werdet ihr darum betteln, dass ich euch töte.* Diese Worte werde ich nie vergessen.«

Nadine wagte nicht, ihn zu unterbrechen.

»Manchmal«, fuhr Urs fort, »manchmal verließ er uns nur für eine Stunde, manchmal für einen halben Tag oder länger. Jedes Mal brachte er weniger Essen, gab uns weniger zu trinken. Wir wurden immer schwächer. Und immer hatte er sein Gewehr im Anschlag, hielt es permanent auf uns gerichtet. Am Ende bin ich wohl wahnsinnig geworden. Die ständige Todesdrohung. Die Schmerzen. Vielleicht war ich aber auch nur nicht mehr ganz klar im Kopf, ich weiß es nicht. Sehen Sie, er gab uns diese Wahl …«

Nadine sah ihn an. Wie sie schon früher vermutet hatte, war Urs auf das kranke Psychospiel dieses Killers eingestiegen und hatte am Ende tatsächlich eine Wahl gegen Katrin getroffen. Zwischen Widerwillen und Mitleid schwankend, suchte sie seinen Blick.

»Wie … meinen Sie das?«, fragte sie vorsichtig nach, um ihren Verdacht von ihm bestätigt zu sehen. Urs schlug sich die Hände vors Gesicht und fing an, leise zu schluchzen. Nadine bemerkte, dass sich einige der Gäste nach ihnen umdrehten, und auch Urs musste es gespürt haben, denn er nahm sich zusammen.

»Ja, ich habe die Chance ergriffen, die Ewan mir geboten hat. Und darum ist Katrin nun der Engel. Aber sehen Sie mich an! Ich bin ein Wrack.«

Ein Zittern überfiel Nadines Körper.

»Warum haben Sie denn nichts gesagt, als man Katrins Leiche gefunden hat?«

»Der Schweinehund war schlau. Bevor er mich gehen ließ, hat er dafür gesorgt, dass ich meine Fingerabdrücke auf seinem Gewehr hinterlasse. Als hätte ich die Tat begangen, und in gewisser Weise stimmt das ja auch.« Wieder begann er zu schluchzen.

»Wie ging es dann weiter?«

»Als ich nach einer Ewigkeit die Straße erreicht hatte, hörte ich Motorengeräusche. Ein Pick-up-Truck fuhr erst an mir vorbei, doch dann legte er den Rückwärtsgang ein und hielt neben mir. Ich erzählte den beiden Waldarbeitern, ich hätte mich mehrere Tage lang im Busch verirrt. Meine Wunden erklärte ich mit einem bösen Sturz.«

Urs sah Nadine direkt in die Augen. »Ich erwarte nicht, dass Sie mich verstehen, doch genau zu diesem Zeitpunkt beschloss ich, mit meinem Leben so weiterzumachen, als wäre nichts passiert. Als hätte Katrin nie existiert.« Er schneuzte sich in eine Serviette. »Ich habe dann meine Eltern angerufen, ihnen meine Lügengeschichte aufgetischt und mir Geld für die Heimreise schicken lassen. Ich habe mich seither in meine Karriere gestürzt, um zu vergessen. Das ist mir aber nicht gelungen. Katrins Tod begleitet mich. Sie ist immer bei mir.«

»Wieso sind Sie hierhergekommen? Um mir Ihre Geschichte zu erzählen?«

»Ich will Ihnen helfen. Falls es derselbe Killer ist, werden Sie Ihre Tochter ohne meine Hilfe nicht finden.«

»Warum? Was wissen Sie, das die Polizei nicht weiß?«

Er machte eine Pause.

»Der Ort, an dem man Katrin gefunden hat, ist nicht die Stelle, wo er uns hingebracht hat. Ewan war schlau. Ich hatte in den letzten Jahren viel Zeit, darüber nachzudenken.« Er zog eine Karte aus seiner Hosentasche und faltete sie auf dem Tisch auseinander. »Hier, der Moorabool State Forest. Sehen Sie das rote Netz hier? Das sind die *Fire Tracks.*« Er tippte mit dem Zeigefinger auf die Karte. »Und das ist meiner Meinung nach die Stelle, wo er uns gefesselt und gequält hat.« Noch bevor Nadine einen genaueren Blick auf die Karte werfen konnte, faltete er sie schon wieder zusammen und ließ sie in seiner Hosentasche verschwinden.

»Ich konnte gar nichts erkennen. Zeigen Sie mir die Karte doch bitte noch einmal!«, sagte sie mit kaum verhaltener Hysterie in der Stimme.

Urs schüttelte den Kopf.

»Noch einmal: Wenn Sie zur Polizei gehen, verschwinde ich sofort. Und dann kann Ihnen keiner mehr helfen.«

Nadine nickte langsam. Sie durfte Urs nicht gehen lassen. Sie musste sein Vertrauen gewinnen. Unbedingt.

»Wollen Sie mir etwas über den Engel erzählen?«

»Katrin«, berichtigte er sie.

»Ja, natürlich. Katrin«, pflichtete sie ihm bei und zwang sich zu einem Lächeln.

»Sie war ein hübsches Mädchen. Ich war so glücklich, mit ihr zusammen zu sein. Etwas Besseres als Katrin konnte keinem Mann passieren. Ich … entschuldigen Sie, ich brauche etwas frische Luft.« Urs stand auf und ging zum Ausgang.

Nadine sprang sofort auf und ging zur Theke, um zu bezahlen.

»Warten Sie!«, rief sie ihm hinterher, als die Tür hinter Urs zufiel. Sie ließ das Wechselgeld liegen und lief sofort nach draußen. Wenn er jetzt wegfuhr, würde sie sich das nie verzeihen. Er ging zu seinem Wagen, Nadine holte zu ihm auf. Sie war außer Atem.

»Bitte gehen Sie nicht. Helfen Sie mir, meine Tochter zu finden. Wenn nicht für mich, dann tun Sie es für Katrin. Bitte!«

Urs blieb stehen und drehte sich langsam nach ihr um.

»Wenn Sie meiner Tochter das Leben retten, haben Sie etwas getan, wofür Katrin stolz auf Sie wäre«, flehte Nadine.

Er schien einen Moment nachzudenken.

»Wenn Sie wollen, zeige ich Ihnen die Stelle«, sagte er dann. »Allerdings bin ich psychisch nicht in der Lage, mit dem Wagen in den Wald hineinzufahren. Seit damals kann ich das nicht mehr. Sobald ich mich einem Wald nähere, bekomme ich Schweißausbrüche, Panikattacken. Ich könnte Sie höchstens zum entsprechenden *Fire Track* bringen und Ihnen den Weg beschreiben. Sie wären auf sich gestellt. Ich würde auf Sie warten und nach einer verabredeten Zeit anonym die Polizei informieren, dass sich eine Frau im Wald verlaufen hat. Den genauen Ort nenne ich der Polizei nicht. Es ist gefährlich. Sind Sie bereit, dieses Risiko auf sich zu nehmen?

5. Oktober 1865

Liebe Mutter,

endlich durfte ich wieder nach Hamburg zu den Meyers reisen! Und der Herr Doktor nahm mich an einem Tag mit ins Museum. Er war sehr freundlich und unermüdlich, mir alles zu zeigen, was Du geschickt hast. Plötzlich erschien Herr Godeffroy und unterhielt sich mit dem Herrn Doktor über Dich. Du kannst Dir gar nicht denken, wie gespannt ich aufhorchte, als er mit so warmer Anerkennung von Dir sprach. Er sagte, Du hättest ein bemerkenswertes Verständnis fürs Sammeln und Präparieren, hättest Dich mit bewundernswerter Energie in die ganz neuen Aufgaben gefunden, er könne nur sagen: Hut ab vor solcher Tapferkeit und solchem Fleiß! Ach Mutter, als ich das hörte, musste ich mich umdrehen und weinen. Wie liebenswert erschien mir in diesem Augenblick der Herr Godeffroy! Ich musste mir immer wieder verstohlen sein Gesicht ansehen. Es liegt etwas Großes, Klares in diesen Zügen. Wie gern hätte ich ihm meine dankbare Verehrung ausgesprochen, aber das wagte ich natürlich nicht.

Der Herr Doktor wies mich an, mir die Sammlungen noch in aller Ruhe weiter anzusehen, dann ging er. Aber denke Dir, kaum war er fort, sagte Herr Godeffroy zu mir: »Na, mein liebes kleines Fräulein, kommen Sie doch mit hinüber zu uns, ich möchte Sie meiner Frau vorstellen.« Und zu seiner Frau sagte er: »Sieh mal, liebe Emmy, da bringe ich dir die Tochter von unserer guten Frau Dietrich!«

Frau Godeffroy ist eine elegante Dame. Sie war sehr freundlich zu mir, fragte mich allerlei über mein eigenes Leben, und beide wünschten mir beim Abschied alles Gute für mein weiteres Fortkommen. Wenn ich nach dir artete, meinten sie, dann müsste ja etwas Rechtes aus mir werden.

Ach, wenn sie nur wüssten, wie schwer mir alles wird, wie klein und unsicher ich mich fühle und dass ich weder Lust noch Mut zu einem großen Kampf und Streben habe. Wenn sie wüssten, wie ich mich nach behaglichen, übersichtlichen Verhältnissen sehne, wo man nicht so große Anforderungen an mich stellt. Ein kleines, bescheidenes Heim mit viel Liebe, das ist meine Sehnsucht. Ich werde ganz ängstlich, wenn die Leute von dir auf mich schließen wollen.

Einen lieben Gruß sendet Dir
Deine Charitas

22. Oktober 1865

Liebe Mutter,
ich bin längst wieder im Institut, zurück bei Fräulein Heimreich. Denk Dir nur, was passiert ist! Ich war sehr krank und so schwach, dass man mich für ganze zwei Wochen nicht aufstehen lassen wollte. Sorge Dich nicht, mittlerweile bin ich wieder wohlauf! Doch in der Zwischenzeit ist etwas Schreckliches geschehen.

Ich habe Dir doch von Annette erzählt, mit der ich mich sehr angefreundet hatte. Während ich krank zu Bett lag, ist sie gestorben! Man wollte es mir erst nicht sagen, weil ich offenbar selbst in Lebensgefahr schwebte, und man fürchtete, ich würde die fürchterliche Nachricht nicht verkraften. Mutter, ich bin so traurig! Warum ließ Gott sie sterben? Sie wird tief betrauert und so schmerzlich vermisst. Nach menschlichem Ermessen wäre es doch viel verständlicher gewesen, wenn von uns beiden ich gestorben wäre. Ich hätte doch niemandem gefehlt. Um mich hättest nur Du geweint, und Dir könnte es eigentlich einerlei sein, wo Du an mich denkst. Wir haben ja doch nichts voneinander. Wirklich, es wäre mir auch sehr recht gewesen, denn ich fühle mich oft so unglücklich und einsam, so heimatlos. Solche Gedanken trage ich mit mir herum. Sie sind doch in meinem Fall ganz natürlich, oder? Ich bin so niedergeschlagen, dass es mir gleich auffällt, wenn ich mal von Herzen glücklich bin wie neulich im Museum.

Lebe wohl! Hoffentlich tun Dir die Einheimischen nichts.

Schreib bald Deiner
Charitas

Rockhampton, 2.2.1866

Liebe Charitas!
In welche Aufregung hat mich Dein letzter Brief versetzt! Mit derselben Post erhielt ich auch die Nachricht vom Tod Deines Vaters! Wusstest Du davon? Hat Dich

jemand unterrichtet? Ich habe eigentlich weder Platz noch Zeit, Dir jetzt zu schreiben, aber ich bin so erregt, dass ich Dir doch in aller Eile einiges sagen muss.

Du bist krank gewesen! Ein Zittern überfiel mich, als ich das las. Und der Gedanke, Dich verlieren zu können, lässt mich seither nicht los. Dabei bin ich Dir furchtbar böse! Was hast Du für alberne, schlechte Gedanken, dass Du meinst, Du hättest leichter entbehrt werden können als Deine Freundin? Ich habe in der weiten Welt doch niemanden mehr als Dich, und meine einzige Hoffnung ist, dass mich Gott gesund erhält, damit ich in ein paar Jahren heimreisen kann. Welchen Sinn hätte meine Heimkehr, wenn ich dann nicht mit Dir zusammen sein könnte? Endlich gibt's dann keine Trennung mehr für uns. Bis dahin habe ich so viel gespart, dass wir bei bescheidenen Ansprüchen miteinander leben können. Und Du verdienst dann vielleicht auch ein Auskommen.

Du schreibst: Es wäre Dir ganz recht gewesen, wenn Du an Stelle Deiner Freundin gestorben wärest? So, meinst Du? Mir wär's auch manchmal bequemer gewesen! Aber dazu sind wir nicht da, dass wir, wenn wir leiden, gleich die Flinte ins Korn werfen. Das Leben ist ein Kämpfen und Ringen. Du musst leben wollen, mein Kind, leben! Du musst in Dich gehen und fragen: Kann ich eine Aufgabe erfüllen? Habe ich vielleicht Gaben und Kräfte in mir, die entfaltet werden müssen, damit sie anderen zugutekommen?

Wenn Du die Krankheit überwunden hast, werde kampflustig! Blick nicht rückwärts, sondern schau nach vorne! Ach, Kind – gib mir bald Nachricht, wie es Dir geht!

Alles Übrige, was Du mir schreibst, hat mich natürlich sehr gefreut und interessiert. Wie glücklich macht es mich, dass Godeffroy mit mir zufrieden ist! Wenn er mir so unbegrenztes Vertrauen entgegenbringt, so freut mich das mehr, als ich sagen kann, aber es befällt mich auch immer ein Gefühl der Bangigkeit. Meine Verantwortung wird dadurch doppelt so groß. Man erwartet viel von mir. Bei jedem Unternehmen, das Geld kostet, erwäge ich zaghaft, ob es der Sache auch wirklich dient; aber wenn ich davon überzeugt bin, so wage ich es. Ich nehme mir Hilfe, denn ich kann dadurch die Zeit abkürzen. Neulich hat mir Godeffroy sogar angeboten, ich möge mir Pferd und Wagen anschaffen.

Ich bin mitten im Aufbruch, reise nach dem nördlich gelegenen Mackay. Du glaubst nicht, wie es bei mir aussieht, was hier alles herumliegt. Vögel, Säugetiere, Muscheln, Korallen, Insekten und Pflanzen. Vieles wartet noch aufs Abbalgen und Präparieren vor meiner Abreise, zwischendurch krabbelt mir noch allerlei lebendiges Getier zwischen den Füßen herum. Die Pflanzen muss ich noch durchsehen. Du weißt, wenn die Stengel nicht trocken sind, schimmeln sie.

Für heute lebe wohl, und vergiss nie, was wir trotz allem Vater zu verdanken haben, auch wenn Du anders fühlst. Schick wie immer Deinen Brief an Godeffroy, sein Schiff bringt ihn mir, wo ich auch sein mag.

In treuer Liebe,
Deine Mutter

Mackay, 17. Juli 1867

Liebste Charitas,
ich bin nun in der Nähe von Port Mackay. Die Siedlung wird von Europäern bewohnt, die sich seit zwei Jahren dem Anbau von Zuckerrohr widmen. Du müsstest mal solche Zuckerrohrplantagen sehen! Die ausgewachsenen Pflanzen können einen Reiter hoch zu Ross überragen. Die Ausbeute ist noch gering, nicht mehr als ein paar Pfund, dennoch durfte ich von dem süßen Granulat ein paar Körner probieren. Wie frisch und angenehm es schmeckt!
Zur Arbeit in den Feldern haben sich die Siedler kürzlich kräftig gebaute Arbeiter aus Polynesien kommen lassen, die sie »Kanakas« nennen. Anders als die hiesigen Eingeborenen, deren Haar meist glatt ist, haben sie üppiges Wollhaar und schmalere Gesichter.
Nicht weit von hier dehnen sich große Waldungen aus, deren gebirgiges Terrain mit seinen Wasserfällen reizvolle Abwechslung bietet. Durch die Vereinigung von Wald und Wasser ist eine große Mannigfaltigkeit in der Tier- und Pflanzenwelt entstanden, so dass es für mich

viel zu tun gibt. Aber eins findet man nicht, und das ist Gold. Diesem Umstand ist es zu verdanken, dass keine goldgierigen Europäer die Gegend überfluten. Die Eingeborenen Australiens können hier noch ungestört leben, und ich habe oft Gelegenheit, ihr Tun zu beobachten. Sie können sich sicher fühlen, solange sie nicht mit einem anderen Stamm in einen Kampf geraten. Neulich habe ich ganz zufällig einen mit angesehen.

Ich wurde durch wildes Schlachtgeheul, das durch den Wald schallte, aufmerksam und suchte mir einen geschützten Platz auf einer Anhöhe, von wo aus ich das Geschehen heimlich beobachten konnte.

Die Einheimischen bedienen sich im Kampf einer Wurfkeule, die bei den einzelnen Stämmen unterschiedliche Form hat. Daneben verwenden sie lanzenartige Spieße und vor allem die interessanten Bumerangs. Der Bumerang hat eine entfernte Ähnlichkeit mit einer Sichel; er ist aus hartem, schwerem Holz gefertigt und hat die Eigentümlichkeit, dass er wieder zu seinem Ausgangsort zurückkehrt, wenn er in der richtigen Weise vorwärtsgeschleudert wird. Das Holz muss hierfür ganz besonders präpariert werden. Nachdem es in Wasser geweicht worden ist, geben die Eingeborenen ihm die eigentümlich gedrehte Form und trocknen es dann in glühender Asche. Freilich gehören große Übung und ein kräftiges Handgelenk dazu, um den Bumerang mit Erfolg werfen zu können.

Die Kämpfenden haben auch Schilde aus Holz, die sie in ganz primitiver Weise mit Pflanzensaft oder einer braunen Erdart anmalen. Auf der Rückseite haben sie

einen Handgriff eingeschnitzt. Die Weiber sind am Kampf auch beteiligt, sie sammeln die Waffen auf und bringen sie den Kämpfenden zurück.
Schon von Rockhampton aus habe ich einige Waffen ins Museum Godeffroy geschickt. Hast Du sie Dir angesehen? Oder langweilen Dich meine Ausführungen?
Um die hiesigen Eingeborenen zu überreden, mir diese Dinge zu überlassen, habe ich immer einige Tauschartikel bei mir; allerdings muss ich damit sehr haushalten, denn wenn ich ihrem Begehren nachgeben würde, hätte ich bald nichts mehr. Ich muss alles gut verstecken, sonst stiehlt mir die Bande meine Vorräte. Alles lockt sie, und immer betteln sie, aber ganz besonders um Farbe. Je greller, desto besser. Ich glaube, neulich hat mir Farbe sogar das Leben gerettet.

Die Eingeborenen müssen mir irgendetwas schrecklich übel genommen haben, denn eines Tages kamen sie zahlreich und belagerten drohend mein Haus. Sobald ich mich zeigte, brüllten sie und gebärdeten sich wütend. Ich suchte auf allerlei Weise, mit ihnen zu verhandeln, doch sie ließen sich nicht darauf ein. Sie taten mir nichts, aber sie ließen mich auch nicht heraus. Wollten Sie mich etwa aushungern? Die Siedler kamen und versuchten, sie versöhnlich zu stimmen, alles vergeblich. Ich zeigte ihnen durchs Fenster Mehl, Spiegel, Tabak – die Schwarzen schüttelten den Kopf. Endlich brachte ich eine Farbe, die diese Männer hier noch nicht kannten. Ich rührte das Pulver an und zeigte ihnen die Wirkung auf einem Stück Holz. Sie stutzten, verhandelten untereinander, beruhigten sich und wurden schließlich durch die Farbe versöhnt. Wie froh war ich! Ich überließ ihnen alles, was ich davon hatte.

Du solltest mal sehen, wie überaus komisch sie sich benehmen, sobald ich ihnen einen Spiegel gebe. Ich muss oft laut lachen über das Erschrecken und Staunen, wenn sie plötzlich ihr Gesicht gleichsam in der Hand halten. Eilig gucken sie hinter den Spiegel, da steht der Kerl nicht. Sie gucken von vorn hinein, da ist er ja wieder! Verwirrt schütteln sie den Kopf und wiederholen den Spaß immer wieder. Wie die Kinder.
Kalkpfeifen nehmen sie auch gern, in denen sie ein unmögliches Kraut rauchen. Viele haben ein Loch in der Nase, und wenn sie nicht rauchen, stecken sie die Pfeife da hinein. Natürlich gehen sie nicht sehr sorgsam mit den Sachen um und verlieren sie daher oft. Als ich neulich an den Strand kam, krabbelte daher plötzlich eine Pfeife auf mich zu. Zuerst dachte ich: ›Na, was ist denn das für ein Wunder?‹ Ich rückte dem Ding zu Leibe, und dann sah ich, dass ein Krebs hineingekrochen war und sich damit fortbewegte.
Die Verständigung mit den Eingeborenen wird wohl eine schwere Sache bleiben, zumal ich auch immer wieder mit anderen Stämmen zusammentreffe. Aber ich bekomme nach und nach eine gewisse Gewandtheit darin, durch Gesten auszudrücken, was ich von ihnen will.
Mehl mögen sie sehr gern. Wenn ich ihnen in meiner Wohnung etwas davon in einer Tüte schenke, schütten sie es auf den Tisch, spucken darauf, rühren es mit dem

Finger um und essen es. Du kannst Dir wohl denken, dass sie mit ihren eigenen Mahlzeiten nicht viel Umstände machen. Sie entzünden im Wald ein Feuer, was sie mit bewundernswerter Geschicklichkeit zustande bringen. Sie nehmen dazu zwei Stücke Holz, am liebsten Korkholz. Das eine Stück wird auf die Erde gelegt, die flache Seite nach oben; das andere ist ein runder, gerader Stock, der wird senkrecht auf das liegende Holz gehalten und wie ein Quirl zwischen den Handflächen gerollt, wobei sich das obere Stück Holz in das untere bohrt. Schon nach kurzer Zeit steigt Rauch auf, und bald fangen die trockenen Zweige, die sie mit Vorsicht um den Stock herumschichten, zu brennen an. Ihr originelles Feuerzeug führen sie immer bei sich. In das Feuer werfen sie Fische, Frösche, Eidechsen, Käfer, Schlangen und Wespenlarven – die Letzteren sind besonders beliebt. Wenn das eben angebraten ist, verzehren sie es mit großem Appetit.

Sammeln kann ich hier so viel, dass ich das verschiedene Material kaum bewältigen kann. Pflanzen nehme ich immer noch am liebsten, aber die Tierwelt bietet so viel Interessantes, dass ich mit Freuden meine Aufmerksamkeit allen Gebieten zuwende. Hier gibt's besonders viele Vögel, und von einem muss ich Dir erzählen. Ich habe über diese Art nie vorher etwas gehört.

Eines Tages unternahm ich eine weite Tour in den Wald, da sah ich plötzlich etwas Allerliebstes vor mir. Auf der Erde stand eine niedliche Laube, aus Zweigen gebaut. In der Mitte lag ein kleiner Gang frei, belegt mit bunten Steinchen und Muscheln. Ringsherum war der Boden von Laub gesäubert. Entzückt starrte ich auf das kleine Kunstwerk, und dann entdeckte ich die Baumeister. Zwei graue Vögel von der Größe unserer Drosseln liefen geschäftig auf den geschmückten Wegen hin und her. Einer, ich vermute das Männchen, hatte ein rosafarbenes Diadem auf dem Kopf, einen kleinen Federkranz, der hinten offen war, während dem Weibchen dieser Schmuck fehlte.

Vögel und Laube musste ich natürlich haben, aber ich sagte mir gleich, dass es nicht leicht sein würde, die Laube zu transportieren. Ich brauchte dafür etwas aus meinem Haus, und so versuchte ich mir den Weg zu merken, denn es war meilenweit von der Siedlung entfernt. Meine Entdeckung ließ mir keine Ruhe, und gleich am nächsten Tag machte ich mich mit meinem Gehilfen, der einen Spaten und ein breites Brett trug, wieder auf den Weg zu meinem Fund. Heußler, mein Agent in Brisbane, weist mir dankenswerterweise hin und wieder Assistenten zu, meist Studenten aus Berlin oder Leipzig, die mich bei meiner Arbeit unterstützen sollen und die stets akribisch Buch über jeden ihrer Schritte führen, um ihren Aufenthalt in Australien für ihre akademische Karriere verwenden zu können. Glücklicherweise fanden wir noch die Spuren im Farnkraut, und bald sah ich wieder meinen hübschen Laubengang.

Vorsichtig hoben wir die Laube vom Erdboden ab und schoben sie auf das Brett. Auch das Vogelpaar mussten wir haben, und mit dieser kostbaren Beute traten wir den Heimweg an. Wie mühsam war dieser

Transport! Stundenlang mussten wir die Laube auf dem Kopf tragen, wobei wir uns abwechselten. Wir kamen nicht ungehindert vorwärts, denn eine eigentümlich mit Dornen besetzte Palmenart versperrte uns überall den Weg. Du kannst Dir vorstellen, wie mühsam das Wandern in einem solchen Wald ist, besonders mit einer so leicht zerstörbaren Last!
Jetzt sorg ich mich, ob die Laube auch gut in Hamburg angekommen ist. Solltest Du einmal die Meyers in Hamburg besuchen, so frag doch bitte danach, sieh sie Dir selbst an und schreibe mir, ob sie auch nicht lädiert ist.

Für heute lebe wohl. Sei herzlich gegrüßt von
Deiner Mutter

Lake Elphinstone, im Januar 1869

Liebe Charitas!
Beim Lesen Deines letzten Briefes ging mir so mancherlei durch den Kopf. Was wird Dir alles geboten! Wie verschieden sind unsere Lebenswege! Ich befinde mich gerade in völliger Einsamkeit.

Bis jetzt habe ich mich ja möglichst an der Ostküste aufgehalten und war nur immer weiter nordwärts gezogen, aber schon lange wollte ich tiefer in das Landesinnere vorstoßen. Da hörte ich, dass von Mackay aus eine Expedition zum Lake Elphinstone unternommen werden sollte, um Waren dorthin zu bringen und vor allem Wolle von dort an die Küste zu holen.

Ich fragte, ob ich mich anschließen könnte, und der Treiber, Mr. Craik, meinte, wenn ich den Mut hätte, fast ein Jahr lang in der kleinen Siedlung zu bleiben, bis eine neue Expedition dorthin unternommen würde, so sollte ich nur mitkommen.

Es wurden zwei Karren mit Lebensmitteln bepackt und vor jeden zwölf Ochsen gespannt. Auf dem einen Wagen war ein Leinendach aufgeschlagen, unter dem die zwei Kinder unseres Treibers untergebracht wurden; seine Frau lenkte den zweiten Wagen und schwang kühn die Peitsche. Mr. Craik ist Besitzer der Ochsen und der beiden Wagen, er zieht jahraus, jahrein mit Proviant von der Küste zu den verschiedenen Ansiedelungen und kehrt mit Wolle wieder in die Hafenorte zurück.

Wir kamen nur sehr langsam voran. Die Hauptschwierigkeit bestand darin, dass dieses Gebiet so wasserarm ist. Sobald wir Wasser fanden, wurden die Ochsen ausgespannt; wir machten Feuer, buken Dampers, ein einfaches Brot aus Mehl und Wasser, und kochten oder brieten etwas. Manchmal hatten wir unterwegs Eier gefunden, oder Mr. Craik schoss uns einige Vögel, und dann gab's eine feine Mahlzeit. Die Vögel wurden gerupft, ausgenommen und mit glühenden Steinen gefüllt, um die wir Blätter gewickelt hatten. Sie wurden dann auf weitere glühende Steine gelegt, und in kurzer Zeit waren sie zart und saftig. Meist benutzte ich einen solchen Aufenthalt, um meine Sammlungen zu bereichern, aber im Ganzen war die Vegetation hier sehr dürftig. Wir kamen freilich auch durch bewaldete Gebiete, aber diese dürren, schattenlosen Wälder mit ihren grauen oder braunen Bäumen sind wenig ergiebig. Alles ist still, dürr und heiß, und nur selten wird die Einförmigkeit durch den Schrei eines Vogels unterbrochen.

Nach drei Wochen erreichten wir endlich Lake Elphinstone. Es machte einen ganz wunderbaren Eindruck nach der langen Reise durch trostlose Gebiete, als wir eine Höhe erreichten und sich der große schöne See meilenweit vor unseren Blicken ausbreitete.

Ach, könntest Du doch nur einmal diese Wasservögel hier sehen! Tausende nisten an den schroffen Bergen. Besonders schön ist der Javiru, ein großer, fast schneeweißer Vogel, dessen Hals grün schillert. Sein Schnabel ist eine Elle lang und glänzt wie poliertes Holz. Auch Tausende von Enten tummeln sich am See.

Ich werde hier wohl hauptsächlich auf das Sammeln von Vögeln angewiesen sein, denn die Ausbeute für die Botanik ist verhältnismäßig gering, wenn ich auch einige Gräser und Halbgräser gefunden habe, die ich noch nicht hatte.

Die Siedlung hier besteht eigentlich nur aus drei Familien: einem Sattler, einem Gastwirt und einer Familie Hesse. Der Gastwirt hat zugleich einen Laden, in dem man alles Nötige bekommen kann, soweit der Vorrat reicht. Herr Hesse, bei dem ich wohne, ist Squatter und hat viele schwarze Arbeiter unter sich, deren einfache Hütten neben der eigentlichen Siedlung eine Art Dorf bilden.

Für mich ist es von besonderem Wert, dass ich durch Herrn Hesse allerlei über das Leben der Eingebore-

nen erfahren kann, denn er lebt schon jahrelang hier und kann sich ganz gut in ihrer Sprache mit ihnen verständigen. Er sagt, die Sprache dieses Stammes kennt kein c, f, s, z und v. Mir erscheint sie überhaupt recht unartikuliert, aber das kommt natürlich daher, dass ich sie noch nicht verstehe.

Neulich forderten Hesses mich auf, mir einen Festtanz der Eingeborenen mit anzusehen. Du kannst Dir denken, wie ich mich auf diese Gelegenheit freute, etwas mehr vom Leben der Eingeborenen kennenzulernen. Diese Tänze finden nur bei Vollmond statt, und damals in Rockhampton hatte ich ja schon einmal aus der Ferne etwas von dem wilden Treiben erahnen können.

Der Tanzplatz war sauber gefegt, und an der einen Seite hatten die Wilden ein großes Feuer errichtet, dessen rote Glut den phantastischen Eindruck des Ganzen noch erhöhte.

Mit wildem Geheul tanzten etwa zwanzig männliche Eingeborene in der Mitte des Platzes, während die Weiber einen Kreis gebildet hatten und den Takt schlugen, indem sie mit den flachen Händen auf ihre Schenkel klatschten.

Die Tanzenden waren grell bemalt und trugen wunderbaren Federschmuck in den Haaren, ja einige hatten sich sogar Muschelschalen mit Wachs an den Bart geklebt.

Während der Gesang aus einer einfachen Wiederholung derselben Strophe bestand, herrschte einige Abwechslung im Tanzen, da verschiedene Touren und Aufzüge wechselten. Bei einigen Touren schlugen die

Männer mit dem Bumerang den Takt und marschierten in geschlossenen Reihen vorwärts, dann wieder spreizten sie die Beine, stemmten die Hände in die Hüften und hüpften grunzend umher.
Der Tanz wurde die ganze Nacht hindurch fortgesetzt, und erst beim Morgengrauen ruhten sich die Tänzer etwas aus, fingen aber bei Sonnenaufgang wieder an, bis die zunehmende Wärme sie endlich zum Aufhören zwang.

Hoffentlich gelangt dieser Brief in Deine Hände, ich gebe ihn durchziehenden Ochsentreibern mit, die in diesen Tagen hier Rast machen, um ihr Lederzeug beim Sattler in Ordnung bringen zu lassen. Mein Mr. Craik wird wohl erst in einem halben Jahr wiederkommen, und ich bin froh, dass ich noch bei Hesses bleiben kann. In dieser großen Einsamkeit schließt man sich doppelt aneinander an, und seit ich in Australien bin, hab ich es noch nirgends so gut gehabt wie hier. Frau Hesse sorgt wie eine Schwester für mich, und alle versuchen, mir in jeder Weise beim Sammeln und Jagen behilflich zu sein. Hier gibt es nämlich, wie ich mittlerweile weiß, außer den herrlichen Wasservögeln auch allerlei interessante Säugetiere.

Du siehst also, dass ich es hier sehr gut habe und dass Du gar keinen Grund hast, Dich um mich zu sorgen.

In treuer Liebe
Deine Mutter

Cormoral, 2009

Pünktlich um acht am folgenden Morgen saß Nadine wieder im Coffeeshop und wartete in Wanderschuhen und mit Rucksack auf Urs. Sie hatte sich mit seinen Bedingungen einverstanden erklärt und nicht mit der Polizei gesprochen, obwohl sie lange darüber nachgedacht hatte. Doch dann war es ihr zu gefährlich erschienen. Der kleinste Fehler konnte ihre Tochter das Leben kosten. Das alles galt natürlich nur, sofern Urs' Vermutung stimmte und es sich tatsächlich um denselben Täter handelte. Wenn es überhaupt einen Täter gab …

Es erschien ihr fast absurd, wie sehr sie sich an diesen Strohhalm klammerte, den Urs ihr mit seiner Theorie bot. Diese Schreckensvision, dass ein Serienmörder ihre Tochter in seiner Gewalt haben könnte, erschien ihr fast erträglicher als die Hinhaltetaktik der Polizei. Wie sollte sie damit klarkommen, was die Polizei ihr riet: einen ganzen Monat zu warten, bis Alina aus ihrem wahrscheinlich selbst gewählten Versteck wiederauftauchte? Ein Liebesnest, ein Versteck vor der Welt – was auch immer junge Menschen dazu veranlassen mochte, abzutauchen, ohne irgendjemanden davon in Kenntnis zu setzen, der sie liebte und sich entsetzlich um sie sorgte. Das Horrorszenario von Urs gab ihr wenigstens die Möglichkeit, aktiv zu werden. Immerhin wusste sie von ihm, dass der Täter nicht gleich tötete, dass er es bevorzugte, seine Opfer langsam sterben zu lassen. Ihr Herz krampfte sich bei diesem Gedanken zusammen, und sie kämpfte gegen die aufkommenden Tränen an.

Sie schaute ängstlich auf ihre Uhr, dann aus dem Fenster. Würde er sie am Ende doch versetzen? In diesem Moment fuhr Urs wie geplant mit seinem gemieteten 4WD auf den Parkplatz vor dem Coffeeshop. Nadine atmete auf. Hastig trank sie ihren Kaffee aus, verschluckte sich und begann zu husten. Mit Tränen in den Augen stand sie auf, streifte den Rucksack über ihre Schultern und verließ das Café, um Urs gleich am Auto abzufangen. Nur keine unnötige Zeit verschwenden.

Es dauerte eine Weile, ehe sie seine Konturen in dem schmutzig weißen SUV erkannte. Sie hielt für einen Moment inne, wägte ein letztes Mal ihre Möglichkeiten ab. War es richtig, in diesen Wagen einzusteigen? Hätte sie nicht wenigstens mit Thomas darüber sprechen sollen? Nein, entschied sie. Er hätte ihr abgeraten – und sie womöglich für wahnsinnig erklärt. Und dann auch noch ohne Polizei.

Sie aber war überzeugt davon, dass Urs ihr die Wahrheit erzählt hatte. Zugleich war ihr klar, dass dieser Typ aufgrund seiner schrecklichen Erlebnisse zutiefst traumatisiert sein musste. Dieser gemeinsame Trip in den Wald war für ihn wahrscheinlich eine Form von Bewältigung. Nadine machte sich nichts vor: Urs nahm sie nicht deshalb mit, weil er Alina helfen wollte.

Aus diesem Grund hatte sie sich einen Backup-Plan zurechtgelegt. Sie war in die Outback-Community zurückgefahren und hatte im Vertrauen mit Barry Gordon, dem Tracker, gesprochen. Sie vereinbarten, dass er Urs und ihr am folgenden Tag unauffällig in den Wald folgen würde. Falls Urs an einem bestimmten Punkt nicht weiterwollte, würde sie aussteigen und sich allein umsehen. Barry würde dann wie zufällig auftauchen, um ihr zur Seite zu stehen. Wahrscheinlich würde Urs unter diesen Umständen Verrat wittern und sofort abhauen, und das wäre vielleicht nicht einmal das Schlechteste. Soweit also Plan B.

Außerdem hatte sie ein Handy mit GPS dabei. Sie würde also jederzeit wissen, wo sie war und wie sie zu ihrem Ausgangspunkt zurückfand. Nun musste sie nur noch hoffen, dass das GPS mitten im Wald ein Signal empfangen konnte.

Als letztes Mittel hatte sie ein Messer im Rucksack verstaut, ein einfaches Küchenmesser. Es fiel ihr schwer, sich vorzustellen, es im Kampf gegen einen Menschen zu benutzen. Aber wer konnte schon vorhersagen, wie er in einer extremen Situation handeln würde? Obwohl sie nicht wirklich daran glaubte, es im Ernstfall einzusetzen: Das Messer beruhigte sie.

Sie wagte nicht, nach rechts die Straße hinunterzuschauen, wo Barry geparkt hatte. Bestimmt hatte Urs sie genau im Blick, um sicherzugehen, dass die Polizei auch wirklich nicht im Spiel war. Sobald sie sein Misstrauen erweckte, wäre alles vorbei. Nadine kletterte in den Wagen und schenkte Urs einen dankbaren Blick.

»Ich weiß nicht, wie ich Ihnen jemals für Ihre Hilfe danken kann.«

Urs erwiderte ihren Blick. Seine Finger umfassten das Lenkrad so fest, dass seine Knöchel weiß hervortraten.

»Schon gut. Also dann mal los«, antwortete er und legte den Rückwärtsgang ein.

Keiner von ihnen sprach, als sie die Anhöhe der Hauptstraße hinauffuhren. Die bergige Landschaft beheimatete nahezu jede Art von Wald, die es in Australien gab: Manche Abschnitte waren tropisch, voller üppiger Farne und Orchideen, andere bestanden schlicht aus riesigen Eukalyptuswäldern.

»Ich glaube, es war hier«, sagte Urs plötzlich, »ich erinnere mich daran, dass wir einen steilen Hügel hinaufgefahren sind. Auf dem Scheitel ist der Kerl dann abgebogen.« Er fuhr links ran, als er den *Fire Track* gefunden hatte. Er sah extrem aufgewühlt aus. Nadine legte ihm zur Beruhigung die Hand auf den Arm.

»Sie schaffen das, Urs!«

Er schaltete den SUV in einen niedrigen Gang und bog vorsichtig auf den Track ein. Die unebene Schotterpiste war voller Schlaglöcher und mit kleineren Ästen übersät. Nadine musste sich festhalten, um nicht fortwährend gegen die Tür geworfen zu werden. Die hohen Eukalypten zu beiden Seiten wirkten auf sie wie die Stäbe eines Käfigs.

Der Wald wurde schnell dichter. Je länger sie fuhren, desto erdrückender empfand Nadine die sie umgebende Natur. Ihr Atem ging merklich schneller, und sie ermahnte sich zur Ruhe. Sie durfte sich nicht von Urs' Ängsten anstecken lassen. Sein Trauma hatte nichts mit ihr zu tun. Heimlich musterte sie ihn von der Seite. Die Augen fest auf die Piste gerichtet, umfuhr er geschickt die Hindernisse.

Nach mehreren Kilometern auf schnurgerader Strecke im State Forest richtete Urs seinen Blick plötzlich auf die linke Seite der Fahrbahn, so als suche er etwas. Ohne die geringste Vorwarnung trat er auf die Bremse. Schotter knirschte unter den Reifen des schweren Wagens. Vereinzelt flogen Steinchen hoch und prasselten wie Hagelkörner gegen die Windschutzscheibe.

Nadine stützte sich mit beiden Händen am Armaturenbrett ab, dann kam der SUV mit einem Ruck zum Stehen. Sie wandte sich Urs mit besorgtem Blick zu. »Was ist los? Warum halten wir?« Er wies mit dem Kinn nach links.

»Da, sehen sie den Track nicht?«

Nadine fiel nun auch der neue Weg auf, der im Neunzig-Grad-Winkel von ihrem wegführte. Auf den ersten Blick schien er noch rauher zu sein. Gestrüpp wucherte hüfthoch an den Rändern und fraß sich an einigen Stellen bis weit in die Piste hinein.

»Sie wollen doch nicht etwa da entlangfahren?« Eine steile Falte bildete sich zwischen ihren Augen. Die Strecke machte nicht den Eindruck, als würde sie noch irgendwer benutzen, keine abgeknickten Halme, keine Reifenspuren. Urs schien ihr die Zweifel vom Gesicht abzulesen.

»Von wollen kann nicht die Rede sein.« Wie zum Beweis sah er auf seine Hände herab, die wie Espenlaub zitterten. Als er bemerkte, dass Nadine seinem Blick gefolgt war, nahm er sie schnell vom Steuer. »Ich würde es für Sie tun, für Ihre Tochter, wenn Sie es immer noch wollen.«

»Danke. Ich weiß es zu schätzen.«

Urs richtete sich gerade auf und hob entschlossen das Kinn.

»Dann lassen Sie uns doch mal sehen, aus welchem Holz diese Kiste hier geschnitzt ist.« Er legte den ersten Gang ein, gab Gas und ruckelte auf die überwachsene Piste. Das Auto bog das dornige Gestrüpp um, bis es unter der Karosserie verschwand, wo es laut gegen den Unterboden schlug. Der Wagen fraß sich langsam vorwärts, und nach einer Weile schaltete Urs einen Gang höher. Ungefähr zehn Minuten später erreichten sie den Fuß eines größeren Hügels. Urs schaltete zurück. Der Motor jaulte auf, als sie berganfuhren. Auf halber Höhe hielt Urs plötzlich an. Er zog die Handbremse, stellte den Motor ab. »Ich glaube, wir sind da. Dort rechts.« Sein Finger zeigte ihr die Richtung an.

Nadine sah einen Pfad, gerade breit genug für ein Fahrzeug, und sie bemerkte Reifenspuren. Das Herz schlug ihr bis zum Hals. Sie waren offenbar nicht allein. Wer immer diese Spuren hinterlassen hatte, musste auf einem der anderen kreuz und quer verlaufenden *Fire Tracks* hierhergefunden haben.

Sie wusste erst nicht, was sie tun sollte. Dann beschloss sie, auszusteigen. Plötzlich hörte sie Motorengeräusche und erstarrte vor Angst. Dann fiel ihr Barry wieder ein, und erleichtert atmete sie auf. Sie hatte zwar nicht die geringste Ahnung, was als Nächstes passieren würde, aber Barry in ihrer Nähe zu wissen war beruhigend. Urs fuhr mit dem Kopf herum, beobachtete hinter sich die Piste. Sie folgte seinem Blick und konnte in der Ferne einen grünen Punkt ausmachen, der sich langsam auf sie zubewegte. Sichtlich erregt, öffnete Urs die Beifahrertür und rief ihr zu: »Schnell, steigen Sie ein. Wir verschwinden.«

Sie drehte sich zu ihm um. »Nein. Ich geh diesen Pfad entlang. Ich muss. Verstehen Sie das nicht? Wenn Sie zurückfahren wollen, fahren Sie in Gottes Namen!«

»Sind Sie denn wahnsinnig? Was, wenn in dem Wagen hinter uns der Killer sitzt?«

Nadine reagierte nicht auf seinen Einwand, ging stattdessen auf ihn zu. »Werfen Sie mir meinen Rucksack zu, und dann fahren Sie! Sie haben schon genug für mich getan.«

Urs griff sich irritiert an die Schläfen. Er wirkte panisch, folgte jedoch ihrer Aufforderung. Der Rucksack landete direkt vor ihren Füßen. Nadine hob ihn auf und zog ihn sich über die Schultern. Urs schaute ihr zu, und als sie die Hand hob, zum Zeichen, dass sie okay war, löste er die Handbremse, gab Gas und fuhr schlitternd den Hang hinauf. Nach wenigen Minuten war er hinter der Anhöhe verschwunden, und Nadine konnte hören, wie er beschleunigte.

London, den 5. April 1869

Liebe Mutter!

Du glaubst gar nicht, mit welchen Gefühlen ich Dir diesen Brief schreibe. Das, was ich mir seit Monaten vorgestellt habe, ist nun wahr geworden: Ich bin tatsächlich in London! Nach vier Jahren in Wolfenbüttel fühlte ich mich reif genug, um das Angebot von Frau Dr. Meyer anzunehmen: Ich sollte drei kleine Mädchen unterrichten. Nun bin ich ein ganz, ganz kleines Tröpfchen in dem unermesslich großen Meer von Menschen in dieser riesigen Stadt. Wenn ich manchmal so allein durch die Straßen gehe, vorüber an dem Strom von Fremden, von denen kein einziger mich kennt, da wird mir doch oft bange. Häuser, Straßen, Menschen! Unendlich viele Menschen! Mir ist oft zumute, als würde ich von der Masse weggespült. Der Abschied von Wolfenbüttel, von Frau Heimreich und all den Mädchen, wurde mir sehr schwer. Ich erinnerte mich noch sehr deutlich an die Eindrücke bei meiner Ankunft dort. Ich musste lächeln, wie sich meine Einstellung geändert hat. Damals fürchtete ich doch, ich würde mich niemals in dem großen Institut eingewöhnen, und nun war mir im Laufe der Jahre alles so vertraut geworden, dass ich mich im Schlaf zurechtfinden könnte.

Aber ich schweife ab, dabei wollte ich Dir doch von meiner Ankunft in London berichten! Meine lange Reise endete am Hafen, wo es wegen des schrecklichen Gewirrs an Menschen eine Weile dauerte, ehe ich die Droschke fand, die mir meine Londoner Arbeitgeber geschickt hatten, um mich zu ihrem Haus zu bringen. Wir fuhren eine weite Strecke. Rechter Hand sah ich Häuser, linker Hand herrliche Parkanlagen, zuletzt die Kensington Gardens. Schließlich hielt die Droschke nach langer Fahrt vor einem zweistöckigen Haus, das mitten in einem hübschen Garten stand. Mein Blick blieb an einem Fenster der zweiten Etage haften. Dort drückten sich drei blonde Lockenköpfchen, eins entzückender als das andere, an die Scheibe. Wenn die Kinder so lieb waren, wie ihr niedliches Aussehen hoffen ließ, dann müsste ich in London ein Stück Himmel auf Erden finden. Möge es mir gelingen, ihre Liebe zu gewinnen! Ein Mädchen öffnete mir die Tür und kümmerte sich um mein Gepäck. Ich wollte gleich zu den Kindern, und als ich mit ihnen sprach, kam ihre hübsche Mutter Käthe Kunkel auf mich zu, die Schwester von Dr. Meyer. Sie schenkte mir ein freundliches Lächeln und nahm mich herzlich in die Arme. Ich war so froh, dass ich sie schon von Hamburg her kannte und mit ihr deutsch sprechen konnte. Sie wollte allerdings nur noch vierzehn Tage in London bleiben, um dann ohne die Kinder einige Monate in Wolfenbüttel zu verbringen. Die ersten Wochen ohne ihre Unterstützung werden mir schwerfallen, aber sie versprach mir, in der Zwischenzeit alle meine Fragen bezüglich der Kinder ausführlich zu beantworten.

Mutter, ich bin sehr glücklich! Mein Zimmer ist geräumig und geht nach hinten raus, mit Ausblick auf einen wunderschön gepflegten Garten. Teile des Rasens werden mit einer großen Schere geschnitten! Kannst Du Dir das vorstellen? Das Essen ist sehr gut, was wohl dem deutschen Anteil dieses Haushalts zuzuschreiben ist. An die englische Kost mag ich mich nicht so recht gewöhnen. Der Hausherr ist meist auf Reisen, so dass ich und die anderen Bediensteten oft ohne herrschaftliche Aufsicht sein werden. Mrs. Buxton, die Hausdame, hat es sich unterdessen zur Aufgabe gemacht, mein Englisch zu verbessern, und wir halten regelmäßig Konversationsstunden ab. Die Kleinen sind die reinste Freude! Besser hätte ich es gar nicht antreffen können!

Mutter, ich muss Dir schnell noch etwas Aufregendes erzählen:
Wenige Tage nach meiner Ankunft legte das Dienstmädchen des Hauses einen Brief und ein Buch vor mich hin. Die Adresse war von fremder Hand geschrieben. Ich war ganz verwirrt. Es war ein steifes Kuvert, und die Handschrift war großzügig und kühn. Der Brief lautete:

> *Liebe Miss Dietrich!*
> *Es hat mich gefreut, auf dem Schiff Ihre Bekanntschaft gemacht zu haben. Ich hoffe, Sie sind wohlbehalten an Ihrem Bestimmungsort eingetroffen. Anbei schicke ich Ihnen eine Erinnerung an unsere gemeinsame Reise, beim Lesen der Geschichte musste ich an Sie denken. Hoffentlich macht Ihnen das Buch ein wenig Freude.*

Würden Sie mir wohl das Vergnügen machen und mit mir in Briefwechsel treten? Ich komme zuweilen nach London und würde mich freuen, Sie dann zu sehen.

Herzliche Grüße

Ihr aufrichtiger A. McDonald

Nach meiner Unterrichtsstunde las ich den Brief noch einmal. Es ist der erste Brief, den mir ein Herr schreibt, und ich gebe zu, er machte mich einigermaßen nervös.

Mutter, bitte denke nicht, dass ich auch nur einen Gedanken daran verschwendet hätte, diesem Herrn zu antworten! Ich habe die Erinnerung an die gemeinsame Überfahrt gleich begraben, genau wie den Brief. Er liegt nun ganz unten in meinem Koffer. Ich will nur, dass Du weißt, was mich so beschäftigt. Damit genug für heute!

Deine Charitas

Bowen, den 20. September 1869

Liebe Charitas!

Deinen Brief aus London habe ich mit sehr gemischten Gefühlen gelesen. Ich freue mich, dass Du glücklich in Deinem neuen Heim angekommen bist. Über den Teil Deines Briefes, der Dir selbst wohl als der beglückendste erscheint, bin ich jedoch recht erschrocken. Willst Du wohl Deine Gefühle im Zaum halten! Da kommst Du eben aus dem Institut heraus und verlierst wahrhaftig sofort Dein Herz an den ersten

Mann, der Dir entgegentritt? Ich habe solche Angst und Sorge um Dich! Was hat er denn gesagt? Was hat er geschrieben, das Dich im mindesten berechtigen könnte, Dich im Geiste mit ihm zu beschäftigen? Einen kühleren, sachlicheren Brief kann man doch schwerlich schreiben, aber Deine Phantasie baut wieder einmal Luftschlösser. Höchstens, dass Dich der Herr zum Briefschreiben auffordert, das ist der einzige Satz, der Dir eine kleine Berechtigung zum Nachdenken geben könnte. Das einzig Gescheite bei der ganzen Sache ist, dass Du den Brief im Koffer vergraben hast; da lass ihn nur ruhig liegen, das dicke Winterzeug wird seine Wirkung hoffentlich dämpfen. Besser noch wäre es gewesen, Du hättest diese Zeilen gleich verbrannt!

Jetzt fass nur Deine Aufgabe ins Auge! Wozu bist Du nach London gegangen? Doch wohl nicht in erster Linie, um da Dein Glück zu suchen. Du hast Pflichten zu erfüllen! Macht Dir denn Deine Aufgabe keine Freude?

Ich kann von mir sagen, mich macht mein Beruf ganz glücklich. Ich kann mich so sehr freuen, wenn Godeffroy mir seine Zufriedenheit ausspricht. Das ist mir jedes Mal ein solcher Ansporn, ich weiß dann gar nicht, was ich alles für ihn tun könnte, so dankbar bin ich. Je sicherer ich auf den verschiedenen Gebieten werde, desto reicher fühle ich mich. Du bist viel besser auf Deinen Beruf vorbereitet als ich; daraus folgt, dass man mit Recht mehr von Dir verlangen kann. Aber was tust Du stattdessen? Du träumst Dich in eine un-

wirkliche Welt. Wach auf! Was wird Dir alles geboten! Das ganze große London! Brauchst Du nicht alle Sinne, um aus diesem Strom zu schöpfen? Dein Geschick, Deine Zukunft überlass Gott und der Zeit, werde zielbewusst und treu in Deiner Arbeit!

Seit sechs Wochen bin ich in Bowen, wo ich wieder viel mit den Eingeborenen zusammenkomme. Vor allem habe ich nun endlich einen recht brauchbaren Gehilfen gefunden, einen Deutschen, der schon jahrelang in Australien lebt und sich daher ganz gut mit den Eingeborenen verständigen kann. Meine Assistenten bleiben in der Regel ja nicht lange. Nach ein, zwei Monaten, in denen ich sie mühselig im Botanisieren unterwiesen habe, sind sie schon wieder fort und taugen für meine Zwecke daher nicht viel. Doch dieser hier ist anders. Er kennt sich aus mit Land und Leuten, zum Teil besser noch als ich. Durch seine Hilfe ist es mir geglückt, recht viele Gebrauchsgegenstände einzutauschen. Schade, dass Du nun wohl so bald nicht wieder nach Hamburg kommst, wo Du sie sehen könntest.

Die Kultur dieses Stammes, wie überhaupt der Festlandbewohner, steht auf einer recht tiefen Stufe, und nur bei der Herstellung ihrer Waffen und der Gegenstände, die zur Jagd und Fischerei dienen, zeigen die Eingeborenen eine gewisse Geschicklichkeit. So habe ich hier zum Beispiel Angelhaken aus Schildpatt bekommen und einige Wurfbretter, die sie benutzen, um den leichten Speeren größere Flugkraft zu verleihen.

Die Eingeborenen können nämlich keine Metalle verarbeiten, und daher bestehen all ihre Waffen entweder aus hartem Holz oder aus Stein. So habe ich hier auch mehrere Steinmesser eingetauscht, die aus dreikantigen grünlichen oder schwarzen Steinen hergestellt sind. Oft ist am Griff ein Stück Kängurufell befestigt. Als Kitt benutzen sie eine Art Baumharz, das mit Wachs und Honig verknetet wird und sehr gut hält.
Sehr geschickt zeigen sich die Eingeborenen beim Flechten von Körben. Hierzu verwenden sie gespaltene Zweige, die sorgfältig mit Muscheln und Steinen geglättet werden.
Du solltest mal sehen, welch drolligen Eindruck es macht, wenn die Frauen bei aller Arbeit ihren Babykorb auf dem Rücken tragen. Als ich neulich eine schwarze Mutter ansprach und mir ihr Kind zeigen lassen wollte, zog sie es einfach an den Armen heraus, indem sie nach hinten griff, und das kleine Ding schien diese Behandlung durchaus nicht als etwas Ungewöhnliches zu empfinden. Herr Hesse sagte mir, dass ein Schwarzer nie sein Kind schlagen würde. Sobald die Kinder laufen können, werden sie weitgehend sich selbst überlassen; dafür sind dann aber auch die Erwachsenen noch wie unerzogene Kinder.

Schon lange hatten Godeffroys geschrieben, ich möchte ihnen doch Skelette von Eingeborenen besorgen, das war aber für mich allein gar nicht so einfach.
Kinderskelette konnte ich leicht bekommen, denn die Leichen von Kindern werden nur in einen hohlen

Baum gesteckt, der mit roter und weißer Farbe bestrichen wird. Krieger dagegen werden sehr feierlich bestattet. Meist baut man auf zwei nahe beieinanderstehenden Bäumen oder auf einem eigens dafür errichteten gabelförmigen Gestell ein breites Graslager, auf dem die Toten aufgebahrt werden und so lange liegen, bis die Sonne ihre Gebeine bleicht. Da die Eingeborenen befürchten, dass ihre Angehörigen dann »weiße Männer« werden und als solche schwer arbeiten müssen, begraben sie sie in flachen Hügeln, häufig in Ameisenhaufen, vor deren Eingang sie einige große Steine legen. Oder sie sammeln die Knochen und bestatten sie in einem hohlen Baum. Wann immer ein Stammesmitglied stirbt, knüpfen die Angehörigen für die Bestattungszeremonie eine lange Schnur aus gelben Grashalmen, die sie sich mehrfach um den Hals winden als Zeichen der Trauer; außerdem enthalten sie sich eine ganze Weile bestimmter Speisen, weil sie fürchten, dass sonst der Geist des Verstorbenen ihnen etwas zuleide tun könnte. Überhaupt ist die Geisterfurcht bei allen Wilden sehr stark ausgeprägt, deshalb werden den Verstorbenen auch oft die Beine zusammengebunden, damit sie nicht als Gespenster wiederkommen können.

Ich schicke nun mit diesem Schiff dreizehn Skelette und mehrere Schädel nach Hamburg. Hoffentlich werden Godeffroys damit zufrieden sein. Bei den männlichen Schädeln fehlt jeweils oben ein Vorderzahn, der wird den Knaben nämlich häufig in einer Zeremonie ausgeschlagen, wenn sie ins Jünglingsalter eintreten.

Ich habe hier überhaupt wieder sehr reiches Material gewonnen. In den Wäldern dieser Gegend findet man den »native bear«, ein sehr harmloses, niedliches Tierchen, das freilich nicht zur Familie der Bären gehört, sondern ein Beuteltier ist, aber durch sein tollpatschiges Wesen an einen jungen Bären erinnert. Zu herzig ist es, wenn das Junge groß genug ist, um den Beutel zu verlassen; dann setzt es sich gewöhnlich auf den Rücken der Mutter, die ihr Kindchen ebenso geduldig trägt wie die Eingeborenenmütter ihre Kleinen.
Aber wenn mich so ein harmloses Tierchen auch oft rührt, es hilft nichts; Godeffroys wollen es für die Sammlungen haben, da darf ich mein Gefühl nicht fragen. Wo es geht, sehe ich jedoch zu, dass nicht ich diejenige bin, die das Leben dieser höhergeordneten Kreaturen auslöscht.

Nun leb wohl für heute. Tu auch Du freudig Deine Pflicht und stell Dir vor, dass es nun gar nicht mehr lange dauert, bis ich zurückkomme, und dann hat für uns beide die Zeit des Entbehrens und Sehnens ein Ende. Daran hab ich all die Jahre gedacht, darauf hoffe auch Du.

In treuer Liebe
Deine Mutter

Bowen, den 8. Oktober 1870

Liebe Charitas!

Mit tiefer Bewegung habe ich Deine Briefe aus London gelesen. Du hast es so gut, siehst und lernst so viel, darum sei wachsam und lass Dich nicht verwöhnen! Ich erkenne aus Deinem Brief, dass Du Interesse für alle möglichen Dinge hast, aber mir scheint, gerade für Naturwissenschaft hast Du herzlich wenig übrig. Du schreibst mir von allem Möglichen, ich habe aber nicht gehört, ob Du in London auch den Zoologischen Garten besucht hast oder im Aquarium warst. Du müsstest ja manches gesehen haben, was von hier herübergekommen ist. Ich weiß, dass sie in London den australischen Hund, den Dingo, haben. Ich wollte ihn schicken, aber Godeffroys schreiben mir, dass sie ihn in London kaufen können.

Es wird wohl Zeit, dass ich bald nach Hause komme und Dich einführe in die Wunderwelt, in der ich mich bewege. Du müsstest ja eine lebendige Leiche sein, wenn Dich nicht höchste Begeisterung ergriffe bei dem, was ich erlebe.

Von Bowen ging ich nach Port Denison, und von da aus unternahm ich im Kanu, begleitet von zwei Gehilfen, eine Exkursion zu den etwa 26 englische Meilen entfernten »Holborn Islands«. Wir hatten uns für diese Tour besonders für den Fischfang ausgerüstet, aber selbstverständlich richtete ich mein Augenmerk auch auf alle übrigen Meereserzeugnisse. Was war das für eine paradiesisch schöne Fahrt! Die Worte fehlen mir, Dir ein Bild von dem zu geben, was ich hier schauen durfte.

Zwischen den Inseln und dem Festland war das Wasser so still, so klar, dass es die höherliegenden, bewaldeten Ufer des Festlands treu widerspiegelte. Über uns hatten wir einen strahlend blauen Himmel und unter uns? Eine Welt, die mich in Bewunderung erschaudern ließ!
Üppige Tange, dunkel gefärbt, wechselten mit zarten, fein geformten Algen, deren Farben vom dunklen Braun bis zum zartesten Grün und Rosa reichten. Ich habe von allen gesammelt und mir vorgenommen, Dir nächstens von den Algen eine kleine Sammlung zu schicken. Da ich viele Dubletten von allem habe, kann ich das ausnahmsweise mal tun. Sind diese tannenförmigen, feinen Gewächse nicht bildschön? Und die roten Korallen erst! Doch alle diese Sammlungen geben nur einen armseligen Begriff von dieser Märchenpracht.
Das Interessanteste sind aber die Fische. Dieser Reichtum an Form und Farben! Ich hatte eine reiche Ausbeute. Und die Farben der verschiedenen Fische solltest Du mal sehen! Vom zartesten Gelb bis zum tiefsten Orange, vom leuchtenden Rosa bis zum dunklen Purpur. Es gibt blau und gelb gestreifte, schwarz oder golden gepunktete. Es freut mich so, und es ist mir eine Beruhigung, dass Godeffroy die Fische nach der Natur malen lässt mit ihrer Farbe, wie sie sich hier

zeigen. Ich fürchte sonst, dass der Spiritus den Farbenzauber mit der Zeit zerstört.
Wenn man so von oben herabsieht, scheint im Wasser ein tiefer Frieden zu herrschen, aber sobald man weiter eindringt und sich mit den einzelnen Individuen mehr abgibt, wird man gewahr, dass da unten eine Raub- und Mordbande ihr Unwesen treibt, dass hier gleichsam »Gut und Böse« miteinander im Kampf liegen.
Ich habe einen rundlichen Haifisch gefangen – sonst sind Haie doch eher länglich –, dessen peitschenartiger Schwanz mit scharfen Stacheln besetzt ist. Mit diesem Schwanz schlitzt er den Fischen den Bauch auf und verschlingt sie sogleich. Aber auch andere, gewöhnliche Fische fing ich, die mich tückisch mit schiefem Maul und aus boshaften Augen anzustarren schienen; ihre Flossen sahen aus wie Stummelfüße, und ihr dunkler Körper war mit Warzen, Höckern und Stacheln besetzt. Doch neben den hässlichen Kreaturen existieren bildschöne helle Fische sowie auch solche, über deren Aussehen ich oft lachen muss. Da gibt es beispielsweise einen dicken, fast kugelrunden Kerl mit einem vom Kopf bis zum Schwanz lächerlich dick geschwollenen Bauch. Er sieht so unbeholfen und lustig aus, wenn er die kleinen flügelartigen Flossen spreizt.
Mit am wunderbarsten sind mir aber die Fische erschienen, deren Oberkiefer in eine lange, starke Doppelsäge ausläuft. Solche Sägefische habe ich mehrfach gefangen und den ganzen Fisch, aber auch die Säge einzeln nach Hamburg geschickt.

Während ich all das herrliche Material einpacke, stelle ich mir immer vor, wie Kurator Schmeltz es im Museum aufstellt. Schade, dass man den schönen Tieren und Pflanzen nicht etwas von ihrem Drum und Dran mitgeben kann. Losgelöst aus der Umgebung kann alles nicht so wirken, wie es sollte.
Wie wundervoll wird mir sein, wenn ich Dir dann später alles zeigen kann!

Herzlich, Deine Mutter

Bowen, im Januar 1872

Liebes Kind,
auf Iokkai glaube ich mich verlassen zu können. Was ihn seinerseits wohl am ehesten zu mir hinzog, war sein ausgeprägter Wunsch, ein »weißer Mann« zu werden. Tabak rauchen, Damper backen, schießen, Pferde zureiten, Hosen tragen und Deutsch sprechen, darin besteht sein Ehrgeiz. Freilich ist es mit unseren Unterhaltungen nicht weit her. Dennoch bemüht er sich redlich, über sich selbst und die Gebräuche der Eingeborenen zu berichten. Unter anderem erzählte er mir mittels lebhafter Gesten, dass er einst einen Weißen bestohlen habe, als er sich an eine Farm herangewagt hatte, wo ihn ein Waschkübel mit Kleidern in Versuchung führte.
Seit der Zeit scheint er aber gehörigen Respekt vor den Waffen der Siedler bekommen zu haben, denn er zeigte mir auf seiner Schulter die noch sichtbare Narbe einer Flintenkugel und versicherte mir eifrig, nie

mehr stehlen zu wollen. Er hat mir gesagt, dass er das Leben der Weißen liebt und selbst gern ein weißer Mann werden möchte. Er hält treu bei mir aus und verlässt mich während unserer kleinen Exkursionen immer nur auf kurze Zeit, um zu seinem Stamm zu gehen.

Seine Ausbildung liegt ihm sehr am Herzen, und er plagte mich immer von neuem, ihn reiten und schießen zu lehren. Doch von seiner Reitlust kam er bald ab, nachdem er einen tüchtigen Stoß von einem alten Packpferd bekommen hatte. Als Koch ist er mir von großem Nutzen und erspart mir viel Arbeit. Doch musste ich ihm erst auf die Finger sehen. So hatte ich ihm befohlen, sich bei jeder Zubereitung von Damper die Hände zu waschen, und als er eines Tages zu faul war, hinunter an den Fluss zu gehen, füllte er seinen Mund mit Wasser aus dem Eimer und spritzte es auf seine Hände, die er dann im Gras abwischte und mir zur Prüfung entgegenhielt, worauf ich ihn selbstverständlich den Reinigungsprozess in der richtigen Weise verrichten ließ.

Trotz all seiner Fehler ist mir Iokkai ganz unentbehrlich geworden, und er trägt durch seinen seltsamen Humor nicht wenig zu meiner Zerstreuung bei. Seit ich einige Worte seiner Sprache erlernt habe und mich mit ihm mehr recht als schlecht unterhalten kann, haben wir beide oft herzlich über unsere gegenseitigen »Erzählungen« gelacht. Wer weiß, was der jeweils andere verstanden hat!

Überhaupt haben die Aborigines viel Sinn für das Komische und brechen oft in unmäßiges Lachen aus. Sie besitzen ein ausgeprägtes Nachahmungstalent, das besonders bei ihren Tänzen zum Vorschein kommt, wenn sie das Hüpfen des Kängurus und die Bewegungen des Emus vortrefflich wiedergeben.

Den Wilden macht es nicht zuletzt viel Spaß, den weißen Mann nachzuäffen, und Iokkai hat mir so einiges abgeguckt, zum Beispiel den Mund zu spülen, die Hände zu waschen und so weiter. Er giert sehr nach meiner Seife, weniger aus Reinlichkeitsabsichten, als weil es ihm Spaß zu machen scheint, seine geschenkten Kleidungsstücke zu waschen. Trotz seiner Achtung vor dem Gewehr, den Kleidern und manch anderen Sachen der Weißen habe ich das Gefühl, dass er mich in seiner natürlichen Umgebung als sehr untergeordnet ansieht, was wohl nicht ganz unrichtig ist.

Einen lieben Gruß,
Deine Mutter

Cormoral, 2009

Das Dröhnen von Barrys altem Landcruiser erstickte jedes andere Geräusch. Nadine winkte ihm mit beiden Armen aus der Ferne zu und wartete ungeduldig, bis er bei ihr angekommen war. Barry hielt an, sprang aus dem Wagen und lief auf sie zu.

»Alles okay mit Ihnen?« Sie nickte. Barry sah sich um. »Wo ist denn Ihr Fahrer hin?«

»Ich hab ihn weggeschickt. Der Kerl ist vor Angst fast durchgedreht, weil er glaubte, Sie könnten der Killer sein. Ich fühle mich deshalb richtig mies, aber es geht um das Leben meiner Tochter.« Sie zeigte ihm den Pfad mit den Reifenspuren, die Urs und sie gefunden hatten. »Urs sagte, es war hier.«

»Hier ist der Ort, an den ihn der Killer damals verschleppt hat?«

»Ja.« Sie zog Barry am Ärmel. »Können wir jetzt los?«

Barry hob abwehrend die Hände, ohne zu antworten. Nadine wollte sich schon allein auf den Weg machen, als sie bemerkte, wie er in den Wald hineinlauschte.

»Keine Vögel«, sagte er und legte den Kopf schief, als überlege er, was dies zu bedeuten habe. Dann schien er zu einem Entschluss gekommen zu sein. »Okay, gehen wir«, stimmte er ihr zu. »Bleiben Sie hinter mir. Sie könnten sonst Spuren verwischen.«

Dankbar folgte ihm Nadine und achtete sorgfältig darauf, wie er dabei vorging. Er schaute von einer Seite zur anderen, bückte sich alle paar Meter, um sich einen umgeknickten Halm oder eine andere Spur näher anzusehen. Dabei murmelte er ständig vor sich hin, als wäre sie gar nicht anwesend. Überraschend öffnete sich der Pfad zu einer weiten Lichtung, und Barry versteckte sich hinter einem Baum. Mit der Hand bedeutete er ihr, es ihm gleichzutun, und Nadine gehorchte. Vorsichtig spähte sie hinter ihrem Baum hervor, konnte jedoch nicht erkennen, ob Barry etwas Ungewöhnliches ausgemacht hatte.

Leicht geduckt, schlich Barry aus der Deckung hervor und bewegte sich auf die Lichtung zu. Wieder bedeutete er Nadine zu folgen, gleichzeitig signalisierte er mit seiner zu Boden gerichteten Handfläche, sie solle sich ebenfalls in gebückter Haltung vorwärtsbewegen. Nadine blieb dicht hinter ihm, bis er unvermittelt stehen blieb und sich aufrichtete.

»Hier«, sagte er.

Nadine hatte keine Ahnung, was er meinte. Sie sah ihn fragend an. Er deutete mit dem Zeigefinger zur Erde, dann auf das Waldstück hinter der Lichtung.

»Hier war jemand. Diese Fußspur ist noch frisch.«

Wieder schlug ihr Herz schneller. Wenn die Spur frisch war, konnte noch nicht alles verloren sein. Sie wartete nicht erst auf ein weiteres Zeichen von Barry, sondern überquerte die Lichtung und ging auf den Wald zu. Erst als sie ins

Unterholz eingetaucht war, sich umdrehte und ihn nirgends entdecken konnte, spürte sie die unmittelbare Gefahr, in die sie beide sich begeben hatten. Wo war er abgeblieben? In plötzlich aufwallender Verzweiflung wäre sie beinahe ihrem ersten Impuls gefolgt, nach ihm zu rufen, doch schnell besann sie sich und suchte hinter dem nächsten Baum Schutz. Ihr Magen krampfte sich zusammen, während sie nach ihrem Beschützer Ausschau hielt. Wo hatte sich Barry versteckt und warum? Weshalb machte er sich nicht bemerkbar? Hatte er aus Angst vor seinen Geistern doch noch alles stehen und liegen gelassen und war abgehauen? Sie hielt die Luft an, während sie die Umgebung mit den Augen absuchte und auf Geräusche lauschte. Nicht weit entfernt knackte ein Zweig, als wäre jemand daraufgetreten. Sie holte Luft. Sosehr sie sich auch anstrengte, sie sah Barry nicht. Verdammt! Was sollte sie nun tun? Nadine spürte das Blut in ihren Schläfen hämmern. Verzweifelt versuchte sie, einen vernünftigen Gedanken zu fassen. Sie war an dem Ort, wo Urs ihre Tochter vermutete. Auf sich gestellt – es sei denn, Barry tauchte wieder auf. Er konnte nicht vom Erdboden verschluckt sein, gerade eben war er doch noch hier gewesen! Sie wartete. Bestimmt würde er im nächsten Moment sein dunkles Gesicht hinter einem Baumstamm hervorschieben und ihr ein Signal geben. Warum sollte er ohne ein Wort verschwinden und sie ihrem Schicksal überlassen? Nichts geschah, und sie entschloss sich, die Polizei zu verständigen, auch wenn sie Urs versprochen hatte, es nicht zu tun. Sie brauchte Hilfe. Nadine griff nach ihrem Handy. Ein Blick auf das Display genügte, und sie nickte erleichtert: Ihr GPS zeigte ihren Aufenthaltsort an. Sofort schickte sie eine SMS mit ihrer Position an die Polizei, in der sie um Hilfe bat.

Vorsichtig nahm sie den Rucksack ab, öffnete ihn und griff nach dem Küchenmesser. Als sich ihre Hand um den Griff schloss, schöpfte sie erleichtert Atem, dann verließ sie ihre Deckung und versuchte, den Fußspuren im weichen Waldboden zu folgen. Wie Barry es ihr im Interview erklärt hatte, achtete sie neben Schuhabdrücken, die sie nur vereinzelt fand, auf umgeknickte Halme, die ihr die Richtung wiesen. Jeder ihrer eigenen Schritte verursachte in ihren Ohren schrecklich laute Geräusche. Herabgefallene Eukalyptusblätter zerbröselten krachend unter ihren Wanderschuhen; das Knistern der Halme erschien ihr so laut, als würde neben ihr ein gefällter Baum zu Boden stürzen, Steine stießen aneinander wie eine Geröllawine. Nun bemerkte auch sie, was Barry von Anfang an in diesem abgelegenen Waldabschnitt so verstört hatte: Wo waren die Vögel, die tagsüber ansonsten fröhlich zwitscherten? Sie hörte sie nicht, sie sah sie nicht.

Während sich Nadine mit rasendem Puls langsam vorwärtskämpfte, vernahm sie nicht weit entfernt ein Geräusch, das sie augenblicklich innehalten ließ. Was war das? Ein Känguru, das sich vor ihr in Sicherheit brachte? Ein Emu? Nadine schnaubte verächtlich über die eigene Unwissenheit. Was wusste sie schon, wie sich ein Känguru oder ein Emu in freier Wildbahn anhörte? Sie ging weiter, suchte nach den Abdrücken im Erdboden. Wo war die Spur abgeblieben? Sie bewegte sich im Zickzack durch den dunkler werdenden Wald, ganz so, wie Barry seine Vorgehensweise beim Tracken beschrieben hatte, aber da war nichts. Wie konnte das sein? Sie griff sich mit beiden Händen an den Kopf und unterdrückte den Impuls zu schreien. Nach zwanzig, dreißig weiteren Metern gestand Nadine sich ein, dass sie die Spur verloren hatte. Weit und breit keine Erdvertiefungen mehr, die von einem Schuh stammten; kein einziger niedergetretener Halm. Panik stieg in ihr auf, und sie hob den Blick, um sich zu orientieren. Sie wusste nicht mehr, wo sie war, nicht einmal mehr, in welche Richtung sie gehen musste oder wo die Straße lag. Sie fing an zu laufen, langsam erst, dann immer schneller. Tief hängende Äste streiften ihren Körper. Ein Zweig klatschte ihr ins Gesicht, bevor sie sich wegducken konnte. Dann blieb sie an einer Baumwurzel hängen, geriet ins Straucheln und fiel der Länge nach hin. Sie rappelte sich auf, befühlte ihre Stirn. An ihrer Hand klebte Blut. Sie wischte die Hand an ihrer Hose ab. Schluss mit diesem sinnlosen Gerenne durch einen fremden Wald! Sie musste Vernunft annehmen, ruhig bleiben, nachdenken. Ein Geräusch ließ sie aufhorchen. Hatte sich da etwas bewegt? Sie drehte sich einmal langsam um die eigene Achse, aber da war nichts. Sie stand still, Tränen liefen ihr über beide Wangen. Wie unendlich naiv, sich ohne jede Erfahrung mutterseelenallein durch die Wildnis Australiens schlagen zu wollen!

Da ihre Chancen ohnehin lächerlich gering waren, gab sie schließlich jegliche Vorsicht auf. Sie rief nach ihrer Tochter, wartete auf eine Antwort.

Nichts.

Sie legte ihre Hände als Trichter um den Mund und schrie, so laut sie konnte, nach Alina. Sie rührte sich nicht, lauschte in den Wald hinein.

Wieder nichts.

Nadine spürte, wie heiße Tränen an ihrer Kehle hinunterliefen. Dann hörte sie wieder dieses merkwürdige Geräusch. Eine Art ersticktes Knacken, ein Laut, wie von einem großen Tier oder einem Menschen. Sie folgte dem Laut, ging schneller, fing an zu laufen. *Bitte, lass es Alina sein. Bitte!*

Achtlos und wie in Trance stolperte sie vorwärts, über Wurzeln und Geröll, fiel und fing sich wieder, rannte, immer weiter auf die Quelle des sich unregelmäßig wiederholenden Geräuschs zu. Als sie mit keuchendem Atem stehen blieb, dauerte es einen Augenblick, ehe sie begriff, wo sie sich befand. Nach Atem ringend, sah sie sich um. Sie stand wieder inmitten der Lichtung. War sie, ohne es zu wissen, zurückgelaufen? Hatte sie sich im Kreis bewegt? Sie war ohne Deckung, ohne Zuflucht.

Da – das Geräusch.

Ihre Augen suchten die offene Fläche ab, und dann weigerte sich ihr Gehirn für eine lange Sekunde zu erkennen, auf was sie da starrte.

»Alina«, schrie sie. Keine zehn Meter entfernt sah sie Alina auf dem Boden sitzen, die Arme auf dem Rücken zusammengebunden, den Körper in der Mitte mit einem dicken Seil an einen Baumstamm gefesselt. In ihrem Mund steckte ein Knebel. Dieses seltsame Geräusch, dem Nadine bis hierhin gefolgt war, kam von ihrem Kind, das um sein Leben schrie und dabei doch nicht mehr als ein dumpfes Ächzen produzierte. Hatte Alina die Vögel mit ihren fremden Lauten verscheucht oder war es so, dass Nadine ihre Tochter nur deshalb gehört hatte, weil die

Vögel aus irgendwelchen mystischen Gründen, wie Barry angedeutet hatte, nicht an diesem Ort sein wollten? Neben Alina stand ein Mann, der ein Gewehr auf sie gerichtet hielt. Langsam ging Nadine auf ihn zu. Die Sonne blendete sie. Sie kniff die Augen zusammen, runzelte die Stirn, konzentrierte den Blick ganz auf den Mann mit der Waffe. Dann, als sie endlich erkannte, wen sie sah, glaubte sie es nicht.

Bowen, Februar 1872

Amalie kniete auf dem Waldboden und bemühte sich zu erkennen, was ihr einheimischer Helfer ihr zeigen wollte. Sie beugte den Kopf bis zur Erde hinunter und folgte dem Fingerzeig des Schwarzen. Er schwatzte unentwegt, während sich sein Zeigefinger wie der Schnabel eines aufgeregten Vogels hierhin und dorthin bewegte. Außer ein paar einzelnen Wörtern, die für ihre gemeinsame Arbeit unentbehrlich waren, verstand sie fast nichts vom dem, was er sagte. Iokkai und Amalie verständigten sich für gewöhnlich mit Händen und Füßen. Dabei machte Amalie sich keine Gedanken darum, wie unbeholfen oder gar erheiternd ihr Kasperletheater auf Dritte wirken mochte. Sie waren ja meist nur zu zweit, wenn sie wie heute unterwegs waren, um ihre Spinnensammlung zu erweitern.

»Ich sehe nichts, Iokkai. Willst du mich wieder nur zum Besten halten?«, fragte sie auf Deutsch. »Ich hab keine Zeit für deine Scherze! Also, los! Wo ist die Falltür?«

Sie rieb ihre Augenlider. Sie gestand es sich nur ungern ein, aber ihre Sehkraft hatte in den letzten Jahren nachgelassen. Zwar hatte sie in Rockhampton eine Brille anfertigen lassen, doch sie taugte im australischen Tageslicht nichts; die Sonne spiegelte das grelle Licht in den Gläsern, und das störte Amalie. Ob es ihr passte oder nicht, sie war bei der Suche nach den Spinnen auf die Hilfe dieses Naturkindes angewiesen.

Iokkai wies nun auf eine Stelle am Hang unterhalb eines mächtigen Eukalyptusbaumes. Endlich erkannte Amalie die Falltür der Spinne und hob die Hand.

»Untersteh dich, mit dem Stock herumzustochern! Wenn die uns entwischt, kannst du sehen, woher du deinen Tabak bekommst. Vom mir bestimmt nicht.« Iokkai lachte und hielt ihr beide Handflächen hin, um seine Unschuld anzudeuten.

»Für jemand, der Angst vor Spinnen hat, verhältst du dich ganz schön forsch!« Amalie nahm ihre Sammelkapsel von der Schulter und griff hinein. Sie förderte ein Glas zutage, schraubte den Deckel auf und stülpte die Öffnung über den Eingang der Spinnenhöhle. Iokkai, der zuletzt ganz still geworden war, fing nun wieder an, mit beiden Händen zu reden.

»Ja, gut. Jetzt den Stock.« Sie blickte in Richtung seines Lieblingswerkzeugs, und Iokkai griff freudig danach. Amalie hob vorsichtig eine Seite des Glases an und gebot ihrem Helfer, den Stock in die halb geöffnete Falltür zu stecken.

»Sei bloß vorsichtig. Wenn du sie verletzt, ist sie nichts mehr wert, hörst du?«

Iokkai reagierte nicht. Stattdessen presste er seine Zungenspitze voller Konzentration an die Oberlippe. Amalie blickte gespannt auf das gut getarnte Rund aus Spinnseide und Erdkrumen. Plötzlich hob sich der Deckel, und die haarigen Vorderbeine des Tieres wurden sichtbar. Nun ging alles ganz schnell. Iokkai schob geschickt den Stock hinter den Körper der Spinne, die fluchtartig ihre Höhle verließ. Amalie packte blitzartig das Glas, in das die Spinne geflüchtet war, und schraubte den Deckel auf, ehe das Tier wieder entweichen konnte.

»Da wird sich unser deutscher Spinnenfreund, der liebe Doktor Koch, aber freuen!«, rief sie und erhob sich. »Für heute ist's genug, mein Lieber, lass uns nach Hause gehen, damit ich unsere Ausbeute präparieren kann.« Sie klopfte sich die Erde vom Rock, steckte das Spinnenglas in ihre Kapsel und gab sie Iokkai. Er hatte auf dem Rückweg das wichtige, aber für ihn höchst unbequeme Amt, die Kapsel zu tragen, die mit großer Sorgfalt behandelt werden musste. Amalie kam nicht umhin zu schmunzeln, wenn sie den Ernst sah, den Iokkai bei seiner Aufgabe an den Tag legte. Da er sich vor dem Gift der Spinnen sehr fürchtete, tat er jeden Schritt mit großer Behutsamkeit. Offenbar traute er den Gefäßen, in denen die weiße Frau die behaarten Monster gefangen hielt, nicht im Geringsten.

Während ihr Blick auf ihrem Begleiter ruhte, sagte sich Amalie, dass ihr die letzten Tage viel eingebracht hatten. Nicht nur Dr. Koch, der in der Heimat auf Arachniden spezialisiert war und der via Godeffroy Amaliens Hilfe bezüglich der australischen Spinnen angefordert hatte, sondern auch ihr Auftraggeber selbst würde zufrieden sein. Sie konnte den ihr noch verbleibenden Monaten in Australien leichten Herzens entgegensehen, weil sie zu Iokkai – so merkwürdig ihre Zusammenarbeit auch vonstattenging –

tiefes Vertrauen gefasst hatte und durch ihn bis zum Ende auf reiche Beute für ihren Auftraggeber hoffen durfte. Der schwarze Kerl war meist guter Laune und ein angenehmer Kamerad, nicht so roh und auffahrend wie viele andere, die über die Jahre für sie gearbeitet hatten.

Iokkai ging wie immer voran. Nicht, weil Amalie es so wollte, sondern weil er darauf bestand.

»Die Schlangen«, er malte ihr die Gefahr mit den Händen in die Luft, während er in gebrochenem Deutsch mit ihr sprach, »sie kommen auch aus den Bäumen. Ich sehe sie, du nicht.«

Iokkai war sehr stolz, die Tätigkeit der Weißen teilen zu können. Amalie hatte ihn gelehrt, sich anständig zu waschen, verlangte dies jedoch nur, wenn er den Koch spielte, und war dabei stets anwesend. Sein größter Spaß bestand im Backen von Damper, und hierin hatte er solche Fertigkeit erlangt, dass er keinem *bushman* nachstand. Hatte er den Teig geknetet und in die Asche gelegt, sammelte er sorgfältig die beim Verarbeiten des Mehls übrig gebliebenen Teigreste für den eigenen Verzehr, die er allmählich größer zu machen verstand, um seinen Anteil an der täglichen Brotration zu erweitern, doch Amalie drückte ein Auge zu; später erlaubte sie ihm auch die Zubereitung des Fleisches, sofern sie welches hatten.

Mit der Falltürspinne war die umfangreiche Sammlung der Arachniden so gut wie abgeschlossen. Hamburg zeigte sich schon jetzt höchst zufrieden mit dem Ergebnis. Dabei hatte es Amalie keiner besonderen Anstrengung bedurft, die Krabbeltiere zu fangen, zumal sie während ihrer angestammten Aufgabe als Pflanzensammlerin ganz natürlich auf das Habitat der gesuchten Spezies stieß. Sicher, die Präparation war eine viel aufwendigere Prozedur als das Trocknen und Pressen der Blüten und Blätter, doch die Anweisungen, die sie zusammen mit den Gläsern und dem Spiritus aus Hamburg erhalten hatte, waren klar und dementsprechend einfach zu befolgen. Wie oft hatte sie seit ihrer ersten Spinne nun wohl schon Tiere für den Versand präpariert? Es mussten mehrere hundert Exemplare gewesen sein, wenn nicht sogar mehr. Vor ihrer Abreise aus Deutschland hatte man sie mit den Grundprinzipien der Tierpräparation vertraut gemacht, und solange es sich nicht um Säugetiere oder Vögel handelte, machte ihr der neue Zweig ihrer Arbeit gar nichts aus – im Gegenteil! Amalie empfand ihn als äußerst bereichernd und interessant. Als Nächstes, so hieß es aus Hamburg, sollte sie sich neben der Botanik wieder stärker auf Fische konzentrieren. Kurator Schmeltz hatte ihr geschrieben, dass die Nachfrage in Deutschland außerordentlich hoch sei und bei weitem den Umfang bisheriger Lieferungen aus Australien übertreffe. Amalie blieb nicht mehr viel Zeit bis zu ihrer geplanten Rückreise in die Heimat, und dennoch rissen die Bestellungen aus Deutschland nicht ab, insbesondere Skelette von Einheimischen waren heiß begehrt. Prof. Rudolf Virchow, der bekannte Mediziner, Humanist und Anthropologe aus Berlin, benötigte offenbar Unmengen an Vergleichsmaterial für seine anthropometrischen Vermessungen. Unter seiner Leitung wurden spezielle Methoden entwickelt, um exakte Mess- und Vergleichsdaten zu erhalten. Amalie hatte hin und wieder einzelne Menschenknochen und Schädel in verlassenen Siedlungen der Schwarzen gefunden und sie an Godeffroy geschickt, doch schien ihm das nicht länger zu genügen. Immer wieder wies er in seinen Briefen eindringlich darauf hin, dass er vollständige Skelette benötige – je mehr, desto besser, aber so bald wie möglich mindestens acht weitere, auch die von Kindern. Wo sollte sie die denn so schnell finden? Gottlob hatte man ihr zur Unterstützung einen neuen Assistenten aus Deutschland geschickt. Soweit sie den Kurator verstanden hatte, sollte sich der junge Mann hauptsächlich um diese – ihrer Meinung nach – kaum lösbare Aufgabe kümmern.

* * *

Harald Neugerber wollte lieber heute als morgen Bowen verlassen und ins Landesinnere reisen. Die alte Dietrich fischte beinahe täglich im Meer, präparierte Teile des Fangs und kümmerte sich ansonsten um ihren Zoo, wie Harald die Schmetterlingsfarm und Amaliens zahme Adler abfällig nannte. Unglaublich, wie ungebildet diese Frau war! Natürlich nicht, was die Botanik anbelangte, da konnte sein akademisches Wissen nicht mit der über die Jahre erworbenen Erfahrung einer Amalie Dietrich konkurrieren. Doch die Art, wie sie sprach, wie sie sich kleidete – fürchterlich! Diese Frau schien hier, am Ende der zivilisierten Welt, aller Eitelkeit entsagt zu haben. Die erbarmungslose Sonne Australiens hatte ihr schlimm zugesetzt. Die Haut war tief zerfurcht und übersät mit dunklen Flecken, das strohige Haar trug sie stets in einem strengen und wenig schmeichelhaften Knoten zusammengefasst. Und ihre Kleider … allein der Gedanke an ihre meist zerschlissenen, stets schmutzigen Röcke ließ ihn schaudern.

Im Institut von Prof. Virchow hatte man ihn auf diese Person vorbereiten wollen, doch erst, seit er hier war und Seite an Seite mit ihr arbeitete, verstand er, was man ihm an der Universität schonend beizubringen versucht hatte. Diese Frau war eine Karikatur seines Berufsstands, die Bestätigung der vorherrschenden Praxis, keine Frauen mit einer naturwissenschaftlichen Aufgabe von einem solchen Ausmaß zu betrauen. Fachlich war sie brillant, keine Frage. Kaum etwas in der Natur, das Amalie Dietrich nicht mit seinem lateinischen Namen benennen konnte. Nichts, das sie nicht aufs akribischste für den Versand nach Übersee vorzubereiten und zu katalogisieren gewusst hätte. Jedes Wesen, jede Pflanze, auf die er seit seiner Ankunft in Bowen gestoßen war, konnte sie erklären, doch sobald er das Thema wechselte, war sie vollkommen verloren. Zwar kannte sie noch die Koryphäen des Fachs vom Hörensagen, wie beispielsweise Professor Reichenbach oder Dr. Otto Finsch, weil es ihre Arbeit betraf. Einmal soll sie Finsch sogar widersprochen haben, was die Beschreibung des Schnabels von *Tribonyx mortieri Du Bus* anbelangte, einer Spezies, die Dr. Finsch höchstselbst in Queensland vorgefunden hatte! Nein, von der Botanik und auch von Australiens Zoologie verstand sie wahrlich mehr als jeder, den Harald kannte.

Sobald sich das Thema jedoch um Kunst, Musik oder Malerei drehte, war an eine anregende Konversation mit der Alten nicht zu denken. Die gemeinsamen Exkursionen langweilten ihn unendlich. Kein Witz, keine Leichtigkeit. Nichts als Geschwätz über Flora und Fauna der unmittelbaren Umgebung – und dies im breitesten sächsischen Zungenschlag! Oh, wie sehnlich vermisste er seine Hamburger Kollegen!

Gottlob lieferte ihm sein Auftrag einen Vorwand, sich bereits nach Ablauf der zweiten Woche von ihr zu trennen. Wie erleichtert er sich fühlte, Bowen und seine kuriose Bewohnerin hinter sich lassen zu können. Auch das Englisch der Dietrich war eine Zumutung! Kein Wunder, dass die Alte sich meist in deutschen Siedlungen aufhielt. Aber all dies sollte ihn vorerst nicht mehr kümmern, er würde seinen eigenen Weg gehen. Auf Empfehlung von Amalie Dietrich und eines britischen Botanikers aus Bowen reiste er ins Inland zu den Archers, englischen Schaffarmern, die ungefähr einhundert Kilometer westlich von Bowen eine große Station besaßen. Der Mann hatte offenbar ein gewisses naturwissenschaftliches Interesse und freute sich auf die Abwechslung, den Naturwissenschaftler für eine Weile beherbergen zu dürfen. Frau Dietrich hatte es sich allerdings nicht nehmen lassen, ihn zu den Archers zu begleiten. Sie wollte sich persönlich für ihre Gastfreundschaft bedanken und zudem schon seit längerer Zeit die Gegend wegen der dort vorkommenden Schlangen aufsuchen. Sie und ihr lächerlicher Eingeborener würden ihm also wohl oder übel noch für ein paar Tage erhalten bleiben. Er ritt, während die anderen beiden mit der Kutsche fuhren. Das war ihm recht. So hatte er wenigstens seine Ruhe.

Die Umgebung war flach, einförmig und sumpfig, doch in der Nähe der Farm erhob sich eine kleine Hügellandschaft, die den ersten Eindruck ein wenig wettmachte. Als sie den höchsten Punkt erreicht hatten, eröffnete sich ihnen eine unglaublich weite Aussicht. Vor ihnen lag ein großer See, in dem die letzten Strahlen der untergehenden Sonne schimmerten und an dessen Ufer sich Hunderte von Vögeln tummelten. Wildgänse flogen schreiend auf, als sie sich näherten.

Das Haupthaus lag auf einer sich weit in den See erstreckenden Landspitze. Mit ihren vielen Häusern sah die Farm von weitem aus wie ein kleines Dorf. Sie hielten am Hauptgebäude, dessen Dach nach australischer Sitte mit Wellblech gedeckt war und das eine umlaufende Veranda hatte, an deren Eckpfeilern sich Heckenrosen emporrankten. Unten am Wasser war ein Garten angelegt, in dem unter anderem Ananas und Mangos wuchsen. Die schönsten Bäume im Sommergarten waren jedoch ein Tamarinden- und ein herrlich rot blühender Jakarandabaum. Am Rande des Wassers hatte man in großer Ausdehnung den in Australien nicht heimischen Papyrus angepflanzt, der zu einem dichten Busch herangewachsen war. Darin verfing sich rauschend der Wind, sobald eine Brise aufkam. Eine Art Sperling hatte sich dort offenbar zum Nisten niedergelassen und sang ganz herzzerreißend.

Iokkai kam bei Verwandten unter, die für die Archers arbeiteten. Der Empfang auf der Station war herzlich, und Harald wurde eingeladen, einige Zeit zu verweilen, um Untersuchungen in der Umgebung anzustellen. Mr. Archer glaubte, dass sich ein Aufenthalt für seinen Gast auszahlen würde. Das hiesige Tierleben, sagte er, sei zwar nicht so vielfältig, dafür aber höchst interessant.

Nachdem sie auf der Veranda zu Abend gegessen hatten, holte Mr. Archer sein Mikroskop hervor, damit Harald und Amalie einige von den Insekten betrachten konnten, welche zu Tausenden die Lampe umkreisten. Leider hatte ein ätzendes Sekret, das die weiße Ameise ausschied, das Glas ganz unbrauchbar gemacht.

Die Sommerwärme war drückend, der frühe Abend stockdunkel, nur ab und zu durch Blitze erhellt. Fledermäuse und Nachtschwärmer flogen durch die geöffneten Fenster und Türen ein und aus. Die Frösche am Wasser quakten so laut, dass sie die Unterhaltung störten, aber mehr noch als von den Fröschen fühlte sich Harald von Amalie gestört. Die höfliche Rücksicht des Ehepaares auf die Sprachschwierigkeiten der einfachen Sächsin ließ es kaum zu, dass die Unterhaltung ein anregendes Niveau erreichte. Innerlich seufzte er erleichtert auf, als sich die Alte endlich entschuldigte, eine gute Nacht wünschte und sich in das Gästezimmer des Haupthauses zurückzog.

Ihm selbst hatte man eine kleine Hütte als Arbeits- und Schlafzimmer zur Verfügung gestellt. Sie war derart eingerichtet, dass sie auch als sicherer Aufbewahrungsort seiner Sammlung dienen konnte. Da ihm sein europäischer Sommeranzug kurz nach seiner Ankunft zu warm geworden war, hatte er sich die gewöhnliche australische Kleidung angeschafft, die hier alle Männer zu tragen schienen: ein leichtes wollenes Hemd, darüber ein leinenes, das am Hals offen stand und dessen Ärmel bis zum Ellbogen hochgekrempelt wurden. Dazu Beinkleider aus dickem weißem Baumwollzeug, *Moleskine* genannt, weiße Baumwollstrümpfe und Schuhe sowie ein breit geränderter Filzhut. Der Anzug war billig und zweckmäßig zugleich. Harald war bereit für seine eigentliche Aufgabe. Zu dumm nur, dass Amalie im Weg war. Doch dagegen war nichts zu machen, er musste darauf warten, dass sie und ihr Lakai verschwanden. Bis dahin würde er sich die Zeit auf andere Weise vertreiben.

Ohne Amalie und Iokkai unternahm Harald einen mehrtägigen Ausritt in die Gebirgsgegend, dreißig Meilen von der Station entfernt. Die Archers gaben ihm einen ihrer Schwarzen mit, den sie Colin nannten. Er war in der Gegend aufgewachsen, konnte reiten und sprach leidlich Englisch. Kaum drei Stunden unterwegs, schoss Harald mit Unterstützung von Colin bereits einen schönen weißen Habicht und einige Exemplare der reizenden Diamanttauben. Diese hübschen kleinen Tiere waren zahlreich und wenig scheu. Er konnte sie ganz leicht töten. Der Einheimische gab sich still und zurückhaltend, wie die Schwarzen gewöhnlich beim ersten Zusammentreffen mit einem Weißen sind. Harald fragte ihn nach einer bestimmten Papageienart, die auf seiner Wunschliste stand, und nach einigem Zögern oder Nachdenken – Harald hätte nicht sagen können, aus welchem Grund der Schwarze innehielt – bedeutete Colin mit dem Kinn, ihm zu folgen, und spornte sein Pferd an. Zwei Stunden später erreichten sie einen Bach, an dessen Ufern dunkle blätterlose Bäume standen; sie machten auf den Deutschen einen melancholischen Eindruck. Das Wäldchen schien beim geringsten Windhauch tief zu seufzen, was in dieser einsamen Gegend ein wenig unheimlich anmutete. Die Männer stiegen ab und ließen die Pferde an der Uferböschung grasen. Es war später Nachmittag, ungefähr eine Stunde vor Sonnenuntergang. Colin beschirmte seine Hand vor der tief stehenden Sonne und schaute erst suchend in die Wipfel, dann auf den Boden. Harald folgte seinem Blick, und bald bekamen sie ein Paar dieser eleganten Papageien zu Gesicht, hinter denen Harald her war: Ein Männchen und ein Weibchen spazierten auf dem Boden umher und fraßen Grassamen. Wortlos griff Harald nach seinem Gewehr, das er an einem Riemen über der Schulter trug. Er legte an, zielte und drückte ab. Nachdem er das Männchen geschossen hatte, flatterte das Weibchen panisch auf einen nahe stehenden Baum. Harald sah aus der Entfernung deutlich ihre feinen scharlachroten Federn, die in den letzten Strahlen der untergehenden Sonne schimmerten. Er wollte sich auf den Weg machen, um den toten Vogel aufzunehmen, doch Colin hielt ihn am Arm zurück und legte beschwörend einen Finger auf seine Lippen. Harald war verärgert und wollte schon auffahren, doch dann sah er, wie das Weibchen zu seinem toten Männchen hinflog, um mehrere Male mit dem Schnabel den Kopf des toten Vogels anzuheben. Es ging behutsam auf seinem Körper umher, als wolle es ihn dadurch wieder zum Leben erwecken, und flog schließlich davon. Gleich darauf kam es mit einigen trockenen Gräsern im Schnabel zurück und legte sie vor den toten Vogel, wahrscheinlich damit der von den Samen fräße. Als auch dies vergebens war, wiederholte das

Weibchen seine früheren Versuche und flog endlich auf einen Baum. Colin nickte, und Harald machte durch einen Schuss dem Kummer des treuen Tieres ein Ende. Er wickelte das Pärchen in ein nasses Leinentuch, um die Körper möglichst kühl zu halten, und verstaute die Vögel vorsichtig in seiner Ledertasche.

Harald beschloss, die Nacht am selben Ort zu verbringen. Die Sonne war schon fast untergegangen, und die riesigen Bäume würden ihnen einen gewissen Schutz vor den Elementen bieten. Er wies Colin an, ein Feuer zu machen. Harald selbst mischte einen Teil des mitgebrachten Mehls mit etwas Wasser aus dem Bach, das er zuvor gekostet und für trinkbar befunden hatte, gab ein wenig Salz hinzu und füllte den Teig in einen Topf, den er in das heruntergebrannte Feuer stellte. Hungrig hob er hin und wieder den Deckel, um zu prüfen, ob das Brot bereits essbar wäre. Nach einer halben Stunde nahm er den Damper schließlich aus dem Topf. Er klopfte mit den Knöcheln auf die Rückseite des Laibes, nickte wohlwollend und brach ein Drittel davon für Colin ab. Seinen eigenen Anteil sowie eine dicke Scheibe Speck, die er sich von dem Stück schnitt, das ihm die Archers als Proviant mitgegeben hatten, spülte er mit einem Schluck Scotch aus seinem Flachmann hinunter. Während Colin den Topf im Fluss reinigte, machte sich Harald ein paar Notizen, bevor er sich zufrieden auf seiner Decke ausstreckte. Das Gewehr lag neben ihm. Er war jederzeit zur Verteidigung bereit, sollte sich die Notwendigkeit ergeben. In Colins Gegenwart fühlte er sich aber sicher. Der Einheimische war ihm nicht ohne Grund empfohlen worden, soweit er dies nach nur einem Tag beurteilen konnte.

Harald war schon im Begriff, in den Schlaf abzudriften, als Colin ihn ansprach. Harald zuckte zusammen.

»Was willst du?«, fragte er unwirsch.

»Vor halbem Mond auf Station schwarzes Kind gestorben. Wollen toten Körper, Mister?«

Harald war derart überrascht, dass er kein Wort herausbrachte. Er stützte sich auf seine Unterarme, richtete den Oberkörper auf.

»Was sagst du da?«

Colin, der mit gekreuzten Beinen am verglühenden Feuer saß, blickte ihn mit großen Augen an. »Die Mutter von tote Kind dumm. Legt Körper in Erde. Mister und ich, wir graben Kind aus, hängen zum Trocknen auf. Dann Mister nehmen Knochen mit auf Schiff.«

»Warum erzählst du mir das?«, fragte Harald erstaunt.

Colin hob die Schultern. »Mister schießen Vögel, aber nicht um zu essen. Colin weiß, Mister will mehr. Tabak? Hat Mister Tabak für Colin?«

Harald griff sich zunächst verwirrt an die Stirn, doch als er begriff, welche Gelegenheit sich ihm hier bot, blickte er Colin entschlossen an.

»Ja, sicher habe ich Tabak. Wie viel willst du denn für das tote Kind? Was sagt die Mutter? Hast du mit ihr über mich gesprochen?«

Colin nickte. »Mr. Harald gibt Mutter von Kind und Colin Tabak. Zwei Stangen. Dann er nimmt Kind mit.«

Harald Neugerber war erst kurze Zeit in Australien, doch er wusste bereits von einem befreundeten Zoologen, der sechs Monate hier verbracht hatte, wie selten es vorkam, dass die Eingeborenen ihre Toten herausgaben. Ihre eigenen mochten sie nicht stören, und die der anderen Stämme wagten sie für gewöhnlich nicht anzurühren. Haralds Freund hatte damals versucht, sich den Schädel eines Erwachsenen zu verschaffen, und diesbezüglich Bemerkungen vor zwei Schwarzen fallenlassen. Er versprach Tabak. Aus Furcht vor dem fremden Stamm ließen sich die beiden zunächst nicht auf den Handel ein, und erst nach längerer Zeit glückte es Haralds Freund, den Kopf zu erhalten. Bedauerlicherweise fand sich ein großes Loch darin, das den Schädel weniger wertvoll machte. Auf die Frage, wie das Loch entstanden sei, antworteten ihm die Eingeborenen, der junge Mann sei mit einem Steinwurf an den Kopf getötet worden.

»Lass uns morgen zur Station zurückreiten. Dann sehen wir weiter«, sagte Harald zu Colin.

Er legte sich hin, schob einen Arm unter den Kopf und starrte in den Sternenhimmel. Plötzlich verzog sich sein Mund zu einem breiten Grinsen. Sollte er in Colin den rechten Gehilfen für seine düstere Aufgabe gefunden haben? Wenn der Schwarze hielt, was er zu versprechen schien, könnte ihre Zusammenarbeit Ergebnisse zeitigen, die Haralds Karriere auf geradezu märchenhafte Weise beschleunigen würden.

Harald Neugerber sah keinen Grund, weshalb er seine nächtliche Unterhaltung mit Colin vor den Archers geheim halten sollte. Es war nicht verboten, eine Kinderleiche gegen Tabak einzutauschen, zumal die Mutter sich mit dem Handel bereits einverstanden erklärt hatte. Außerdem erhoffte er sich von den Archers weitere Unterstützung für seine wissenschaftliche Mission. Er setzte dabei vor allem auf Mr. Archers Interesse an Zoologie und Botanik. Sicherlich würde dem einfachen Mann eine lobende Erwähnung in einer der einschlägigen Fachzeitschriften schmeicheln. Amalie Dietrich kümmerte ihn nicht. Er war hier, weil er Godeffroy und Virchow zu wissenschaftlichen Zwecken etwas zu beschaffen hatte, wozu das verschrobene Weib offensichtlich nicht in der Lage war.

Nach seiner Rückkehr am folgenden Tag sprach er beim Mittagessen mit den Archers und der alten Dietrich sein Vorhaben ohne weitere Umschweife an.

»Mr. Archer, entschuldigen Sie meine Offenheit in einer etwas delikaten Angelegenheit – noch dazu beim Mittagessen. Doch wenn Sie erlauben, möchte ich mit einer Ihrer eingeborenen Arbeiterinnen einen Handel eingehen. Wie Colin mir erzählte, hat sie vor kurzem bedauerlicherweise ihr Kind begraben müssen. Nun höre ich, dass sie bereit ist, ihren verlorenen Sohn der Wissenschaft zu opfern. Sie will mir das Skelett überlassen.«

Mr. Archer ließ den Suppenlöffel in seinen Teller gleiten und stützte die Unterarme auf den Tisch.

»Sie meinen Garanta? Sie haben mit ihr gesprochen?«

Er wechselte kurze Blicke mit Amalie und seiner Frau.

»Ja, das habe ich. Gerade eben erst, und sie ist einverstanden. Ich müsste die Leiche ausgraben lassen, um den Verwesungsprozess zu beschleunigen. Je eher ich das Skelett verschicken kann, desto besser. Man wartet in Deutschland sehr darauf.«

Frau Archer stieß ihren Teller von sich und lehnte sich mit gekreuzten Armen zurück.

»Ich bitte Sie, Herr Neugerber!«, sagte sie angewidert.

»Mrs. Archer, Frau Dietrich, bitte entschuldigen Sie vielmals, ich bin ein schrecklich ungehobelter Mensch.«

Frau Archer schloss die Augen. Amalie Dietrich legte ihr beruhigend die Hand auf den Arm, hielt ihren Blick jedoch fest auf Harald Neugerber gerichtet.

Mr. Archer atmete hörbar aus, schob seinen Stuhl zurück und stand auf. »Bitte entschuldigt mich«, sagte er zu den Frauen, »ich will mit Colin und Garanta sprechen. Esst nur weiter.«

Harald Neugerber stand ebenfalls auf. »Wenn Sie nichts dagegen haben, begleite ich Sie.« Er nickte den Frauen zu, tupfte sich kurz den Mund mit der Serviette ab, warf sie auf den Tisch und folgte dem Farmer.

Das Gespräch mit Colin und Garanta verlief genauso, wie Harald es sich erhofft hatte. Die beiden bestätigten die getroffene Übereinkunft, von der er am Mittagstisch berichtet hatte. Allerdings war nicht zu übersehen, dass Mr. Archer die Idee, das Kind auszugraben, nicht behagte. Andererseits schien er sich nicht über die Wünsche und Vereinbarungen der am Handel Beteiligten hinwegsetzen zu wollen. Harald hielt es für klug, die Sache so schnell wie möglich festzuzurren, bevor es sich jemand noch anders überlegte. Garanta, der Tränen übers Gesicht liefen, gab er die erste Stange Tabak; die andere versprach er ihr gleich nach Übergabe des toten Kindes. Colin redete mit hastigen Worten auf sie ein. Harald las Zustimmung in ihrem Gesicht. Der Handel war ausgemacht. Er warf einen Blick auf Mr. Archer, der noch immer schwieg. Es beunruhigte ihn nicht weiter, schließlich konnte der Farmer mit eigenen Augen sehen, dass alles mit rechten Dingen zuging. Schließlich meldete sich Archer aber doch noch zu Wort, weil er eine Bedingung hatte: Er wünschte nicht, dass die Leiche auf seinem Farmgelände der Verwesung ausgesetzt werden sollte. Colin und Harald versprachen es ihm.

Zwischen beiden war so weit alles besprochen. Colin würde die Kinderleiche ausgraben und in einen geeigneten Baum zum Trocknen legen. Die harsche Sonne, Vögel und allerlei Tiere würden dafür sorgen, dass das Kinderskelett schon bald von Fleisch und Muskeln befreit wäre. In der Zwischenzeit wollte Harald Neugerber schnell an weitere Skelette kommen. Godeffroy und Virchow sollten die Augen übergehen! Sie würden es nicht bereuen, ihn mit dieser besonderen Aufgabe betraut zu haben.

Als Mr. Archer sich umdrehte, um zum Farmhaus zurückzugehen, legte Neugerber ihm die Hand auf die Schulter.

»Einen Moment noch, Mr. Archer«, sagte er, »die Wissenschaft in Europa steht schon jetzt in Ihrer Schuld. Sie ahnen nicht, welch großen Dienst Sie mir und den Kollegen daheim mit Ihrer Unterstützung erweisen.«

Mr. Archer machte eine höflich abwehrende Handbewegung, doch Harald sah den Stolz, der für einen Moment in den Augen des Farmers aufflackerte. Er zog ihn ein wenig näher zu sich heran. »Wir brauchen mehr«, fuhr er leise fort. »Die Forschung in Berlin und Hamburg benötigt noch mindestens sieben vollständige Skelette von Einheimischen. Wollen Sie uns dabei helfen?«

Mr. Archer blieb stehen. »Wie soll ich Ihnen denn helfen? Sie haben den Sohn von Garanta. Das war ein Zufall, der sich mehr oder wenig glücklich gefügt hat, aber ich wüsste nicht, was ich sonst für Sie tun könnte.«

Neugerber neigte den Kopf, bis sein Mund fast schon das Ohr des Farmers berührte. »Erschießen Sie nicht hin und wieder Eingeborene, die Ihre Farm überfallen, um Sie zu bestehlen?«

Mr. Archer drehte den Kopf und sah ihm verblüfft ins Gesicht.

»So etwas ist uns in all den Jahren noch nicht untergekommen, und ich wüsste nicht, weshalb sich das in den kommenden Wochen ändern sollte. Ich behandle meine Arbeiter gut. Weshalb sollten sie mich überfallen?«

Harald Neugerber war offensichtlich bemüht, eine andere Tonart anzuschlagen, und klopfte dem Farmer jovial auf den Rücken. »Ich wollte Sie keinesfalls beunruhigen«, sagte er mit milder Stimme, »aber hört man nicht immer wieder, dass Siedler von Einheimischen angegriffen werden?«

»Ja, das kommt vor«, sagte Archer, »und meist gibt es einen Grund dafür. Nicht jeder Siedler ist ehrlich. Ich will keine Namen nennen, aber manche zahlen den Schwarzen nicht, was sie ihnen für die Arbeit auf ihrem Land versprochen haben. Und dann kommen diese und holen sich, was man ihnen schuldet.«

»Mit Gewalt? Und das finden Sie richtig?«

»Überhaupt nicht. Genauso wenig, wie es mir gefällt, dass die Schwarzen um ihren Lohn geprellt werden.«

Verdammt! Fast hätte er ihn auf seine Seite gezogen, aber ganz so einfach, wie Harald es sich erhofft hatte, war es wohl nicht mit diesem bauernschlauen Kerl. Erneut klopfte er Archer auf die Schulter.

»Ich wusste es, Sie sind ein guter Mann, Mr. Archer! Hören Sie, von mir aus hat dieses Gespräch nie stattgefunden. Ich bin ganz auf Ihrer Seite, was die Behandlung der Schwarzen betrifft. Es ist nur … Frau Dietrich ist sozusagen meine Vorgesetzte hier in Australien, und sie hat mich als Ihren Assistenten von Anfang an unter einen gewissen Druck gesetzt, meine Aufgabe sorgfältig und rasch zu erfüllen.«

Mr. Archer sah den jungen Wissenschaftler mit gerunzelter Stirn an. »Was hat Frau Dietrich denn damit zu tun?«

Harald Neugerber rieb sich mit der Hand den Nacken. Dieser Archer war nicht ohne, er musste seine Worte mit Vorsicht wählen. »Nun ja, wie ich bereits sagte. Ich bin hier, um Skelette nach Deutschland zu senden. Möglichst bald. Sie hat mir nahegelegt, Siedler anzusprechen, um eventuell zu einer, sagen wir *besonderen* Art der Zusammenarbeit zu finden.«

Mr. Archer sah ihn an. »Halten Sie mich etwa für dumm, nur weil ich ein Farmer bin?« Er legte den Kopf schief und zog die Brauen zusammen, dass sich eine steile Falte zwischen seinen Augen bildete.

Neugerber schoss das Blut in die Wangen.

»Um Gottes willen, nein! Mir ist dieses Gespräch genauso unangenehm wie Ihnen und bitte, Sie müssen mir versprechen, Frau Dietrich nichts von dieser Unterhaltung zu erzählen! Sie würde darüber äußerst ungehalten sein und mich wahrscheinlich unverrichteter Dinge wieder nach Hause schicken.«

»Warum fragt sie mich nicht selbst?«

»Ich will ganz aufrichtig zu Ihnen sein. Wie Sie wissen, ist Frau Dietrich eine außergewöhnliche Botanikerin, die viele ihrer männlichen Kollegen in den Schatten stellt. Doch auch sie ist nicht ohne Fehl. Es muss wohl ihrer Weiblichkeit geschuldet sein, dass sie keine höher entwickelten Tiere wie größere Vögel oder Kängurus erlegt. Da komme ich ins Spiel. Ich selbst schieße natürlich auch noch längst nicht alles, was mir vor die Flinte kommt. Daher sind Frau Dietrich und ich auf die Hilfe von Leuten wie Ihnen angewiesen, wenn Sie verstehen, was ich meine. Es soll auch nicht Ihr Schaden sein.«

»Ich soll die Schwarzen für Sie erschießen?« Mr. Archer stand der Mund vor Erstaunen offen.

Harald Neugerber räusperte sich und hob beschwichtigend die Hände. »So habe ich das nicht gesagt. Ich meinte, im Falle eines Überfalls mit tödlichem Ausgang auf der Angreiferseite ...«, doch da unterbrach ihn Archer auch schon.

»Unterstehen Sie sich und sagen Sie auch nur einen weiteren Satz in diese Richtung, Sie gottloser Mensch!«, rief er wütend und drückte Neugerber seinen Zeigefinger auf die Brust. Der wich ein paar Schritte zurück. Dieser Kampf war verloren.

»Ich möchte, dass Sie und Frau Dietrich sofort unsere Station verlassen, und lassen Sie sich bloß niemals wieder hier sehen. Haben Sie mich verstanden?« Weiß vor Zorn und mit geballten Fäusten, die er an seine Hosennaht presste, stapfte Mr. Archer davon.

Moorabool State Forest, 2009

Nadines Herzschlag setzte beinahe für einen Moment aus. Ihr Gehirn musste ihr einen üblen Streich spielen. Ihr wurde heiß und kalt zugleich, als sie den Mann zweifelsfrei erkannte. Es war Urs, und er zielte mit dem Lauf nicht auf Alinas Kopf, wie Nadine in ihrer Panik zunächst befürchtet hatte, sondern hielt das Gewehr in einer Art Verteidigungsposition.

Eine Welle der Erleichterung überkam sie. Anscheinend hatte er sein Trauma doch überwunden und es irgendwie geschafft, vor ihr bei ihrer Tochter zu sein. Sie war erstaunt, dass er ein Gewehr dabeihatte. Es musste im Kofferraum gelegen haben. Auf verquere Weise fühlte es sich gut an, dass er bewaffnet war.

Als Urs sie erkannte, senkte er den Arm, der das Gewehr hielt, und hob die Hand zum Gruß.

»Wir haben es geschafft. Wir sind bei ihr!«

Etwas in seiner Stimme ließ Nadine zusammenfahren. Etwas Überdrehtes, Unnatürliches. Ein Kieksen, das überbordende Freude verriet, die sich nicht länger im Zaum halten ließ. Das hing wohl damit zusammen, dass er seine über lange Zeit angestauten Ängste endlich überwunden hatte. Natürlich, das ergab Sinn. Nadine versuchte ein Lächeln, nickte ihm anerkennend zu. Doch eigentlich hatte sie nur Augen für ihre Tochter. Deren Anblick zog Nadine den Boden unter den Füßen weg. Alina war wie versteinert vor Schreck, dabei waren sie doch da, um sie zu retten. Die Augen weit aufgerissen, wanderte Alinas Blick panisch zwischen Urs und Nadine hin und her. Was hatte das zu bedeuten? Nadine war verwirrt. Ungläubig schaute sie Urs an.

»So langsam dämmert's dir wohl, was?«, sagte er, und alles Lebendige war aus seiner Stimme verschwunden.

Alina bewegte plötzlich wild den Kopf von links nach rechts, als könnte sie sich durch diese verzweifelte Bewegung befreien. Ihre vom Knebel gedämpfte Stimme hörte nicht mehr auf, unverständliche Laute zu produzieren. Sie hob ihre ebenfalls gefesselten Füße an und trat hektisch ins Leere.

Das Blut gefror Nadine in den Adern, als sie allmählich zu begreifen begann. Urs war kein hilfsbereiter junger Mann, der gegen seine eigenen Ängste ankämpfte, um sie zu ihrer Tochter zu führen. Urs war der Killer, und er hatte einen perfiden Plan ausgeheckt, um auch sie in einen Hinterhalt zu locken.

Er wird uns beide töten, langsam und schmerzvoll.

Nadine suchte den Blick ihrer Tochter, doch die warf noch immer in Panik den Kopf wild von rechts nach links.

Mein Mädchen. Was hat er dir nur angetan?

Nadines Hand schloss sich fester um den Messergriff, den sie gegen ihren Oberschenkel presste. Vielleicht konnte Urs es auf die Entfernung ja nicht erkennen.

»Ich hab sie gern zu zweit«, stieß er plötzlich hervor, als hätte Nadine ihn gefragt, weshalb er sie ebenfalls hierhergelockt hatte. »Es macht einfach mehr Spaß, zu sehen, wie sich die Angst des einen in den Augen des anderen spiegelt – so wie jetzt bei dir und deiner Tochter.«

Während er sprach, war er auf Nadine zugegangen und stierte sie an. Als er keine zwei Meter vor ihr stehen blieb, stockte ihr der Atem. Sie presste das Messer nun so fest an sich, dass es weh tat, doch sie verzog keine Miene.

»Mutter und Tochter, das ist Neuland für mich. Etwas ganz Besonderes. Deine E-Mail-Adresse hatte ich von deiner Tochter. Du musst da wohl was verwechselt haben, als ich dich kontaktierte. Von dem Artikel wusste ich nämlich gar nichts, hab ihn aber gleich nach unserem ersten Telefonat gelesen. Gefiel mir. Als wir miteinander sprachen, da warst du vor Aufregung ein bisschen verwirrt, nicht wahr? Im Artikel war doch gar keine Rede von deiner Tochter. Ich habe an deine private E-Mail-Adresse geschrieben. Alina hat sie nicht ganz freiwillig rausgerückt, das gebe ich gerne zu.« Urs trug sein Gewehr in der rechten Hand.

Nadine schluckte. Er hatte recht. Sie war so unglaublich dumm gewesen. Wie konnte sie nur? Natürlich war es im *Berliner Morgenboten* nicht um ihre Tochter gegangen. Sie hätte sofort bemerken müssen, dass mit Urs' Nachricht in ihrem Postfach etwas nicht stimmte, und gleich die Polizei einschalten sollen. Diese Geschichte raubte ihr allmählich den Verstand.

»Was ist mit dem jungen Mann damals passiert?«, fragte sie leise. Ihre Lippen waren so trocken, dass sie leicht rissen, als sie zu sprechen begann. Ihre eigene Stimme klang völlig fremd, so als hörte sie irgendeiner unbekannten Schauspielerin zu. Urs, oder wie auch immer er in Wirklichkeit hieß, warf den Kopf in den Nacken und lachte.

»Du bist mir ja eine. Ich habe deine Tochter in meiner Gewalt und dich auch, aber du sorgst dich um den kleinen Urs.« Er wandte den Kopf zur Seite, rief über seine Schulter nach hinten: »Hörst du das, Süße? Deine Mutter macht sich mehr Sorgen um einen Kerl, den sie gar nicht kennt, als um dich. Was sagst du denn dazu?« Alina hob immer wieder die Füße und trat auf den Boden, fast so, als wäre sie tatsächlich wütend auf ihre Mutter.

Geh nicht auf ihn ein. Rede mit ihm. Versuch, Zeit zu gewinnen.

»Ja, was ist mit Urs passiert?«, wiederholte Nadine mit etwas festerer Stimme.

»Was mit ihm passiert ist? Das kann ich dir sagen. Ich hab ihn Stück für Stück an ein fettes altes Krokodil verfüttert, das in einem Fluss nicht weit von hier lebt. Ich kenne es noch aus Kindertagen. Wir sind alte Freunde, wenn du so willst. Jetzt weißt du, weshalb die Polizei ihn nie gefunden hat.«

Die Polizei. Wo blieb die nur? Wie lange war es her, seit sie ihnen eine Nachricht geschickt hatte, und wie lange würde es dauern, ehe sie hier sein konnten? Sie hatte jedes Gefühl für Zeit verloren. *Wieso im Himmel waren sie nicht schon längst da?*

»Wie heißen Sie?«, fragte sie, um Zeit zu gewinnen.

»Du darfst mich Milos nennen.«

Der Schock und die Todesangst ließen Nadine schwindlig werden. Die Erkenntnis, mit welcher Bösartigkeit dieser Mann sie hereingelegt hatte und wie willig sie in seine Falle getappt war, überwältigte sie. Sie versuchte nachzudenken. Sollte sie jetzt nicht das Messer zücken und zustoßen? Aber was, wenn sie nicht traf oder ihn nur leicht verletzte? Würde er dann nicht wie ein verletztes Tier reagieren und sie sofort angreifen?

Noch bevor sie ihren Arm mit dem Messer heben konnte, richtete er sein Gewehr auf ihre Brust.

»Das lässt du besser fallen.« Er tat einen weiteren Schritt auf sie zu. »Lass es fallen, oder ich schieße.« Er machte eine dramatische Pause, grinste. »Du glaubst mir nicht? Du denkst, ich will dich lieber langsam verrecken sehen? Aber ich hatte durch dich doch schon so viel Spaß! Etwa dein Gesicht eben, als du kapiert hast, wer ich bin. Das allein war die Mühe wert. Abgesehen davon spielt es sich besser mit jungen Leuten, verstehst du? Sie wehren sich länger. Sie hängen mehr am Leben. Die Haut, das Fleisch: alles so fest und zart.« Er lächelte versonnen.

»Lassen Sie Alina gehen. Ich mache alles, was Sie wollen. Bitte, sie ist doch noch ein Kind!« Vielleicht, fuhr es Nadine durch den Kopf, wenn sie ihn anbettelte und sich vor ihm erniedrigte, vielleicht würde er Alina laufen lassen. Nadine ließ sich auf die Knie fallen und brach in Tränen aus. Das Gewehr noch immer auf sie gerichtet, nickte er in Richtung ihres Messers.

»Was ist jetzt mit deinem Spielzeug? Muss ich wirklich erst abdrücken?«

Nadine öffnete ihre Faust und ließ das Messer zu Boden fallen. Ihre Knöchel waren ganz steif von der harten Umklammerung, und sie rieb sich nervös die feuchte Handfläche an ihrer Hose. Er sah ihr noch immer tief in die Augen. Sie wollte sich abwenden, aber die Kälte in seinem Blick verstörte sie zutiefst, denn gleichzeitig las sie noch etwas anderes in seinen Augen. Lüsternheit vielleicht? Es ging um Dominanz, um Macht.

Aus dem Augenwinkel nahm Nadine plötzlich wahr, wie etwas hinter Milos vorbeihuschte, doch sie erkannte nicht, was es war. Im nächsten Moment warf sich Barry hinterrücks auf Milos, als wären sie beide Spieler in einem Rugby-Match. Trotz seines vorangeschrittenen Alters drückte Barry seinen Gegner kraftvoll zu Boden, bis der in einem verdrehten Winkel mit der Schulter auf dem Boden aufschlug und vor Schmerzen aufheulte. Das Gewehr hatte er unter sich begraben.

Nadine sah Milos wie in Zeitlupe fallen. Es kam ihr vor wie die Sequenz aus einem Traum, unwirklich, surreal. Dann erinnerte sie sich an ihr Messer. Sie tastete danach, hob es blitzschnell auf und rannte zu Alina. Zuerst durchschnitt sie das Seil, das ihre Tochter an der Hüfte gefesselt hielt, dann machte sie sich an die Kabelbinder, die in Alinas Handgelenke einschnitten. Nadines Finger zitterten allerdings so stark, dass sie mehrmals ansetzen musste. Ängstlich blickte sie zurück auf Barry und den Killer. Die beiden rangen noch immer miteinander, schlugen sich die Fäuste ins Gesicht, rissen sich an den Haaren. Sie überlegte einen Moment lang, ob sie Barry helfen sollte. Wenn er unterläge, wäre alles verloren. Oder sollte sie in einem günstigen Moment Milos' Gewehr an sich nehmen?

Doch dann hatte sie ihre Tochter befreit. Alina nahm ihrer Mutter das Messer ab und durchschnitt ihre Fußfesseln. Nadine fasste ihre Tochter bei der Hand, zog sie zu sich hoch, und ungeachtet der kämpfenden Männer liefen sie in den Wald hinein.

Station in der Nähe von Bowen, Februar 1872

»Ich soll abreisen? Ja, was ist denn passiert?« Amalie wusste gar nicht, wie ihr geschah, als Mr. Archer unvermittelt begann, sie wüst zu beschimpfen. Seine Frau war aufgesprungen und griff nach seiner Hand, doch er schüttelte sie ab.

»Andrew, was ist denn nur in dich gefahren? Was hat Frau Dietrich dir denn getan?«

Amalie war ebenfalls aufgestanden und sah ihren Gastgeber verständnislos an.

»Ihr Herr Assistent soll also für Sie morden. Das haben Sie sich ja fein ausgedacht. Aber nicht mit mir!«

»Wie bitte? Ich verstehe nicht. Mord? Da müssen Sie etwas ganz und gar falsch verstanden haben.«

»Das habe ich nicht. Seine Worte waren eindeutig. Ich soll Eingeborene für Sie erschießen!«

»Das glauben Sie doch selbst nicht, dass ich jemanden zum Mord anstifte! Bitte, lassen Sie mich mit Neugerber reden.«

»Da gibt es nichts zu klären. Sie und Ihr Herr Assistent verlassen augenblicklich mein Grundstück, bevor ich mich vergesse und Sie bei der Polizei anzeige!«

Amalie warf einen hilfesuchenden Blick auf Frau Archer, doch die schüttelte nur traurig den Kopf.

»Es ist besser, Sie gehen jetzt gleich, Amalie«, sagte sie und fasste ihren Mann bei der Hand.

Amalie zögerte einen Moment, dann eilte sie zum Nebengebäude, wo man Harald Neugerber einquartiert hatte. Sie schritt durch die offene Tür und traf ihn beim Packen an. »Herr Neugerber! Was ist denn nur vorgefallen? Mr. Archer ist ganz aufgelöst. Sie und ich, wir sollen sofort von hier verschwinden, sagt er. Weil wir den guten Mann angeblich zum Mord an seinen Schwarzen anstiften wollten!«

Neugerber antwortete nicht, sondern warf seine Kleider achtlos in die Reisekiste. Amalie trat auf ihn zu.

»Reden Sie gefälligst mit mir!«

Harald drehte sich zu ihr um. »Ich wüsste nicht, was wir zu bereden hätten. Ich brauche die Skelette, und zwar eher heute als morgen, aber Sie sind mir dabei nicht die geringste Hilfe. Ich tue nur, was ich muss, um meinen – um *unseren* – Auftrag zu erfüllen.«

»Was unterstehen Sie sich! Wie reden Sie denn mit mir? Menschen zu töten ist ganz bestimmt nicht mein Auftrag, und ich verbitte mir, dass Sie solch schreckliche Dinge über mich verbreiten! Ist Ihnen denn nicht klar, dass Sie meine wissenschaftliche Reputation zerstören, die ich mir in vielen harten Jahren hier aufgebaut habe? Wie können Sie nur! Ich werde umgehend nach Hamburg von diesem Vorfall berichten, und dem Agenten Heußler auch, dann werden wir ja sehen, was Ihr eigentlicher Auftrag ist und was die Herren Godeffroy und Virchow davon halten!«

Sie wandte sich zum Gehen, doch Neugerber hielt sie zurück.

»Das werden Sie schön bleiben lassen. Unterschätzen Sie nicht meine Kontakte innerhalb der Berliner und Hamburger Fakultäten. Eine Anschuldigung von Ihnen, und ich werde alles daransetzen, um tatsächlich Ihren Ruf zu ruinieren. Glauben Sie mir, kein Mensch wird Ihnen dann noch eine anständige Arbeit geben, und Ihre baldige Rückkehr in die Heimat wird alles andere als ein Triumphzug, wenn Sie mich nicht gewähren lassen. Also halten Sie gefälligst den Mund!«

Amalie schluckte. Ohne ein Wort ließ sie ihn stehen, doch das Herz klopfte ihr bis zum Hals. Sie raffte ihren Rock und lief hinüber zum Gebäude der schwarzen Arbeiter. Sie brauchte Iokkais Hilfe, und sie mussten sich beeilen.

* * *

Harald beobachtete mit Interesse, wie Colin es anstellte, dieses andere Volk, von dem er ihm erzählt hatte, zu finden. Der Schwarze ließ sich nicht lange bitten, als Harald ihm reichlich Tabak und Mehl anbot, um ihn an einen Ort zu führen, wo er endlich seinen wissenschaftlichen Auftrag erfüllen konnte. Die Kinderleiche mussten sie erst einmal zurücklassen. Die veränderte Lage zog allerdings neue Verhandlungen nach sich. Am Ende kostete es Harald eine weitere Stange Tabak. Aber was war das schon? Sie kamen mit der Mutter überein, das Skelett ihres Kindes auf dem Rückweg einzusammeln.

Sechs Stunden waren sie nun schon in Richtung Norden unterwegs. Colin war vor einer Weile vom Pferd abgestiegen. Harald ritt im Schritttempo hinter ihm – sorgsam darauf bedacht, ihn in seiner konzentrierten Arbeit nicht zu stören. Der Schwarze deutete jeden noch so kleinen Hinweis, abgebrochene Zweige, abgerissene Rinde oder umgedrehte Steine – alles Dinge, die Haralds Aufmerksamkeit vollständig entgangen wären. Er hatte schon von dieser ausgeprägten Gabe der Aborigines gehört, in der Natur Spuren zu finden, die sonst keiner sah. Ein guter *Tracker*, wie die einheimischen Spurensucher von den Weißen genannt wurden, konnte sogar in vollem Galopp eine Fährte aufnehmen und sein Ziel verfolgen. Harald hatte nicht weiter nachfragen wollen, weshalb Colin sich ausgerechnet jenen Stamm ausgesucht hatte, dem sie gerade auf den Fersen waren. Seine Vermutung ging dahin, dass sie wohl nicht unbedingt miteinander befreundet waren. Doch im Grunde war es ihm herzlich gleichgültig, sofern es ihn nur an sein Ziel führte.

* * *

Es dauerte viel zu lange, bis sie von der Station der Archers loskamen. Erst fühlte Amalie sich zu einem klärenden Gespräch mit den Archers verpflichtet, dann musste sie genau überdenken, was sie an Vorräten mitnehmen wollten. Sie hatte das Gefühl, dass die Archers geneigt waren, ihrer Darstellung der Dinge Glauben zu schenken, und am Ende gaben sie ihr sogar Mehl und Tee mit auf den Weg. Amalie verstaute beides in ihrer Kapsel, hing sie sich um und gab Iokkai ein Handzeichen, dass sie nun endlich zum Aufbruch bereit wäre. Sie hoffte inständig, dass die Verfolgung sie nicht zu weit ins Land hineinführen würde. Wasser und Mehl für drei Tage, mehr hatten sie nicht. Sie wollte beweglich und schnell sein, sollte man sie angreifen. Iokkai holte ihre Pferde von der Weide. Die Kutsche ließen sie zurück. Amalie setzte darauf, dass die Archers sich ihr nicht in den Weg stellen würden, wenn sie zurückkehrte, um mit der Kutsche nach Bowen zu fahren. Gottlob hatte sie immer ihren Sattel dabei.

Gut zwei Stunden, nachdem Neugerber und Colin aufgebrochen waren, machte sie sich mit Iokkai auf den Weg. Es dauerte nicht lange, und Iokkai hatte die Fährte aufgenommen.

* * *

Langsam wurde Harald Neugerber nervös. Colin war es bei Sonnenuntergang noch nicht gelungen, den gesuchten Stamm auszumachen, dabei hatte er ihm versichert, die anderen Wilden wären nicht mehr weit entfernt. Dann endlich entdeckte er eine verlassene Lagerstelle. Die Asche war noch warm. Weit konnten sie also nicht sein. Offenbar zerstörten die Eingeborenen ihre primitiven Hütten nicht, wenn sie ihren Aufenthaltsort verließen, legten aber ein Palmblatt vor das Lager, um ihren Freunden anzugeben, in welche Richtung sie weiterziehen wollten.

Sie waren ihnen auf der Spur.

Ein Dingo umschlich sie, und Harald warf ihm ein Stück Trockenfleisch hin, damit er ihnen folgte. Vielleicht könnte ihnen der wilde Hund noch nützlich sein. Auf Haralds Geheiß schlug Colin in sicherer Entfernung ihr Nachtlager auf.

Am folgenden Nachmittag hatten sie den Stamm gefunden. Colin sah den Rauch zuerst. Harald war aufgeregt, doch er zwang sich zur Ruhe. Er musste alles vermeiden, was den Ausgang seiner heiklen Mission gefährden könnte. Er fühlte es mit jeder Faser seines Körpers, wie nahe er seinem Ziel gekommen war. Jetzt nur nichts verderben, nichts überstürzen, dann würde er schon bald mit den Skeletten im Gepäck als gefeierter Mann in die Heimat zurückkehren.

Harald lag bäuchlings neben Colin im Gebüsch. Die Sonne war vor zwei Stunden untergegangen, mittlerweile herrschte stockdunkle Nacht. Wolken hatten sich vor den Sternenhimmel gelegt und den abnehmenden Mond verdeckt. Eine günstigere Gelegenheit als diese ließ sich kaum denken. Sein Herz schlug schneller. Er konnte kaum erwarten, dass Colin ihm das verabredete Zeichen gab. Sein Gewehr hielt er im Anschlag. Zwei Pistolen ruhten griffbereit in ihren Halftern, die er sich um die Hüften geschnallt hatte. Ein wohliges Gefühl höchster Erregung überkam ihn, als er aus der Deckung heraus das Schauspiel betrachtete, das sich ihm auf der Lichtung vor ihnen bot. Fast ein Dutzend männlicher Aborigines tanzte um ein Feuer. Frauen und Kinder saßen am Boden, klatschten rhythmisch zum Gesang der Männer. Die Tanzenden waren bis auf einen Lendenschurz nackt, Körper und Gesichter hatten sie mit Asche bemalt. Die Schatten der

Flammen zuckten gespenstisch über die finsteren Gesichter. Unter anderen Umständen hätten ihn die eintönigen Laute der Eingeborenen schläfrig werden lassen. Er sah zu Colin hinüber, dessen nackter Oberkörper vor Schweiß glänzte. Wie ein wildes Tier, dachte er, ein Tier auf der Lauer. Das Tanzen schien sich plötzlich einem Höhepunkt zu nähern. Die Männer wurden lauter, schritten aufs Feuer zu und warfen etwas hinein, was Harald aus der Entfernung nicht genau erkennen konnte. Kleine Opfergaben, Tiere oder irgendwelche Pflanzen wahrscheinlich. Colin wandte ihm das Gesicht zu. Harald sah, wie sich das Lagerfeuer in seinen schwarzen Augen spiegelte. Dann nickte Colin dem Weißen zu. Es war so weit, endlich. Harald nahm sich zusammen, holte tief Luft, konzentrierte sich ganz auf die Lichtung, suchte sich einen der Männer aus. Langsam hob er das Gewehr, zielte und drückte ab. Der Getroffene sank zu Boden. Die Frauen sprangen schreiend auf, flohen mit den Kindern in den Wald. Die Männer liefen planlos durcheinander. Es sah so aus, als begriffen sie nicht gleich, was da vor sich ging. Harald nutzte die allgemeine Verwirrung, um fünf weitere Aborigines zu erschießen. Die restlichen flüchteten ebenfalls in den Wald. Harald hörte ein Kind weinen, doch es verstummte gleich darauf. Wahrscheinlich hielt ihm die Mutter den Mund zu. Dann war es still.

Colin stand zuerst auf, Harald folgte ihm. Er hielt sich hinter einem Baum versteckt und beobachtete mit scharfem Blick, ob sich etwas auf der Lichtung oder im Wald dahinter rührte. Die Luft anhaltend, lauschte er in die Stille hinein, doch das einzige Geräusch, das er hörte, war das

Rauschen seines eigenen Blutes. Colin wollte schon losstürmen, doch Harald hielt ihn am Arm fest.

»Nicht heute Nacht«, raunte er ihm leise, aber bestimmt zu. »Morgen. Wir kommen morgen wieder. Bei Tageslicht, wenn wir mögliche Angreifer sehen können.«

* * *

Amalie und Iokkai saßen am Feuer und aßen ihr Brot, als sie aus weiter Entfernung Schüsse fallen hörten. Sie sahen einander an. Amalie stellte ihren Becher Tee ab und stand auf.

»Großer Gott, das war Neugerber. Ich fühle es.«

Iokkai stellte sich neben sie. »Ich weiß, wo.«

Sie sah ihn ernst an. »Gut, dann brechen wir gleich bei Sonnenaufgang auf.«

»Keine Angst haben?«

»Ach, Iokkai. Natürlich habe ich Angst. Aber ich habe auch ein Gewehr, und glaub mir, wenn es sein muss, werde ich nicht zögern zu schießen.« Amalie war sich nicht sicher, ob Iokkai sie verstanden hatte. Die Hauptsache war, dass sie nun wussten, wo sich Neugerber aufhielt. In wenigen Stunden würde sich herausstellen, ob der feine Herr nichts anderes war als ein feiger Mordgeselle. Und wenn sie mit ihrer Vermutung recht hatte, würde sie einen Weg finden, damit er nicht ungeschoren davonkam. Das schwor sie beim Leben ihrer Tochter.

In jener Nacht tat Amalie kein Auge zu. Beim ersten Licht stand sie auf. Iokkai sattelte die Pferde, rollte die Wolldecken auf und verstaute sie zusammen mit dem Gewehr in den Satteltaschen. Sie tranken kalten Tee, und obwohl Amalie keinen Hunger verspürte, teilte sie sich mit Iokkai ein Stück Brot vom Vorabend. Tausend Dinge spukten ihr im Kopf herum. Was sollte sie tun, wenn sie auf Neugerber traf? Sie fand darauf keine eindeutige Antwort. War überhaupt noch irgendetwas zu verhindern, oder bedeuteten die Schüsse, dass er bereits hatte, was er wollte? Und was würde er tun, wenn sie so plötzlich mitten im Busch vor ihm auftauchte? Wenn sie womöglich zur Zeugin seines Verbrechens geworden war? Ihr schauderte. Sie hatte keine Wahl. Sie musste das Richtige tun. Amalie gab Iokkai einen Wink, ihr in den Sattel zu helfen.

»Von hier zu Fuß«, sagte Iokkai wenig später, und es klang in seinem fehlerhaften Deutsch wie ein komischer Befehl. Er wies auf die Eukalypten, die an jenem Ort dichter beieinanderstanden als sonst und den Eindruck eines düsteren Waldes vermittelten.

Amalie stieg ab und griff nach ihrem Gewehr.

»Gehen wir«, sagte sie.

»Nicht reden.« Iokkai legte beschwörend den Finger auf seine Lippen. Er schien zu wissen, wohin er wollte, und Amalie folgte ihm auf seinem Weg zwischen den geisterhaften Rieseneukalypten hindurch. Je tiefer sie in das Gebiet eindrangen, desto mehr veränderte sich die Vegetation. Während die trockene Erde außerhalb dieses Areals lediglich von spärlichen Gräsern und dornigem Gebüsch bewachsen war, ernährte der vom Schatten geschützte Boden hier grünes Gras, Flechten und Moose.

Die beiden waren ungefähr eine halbe Stunde gegangen, als sie Stimmen hörten. Iokkai bedeutete Amalie mit einer Geste, sich hinter dem nächsten Baum zu verstecken. Er selbst ging in die Hocke, beugte sich vor und kroch auf allen vieren weiter. Ab und zu streckte Amalie ihren Kopf hinter dem dicken Baumstamm hervor, um zu sehen, was Iokkai vorhatte. Plötzlich hielt er inne und legte sich mit dem Gesicht flach auf den Boden. Amaliens Herz hämmerte. Stimmen näherten sich. Sie drückte ihren Körper fest an den Baum, schloss für einen Moment die Augen. War das ihr Ende? Sie dachte an ihre Tochter. Nein, sie wollte hier nicht sterben, und sie würde kämpfen! Genauso energisch, wie sie es Charitas in ihren Briefen immer einzutrichtern versucht hatte.

Wenn Amalie auch nicht verstehen konnte, was gesprochen wurde, so war doch klar, dass es um Harald und Colin ging. Sollte sie sich nicht besser zu erkennen geben? Nein, es war zu gefährlich. Als die Stimmen leiser wurden, wagte sie einen Blick in Richtung Iokkai. Er kniete auf dem Boden, wandte den Kopf zu ihr um. Mit einem kurzen Zucken seines Kopfes gab er ihr zu verstehen, dass sie zu ihm aufholen sollte. Amalie holte tief Luft, hängte sich das Gewehr um und krabbelte dann auf Händen und Knien zu ihrem Begleiter. Bei ihm angekommen, folgte sie seiner starren Blickrichtung. Was sie sah, raubte ihr den Atem. Harald Neugerber und sein Gehilfe standen mit dem Rücken zu ihnen auf der Lichtung. Neugerber schien etwas in eine Kladde zu schreiben, während Colin zu seinen Füßen …

Ja, was tat Colin da? Amalie reckte den Hals, um mehr von der unglaublichen Szene zu erfassen, die sich einen Steinwurf entfernt vor ihr abspielte.

Colin kniete zwischen den regungslosen Körpern von fünf Männern, die nebeneinander aufgereiht lagen. Getrocknetes Blut haftete an ihrer nackten Haut, an der Brust, am Kopf, am Unterleib. Colin legte ein Maß an den Arm eines Opfers und hielt es dann mit dem Daumen markiert zu Neugerber hoch. Der beugte sich hinunter, las laut eine Zahl ab und trug sie in sein Buch ein. Anschließend forderte er Colin auf, die Länge eines Schienbeins zu vermessen. Als Amalie begriff, was Neugerber da mit Hilfe von Colin tat, schlug sie sich entsetzt die Hand vor den Mund. Während sie noch wie gebannt auf dessen Treiben starrte, hörte sie ein Rascheln neben sich. Iokkai war im Begriff aufzustehen.

»Gewehr!«, verlangte er mit zitternder Stimme. Amalie wusste nicht, wie ihr geschah, da hatte ihr Iokkai schon die Waffe über den Kopf gezogen und rannte auf die Lichtung zu. Amalie sprang auf, wollte ihn zurückrufen, biss sich dann in die Faust, weil das alles nur noch schlimmer machen würde. Sie war innerlich zum Bersten gespannt, wusste nicht, was sie tun sollte, dabei hätte sie am liebsten laut aufgeschrien. Verzweifelt schlug sie sich die Hände vors Gesicht, schielte aber ängstlich zwischen den Fingern hindurch. Sie sah, wie Iokkai das Gewehr anhob und auf Neugerber richtete. Herrgott, Iokkai konnte doch gar nicht schießen! Schon waren Neugerber und Colin auf ihn aufmerksam geworden. Neugerber ließ die Kladde fallen, griff an sein Hüftholster, zog eine seiner Waffen hervor und zielte. Da war Iokkai keine zehn Meter mehr von ihm entfernt. Ein Schuss fiel. Amalie zuckte zusammen, kniff für den Bruchteil einer Sekunde die Augen zusammen und sah, wie

Iokkai erst in die Knie ging und dann zur Seite sackte. Ein erstickter Schrei entrang sich ihrer Kehle. Iokkai!

Amalie war klar, dass sie sich beeilen musste, wenn sie mit dem Leben davonkommen wollte. Neugerber griff nach ihrem Gewehr und betrachtete es seltsam ruhig. Dann richtete sich sein Blick in die Richtung, aus der Iokkai gekommen war – auf sie. Er reichte Colin das Gewehr und verfiel sofort in einen Laufschritt. Er war auf dem Weg, um sie zu töten, und sie hatte nichts, womit sie sich verteidigen konnte! Amalie drehte sich um, raffte ihren Rock und lief so schnell sie konnte. Hinter sich hörte sie ihren Verfolger.

»Bleiben Sie stehen! Ich will doch nur mit Ihnen reden!«

Die Rufe Neugerbers bestärkten Amalie in ihrem Entschluss, so viele Meter wie möglich zwischen sich und die beiden Männer zu legen. Als sie sich umdrehte, um zu sehen, wie nahe sie ihr waren – viel zu nah –, stolperte sie über eine Wurzel und fiel hin. Sie schrie auf, ein Schmerz raste durch ihren Knöchel, und sie spürte, wie er sogleich anschwoll. Sie rappelte sich auf, humpelte nun mehr, als dass sie lief. Ihr war bewusst, dass die Männer sie sehen konnten; zum Glück hatte sie sich den Rückweg genau eingeprägt, und so hoffte sie auf die wenn auch geringe Chance, bald auf die Pferde zu treffen. Lieber Gott, flehte sie, wenn ich es bis aus dem Wald schaffe, dann mach, dass die Pferde beim Grasen nicht zu weit gewandert sind. Bitte, bitte!

Erneut wandte Amalie den Kopf. Die beiden kamen näher.

»So bleiben sie doch endlich stehen, Frau Kollegin!«

Kollegin nannte er sie, welch ein Hohn! Amalie beschleunigte ihren Lauf. Ihr Mund war trocken, sie konnte kaum noch schlucken. Die Augen brannten. Sie musste es schaffen, vorwärts, immer vorwärts! Eine irre, verzweifelte Idee kam ihr in den Sinn, und sie begann, die Pferde mit Namen zu rufen. Das hatte sie noch nie getan, Pferde waren keine Schoßhunde. Nur manchmal flüsterte sie ihnen beim Reiten zärtlich ins Ohr, und dann nannte sie die schönen Tiere beim Namen. Vielleicht würden sie den Ruf hören und zu ihr kommen?

»Astor, Raul!«, rief sie, erst mit krächzender, sich überschlagender Stimme, dann klarer und lauter. »Astor, Raul!« Sie konnte es sich nicht länger leisten, Blicke über die Schulter zu werfen, hörte jedoch, wie die Bedrohung allmählich zu ihr aufschloss. Wieso schossen sie nicht? Waren sie noch nicht nahe genug? Sie schlug einen Haken, dann noch einen. Das kostete sie Zeit, würde aber vielleicht ihr Leben retten. Irgendwo hörte sie ein Wiehern, Hufgetrappel. Sie ballte ihre Hände zu Fäusten und schrie nun aus vollem Leibe die Namen ihrer Pferde, und tatsächlich, da kamen sie! Raul war zuerst bei ihr, die Steigbügel baumelten unter dem Sattel wild hin und her, und es dauerte unendlich lange, ehe Amalie einen davon zu fassen bekam. Iokkai half ihr sonst immer, aber nun war sie auf sich gestellt. Raul war nervös, trippelte mit kurzen Schritten hin und her, und sie verlor den Steigbügel wieder. Ein Seitenblick auf ihre Verfolger gab Amalie Kraft. Sie langte mit beiden Händen nach dem Sattel, bekam ihn zu fassen, zog sich mit einem Ruck hoch und schwang sich auf den Rücken des Pferdes.

»Lauf, Raul, lauf«, rief sie dem Tier ins Ohr, obwohl sie noch nicht fest im Sattel saß und Gefahr lief, seitlich abzurutschen. Das Pferd gehorchte und fiel gleich in einen holprigen Galopp. Amalie wusste nicht, wie lange sie sich so festhalten konnte. Astor folgte ihnen. Ein Schuss durchschnitt die Luft. Ah, also doch, dachte Amalie nur und schloss die Augen, den Tod erwartend. Stattdessen hörte sie hinter sich ein Wiehern, dann ein Stolpern und Fallen. Entsetzt riss sie die Augen auf. »Astor!«, schrie sie, doch sie konnte dem Tier nicht mehr helfen. Tränen der Wut schossen ihr in die Augen, als sie den Wald verließ und im wilden Galopp davonritt. Sie bot all ihre Kraft auf, um sich im Sattel zu halten. Erschöpft legte sie sich mit ihrem Oberkörper auf den Hals des Pferdes. »Lauf, lauf!«

Moorabool State Forest, 2009

Alina riss sich im Laufen den Knebel aus dem Mund, warf ihn weit von sich und holte tief Luft.

»Mama!«

Doch Nadine drehte sich nicht um, sondern rannte weiter, ihre Tochter am Arm hinter sich herzerrend. Sie sprangen über tote Baumstämme, liefen einen Hügel hinunter, bis Alina sich weigerte weiterzulaufen. Nadine zog sie ein paar Mal ungeduldig am Handgelenk.

»Komm, wir müssen hier weg.«

Alina schüttelte erschöpft den Kopf. »Ich kann nicht mehr.«

Nadine wandte sich ihr zu. Ihre Tochter saß auf der Erde, die Augen vor Angst weit geöffnet. Eine Welle des Mitgefühls und der Liebe überschwemmte Nadine, doch sie durfte nicht nachgeben. Sie mussten weg von hier, schnell.

»Alina, wir müssen weiter!« Wegzulaufen war ihre einzige Chance, falls Barry den Kampf verlor. Nadine hatte ein schlechtes Gewissen wegen des älteren Mannes, der für sie sein Leben riskierte, aber nun gab es kein Zurück mehr. Sie mussten weiter. Mit beiden Händen griff sie nach Alinas Armen und half ihr vom Boden auf. Die beiden Frauen kämpften sich den steilen Hang hinauf, kraxelten auf allen vieren über Wurzeln und Farne hinweg. Oben anzukommen, war ihre einzige Chance, von der Polizei gefunden zu werden. Falls die Polizei überhaupt hierher unterwegs war, dachte Nadine.

Das Geräusch eines Schusses in der Richtung, aus der sie geflohen waren, ließ sie innehalten. Alina schlang die Arme um ihre Mutter und verbarg ihr Gesicht an deren Schulter, doch Nadine hielt sie von sich ab.

»Weiter, komm schon.« Die beiden beschleunigten ihr Tempo und zogen sich gegenseitig, immer wieder stolpernd, den Hang hinauf. Das Unterholz wuchs spärlicher, die Bäume erschienen ihnen größer. Dorniges Gestrüpp zerkratzte ihre Arme. Auf dem Scheitel angekommen, schauten sie sich um und blickten einen Steilhang hinab, der nur schwer zu bewältigen sein würde. Die Böschung war voller Geröll, das sie bei jedem Schritt lostreten konnten und das sie unweigerlich zu Fall bringen würde. Sie blickten auf die weite Ebene am Fuße der Böschung. Da mussten sie hin; ausgeschlossen, dass auf dem schmalen Kamm hier oben ein Helikopter landen könnte, und je mehr Entfernung sie zwischen sich und Milos legten, desto besser. Nadine sah auf ihr Handy. Keine Nachricht, kein verpasster Anruf. Es gab keine andere Möglichkeit. Sie mussten dort hinunter. In diesem offenen Gelände hatten sie kaum eine Chance, wenn der Killer sie einholte. Sie mussten es wagen, und sie mussten sich beeilen.

Nadine schob ihre Tochter am Ellbogen talwärts.

»Geh du voran. Dann kann ich dir aufhelfen, wenn du stürzt.« Was sie wirklich dachte, war, dass sie sich schützend vor Alina werfen würde, sollte der Killer auf sie schießen. Wieder nahm Nadine ihr Handy aus der Hosentasche. Verdammt, kein Signal.

Sie waren ungefähr eine halbe Stunde die Böschung hinuntergeklettert, als sich Alina ohne ein Wort der Erklärung auf den Boden setzte. Nadine schaute sie verzweifelt an, flehte ihre Tochter an, weiterzugehen. Doch selbst ein Blinder hätte erkannt, dass Alina nicht mehr konnte.

»Okay, bleib hier«, sagte Nadine verzweifelt und schaute sich um. »Ich finde einen Ort, wo wir uns ausruhen können. Leg dich flach auf die Erde, damit er dich nicht gleich sieht.« Alina nickte, legte sich hin.

Sollte sie nicht bei ihrer Tochter bleiben?, ging es Nadine durch den Kopf. War es richtig, sie allein zurückzulassen? Für den Bruchteil einer Sekunde zuckte das schreckliche Bild Vanessas, ihrer toten Schwester, vor Nadines Augen auf. Vanessa war erfroren, weil Nadine sie im Stich gelassen hatte. Nadine schaute zurück zu Alina und holte tief Luft. Dies hier war eine andere Situation, entschied sie und fühlte im gleichen Moment, dass sie das Richtige tat. Sie musste ein Versteck finden, wenn sie alles für Alinas Überleben tun wollte.

Nadine stolperte weiter, trat Steine los und rutschte seitlich talwärts. Gab es hier irgendeine Möglichkeit, sich zu verstecken? Oder waren sie mit ihrer Entscheidung, diesen Weg zu nehmen, zum Abschuss freigegeben? Nadine blieb stehen, schaute sich um. Es hatte keinen Sinn, sich weiter von Alina zu entfernen. Sie musste nachdenken.

Gedankenverloren folgten ihre Augen einem Känguru. Noch ein kleines Stück weiter, sagte sie sich, und wieder rollten Steine die Böschung hinunter. Erschreckt hüpfte das Beuteltier davon, und im nächsten Augenblick war es verschwunden. Nadine blinzelte und schaute von rechts nach links den Hang entlang. Wo hatte es sich versteckt?

So plötzlich wie das Tier verschwunden war, tauchte es wieder auf und hoppelte zielstrebig in Richtung Tal. Gab es dort, wo das Tier herkam, etwa eine Höhle oder etwas Ähnliches? Wenn der Unterschlupf groß genug war für ein ausgewachsenes Känguru, müsste er auch für Alina reichen. Nadine prägte sich die Stelle ein, kehrte um und kletterte hastig den Hang hoch, um Alina zu holen.

Als sie zusammen bei der kleinen Höhle angelangt waren, ermutigte Nadine ihre Tochter, sich darin auszuruhen.

»Warte hier. Ich bin ganz schnell wieder bei dir!« Sie gab ihr das Messer. »Nur für den Fall der Fälle«, schob sie nach, als sie das Entsetzen im Gesicht ihrer Tochter sah. »Bleib hier und verhalte dich ruhig!« Sie schloss ihre Tochter in die Arme und hielt sie für einen langen Augenblick fest; schließlich riss sie sich los, verließ die Höhle und setzte den Abstieg fort. Die Haut begann, sich in Fetzen von ihren Fingern zu lösen, als sie ihre Hände zum wiederholten Male in die steinige Erde krallte. Ein Schwarm Papageien flog kreischend über sie hinweg. War Milos aufgetaucht? Hatte er die Vögel aufgescheucht? Angst verbiss sich in Nadines Eingeweide. Wieder erinnerte sie sich an ihre Schwester und wie sie Vanessa allein im Schneesturm zurückgelassen hatte. Jemand, auf den sie hätte aufpassen sollen und der sich ihr anvertraut hatte. Erst ihre Schwester und nun Alina.

Nadine schüttelte den Gedanken ab. Dies war nicht dasselbe. Sie würde zurückkommen und Alina in Sicherheit bringen. Alina würde leben.

Heimkehr

Am Morgen des 4. März 1873 schritt Charitas in großer Aufregung am Hamburger Hafen auf und ab. Hier an dieser Brücke, so hatte Godeffroy geschrieben, sollte gegen neun Uhr das Schiff anlegen, mit dem ihre Mutter nach zehnjähriger Abwesenheit zurückkam. Ungeduldig sah Charitas auf die Uhr, zuweilen hielt sie inne und ließ den Blick über die Elbe gleiten, aber ihr Auge vermochte den dichten Nebel nicht zu durchdringen, der über dem Fluss lag. Zögernd trat sie an den Brückenwärter heran.

»Legen hier die australischen Schiffe an, oder bin ich falsch? Ich warte auf die *Susanne Godeffroy.*«

»Jetzt kommt kein Überseer herein. Die kommen erst mit der Flut«, erklärte der Wärter. Da ertönte ein schriller Pfiff, und sowohl der Mann als auch Charitas fuhren herum. Durch den Nebel arbeitete sich ein Dampfer. Der Brückenwärter erfasste das ihm zugeworfene Tau, befestigte es und hörte, wie Charitas enttäuscht las: »*Stade.*«

»Jawohl, das ist der Stader Dampfer«, bestätigte der Mann, »aber es ist möglich, dass die Passagiere von dem Überseer auf dieses Schiff gegangen sind. Das ist häufig so.«

Unentschlossen blieb Charitas stehen, musterte neugierig die an Land Kommenden, die an ihr vorübereilten. Nein, ihre Mutter war nicht darunter. Frauen mit Körben, Männer, Burschen, Mädchen mit Bündeln, und dann kam niemand mehr. Charitas sah den Davongehenden nach.

Was sollte sie tun?

»Gehen Sie doch mal aufs Schiff«, schlug der Mann neben ihr vor. »Vielleicht ist noch jemand an Bord.« Zögernd betrat Charitas das Deck. Ein Herr in Uniform trat auf sie zu.

»Suchen Sie jemanden?«

»Ja, ich suche Frau Dietrich, man hat mir gesagt …«

»Oh«, unterbrach sie der Mann, »sind Sie die Tochter? Kommen Sie, Ihre Mutter sitzt unten in der Kajüte. Ich habe Ihre Mutter so gut kennengelernt, wir haben die lange Reise von der Südsee zusammen gemacht. Ich bin der Kapitän der *Susanne Godeffroy*. So, bitte, hier hinunter. Ich sorge dafür, dass Sie nicht gestört werden.« Der Kapitän öffnete die Tür.

Am anderen Ende der kleinen Kajüte saß eine alte Frau mit gekrümmtem Rücken. Ihre pergamentartige Haut war von tausend Falten und Fältchen durchfurcht, ihr Kopf wurde von dünnem weißem Haar umrahmt. Ein dürftiges Kleid umschloss die alte Gestalt. An den Füßen trug sie graue Segeltuchschuhe, die an vielen Stellen durchlöchert waren.

Zögernd, mit klopfendem Herzen blieb Charitas einen Moment stehen und erfasste mit einem schnellen Blick die fremdartige Erscheinung. War dies etwa die Mutter, nach der sie sich zehn Jahre in Sehnsucht verzehrt hatte? Sah sie wirklich so aus? Eine Heldin hatten die Meyers und Godeffroy sie genannt. Konnte so eine Heldin aussehen?

Amalie musste ihr Zögern bemerkt haben. Sie hatte sich erhoben und stützte sich mit der einen Hand schnell auf den Tisch, während sie mit der anderen ihr weinendes Gesicht bedeckte. Dann fragte sie zögernd mit fremder, tiefer Stimme: »Charitas? Bist du das? Ich hatte dich anders in Erinnerung.«

»Mutter«, antwortete Charitas und nahm die Weinende zaghaft in die Arme. Jede forschte ängstlich in den Zügen der anderen. Zwei Fremde standen einander gegenüber.

Vorsichtig, fast schüchtern streichelten die mageren Finger der Mutter die Tochter, während sie ihren Kopf an Charitas' Schulter lehnte.

»Endlich«, sagte Amalie. »Mit welcher Sehnsucht haben wir beide auf diesen Tag gewartet! Von nun an gibt es keine Trennung mehr, solange ich lebe.«

»Mutter«, unterbrach Charitas sie befangen, »hast du meinen letzten Brief nicht bekommen? Ich habe dir geschrieben, dass ich verlobt bin.«

Die Mutter trat von der Tochter zurück und fragte mit stockender Stimme: »Du bist verlobt? Nein, davon weiß ich nichts. Mit wem denn?«

»Mit einem jungen Pastor, dessen Pfarrei dicht an der dänischen Grenze liegt. Ich habe ihn im Haus des Doktors kennengelernt. Er war dort Hauslehrer.«

Die Mutter trat einen Schritt zurück. »Also kein Zusammenleben mit dir«, sagte sie mit bitterer Stimme. Amalie bemühte sich darum, ihren gekrümmten Körper ganz aufzurichten, doch ein stechender Schmerz ließ sie zusammenfahren und das Gesicht verziehen. Charitas legte ihr mitleidig die Hand auf die Schulter.

»Aber Mutter, du kannst doch …«

»Was? Bei euch leben?«, fragte Amalie. »Nein, ich würde nicht in ein Pfarrhaus passen, ihr hättet bestimmt viel zu viel an mir auszusetzen. Außerdem bin ich mittlerweile zu alt, um mich noch erziehen zu lassen. Nein, mein Kind, nein.« Amalie schwieg eine Weile, wurde allmählich ruhiger. »Aber jetzt komm. Wir wollen zu Godeffroy.«

Die Tochter ließ einen Blick über die Gestalt der Mutter gleiten, dann sagte sie: »Möchtest du dich nicht vorher ein wenig zurechtmachen?«

»Du meinst die Löcher in meinen Segeltuchschuhen? Die habe ich mir mit Fleiß selbst hineingeschnitten. Meinen armen Füßen ist im Leben viel zugemutet worden, da habe ich ihnen Platz und Luft verschafft. Damit beleidige ich keinen Menschen. Und jetzt komm, mich verlangt danach, Herrn Godeffroy zu sehen.«

»Also gut, ich besorge sofort eine Droschke.«

»Eine Droschke? Aber wozu denn?«

»Du hast doch wohl Gepäck bei dir?«

»Nichts habe ich bei mir, außer meinen zwei Adlern.«

»Adler?«

»Jawohl, zwei Prachtexemplare. Sie sind ganz zahm. Sie kennen mich.«

»Und was willst du mit den Adlern?«

»Hast du mir nicht vor neun Jahren geschrieben, ich würde unserem guten Doktor eine Freude machen, wenn ich etwas für den Zoologischen Garten mitbrächte?«

»Daran hast du jetzt noch gedacht?«

»Selbstverständlich.«

Bowen, 2009

Nadine erklomm mühsam die Stufen, die zum Eingang des Krankenhauses führten. Bei jedem Schritt verzerrte sich ihr Gesicht vor Schmerz. Ihr ganzer Körper litt unter den Strapazen der Flucht. Außerdem hatte sie sich den linken Knöchel verstaucht.

Ihre Flucht. Sie waren davongekommen, ein Riesenglück! Nachdem sie ihre Tochter in der winzigen Höhle zurückgelassen und in der Talsohle angekommen war, hatte sie erneut ihren Notruf bei der Polizei abgesetzt. Dann konnte sie nichts weiter tun, als auf Hilfe zu warten. Jede einzelne Sekunde war wie ein Stich in ihr Herz. Am liebsten wäre sie sofort zu Alina zurückgekehrt, doch der Sergeant am Telefon hatte ihr unmissverständlich klargemacht, dass dies keine gute Idee war.

»Wenn der Mörder Sie aus der Deckung heraus beobachtet, kann er sich später bei Ihnen bedanken, dass Sie ihm den Weg zu seinem Opfer gewiesen haben. Bleiben Sie, wo Sie sind, verstecken Sie sich. Wir haben Ihren Standort und werden Sie finden. Warten Sie auf uns, und machen Sie keine Dummheiten!« Er klang wie ein strenger Vater. *»Stay cool, calm and collected«*, hatte er Nadine am

Ende ihres kurzen Gesprächs beschworen, bevor die Leitung getrennt wurde. *Bewahren Sie die Ruhe und nehmen Sie sich zusammen!*

Ängstlich kauerte sich Nadine unter einer der Tannen zusammen, die man im Tal offenbar als Monokultur angelegt hatte. Sie bildeten einen seltsamen Kontrast zu den Eukalypten jenseits des Steilhangs. Erschöpft und aufgekratzt zugleich, setzte sie sich wieder auf, den Rücken gegen den schmalen Stamm der Tanne gelehnt. Überall um sich herum hörte sie es zwitschern. Die Vögel waren wieder da. War dies ein gutes Omen? Oder nur ein Zeichen, dass sie allein war?

Sie lehnte den Kopf zurück, schloss für einen Moment die Augen, um sich zu sammeln, und konzentrierte sich auf Geräusche, die aus der Luft kamen. Vögel natürlich und … endlich! Helikopter! Nadine sprang auf und verließ ihre Deckung. Wie wild wedelte sie mit den Armen den beiden Hubschraubern entgegen, die sich mit ohrenbetäubendem Lärm näherten. Die Vögel flatterten aus den Baumkronen, als die Hubschrauber über ihr in der Luft stehen zu bleiben schienen. Schiebetüren öffneten sich. Ungefähr ein Dutzend bewaffneter Männer in Helmen und dicker Montur seilte sich ab und landete keine fünfzehn Meter von ihr auf dem Boden. Waren sie und Alina in Sicherheit? Selbst ein verrückter Mensch wie Milos musste es unter solchen Umständen vorziehen, den Rückzug anzutreten.

Einer der Männer lief auf Nadine zu und stellte sich als Sergeant Morrison vor. Er war offensichtlich der Mann hinter der Telefonstimme und hatte den Befehl über diese Einheit.

»Ich komme mit«, sagte Nadine hastig, »und versuchen Sie nicht, es mir auszureden«, setzte sie nach. Morrison nickte.

»Also gut. Schildern Sie mir die Lage der Höhle, und dann bleiben Sie hinter uns. Einer meiner Männer wird Sie im Auge behalten. Einverstanden?«

Nadine nickte und beschrieb ihm mit Händen und Worten den Ort, wo sie ihre Tochter zurückgelassen hatte. Die Einsatztruppe kletterte, ihrer Beschreibung folgend, den Hang hinauf. Zwei Männer lagen in der Böschung vor ihnen auf dem Bauch, die Gewehre im Anschlag, und achteten aufmerksam auf jede noch so kleine Bewegung. Doch nichts passierte, und die Männer erreichten schnell die Höhle. Nadine ließ sich nicht länger aufhalten, sie stürmte an ihrem Aufpasser vorbei, zum Erdloch hinauf. Der Einsatzleiter gebot seinen Leuten mit einer Handbewegung, die Umgebung zu sichern. Nadine warf sich am Eingang auf die Knie, rief nach ihrer Tochter und wartete angespannt auf ein Zeichen. Sie rief ein zweites Mal:

»Alina, wir sind in Sicherheit. Komm heraus!«

Nach endlos langen Sekunden erschien Alinas Kopf am Ausgang; sie krabbelte auf allen vieren ihrer Mutter entgegen und ließ sich in ihre ausgebreiteten Arme fallen. Sie schluchzte hemmungslos. Nadine drückte Alina an sich, strich ihr liebevoll über den Rücken.

»Es ist gut. Alles ist gut.«

Die Rettungsmannschaft handelte effizient und professionell. Während sich eine kleine Gruppe darum kümmerte, Nadine und Alina in Sicherheit zu bringen, ging der Rest am Steilhang in Stellung. Sollte Milos auch nur mit der Wimper zucken, wäre er sofort erledigt. Zwei Männer zogen die erschöpfte Alina zu der Stelle, wo eine Trage bereitstand. Jemand gab ihr und Nadine etwas zu trinken. Nadine kniete neben Alina, hielt ihre Hand und küsste sie auf die Stirn. »Es ist gut.« Alina schluckte Tränen, nickte wortlos. Die Helikopter kreisten über ihnen, und die Frauen wurden mit Hilfe von Karabinerhaken an jeweils einen Polizisten angedockt, der dafür verantwortlich war, dass die Seilwinde sie sicher in das Innere des Hubschraubers beförderte. Während Alina im Hubschrauber von einem Arzt untersucht wurde, befragten zwei Sergeants zunächst Nadine. Erst jetzt erwähnte sie Barry und was er für sie getan hatte. Peinlich berührt, biss sie sich auf die Unterlippe, als sie vom Kampf der beiden Männer berichtete und wie sie ihn genutzt hatte, um sich gemeinsam mit ihrer Tochter aus dem Staub zu machen. Nadine beschrieb die Stelle, wo sie Alina gefunden und die Männer zuletzt gesehen hatte. Der Sergeant versprach ihr, sich so bald wie möglich um Barry zu kümmern. Zuerst sollte sie jedoch den Täter beschreiben. Sergeant Olsen machte sich Notizen, hakte nach. Falls er von ihrem präzisen Erinnerungsvermögen überrascht war, zeigte er es nicht. Sie nannte ihm das Nummernschild von Milos' Wagen. Zahlen, Buchstabenkombinationen – als Wissenschaftlerin erschien es ihr nur natürlich, sich an solche Details zu erinnern. Oder an das Aussehen von Milos und die Besonderheiten, die ihn unverwechselbar machten. Wie seine steife Schulter, die ihr aufgefallen war, als er sich neben ihrer gefesselten Tochter aufrichten wollte. Er hatte versucht, die Schulter zu heben, und seine Gesichtszüge verrieten in dem Moment, wie sehr ihn diese Bewegung schmerzte. Die Farbe seines Haares, die ungewöhnlich changierenden Schattierungen seiner Augen zwischen Dunkelblau und Bernsteinfarben – dies alles hatte Nadine seit ihrer Begegnung im Café unbewusst wahrgenommen.

Alina berichtete der Polizei, wie Milos ihr auf Schweizerdeutsch unzählige Fragen gestellt hatte, nachdem sie in seinen Wagen eingestiegen war. Der Sergeant erklärte, dass Typen wie Milos auf diese Weise Vertrauen zu ihren Opfern aufbauten. Außerdem wurde sein Genuss größer, je mehr er über sein Opfer wusste, womit er es quälen konnte.

Auf diese Weise erfuhr Milos auch, dass Alinas Mutter im Land war. Er war angefixt. Das war zehnmal besser als ein Backpacker-Pärchen, dessen Beziehung meist oberflächlicher Natur war. Was für eine Chance! Mutter und Tochter gemeinsam in seiner Gewalt! Daher, so erklärte der Sergeant Nadine, war Milos augenblicklich bereit gewesen, ein größeres Risiko einzugehen als jemals zuvor. Der Gelegenheit, ein Mutter-und-Tochter-Duo in seine Gewalt zu bringen, hatte er nicht widerstehen können.

Alina war dehydriert und hatte bei ihren Kämpfen mit Milos einige Verletzungen davongetragen. Ihren Berichten zufolge hatte sie mehrfach versucht, ihrem Peiniger zu entkommen, doch jedes Mal hatte er sie eingeholt und für ihren Fluchtversuch bestraft. Vergewaltigt hatte er sie jedoch nicht. Das sagte sie zumindest aus, während der Hubschrauber Bowen erreicht hatte und sich zur Landung auf dem Krankenhausdach anschickte. Erst im Krankenhaus würden sie feststellen können, ob ihre Aussage der Wahrheit entsprach oder ob sie aus Scham log.

Das war gestern gewesen. Nadine konnte ihre Tochter wegen eines Röntgentermins erst in einer halben Stunde sehen, also fuhr sie mit dem Fahrstuhl in den ersten Stock, um Barry zu besuchen. Die Stationsschwester zeigte ihr den Weg. Vor dem Zimmer stieß sie mit einer atemberaubend schönen Aborigine zusammen, die sich als Tarni vorstellte. Sie war Barrys Tochter, höchstens dreißig Jahre alt.

»Dad ist gerade aufgewacht.«

Tarni hielt Nadine die Tür auf und ermutigte sie mit einer Handbewegung, gleich zum Krankenbett zu gehen. Barry wandte ihnen den Kopf zu, sagte aber nichts. Tarni zog Nadine einen Plastikstuhl vom Fenster heran und bedeutete ihr, sich hinzusetzen. Sie selbst nahm auf einem Stuhl am Kopfende Platz und griff nach der Hand ihres Vaters. Er sah gebrechlich aus, war nur noch ein Schatten des Mannes, den Nadine in seiner Outback-Community kennengelernt hatte. Ein Auge war zugeschwollen, das Weiß des anderen rot durchzogen von geplatzten Äderchen. Um seine ansonsten nackte Brust lag ein Verband. Ein faustgroßer blauer Fleck lugte darunter hervor. Nadine senkte den Blick. Milos hatte im Gerangel seine Waffe zu fassen bekommen und auf Barry geschossen. Nadine fühlte sich schuldig.

»Die Polizei hat mir erzählt, was passiert ist. Es tut mir schrecklich leid, und zugleich bin ich so dankbar. Dafür, dass Sie mich und meine Tochter nicht allein gelassen haben. Dafür, dass Sie uns das Leben gerettet haben.«

Nadines Stimme zitterte, und sie zog die Nase hoch, um die aufsteigenden Tränen zurückzuhalten. »Sie hatten sich in den Busch zurückgezogen, um die Lage von dort aus zu beobachten, nicht wahr?«

Barry nickte kaum merklich und schloss langsam die Augen. Die Schuld schnitt Nadine mitten ins Herz, und sie wagte kaum, Barrys Tochter anzusehen.

»Die Ärzte sagen, er wird sich erholen. Aber er wird nicht mehr der Alte sein. Die Kugel war sehr nah am Herzen«, erklärte Tarni.

»Es tut mir so leid. Wenn ich irgendetwas für ihn tun kann, sagen Sie es mir bitte. Hat er außer Ihnen noch Familie?«

Tarni verneinte und wandte sich für einen Augenblick ab. Nadine sah, wie sie sich mit der Hand über die Augen wischte.

»Wir wollen ihn so bald wie möglich wieder in unserer Gemeinde haben. Jeder vermisst ihn, alle wollen sich um ihn kümmern. Für uns ist er ein Held.«

Nadine nickte. »Ja, das ist er. Ich werde niemals vergessen, was er für mich und meine Tochter getan hat.« Sie sah Tarni unverwandt ins Gesicht. »Können Sie mir verzeihen?«

»Hören Sie. Ich bin Ihnen nicht böse. Im Gegenteil: Ich bin sehr stolz auf das, was mein Vater für Sie getan hat.«

»Danke.« Spontan umarmte Nadine die jüngere Frau, dann stand sie auf. »Verzeihen Sie, aber ich muss zu meiner Tochter. Hier ist meine Karte. Melden Sie sich bitte jederzeit, wenn ich etwas für Sie oder Ihren Vater tun kann. Ich komme morgen wieder vorbei, wenn Ihnen das recht ist?«

»Natürlich.«

Tarni hielt noch immer die Hand ihres Vaters, als Nadine leise die Tür hinter sich zuzog.

* * *

Barry war tatsächlich ein Held. Die Polizei erzählte Nadine, wie er Milos daran gehindert hatte, sie und ihre Tochter zu verfolgen, als die beiden davonrannten. Der ermittelnde Sergeant erwähnte auch, dass ihre rasche Entscheidung, zu fliehen und die Polizei zu verständigen, goldrichtig gewesen war. Wären die Frauen nicht rechtzeitig davongelaufen, bevor Barry angeschossen wurde, hätten sie die Entführung wohl nicht überlebt.

Bing! Die Fahrstuhltür öffnete sich, und Nadine trat auf den mit rosagrauem Linoleum ausgelegten Flur, der beißend nach Desinfektionsmitteln roch. Sie unterdrückte das Bedürfnis, sich die Nase zuzuhalten, und humpelte den Gang hinunter.

Nachdem der Hubschrauber gelandet war, hatte sie als Erstes Thomas angerufen. Am Ende ihrer Geschichte brach er fast zusammen, und sie hörte nicht viel mehr als ein Schluchzen am anderen Ende der Leitung.

»Ich nehme den ersten Flug, den ich kriegen kann«, sagte er, bevor er auflegte. Er würde heute in Bowen ankommen.

Alina schaute auf, als Nadine das Krankenzimmer betrat.

»Hallo, meine Süße«, sagte ihre Mutter, während sie sich auf die Bettkante setzte. »Wie geht es dir? Schon etwas besser als gestern?« Ihr breites Lächeln überspielte den Schmerz, den sie beim Anblick ihrer Tochter empfand. Alina wirkte in sich zusammengefallen, eine ihrer Wangen schimmerte grüngelb, und auf der Stirn thronte unübersehbar eine Schwellung. Am liebsten hätte sie ihr Kind gleich in den Arm genommen, es mit Küssen bedeckt und zu der Melodie eines Kinderliedes in ihrem Arm gewiegt.

Ihre Tochter hätte dies natürlich niemals erlaubt.

»Mir geht's gut«, antwortete Alina und stützte sich auf ihre Ellbogen. »Schon viel besser als gestern«, fügte sie hinzu. Sie hob den verbundenen Unterarm kurz an und deutete mit leicht gespreizten Fingern ein Victory-Zeichen an. Dann sank sie in die Kissen zurück und lächelte schwach, als Nadine sich zu ihr runterbeugte, um sie in die Arme zu schließen. Nach einer Weile ließen sie voneinander ab.

»Du hast ein ziemliches Risiko auf dich genommen, als du nach mir gesucht hast, Ma. So ohne Polizei, ganz allein. Respekt.«

»Ganz allein war ich ja nicht. Du darfst nie vergessen, wie viel wir Barry zu verdanken haben.«

»Das werde ich ganz bestimmt nicht. Aber ich werde ja wohl noch sagen dürfen, dass meine Mutter eine Heldin ist. Im Ernst, Ma.«

Nadine lächelte.

»Ich hab der lokalen Polizei einfach nicht getraut. Irgendetwas in mir sagte, dass du in Schwierigkeiten bist. O Gott, dieser Milos war so verdammt clever. Wir hatten wirklich verdammtes Glück, dass wir ihm mit heiler Haut entkommen sind.«

Nadine fragte ihre Tochter, was ihre Verletzungen machten und ob sie Schmerzen hatte.

»Es ist okay, wirklich«, antwortete Alina.

»Wirklich?« Nadine sah ihr fest in die Augen. »Weißt du, früher einmal hab ich jemandem in Not gesagt, ich käme zurück, um zu helfen, aber ich hab's nicht getan. Damals habe ich mir geschworen, dass ich nie wieder einen geliebten Menschen im Stich lassen werde – was auch immer passiert.«

»Ich weiß.« Alina legte ihre Hand auf die ihrer Mutter. Sie kannte die alte Geschichte, wie Tante Vanessa in einem Schneesturm ums Leben gekommen war. »Du hast schon damals das Richtige getan«, erklärte Alina. »Jeder sagt das, Papa auch.«

Nadine begann zu schluchzen, und ihre Tochter legte ihr tröstend die Hand auf die Wange.

Plötzlich wanderten Alinas Augen zur Tür.

»Papa!«

Thomas kam zum Bett, beugte sich zu seiner Tochter hinunter und hielt sie fest im Arm.

»Mein Engel«, sagte er und strich ihr sanft übers Haar. Nadine, die auf der anderen Seite des Bettes saß, betrachtete die Szene, und ihre Augen füllten sich mit Tränen. Dann stand sie auf, um Thomas zu begrüßen. Er umarmte sie, und für eine Weile standen sie einfach nur so da.

»Du Idiotin, du unglaublicher Dummkopf«, flüsterte er zärtlich, während er sie in seinen Armen hielt. Nadine lehnte sich für einen Moment an seine Brust und schloss die Augen. Es fühlte sich gut an. Sie fühlte sich ganz.

Sie lösten sich erst aus der Umarmung, als Nadines Handy piepte. Eine Nachricht von Sergeant Olsen: »Rufen Sie mich zurück!« Sie wählte seine Nummer. Als er endlich abhob, sparte er sich jede Höflichkeit.

»Wir haben ihn.«

Die Polizei hatte nicht lange gebraucht, um Milos' Fahrzeug zu finden, und sie benötigte nur einen weiteren halben Tag, um seine Identität zu klären. Auf der Flucht hatte Milos Ewan, wie der Täter mit richtigem Namen hieß, seinen Mietwagen stehen gelassen, nachdem er ungefähr zweihundert Kilometer weit ins Landesinnere gefahren war. Von dort aus trampte er, und seine Spur verlor sich zunächst. Trucker kamen ihm letztlich auf die Spur. Als einer von ihnen in dem Hitchhiker, den er auf einer Strecke von mehreren hundert Kilometern mitgenommen hatte, den Mann erkannte, nach dem landesweit im Fernsehen und in den Zeitungen gefahndet wurde, rief er die Polizei an. Die Festnahme war ein Kinderspiel.

»Als wir ihn hatten, ging er selbstbewusst auf uns zu«, berichtete Sergeant Olsen. »Lächelnd bestritt er alles, womit wir ihn konfrontierten, und das tut er auch jetzt noch. Aber keine Sorge: Er wandert direkt in den Knast, und wenn alles normal läuft, wird er den auch nicht mehr verlassen. Rechnen Sie nicht damit, dass er seine Tat gesteht. Typen wie er tun das nie. Was mich anbelangt«, ergänzte Sergeant Olsen, »so kann ich damit leben. Hauptsache, er verschwindet für immer von der Bildfläche.«

In der Nähe von Bowen, 2009

Die kleine Community hatte sich in einem Kreis um die Feuerstelle versammelt. Einige waren in den rotblauen Stammesfarben bemalt und stimmten einen monotonen Gesang in ihrer Sprache an. Weißer, wohlriechender Rauch stieg über ihnen auf und verlor sich in dem von Sternen erleuchteten Südhimmel. David Bowaltarlai vom Stamm der Birri Gubba begrüßte Nadine und ihre Familie zunächst auf Englisch, dann in seiner Stammessprache und bat sie, rechts neben ihn zu treten.

»Wir freuen uns, dass Sie vor Ihrer Rückreise noch zu uns kommen konnten, um mit eigenen Augen zu sehen, wie wichtig uns die Wiederbestattung unserer Toten ist.« Nadine bedankte sich höflich für die Einladung und fasste Alinas und Thomas' Hand, während sie das Geschehen beobachtete. David Bowaltarlai stand mit ihnen außerhalb des Kreises, leitete von hier aus die traditionelle Rauchzeremonie. Ein süßer Duft von Kräutern und ätherischen Ölen stieg Nadine in die Nase und ließ sie für einen Moment die Augen schließen. Im Rhythmus der hölzernen Stäbe, welche die Älteren zum Gesang gegeneinanderschlugen, begann der Kreis nun, sich im Uhrzeigersinn um die Feuerstelle zu bewegen. Der Schädel lag ungefähr einen Meter entfernt auf Eukalyptusblättern im roten Sand und war dem Stammesältesten zugewandt. Auf Bowaltarlais Kommando drehten sich die Aborigines um 180 Grad und bewegten sich nun gegen den Uhrzeigersinn um das Feuer. Das monotone Klacken der Stöcke und der Singsang hatten etwas Beruhigendes; Nadine begann, sich zu entspannen. Sie spürte, wie Alina ihre Hand drückte, und wagte nicht, sie anzusehen. Sie hätte vor Rührung nur wieder angefangen zu heulen. Das Holz knackte, Funken stoben in die Nacht.

»Nun ist sein Geist wieder dort, wo er herkam. Das haben wir Ihnen zu verdanken«, sagte ihr Gastgeber. Nadine lächelte und schaute ins Feuer.

Als die Zeremonie eine Stunde später beendet war und sie sich zur Rückfahrt nach Bowen bereitmachten, fragte der Stammesführer Nadine, was er für sie tun könne, um ihre Anstrengungen wiedergutzumachen. Er hatte natürlich längst von den grausamen Ereignissen im Moorabool Forest gehört und ihr gegenüber mehrfach sein Bedauern geäußert. Nadine überlegte einen Moment lang, dann sah sie ihn an.

»Vielleicht können Sie tatsächlich etwas für mich tun. Die acht Skelette von Ihrem Stamm, die bedauerlicherweise in Deutschland während des Krieges verbrannten – wissen Sie, ob und wie Amalie Dietrich sie erworben hat?«

Es war eine spontane Eingebung, die sie diese Frage stellen ließ. Da das Traditionsbewusstsein dieses Stammes derart stark zu sein schien, erschien es Nadine nur natürlich anzunehmen, David Bowaltarlai wisse mehr über das

Schicksal seiner Vorfahren als das Institut in Leipzig. »Sie haben doch schon von ihr gehört und auch, dass man sie den *Angel of Black Death* nennt?«, setzte sie sicherheitshalber nach.

»Natürlich habe ich das.« Er schaute in den Himmel, dann auf den Schädel, der im Widerschein der Glut schwach leuchtete.

»Sie war es nicht. Es war der Mann, der für sie arbeitete, und er wollte auch die Frau töten.«

Erstaunt trat Nadine einen Schritt zurück. »Gab es denn Zeugen, Beweise?«

»Alles, was ich weiß, weiß ich von unseren Leuten und aus unseren Geschichten. Wir wissen, dass Iokkai, der die weiße Frau begleitete, ein guter Mann war. Er wäre nie mit ihr gegangen, wenn sie von bösen Geistern besessen gewesen wäre. Wir waren immer in Verbindung mit unseren Toten und werden es immer sein.«

Nadine sah ihn nachdenklich an. Dann nickte sie, reichte ihm zum Abschied die Hand und stieg mit Thomas und Alina in ihren Wagen. Es war Zeit, nach Hause zurückzukehren.

Epilog

Nach ihrer Heimkehr lebte Amalie Dietrich dreizehn Jahre im Hause Godeffroy. Sie arbeitete so viel sie mochte in dem Museum, dessen Bestände sie zu einem großen Teil selbst zusammengetragen hatte. Als die Sammlungen später in den Besitz der Stadt übergingen, wurde sie im Botanischen Museum angestellt und von der Stadt bezahlt.

Sie war ein gern gesehener Gast und gut Freund mit allen Apothekern. Immer wieder bedauerte sie, dass sie so wenig gelernt hatte. Wenn im Winter die Vorträge an der Leipziger Universität begannen, sah man die ärmlich gekleidete alte Frau mit den verwitterten Zügen in der ersten Reihe der Zuhörer sitzen und mit leuchtenden Augen den Ausführungen lauschen. Nach Godeffroys Tod musste sie die Wohnung am *Alten Wandrahm* verlassen und in ein einfaches städtisches Stift ziehen. Sie hätte in ein vornehmeres Haus gehen können, aber sie fürchtete, dass sie mit ihrer Einfachheit und einigen Absonderlichkeiten, die sie im Busch angenommen hatte, dort fehl am Platz sei.

Die Weitgereiste war häuslich geworden, aber als Amalie Dietrich einmal von einem Kongress für Anthropologie in Berlin erfuhr, auf dem auch ein Vortrag über Australien gehalten werden sollte, entschloss sie sich spontan, dorthin zu fahren. Sie ging gleich, die alte braune australische Ledertasche in der Hand, zu der Versammlung und bat um Einlass. Der Diener verweigerte es, weil Frauen ausgeschlossen waren.

Da sie ihn immer wieder bat, sie doch in einem Winkel auf der Galerie zuhören zu lassen, ließ sie der Vorsitzende des Kongresses, Geheimrat Neumeyer, der sie erkannt hatte, herein. Er führte sie durch die Reihen der Anwesenden und stellte sie dem Vorstand vor: »Frau Amalie Dietrich erbittet einen Platz in irgendeinem Winkel. Ich denke, ihr gebührt ein Ehrenplatz in dieser Versammlung.« Dicke Tränen rollten ihr bei diesen Worten über die gefurchten Wangen.

Wenn der Sommer kam, fuhr sie manchmal für einige Tage zu dem einsamen Pastorat in Nordschleswig, in dem ihre Tochter lebte. Sie kam unangemeldet und ging von der letzten Poststation stundenlang geradeaus über Felder und Gräben auf den Kirchturm zu. Den Tag über suchte sie in den Feldern und der Heide, was sie interessierte. Nachmittags saß sie dann ein Stündchen beim Lehrer und redete mit ihm in ihrer anschaulichen Weise über Krankheit und Tod, Gott und die Welt. Abends spielte sie mit ihrem Enkel, einem munteren Jungen. Als sie 1891 ihre Tochter im neubezogenen Pastorat in Rendsburg besuchte, zog sie sich in der scharfen Luft eine Lungenentzündung zu. Während ihrer Krankheit phantasierte Amalie Dietrich.

»Macht nur ja keine Umstände«, sagte sie ruhig und gefasst kurz vor ihrem Tod, »mir sind im Leben nie Umstände gemacht worden. Nimm ja keins von den neuen Laken, und den Sarg so billig, wie es eben geht. Pflanzt einen Efeu auf mein Grab, damit gut.«

Dank

Wieder einmal muss ich zuallererst meiner Lektorin Dr. Andrea Müller danken, die zusammen mit ihren Kollegen aus meinem Manuskript ein Buch gemacht hat. Ihr stets feinfühlendes Eingreifen hat diesen Text zu einem besseren gemacht.

Ich danke Franz Leipold für seine wunderbare und detailgenaue Arbeit, die – wie könnte es anders sein! – durch mein Verschulden auch dieses Mal wieder unter großem Zeitdruck erledigt werden musste.

Ich danke der Agentur ZERO für das stimmungsvolle Cover.

Mein besonderer Dank gilt der Herstellerin Michaela Lichtblau für ihr Können und ihre Geduld.

Danke an Vertrieb und Marketing, ohne die das Buch nicht in die Buchhandlungen gelangen würde.

Herzlichen Dank an Elke Virginia Koch für ihre unermüdliche Pressearbeit und, last not least, dank an meine Agentinnen Natalja Schmidt und Julia Abrahams, die mich bedauerlicherweise nicht länger vertreten können, da sie beruflich neue Wege einschlagen. An dieser Stelle möchte ich mich herzlich für die guten Jahre zusammen bedanken, ich wünsche ihnen alles Gute für die Zukunft! Zugleich freue ich mich, dass sie in der Agentur Thomas Schlück eine renommierte neue Heimat und in Franka Zastrow eine engagierte Vertreterin für meine zukünftigen Projekte gefunden haben.

Schließlich: Thanks to the boys. You know who you are!

Nachwort

Die Handlung des Romans ist frei erfunden, doch zum Teil an das Leben von Amalie Dietrich angelehnt, wie es ihre Tochter Charitas Bischoff in Romanform beschrieben hat. Ich bin den berichtigenden Hinweisen des Historikers Ray Sumner gefolgt und habe, wo es mir auffiel, Fakten über Amalie Dietrichs Aufenthalt in Australien, wie sie von Charitas beschrieben wurden, entsprechend zu korrigieren versucht. Meine Darstellung im Roman, die von der Beschaffung der Skelette für das Museum handelt, entspringt allein meiner Phantasie. Die Vorgänge am Anthropologischen Institut der Universität Leipzig sind ebenso frei erfunden wie die Figur des Professors Harke.

Den Antagonisten Milos habe ich an den berüchtigten Backpacker-Mörder Ivan Milat angelehnt. Auch hier erhebt mein Roman keinerlei Anspruch auf Abbildung der Realität.

Historischer Hintergrund

Wissenschaft im 19. Jahrhundert

Eine ganze Armee von Toten reiste im 19. Jahrhundert aus aller Welt in die Museen und Institute der europäischen Metropolen, wo sie der Forschung dienen sollten. Die Toten und ihre Überreste wurden für den Versuch herangezogen, die menschliche Evolution nachzuvollziehen und die Idee von der Existenz unterschiedlicher »Rassen« durch anatomische Vergleiche wissenschaftlich zu untermauern – oder aber zu widerlegen. Die damals neue Theorie Darwins von einer aufsteigenden Entwicklungsgeschichte ging mit der Vorstellung einher, dass in Afrika, Asien, Australien und Lateinamerika »unterentwickelte Naturvölker« lebten, die gleichsam in einem früheren Stadium der Menschheitsgeschichte verharrten. Sie waren dem Untergang geweihte »Eingeborene aus der evolutionären Urzeit der Menschheitsgeschichte«. Diesen Völkern drohte angeblich, in naher Zukunft von der Zivilisation überrollt und ausgelöscht zu werden. Ein guter Grund, wie man damals fand, um sie vor ihrem endgültigen Verschwinden noch einmal wissenschaftlich zu untersuchen. In jener Zeit konnten sich Europäer nicht sattsehen an den exotischen Wilden aus fernen Ländern. In anthropologisch-zoologischen Ausstellungen, den sogenannten Völkerschauen, wurden Ureinwohner aus den Kolonien wie Tiere vorgeführt. Gleichzeitig gierte die Wissenschaft nach immer neuen Objekten. Woher diese stammten, wie sie beschafft wurden – niemand stellte Fragen. In Australien wurde offenbar gezielt getötet, und da das Töten der indigenen Bevölkerung für Forschungszwecke nicht unter Strafe gestellt wurde, versäumten Forscher und Sammler diese Gelegenheit nicht. Wo immer Amalie Dietrich während ihrer Australien-Expedition sammelte, in Rockhampton, Mackay und später Bowen, befand sie sich somit im Zentrum eines massenhaften Mordens.

Am Medizinhistorischen Museum der Berliner Charité beginnt man erst jetzt, die Vergangenheit aufzuarbeiten – etwa Professor Rudolf Virchows Sammlungen, die allein rund 4000 Gebeine umfassen. Bislang wurde erst ein Forschungsprojekt gestartet, um die Herkunft der menschlichen Exponate zu klären und diese eventuell zurückgeben zu können.

Die Sammlerin Amalie Dietrich

Die Deutsche gilt als Verkörperung europäischer Greueltaten auf dem fünften Kontinent und einer Sammelwut, die vor keinem Hindernis zurückschreckte. Dabei gibt es bis heute keine Beweise, dass die sächsische Naturforscherin ihre Specimina auf kriminelle Weise beschafft hätte.

Das wenige, was wir heute über Amalie Dietrich wissen, verdanken wir hauptsächlich ihrer Tochter Charitas

Bischoff. In ihrer 1909 erschienener Biographie »Amalie Dietrich – Ein Leben« finden sich, ganz im Stil der Zeit, Briefe der Mutter. Lange glaubte man wegen dieser als mehr oder weniger authentisch geltenden Briefe, eine Art Biographie vor sich zu haben. Doch der Historiker Ray Sumner wies nach, dass die Tochter das Leben der Mutter romanhaft verklärte. Charitas Bischoff hatte sich der Berichte anderer zeitgenössischer Australien-Reisender bedient, hauptsächlich der des norwegischen Sammlers Carl Lumholtz, um die Erlebnisse ihrer Mutter in Briefform in Worte zu fassen. So ist ihr Buch weniger objektive Beschreibung als vielmehr literarische Konstruktion. Dennoch muss diese Quelle ernst genommen werden. Charitas Bischoff war schließlich die Tochter der Sammlerin und tauschte sich als solche mit der Mutter aus. In Ermangelung anderer Zeugnisse muss ihrem Buch trotz aller gebotenen Vorsicht eine gewisse Authentizität zuerkannt werden, ein historisches Dokument ist es jedoch nicht. Bei den Ermittlungen darüber, ob Amalie Dietrich in Morde an Aborigines verwickelt war, können die Briefe nicht helfen. Das Geheimnis, wie Amalie letztlich in den Besitz dieser Skelette und Schädel gelangte, hat sie mit ins Grab genommen.

Amalie Dietrich wurde am 26. Mai 1821 in Siebenlehn in Sachsen geboren und gilt heute als bedeutendste deutsche Sammlerin und Naturforscherin in Australien, wenn nicht sogar weltweit. Aus armen Verhältnissen stammend, heiratete sie den Apotheker Wilhelm Dietrich. Er machte sie mit den Grundbegriffen der Botanik vertraut und lehrte sie das Sammeln, Bestimmen und Präparieren von Pflanzen. Amalie Dietrich bildete sich autodidaktisch fort, um ihrem Lebensziel, dem Sammeln für die Wissenschaft, näherzukommen.

Zwischen 1863 und 1872 bereiste sie die Ostküste von Queensland, um dort für das Museum Godeffroy zu sammeln. Bis heute sind ihre Sammlungen wertvolle historische und naturkundliche Quellen.

Während ihrer Jahre in Australien trug Amalie Dietrich die größte Sammlung an zoologischem und botanischem Material zusammen, die je von einer Einzelperson in der Feldforschung geschaffen wurde. So sammelte sie mehr als 20 000 botanische Specimina, darunter mindestens 200 unbekannte Arten. Sie schuf die erste umfassende Sammlung von australischen Spinnen. Sie sammelte 266 Vogelarten, darunter 54 unbekannte Species. Ihre Holzsammlung erhielt eine Goldmedaille auf der Weltausstellung in Paris 1867.

Amalie Dietrich blieb nach ihrer Rückkehr aus Australien in Hamburg, wohnte in einem Zimmer über dem Museum Godeffroy, wo sie gegen geringe Bezahlung arbeitete. Mit dem Verkauf des Museums Godeffroy 1885 endete ihre Anstellung auf Lebenszeit. Sie musste ihre Wohnung im Alten Wandrahm 26 verlassen und fand Unterkunft in einem städtischen Damenstift. Fortan arbeitete sie unentgeltlich am Botanischen Museum der Stadt Hamburg, das 1886 einen Teil des Herbariums des Museums Godeffroy erworben hatte. Sie starb 1891 während eines Besuches bei der Familie ihrer Tochter in Rendsburg.

Bei dem Luftangriff auf Leipzig in der Nacht vom 3. auf den 4. Dezember 1943 verbrannte neben vielen wertvollen völkerkundlichen Objekten auch die anthropologische Sammlung, darunter die Gebeine von australischen Ureinwohnern. Es waren Schädel und Skelette aus Queensland, die Amalie Dietrich im Auftrag des Museums Godeffroy zwischen 1864 und 1872 gesammelt hatte. Obwohl nicht länger materiell vorhanden, bleiben diese Gebeine, zwei Schädel und acht Skelette, ein Thema im Kontext der Bemühungen australischer Ureinwohner um die Rückgabe der Gebeine ihrer Vorfahren aus Sammlungen weltweit. Sie erzählen ein Kapitel deutscher und australischer Geschichte, vor allem was die Umstände ihrer Beschaffung für das Museum Godeffroy betrifft. Amalie Dietrichs botanische Sammlungen sind heutzutage unter anderem im Botanischen Museum der Universität Hamburg und im National Museum in Melbourne, Victoria, zu sehen.

Das Museum Godeffroy in Hamburg

Im 19. Jahrhundert entstanden dank der zahlreichen Entdeckungen neue Wissenschaftszweige. Ein Ergebnis dieses Prozesses war die Gründung von Völkerkundemuseen, die in engem Zusammenhang mit der kommerziellen und wissenschaftlichen Eroberung der Welt standen.

Das Handelshaus Joh. Ces. Godeffroy & Sohn erlebte in der zweiten Hälfte des 19. Jahrhunderts, im Zeitalter der großen Auswanderungswellen von Europa nach Amerika und Australien, der Goldräusche und rasanten Entwicklungen im globalen Transport- und Kommunikationswesen, seine Blütezeit. Ein Grund dafür war das feine Gespür Godeffroys für die wirtschaftlichen Entwicklungen in den überseeischen Gebieten. Was Godeffroy nicht selbst zur Schau stellte, ließ er regelmäßig in dicken Dublettenkatalogen auflisten und bot es – ganz Geschäftsmann – anderen Museen und Liebhabern zum Kauf an. Dieser florierende Dublettenhandel sorgte dafür, dass sich Godeffroysche Stücke heute in Sammlungen auf der ganzen Welt finden. Die gewaltige Summe, die er in sein Museum steckte, diente nicht zuletzt dazu, wirtschaftliche Potenz zu demonstrieren.

Auch die Übernahme der Auswanderertransporte nach Australien 1849 und die Eröffnung des Liniendienstes nach Australien 1850 machten Godeffroy & Sohn zum führenden deutschen Handelshaus in der Südsee. 1852 eröffneten sie eine Niederlassung in Melbourne. In den darauffolgenden Jahren schuf die Firma ein riesiges Handelsnetz in der Südsee.

Johan Cesar VI Godeffroy ist eine eindrucksvolle Persönlichkeit und ein gutes Beispiel für einen erfolgreichen Kaufmann und Mäzen für die Forschung. Selbst naturwissenschaftlich interessiert, gründete er 1861 in Hamburg das erste Museum für Naturwissenschaft und Völkerkunde auf einer wissenschaftlichen Basis. Er förderte zunächst die Erforschung der ozeanischen Inselwelt durch seine Kapitäne, die ausführliche Anweisungen zum Sammeln von Naturalien und Raritäten bei sich trugen. Er stellte Sammler wie Amalie Dietrich an und machte einen Vertrag mit ihnen, der ihnen freie Fahrt auf seinen Schiffen bot, und verpflichtete sie für eine bestimmte Zeit in seinen Diensten mit dem Ziel der naturwissenschaftlichen Erforschung aller naturhistorischen Objekte und ihrer Übersendung nach Hamburg. Godeffroy sorgte seinerseits für eine gute Ausrüstung der Sammler mit wissenschaftlichem Gerät und Waffen. Neben dem Südseehandel bildete sich so ein wissenschaftliches Unternehmertum heraus. Der Handel mit Naturalien und Ethnographica florierte. Ärzte wie der berühmte Prof. Virchow gehörten zu Godeffroys Kunden.

Das Museum Godeffroy wurde 1861 für das Publikum geöffnet. Es präsentierte die Natur und die Menschen Australiens und der Südsee im neuen Kontext der Evolution. Tatsächlich war Godeffroy durch allzu gewagte Geschäfte seit Jahren hoch verschuldet, die stetige Expansion führte geradewegs in den Untergang. Er versäumte es, in die schnelleren Dampfschiffe zu investieren, die zunehmend den Waren- und Linienverkehr nach Übersee bestimmten. Die Firma benötigte ständig neue Kredite. Schließlich war das Handelshaus nicht mehr zu retten und wurde 1879 insolvent. Als Johan Godeffroy 1885 starb, standen die kostbaren Sammlungen zum Verkauf. Die anthropologisch-ethnographische Sammlung wurde noch im selben Jahr von der Stadt Leipzig angekauft und bildete den wertvollen Grundstock für die Australien/Ozeanien-Sammlung des Museums für Völkerkunde zu Leipzig. Bis heute genießt die Sammlung Weltgeltung.

Die Beschaffung der Skelette

Amalie Dietrich wurde von dem Kurator Schmeltz im Auftrag Godeffroys wiederholt und nachdrücklich zum Sammeln von Schädeln und möglichst ganzen Skeletten aufgefordert.

1866/67 schickte Amalie Dietrich zwei Schädel und einen Unterkiefer nach Hamburg. 1870/71 folgten acht Skelette aus Bowen. Es lässt sich anhand der heute zur Verfügung stehenden Quellen nicht mehr zuverlässig rekonstruieren, wie sie an diese Gebeine gelangte. Die Unterstellung, Amalie Dietrich habe die Ermordung von Aborigines in Auftrag gegeben, entbehrt jeder Grundlage. Dennoch gilt sie in Australien bis heute als »Angel of Black Death«, als Engel des schwarzen Todes.

Für die nach Hamburg gelangten Schädel und Skelette, die als absolute Raritäten angesehen wurden, sicherte sich Virchow das Vorrecht der alleinigen wissenschaftlichen Bearbeitung. Aborigines wurden im Zuge der neuen Theorie Darwins als »Missing Link« der Evolution erachtet. Man ging davon aus, dass mit der europäischen Besiedlung Australiens der Niedergang der evolutionstheoretisch »minderwertigen« indigenen Bevölkerung nur noch eine Frage der Zeit war und man sich daher beeilen musste, um deren »Art« wissenschaftlich zu vermessen und zu beschreiben. Man verglich die indigene Bevölkerung Australiens mit dem Neandertaler.

In den frühen Morgenstunden des 4. Dezember 1943 verbrannten die meisten anthropologischen Belegstücke aus dem Museum Godeffroy. Damit war das Ende dieser Abteilung des Leipziger Museums für Völkerkunde besiegelt.

Ivan Milat, der »Rucksack-Mörder«

Der Australier ermordete zwischen Dezember 1989 und April 1992 sieben junge Touristen, die mit dem Rucksack in Australien unterwegs waren. Unter den Opfern waren auch drei Deutsche. Der sogenannte Rucksack-Mörder hat nach Auffassung der australischen Staatsanwaltschaft allein »um des Tötens willen getötet«.

Literaturhinweise zu Amalie Dietrich

Bischoff, Charitas: Amalie Dietrich. Ein Leben. Calwer Verlag GmbH, Stuttgart 1994
Scheps, Birgit: Skelette aus Queensland. Die Sammlerin Amalie Dietrich. In: Holger Stoecker, Thomas Schnalke, Andreas Winkelmann (Hrsg.): Sammeln, Erforschen, Zurückgeben? Menschliche Gebeine aus der Kolonialzeit in akademischen und musealen Sammlungen. Ch. Links Verlag, Berlin 2013, S. 130–146
Sumner, Ray: A woman in the wilderness: the story of Amalie Dietrich in Australia. New South Wales University Press, 1993

Annette Dutton

Das geheime Versprechen

Roman

Erschüttert liest die Australierin Sarah einen Artikel über die »vergessenen Kinder«. Englische Kinder aus armen Familien, die nach Australien gebracht wurden, oft ohne Wissen von deren Eltern. Ein Coup zweier Regierungen – ohne Rücksicht auf Gefühle. Ein Verdacht keimt in Sarah auf: Hat auch ihr Vater dieses Schicksal erlitten? Immerhin wuchs er in einem der Waisenhäuser auf, die im Artikel genannt werden. Sarah beginnt zu recherchieren – und erkennt überrascht, dass die Spuren nach Deutschland führen. Sie kann nicht ahnen, dass am Anfang aller Geheimnisse ein Versprechen zwischen zwei verzweifelten Jugendlichen steht, gebrochen und doch für immer bewahrt.

Ausgezeichnet mit der DeLiA 2015, dem Preis für den schönsten Liebesroman.

KNAUR

Annette Dutton

Die verbotene Geschichte

Roman

Sie hat keine Ahnung, wer jene »Miti« war oder wie die traditionelle Beerdigungszeremonie aussehen mag, zu der man sie nach Papua-Neuguinea eingeladen hat. Doch die deutsche Ärztin Katja ist froh, eine Ausrede gefunden zu haben, um nicht zur Geburtstagsfeier ihres Großvaters zu müssen. Seit vor drei Jahren ihr Mann auf der Fahrt dorthin tödlich verunglückte, meidet Katja das Fest und vergräbt sich ganz in ihre Arbeit. Doch ihre Reise in die Tropen wird nicht nur Licht in die dunkelsten Geheimnisse ihrer Familie bringen, sondern auch ihr eigenes Leben für immer verändern …

KNAUR

Annette Dutton

Der geheimnisvolle Garten

Roman

Nach dem Tod ihrer Mutter stößt Natascha in deren Nachlass auf ein verwirrendes Dokument. Ihre Familie soll Aborigine-Vorfahren haben? Neugierig geworden, macht sie sich in Australien auf die Suche nach ihren Wurzeln. Sie ahnt noch nichts von jenem dunklen Geheimnis, das dem Leben der deutschen Auswanderin Helene Junker zu Beginn des 20. Jahrhunderts seinen Stempel aufdrückte – und das auch Nataschas Leben eine entscheidende Wende geben wird …

KNAUR